옥원재합기연 연작 연구

이지하 저

보고사

머리말

문학이 좋아 막연히 국문과를 선택했던 대부분의 국문학도들처럼 나 역시 대학에 진학한 후 꾸준히 현대문학 관련 스터디들에 참여하는 한편 색다른 재미를 느끼며 국어학 스터디를 기웃거렸음에도 불구하고 졸업반이 되도록 고전문학과 관련된 사적인 공부를 해본 적도 없었고 해볼 생각도 하지 못했었다. 그런데 진로를 고민하던 4학년 초 어느 날 송성욱 선배가 함께 〈현씨양웅쌍린기〉를 읽어보자는 제안을 해왔다. 막연한 호기심에 시작한 고전소설 읽기였지만 뒤늦게 운명적인 짝을 만난 사람이 열병을 앓듯 그 재미에 푹 빠져 평생의 업으로 삼기를 작정하기까지 그리 오랜 시간이 걸리지 않았다. 고전소설은 구시대적이고 고리타분할 것이라고 생각했던 것과는 달리 현대를 살아가는 내가 고전소설의 인물들, 특히 여주인공에 공감할 수 있다는 사실이 놀랍고도 흥미로웠다. 뿐만 아니라 활자화된 현대의 서적과는 달리 각기 다른 개성을 발산하는 고전소설의 글씨체들을 읽어내는 재미도 컸다. 〈현씨양웅쌍린기〉를 다 읽은 후 내친 김에 속편인 〈명주기봉〉과 〈명주옥연기합록〉까지 완독을 하였고, 결국 이 작품들은 석사학위논문의 자료가 되었다.

그러나 독파한 작품수가 늘어갈수록 비슷비슷하게 유형화되어 있는 이야기들이 반복된다는 사실에 지루함과 싫증을 느끼게도 되었다. 그 시대적 의미와 소설사적 의의를 염두에 둔 거시적 조망과 더불어 세부적인 차이들을 발견해내고 의미를 찾아가는 즐거움을 깨닫기까지는 또 시간이 필요했다. 돌아보면 그 모든 과정이 고전소설을 연구하는 학자이자 학생들에게 낯선 고전소설을 소개하고 가르쳐야 하는 선생으로서 보다 단단해지기 위해 필요한 성장의 시간이었던 것 같다. 지금도 수업시간에 학생들을 대할 때마다 학창 시절의 경험들을 떠올리며 고전소설이라는 낯선 대상을 어떻게 현재의 우리와 연결지을 수 있도록 만들 것인가를 늘 고민한다.

그 오랜 경험과 고민의 결과물로서 이제야 박사학위논문인 이 글을 세상에 내놓는 것은 참으로 부끄럽기 짝이 없다. 시간을 두고 더 다듬어 출판하리라는 핑계로 미루어 두었었으나 사실은 게으름 탓이 크다. 이제 와서 다시 살펴보니 그동안 축적된 이 분야 연구에 비추어 시의성이 떨어지는 부분도 있지만 미루어 두었던 숙제를 마치고 다음 목표를 찾아가는 기분으로 내 공부 과정의 작은 마무리를 짓고자 용기를 내었다.

〈옥원재합기연〉을 읽고 연구하는 일은 참 어렵고도 흥미진진한 것이었다. 제대로 해독되지 않는 부분들이 꽤 있었고 아예 누락된 부분도 많아서 일차적으로 내용의 파악에 애를 먹었다. 게다가 몇 페이지씩 장황하게 이어지는 논쟁적 대화들이나 불쑥불쑥 끼어드는 부수적 삽화들이 서사 진행을 방해하는 요소로 여겨져 처음 작품을 읽을 때는 속도를 내지 못하고 인내심에 기대어 겨우 완독을 할 수 있었다. 그러나 한편으로는 그 독특함에 마음이 기울어 작품을 다시 읽고 생각들을 정리해나가면서 이 작품이 고전장편 중에서도 주목할 만한 요소들을 꽤 지니고 있음을 깨닫게 되었다. 어쩌면 미숙함이나 결함으로 해석될 수도 있는 이 작품만의 개성들에 주목하고 그것이 어떤 고민의 산물이었을지를 탐색해보는 일은 유형성 이면에 존재하는 다양성의 발견과 그것에의 의미 부여라는 점에서 매우 흥미로운 작업이었다.

이 글을 쓴 후 많은 시간이 흘렀고 그 시간 동안 더 많은 작품들을 읽어왔지만 여전히 이 소설만큼 독특한 작품은 발견하지 못했다. 물론 이러한 판단에는 애정에서 비롯된 주관적 감정이 개입되어 있을 수도 있지만 객관적으로도 이 작품에 주목할 만한 요소들이 많다는 점을 부인하기 어려울 것이라고 생각한다. 그런데 안타깝게도 최근에는 이 작품을 새롭게 연구한 논문들을 접하기가 어렵다. 이 책이 뒤늦게나마 이 작품의 특성을 환기시키고 후학들의 관심을 불러일으키는 데 보탬이 될 수 있다면 다행스럽겠다.

고전소설 연구자로서 살아가면서 항상 두 분 스승님의 은혜를 생각한다. 철부지 시절부터 한결같이 편하고 따뜻한 존재로 곁을 지켜주시는 김진세 선생님, 섬세함과 자상함으로 공부뿐 아니라 일상생활에까지 관심을 가져주시는 이상택 선생님. 두 분께는 학문적인 가르침 이상의 많은 은혜를 입었는데 갚을 길이 없어 늘 송구스러울 뿐이다.

석사논문심사와 박사논문심사 때마다 긴 글을 꼼꼼히 읽고 조목조목 애정 어린 가르침을 주신 서대석 선생님은 또 한분의 지도교수와 같은 분이다. 학부졸업논문 작성을 통해 학문적 글쓰기의 구체적 방법을 습득하게 해주시고 고전문학을 연구하는 자부심을 가질 수 있도록 해주신 조동일 선생님, 박사논문을 준비하느라 초췌한 제자에게 갈비를 사주시며 따뜻하게 격려해주시던 김병국 선생님, 묵묵히 지켜보시다가 한두 마디 말씀으로 깨달음을 주시던 권두환 선생님, 늘 어린아이 취급하시면서도 인자하게 격려해주시던 민병수 선생님. 학창 시절이 행복하게 기억되는 것은 이 분들의 크신 사랑 덕분이다. 이 자리를 빌려 감사드리며 이제 스승들께 받은 사랑을 제자들에게 나누어주기 위해 노력할 것을 약속드린다.

박사논문을 꼼꼼히 지도해주신 박희병 선생님과 김종철 선생님의 도움 덕분에 미흡한 글이지만 이 정도의 모습나마 갖출 수 있었다고 생각한다. 고전소설을 공부하는 데 늘 곁에서 큰 힘이 되어준 송성욱 선배와 정병설 선배 두 분이 있어서 지금도 든든하다. 거친 글을 함께 읽고 고민해준 이인경 선배에게도 빚진 바가 크다. 아울러 함께 공부하는 선후배 동학들 모두의 도움으로 조금씩이나마 발전해올 수 있었음에 감사의 말씀을 전한다.

시대적 제약과 여성에 대한 편견으로 아파했던 고전소설의 여주인공들과 달리 마음껏 하고 싶은 일들을 할 수 있도록 딸을 이끌어주신 부모님께 사랑과 감사를 드린다. 아내의 자리, 엄마의 자리가 좀 부족하더라도 내 일을 존중해주고 격려해주는 남편과 딸에게도 미안함과 고마움을 전하고 싶다. 마지막으로 흔쾌히 출간을 맡아주신 보고사의 김흥국 사장님과 부족한 글이 책의 모양새를 갖추도록 도와주신 편집부 여러분께 감사드린다.

2015년 12월

이지하

목차

제3장 인물형상과 갈등구조 / 69

제4장 작가의식 / 170

제1장

서론

제1절 연구목적

낙선재본 소설들을 중심으로 한 국문 장편소설 연구는 그동안 여러 면에서 괄목할 만한 업적들을 축적해 왔다. 우선 초기에는 이 소설들이 분량면에서 엄청난 거질(巨帙)이기 때문에 쉽게 접근하기 힘들다는 점을 극복하기 위해 개별 작품에 대한 소개 차원의 논문들이 연구의 선편을 잡았다.[1] 그 후 개별 작품에 대한 작품론들과 더불어 국적문제,[2] 작자층,[3] 창작 방법,[4] 주제 의식[5] 등에 관한 연구 성과

---

1) 이러한 역할을 수행한 대표적 학자로는 단연 김진세를 꼽을 수 있다. 그는 고전 장편에 대한 방대한 독서를 바탕으로 〈현씨양웅쌍린기〉, 〈완월회맹연〉, 〈쌍천기봉〉, 〈엄씨효문청행록〉, 〈이씨세대록〉, 〈화산선계록〉, 〈명주옥연기합록〉 등을 소개하여 후학들이 연구할 수 있는 초석을 다져놓았을 뿐 아니라 우리나라 소설 중 가장 긴 소설이면서 가치 면에서도 중요성을 인정받아온 〈완월회맹연〉을 주석하여 현대 활자로 간행함으로써 거질(巨帙)의 장편을 연구하는 데 큰 활력을 불어넣었다.

2) 김진세, 「낙선재본 소설의 국적문제」, 『한국문학사의 쟁점』, 집문당, 1986 ; 박재연, 「조선후기 중국 통속소설의 전래와 번역문학적 수용-낙선재본을 중심으로」, 『한국서사문학사의 연구』 V, 중앙문화사, 1995.

3) 이상택, 「조선조 대하소설의 작자층에 대한 연구」, 『고전문학연구』 3, 한국고전문학회, 1986 ; 김종철, 「〈옥수기〉 연구」, 서울대 석사학위논문, 1985 ; 임형택, 「17세기 규방소설의 성립과 〈창선감의록〉」, 『동방학지』 57, 연세대 국학연구원, 1988 ; 조동일, 『한국문학통사』 3, 지식산업사, 1994 ; 장효현, 「장편가문소설의 성립과 존재 양태」,

가 상당 부분 축적되어 장편소설의 면모를 파악할 수 있게 되었다. 그러나 여전히 장편소설 개별 작품의 분량과 작품군의 방대함으로 인해 연구 과제가 산적해 있는 상태이다. 이러한 와중에 국문 장편소설 일반을 상투적인 유형의 틀 안에 가두어 두고 忠·孝·烈 등의 보편적 이념을 추수하는 작품군으로 파악하는 논의들이 많은 비중을 차지하고 있기도 해서 연구사의 발전적 진행을 퇴행시키는 경향도 있다. 이러한 논의들은 우리 소설사에서 매우 큰 비중을 차지하는 장편소설을 자칫 상투적인 관습과 보수적 이념에 귀속된 화석물로 몰고갈 위험성을 내포하고 있다.

따라서 한 시대의 대표적인 문학 장르가 가지는 특성을 제대로 포착하고 문학사의 전개를 역동적으로 파악하기 위해서는 연구 시각의 전환이 필요하다 하겠다. 지금까지의 연구 업적들에 의해 국문 장편소설이 가지는 일반적인 특성은 대략적으로 윤곽이 잡혔다고 생각된다. 작품의 문체나 세계관, 주제의식 등을 통해 이것이 판소리계 소설이나 군담소설 등과는 달리 상층의 향유물이었으리라는 점에는 대체적인 공감대가 형성된 상태이며, 그 중에서도 주 독자층은 상층 사대부가의 여성이었으리라는 점이 논의되어 왔다. 이와 더

『정신문화연구』 44, 한국정신문화연구원, 1991.

4) 이상택, 「보월빙연작의 구조적 반복원리」, 『한국고전문학연구』, 신구문화사, 1983 ; 김홍균, 「복수주인공 고전장편소설의 창작방법 연구」, 한국정신문화연구원 박사학위논문, 1990 ; 임치균, 「연작형 삼대록계 소설 연구」, 서울대 박사학위논문, 1992 ; 송성욱, 「혼사장애형 대하소설의 서사문법 연구-단위담의 전개양상과 결합방식을 중심으로」, 서울대 박사학위논문, 1997.

5) 김진세, 「이조후기 대하소설 연구-완월회맹연의 경우」, 『한국소설문학의 탐구』, 한국고전문학연구회, 1978 ; 이상택, 『한국고전소설의 탐구』, 중앙출판, 1981 ; 이수봉, 『한국가문소설연구』, 경인문화사, 1992.

불어 가문과의 연계성이 두드러진다는 점, 초월계가 현실계를 지배하는 이원적 구조를 가진다는 점, 장편화를 위하여 복수 주인공을 내세운 구조적 반복이 이루어진다는 점 등이 국문 장편소설의 특징으로 지적되었다. 그러나 그동안 장편소설의 일반적인 특성을 밝히는데 치중하여 공통적 속성의 추출에 주력함으로써 개별 작품의 독자성은 상대적으로 소홀히 취급된 감이 있다. 물론 공통성을 탐색하는 작업들을 통해 위에 언급한 성과들을 이루어낼 수 있었지만 한편으로는 논의가 답보 상태에 머물며 위의 성과들을 재확인하는 차원에 그치는 한계를 보이기 시작했다.

그러한 한계를 극복하고 논의의 진전을 이루기 위해서는 이제 장편소설이라는 거대한 틀 내부에 존재하는 차별성에 주의를 기울여야 할 시점이라고 여겨진다. 사실 분량 면에서의 방대함 뿐 아니라 등장인물과 이야기 구조의 복잡함으로 인해 장편소설이야말로 다른 소설 장르보다 더 많은 내적 차별성을 지니고 있을 가능성이 크다. 게다가 국문 장편소설이 존재한 기간이 17세기~19세기에 이르는 수세기의 긴 시간임을 염두에 둔다면 그동안 국문 장편소설이 내적 변모 과정에 의해 다양화·차별화되었을 가능성이 당연히 제기된다. 그러나 그간에는 주로 비슷한 인물군의 반복 등장과 비슷한 모티프의 반복을 통해 중세적 이념을 주제로 내세우는 대동소이(大同小異)한 소설들로 파악하는 경향이 짙었다. 물론 장편소설들이 이러한 모습을 지니고 있다는 사실 자체를 전면 부인할 수는 없다. 그러나 표면적인 유사성 너머에 존재하는 차별성들을 미세하게 포착해내고 그러한 과정을 통해 장편소설의 전개 양상을 입체적으로 파악하지 않는 한 몇 세기에 걸쳐 확고한 위치를 점했던 거대 소설 장르의 존재 기반을 설득력 있게 해명해낼 수 없다. 그러므로 지금까지의 연구 성과들을 토대로 더 발전적인 논의를 전개하기 위해서는 개별 작품의 독자적인 작품 세계에 대한 면밀한 검토가 선행되어야 할 것이다. 사실 이 부분은 소설 연구에 있어서 가장 기초적인 작업이 되어야 함에도 불구하고 그간의 연구 성과가 그리 만족할 만한 상태는 아니라고 할 수 있다.

국문 장편소설 연구에 있어서 본격적인 작품론의 장을 연 대표적 업적으로는 이상택의 '〈명주보월빙〉 연구'를 들 수 있다.[6] 이 논문에서는 〈명주보월빙〉의 통시적 순차구조와 이원적 대칭구조를 분석한 후 이를 토대로 작품의 초월주의적 세계관을 논하고 있다. 즉 소설의 구조적 특징과 더불어 존재론적 물음에 대한 해답까지 구하고자 하였다. 이를 통해 장편의 구조적 원리, 미적 특질, 세계관 등에 대한 일반적 특징을 제시함으로써 이후의 장편소설 연구에 거시적 틀을 제공하는 역할을 수행하게 되었다.

그러나 후학들은 주로 형식적 측면을 계승하여 혼사장애주지나 장편화의 원리, 서사 단락의 결합 원리 등에 주목함으로써 형식 면에서는 괄목할 만한 연구 성과가 축적된 반면 작품의 내적 특질을 밝히고 존재론적 차원에서 접근하려는 시도들은 상대적으로 미흡한 편이었다. 국문 장편소설의 전모를 제대로 파악하기 위해서는 위의 두 가지 방향의 연구가 균형적으로 이루어져야 함은 재론의 여지가 없다.

그런데 후자의 작업을 수행하기 위해서는 개별 작품에 대한 정밀한 작품론이 필수적이다. 구체성이 탈각된 채 추상화된 유형성으로

---

6) 이상택, 「〈명주보월빙〉 연구」, 『한국고전소설의 탐구』, 중앙출판, 1981.

는 작품의 고유한 특질을 밝혀낼 수가 없기 때문이다. 그러나 선행 작품론들의 경우 몇몇 선진적인 작품론을 제외하고는 대다수의 작품론들이 본격적으로 작품의 내적 특성을 밝히고자 새로운 시도를 하기보다는 기존의 유형론에 입각하여 작품을 분석하는, 역방향의 연구를 진행한 것으로 보인다. 이러한 방식으로 연구가 진행되는 한 작품론의 수가 늘어난다고 해도 기존의 유형론을 답습할 뿐 장편소설 연구사에 새로운 결과물을 추가하지 못하는 순환론적인 오류에 빠지기 쉽다.

본고는 그런 문제의식 하에서 〈옥원재합기연(玉鴛再合奇緣)〉과 〈옥원전해(玉鴛箋解)〉라는 작품을 중심으로 작품론을 전개하고자 한다.[7] 이 두 작품 역시 그간 국문 장편소설의 특징으로 지적되어 온 사항들을 공유하는 부분이 많다. 난해한 문어체의 사용, 가문과 가문을 중심으로 남녀의 혼사를 둘러싸고 펼쳐지는 문제들을 설정한 점, 비슷한 유형의 사건이 구조적으로 반복되는 점, 중세적 가치를 중시하는 점 등이 그것이다. 그러나 이와 같은 점들은 장편소설이라는 장르가 가지는 표면적인 특성일 뿐 그것만으로 개별 작품의 독자적 성격을 재단할 수는 없다. 이러한 사실을 간과하게 되면 장편소설은 기득권을 가진 상층의 전유물로서 그들의 입장에 부응하여 초월적 세계관을 통해 중세이념을 옹호하는 작품군으로 단일하게 파악되고 만다. 물론 장편소설 내부에는 이러한 경향의 작품이 상당수 존재한다. 그

7) 이 두 작품은 연작관계에 있으면서도 여타의 연작과는 다른 양상을 보인다는 점 때문에 그 성격을 규정하기 위한 논의들이 전개된 바 있다. 이에 대해서는 3절에서 구체적으로 다루기로 한다.

러나 그에 못지않게 현실적 세계관에 경도된 작품들도 상당수 존재하며 또 양자의 사이에는 중간적 위치를 차지하는 작품들이 다수 존재하리라 추정된다. 그리고 이것이 소설사의 전개를 생각할 때 가장 자연스러운 모습이기도 하다. 수백 년에 걸쳐 광범위한 인기를 끌었던 소설 장르가 단일한 유형을 고수하며 고정화되었으리라고는 볼 수 없기 때문이다. 그러므로 장편소설 내부의 이러한 역동성에 주목하고 그 실상을 탐색하고자 하는 것이 이 논문의 궁극적 목적이며, 이를 위해 구체적 자료로 선택한 것이 〈옥원(玉鴛)〉 연작이라고 할 수 있다.[8)]

위에서 말한 장편소설 내의 변별성과 역동성을 포착하기 위해서는 먼저 작품에 대한 미시적 고찰이 요구된다. 그간 장편의 경우 방대한 분량으로 인해 피상적 줄거리만으로 내용을 분석하는 경우가 적지 않았는데 사건이 전개되는 방식과 인물의 형상화 방식을 구체적으로 살펴 그 의미들을 분석해보는 작업이 동반되지 않는다면 개별 작품의 내적 특성은 간과되기 마련이다. 따라서 개별 작품에 대한 면밀한 작품론이 선행되어야 한다. 그런 다음 이를 바탕으로 한 거시적인 차원에서의 비교 연구가 요구된다. 다양한 장편소설들 간의 비교 연구를 통해 좀 더 세분화된 유형들을 추출할 수 있을 것이며 이를 통해 장편소설의 구체적 실상과 흐름을 이해할 수 있게 될 것이다.

〈옥원〉 연작을 연구 대상으로 선정한 이유는 아직 이에 대한 본격

---

8) 이 논문에서는 〈옥원재합기연〉과 〈옥원전해〉를 동일선상에 놓인 작품으로 보고 함께 다루게 될 경우가 많기 때문에 그런 경우에는 두 작품을 묶어서 〈옥원〉이라 지칭하고, 개별 작품을 거론해야 할 경우에는 각각의 원래 제목대로 표시하기로 하겠다.

적 작품론이 마련되어 있지 않다는 점도 들 수 있지만[9] 무엇보다도 이 소설이 가지는 독특함으로 인해 장편소설사에 새로운 부분을 추가할 수 있을 것이라 기대되기 때문이다. 〈옥원〉은 여러 면에서 기존의 장편소설 연구 결과와는 다른 성격을 드러내는 문제작으로 파악된다. 현실적 세계관에 입각한 문제의식, 인물설정이나 사건 전개 방식의 새로움, 시대적 배경과 당대 현실과의 관련성, 여성적 시각 등이 주목을 요하는데 이러한 부분들을 고찰함으로써 이 작품의 작자에 대해 새로운 추론을 전개하는 것 또한 가능해진다.

그런데 이러한 연구의 의의가 개별 작품론으로서의 측면에 머물지 않고 소설사적 측면으로까지 확장될 수 있다고 여겨지는 것은 지금까지 논의되어 온 장편소설의 일반적 특성과 이 소설의 차이점을 비교함으로써 장편소설사를 새롭게 인식할 수 있으리라 기대되기 때문이다. 즉 논의의 전개과정에서 이 작품과 비슷하거나 상이한 다른 작품들을 비교해 봄으로써 〈옥원〉이 장편소설이라는 장르 안에서 어떤 위치를 점하고 있는지를 짐작할 수 있는 동시에 국문 장편소설 내부에도 변별적인 유형들이 나뉘어 존재했다는 사실을 확인할 수 있으리라 생각된다. 이는 장편소설사의 전개를 단선적인 형태가 아니라 다면적인 형태로 이해할 수 있게 하는 구체적 논의를 제공한다는 의의를 지닌다.

9) 이 작품은 완질(完帙)로서 현존하는 이본(異本) 중 최선본(最善本)이라고 할 수 있는 서울대 규장각 소장본의 필사상태가 판독하기 어려운 부분이 많다는 점과 한문구가 많이 섞인 난해한 문장으로 인해 내용 파악이 쉽지 않다는 점 때문에 그간 활발한 연구가 이루어지지 못한 것으로 보인다. 그러나 최근 들어 작품의 중요성이 인식되면서 연구업적들이 축적되고 있다.

본고는 모두 7장으로 구성되어 있다. 먼저 2장에서는 이 소설의 역사적 배경을 살펴보기로 한다. 송대(宋代)를 배경으로 삼아 실존인물들을 대거 등장시키고 있는 작품 실상을 검토해 보고, 실제의 역사적 사실이 소설 속에서 어떻게 변개되는지를 고찰하겠다. 이를 통해 이 작품에 드러나는 역사적 사실의 허구화 양상과 그 의미를 살피고 그것이 작가의 현실인식 및 정치인식 등과 어떤 관련성을 가지는지에 대해서도 살펴보겠다.

다음 3장에서는 인물형상과 갈등구조를 분석함으로써 작품의 주제를 탐색하기로 한다. 소설 연구에 있어서 이 부분은 기초적이면서도 가장 중요한 부분이라고 할 수 있다. 인물의 형상화 과정을 통해 작가가 전달하고자 하는 주제의식이 가장 구체적으로 드러나기 때문이다. 먼저 제 1절에서 주요 인물들의 성격과 형상화 방식의 특성을 살펴보고, 2절에서 갈등양상을 분석한 후 이를 종합하여 이 작품의 갈등구조와 그를 통해 드러나는 주제의식을 논하기로 한다. 이러한 과정에서 이 작품의 문제의식과 새로운 시각이 부각될 것이다.

4장에서는 2장과 3장의 결과를 토대로 작가의식을 살펴보기로 한다. 이 작품에서 두드러지는 특성이라고 생각되는 현실인식과 정치인식, 여성인식의 세 부분으로 나누어 논의를 전개할 것인데 이를 통해 작품의 세계관이 종합적으로 드러나게 될 것이다. 2장을 통해 작가가 어떤 집단의 인물인지를 짐작하는 단서를 찾을 수 있다면 3장과 4장을 통해서는 작가가 그 집단 내에서도 어떤 의식을 가진 인물인지를 짐작할 수 있을 것이다. 그리고 그 결과는 6장에서 작가를 추론하는 단서로 작용할 것이다.

5장에서는 기법적인 면에서의 특성들을 고찰하기로 한다. 3장에서 살핀 주제적 측면의 독창성과 관련하여 기법 면에서의 새로운 시도들을 포착하고 그 소설사적 의미를 살피고자 하는 것이다. 문체와 구조와 시점 등에서 이 작품의 독특한 면모라고 생각되는 점 네 가지를 추출하여 논의를 전개하기로 한다. 이 부분을 통해 작품의 미적 특질이 구체화될 수 있을 것이다.

마지막으로 6장에서는 지금까지 작품을 분석한 결과들을 토대로 작가를 추론해보기로 한다. 실증 자료의 한계로 인해 구체적 작가 일인을 밝히는 것은 불가능하지만 그가 속한 집단을 좀 더 구체화함으로써 기존의 장편소설 작가 논의에 새로운 시사점을 제공할 수 있으리라 기대한다. 또한 이를 통해 국문 장편소설사의 전개를 다면적으로 파악할 수 있는 계기를 마련할 수 있을 것이라고 생각한다.

제2절 연구사 검토

작품의 중요성에 비해 〈옥원〉은 비교적 최근에야 연구가 이루어지기 시작했는데 이 작품이 학계에서 주목을 받기 시작한 것은 1990년 심경호의 논문이 발표되면서부터이다.[10] 그 이전에도 김태준, 정병욱, 조희웅 등의 논의가 있긴 했지만 작품에 대해 간략히 언급하고 소개하는 정도여서 본격적인 연구의 장을 열기에는 미흡한 감이 있

---

10) 심경호, 「낙선재본 소설의 선행본에 관한 일고찰 - 온양정씨(溫陽鄭氏) 필사본 〈옥원재합기연(玉鴛再合奇緣)〉과 낙선재본 〈옥원중회연(玉鴛重會緣)〉의 관계를 중심으로」, 『정신문화연구』 38, 한국정신문화연구원, 1990.

었다.[11]

심경호가 낙선재본 〈옥원중회연〉의 이본(異本)인 서울대본 〈옥원재합기연〉과 그 속편인 〈옥원전해〉의 필사기와 배접지를 살펴 필사자가 전주이씨(全州李氏) 덕천군파(德泉君派) 이영순(李永淳)의 처 온양정씨(溫陽鄭氏)[12]임을 밝히고 필사시기는 1786년~1790년 사이임을 추정하는 연구 결과를 발표함으로써 비로소 〈옥원재합기연〉에 대한 본격적인 연구가 시작되었다.[13]

심경호의 연구가 잠자고 있던 〈옥원재합기연〉에 연구의 불을 지핀 셈이긴 하지만 주로 작품 외적인 관심에 머물렀다면, 이후 최길용, 양혜란, 정병설 등은 작품의 내외적인 면에서 활발한 연구를 수행해 짧은 시간 내에 주목할 만한 연구 업적을 축적하기에 이르렀다.

먼저 최길용은 〈옥원재합기연〉과 〈옥원전해〉가 서두(序頭)와 결미(結尾)의 연작 관계 기록, 동일한 시대적·공간적·가문적 배경과 사회적·사상적 배경, 동일 인물의 등장, 사건의 연속, 忠·孝·烈 등 유학적 윤리규범의 수호 등으로 미루어 볼 때 동일한 작자에 의해 기획된 창작물임을 밝히고, 그 작자로서 이광사(李匡師)를 지목하고 있다.[14] 그러나 이 부분은 '옥원을 지은 재조는 문식과 총명이 진실

---

11) 김태준은 『조선소설사』(예문, 1989)에서 〈옥원중회록〉을 기봉류 작품으로 분류하고 있고, 정병욱은 「낙선재문고 해제 및 목록」(『국어국문학』 44·45 합병호, 1969)에서 국내창작물로 소개한 바 있다. 반면 조희웅은 「낙선재본 번역소설 연구」(『국어국문학』 62·63 합병호, 1973)에서 이 작품을 번역작품으로 추정하고 있다.

12) 온양정씨의 생몰연대는 1725~1799년으로 파악된다.

13) 심경호, 앞의 논문.

14) 최길용, 「〈옥원재합기연〉 연작소설 연구-〈옥원재합기연〉과 〈옥원전해〉의 작품적 연계성을 중심으로」, 『한글문화』 6, 한글학회 전라북도지회, 1992 ; 최길용, 「〈옥원재합기연〉의 작자고」, 『전주교육대 논문집』 28, 1992.

노 규듕의 팀몰하야'라는 필사후기를 통해 여성작가로 추정한 심경호의 논의와는 배치되는 것으로서 논란이 되고 있다.

양혜란은 〈옥원재합기연〉과 〈옥원전해〉에 대해 본격적인 작품론을 펼치며 새로운 논의를 전개해 이후 이 작품의 연구에 여러 가지 논쟁 요소를 제공하고 있다. 그는 이 작품의 핵심갈등을 옹서갈등으로 보고 장인과 사위 간의 옹서갈등은 고전소설에서 드물게 나타나는 요소로서 개인 간의 대립이기보다는 가문 간의 갈등이며 동시에 가부장권에 대한 갈등을 드러내는 것이라고 하였다. 이러한 옹서갈등을 통해 '가문의식의 위기라는 정신사적인 문제'를 제기하고, 작품 분량을 늘려 장편 대하소설로서의 면모를 갖추게 하는 복합적인 역할을 수행한다는 것이다. 한편 옹서갈등 모티프와 함께 의술 모티프가 작품에서 중요한 역할을 한다고 보아 이를 토대로 이 작품이 '의술에 관계가 깊거나 관심이 있고, 양반에 대한 반발이 있는 중인 신세대 계층'에 의해 창작되었을 것이라는 추론을 하고 있다. 또 두 작품 중 특히 파생작인 〈옥원전해〉는 철저하게 현실적 구조와 현실적 시각을 확보하고 있어 이전의 가문소설이 드러내던 상층귀족적인 초월주의적 미학을 극복하고 실학적, 현실주의적 비판의식을 작품의 미학적 기저로 삼고 있다고 보았다. 따라서 두 작품은 시기적으로 장편가문소설의 가장 후대에 해당되며, 세태소설을 거쳐 신소설로 나아가는 이행기의 작품이라는 소설사적 의의를 갖는다는 결론을 도출하였다.[15] 그의 논의는 작품의 주제, 작자층, 창작시기 등에서

15) 양혜란, 「〈옥원재합기연〉 연구」, 『고전문학연구』 8, 한국고전문학회, 1993 ; 양혜란, 「18세기 후반기 대하 장편가문소설의 한 유형적 특징-〈옥원재합기연〉, 〈옥원전해〉를

논쟁거리를 제공함으로써 이 소설의 연구에 새로운 활력을 불어넣었다.

정병설은 주로 여성소설적 시각에서 논의를 전개하고 있는데, 〈완월회맹연〉과의 관련 속에서 이 작품의 작자가 〈완월〉의 작자로 알려진 안겸제(安兼濟)의 어머니 전주이씨(全州李氏)일 가능성을 추론해보는 한편 서울대본 〈옥원재합기연〉의 필사기나 작품 내적 진술에 〈완월〉에 대한 언급이 없는 점과 두 작품 간의 세부적인 문체가 다른 점을 들어 전주이씨 개인 혼자만의 창작이 아니라 전주이씨 주변 여성들의 집단창작일 가능성을 조심스럽게 제기하고 있다. 이를 뒷받침하기 위해 후속 연구에서 〈옥원재합기연〉의 여성소설적 성격을 밝히고 있다. 한편 그는 여성소설적 관심 이외에도 이 작품의 새로운 면모로서 탈가문소설적 시각을 지적하고 있다. 이 작품이 배경은 비록 중국이지만 송대(宋代)의 신구법당 인물들을 통해 조선의 정치현실을 반영하고 있다는 점에서 역사소설적 성격과 아울러 정치소설적 성격도 지니고 있다고 지적하고, 역사적 현실감을 확보하기 위하여 새로운 서사기법으로서 가상 작가를 내세워 전지적 시점에서 탈피하려는 모습을 보인다고 주장한다. 이러한 논의는 〈옥원재합기연〉을 가문소설로 파악하고 있는 최길용, 양혜란과는 상이한 입장을 취하는 것이어서 쟁점이 됨과 동시에 연구시각의 전환을 꾀하고 있다는 점에서 주목된다.[16]

중심으로」, 『한국학보』 75, 일지사, 1994.

16) 정병설, 「〈옥원재합기연〉 작가 재론-조선후기 여성소설가의 한 사례」, 『관악어문연구』 22, 서울대 국문과, 1997 ; 정병설, 「〈옥원재합기연〉의 여성소설적 성격」, 『한국문화』 21, 서울대 한국문화연구소, 1998 ; 정병설, 「조선시대 부부싸움과 부부의 역학 :

송성욱은 고전장편의 서사문법을 다루는 과정에서 〈옥원재합기연〉의 특성을 지적하고 있는데 이 작품이 다른 소설들에 비해 단위담의 설정이 다양하지 못한데도 불구하고 길이는 거의 비슷한 분량의 장편을 이룰 수 있는 이유로 옹서갈등이라는 단위담의 극대화를 들고 있다. 또 등장인물의 수가 적은 데 비해 주인공의 내면심리에 대한 서술을 치밀하게 전개함으로써 분량의 확대를 꾀한 대표적 예로 이 작품을 거론하고 있다.[17]

이상에서 살펴본 바와 같이 〈옥원〉에 관한 선행 연구들은 소설사에 있어서 여러 가지 새로운 문제들을 제기하고 있다. 이는 이 소설이 그만큼 문제적이라는 것을 증명하는 것이기도 하다. 그러나 아직 개별론 차원에서 문제들이 제시되었을 뿐 작품 전반에 대한 총체적이고도 면밀한 분석은 이루어지지 않은 상태이다. 이런 점에서 〈옥원〉에 대한 본격적인 작품론이 마련될 필요성이 있다고 하겠다.

제3절 자료개관

1. 서지와 이본(異本)

현재 알려진 〈옥원재합기연〉의 이본(異本)은 총 네 종류로 모두 한

〈옥원재합기연〉」, 『문헌과 해석』 5, 태학사, 1998 ; 정병설, 「〈옥원재합기연〉 : 탈가문 소설적 시각 또는 시점의 맹아」, 『한국문화』 24, 서울대 한국문화연구소, 1999 ; 정병설, 「조선후기 정치현실과 장편소설에 나타난 小人의 형상-〈완월회맹연〉과 〈옥원재합기연〉을 중심으로」, 『국문학연구』 4, 서울대 국문과, 2000.

17) 송성욱, 「혼사장애형 대하소설의 서사문법 연구-단위담의 전개양상과 결합방식을 중심으로」, 서울대 박사학위논문, 1997.

글 필사본이다.

① 서울대 규장각 소장본 〈옥원재합기연〉 21권 21책
② 한국정신문화연구원 낙선재본 〈옥원중회연〉 21권 21책 (1~5권 낙질)
③ 연세대본 〈옥원재합〉 10권 10책 (내제(內題) 〈옥원재합기봉연(玉鴛再合奇逢緣)〉, 〈옥원재합중회연(玉鴛再合重會緣)〉)
④ 이화여대본 〈옥원중회연(玉鴛重會緣)〉 3권 3책 (11~13권까지만 있는 낙질)

〈옥원재합기연〉 이본 간의 비교는 우선 심경호에 의해 낙선재본과 서울대본을 중심으로 이루어졌다. 두 이본은 분권 방식의 차이 외에 내용면에서는 별반 차이를 보이지 않으며 세부 서술에서의 미세한 차이는 필사 과정에서의 차이 때문인 것으로 여겨지는데 낙선재본이 훨씬 오기(誤記)가 많은 편이다. 심경호는 '필사의 정오(正誤), 세부기술의 번간(繁簡) 문제를 두고 볼 때 〈옥원재합기연〉이 〈옥원중회연〉보다 선행하는 이본이며, 그 역일 수는 없다'고 추정하고 있다.[18]

다음으로 연세대본은 정병설에 의해 세책가(貰冊家)에 의한 필사본으로 추정되었는데[19] 분량이 서울대본이나 낙선재본에 비해 반 정도밖에 되지 않는 것으로 미루어 내용면에서의 대폭적인 생략이 예상된다. 이화여대본은 낙선재본과 분권(分卷) 양상이나 내용이 정확히 일치하는 것으로 보아 낙선재본과 동일한 저본(底本)을 베꼈거나

18) 심경호, 앞의 논문, 175면.
19) 정병설, 「〈옥원재합기연〉 해제」, 『고전작품 역주연구』, 서울대 한국문화연구소, 1997, 5면.

서로 선후관계에 있는 것으로 보인다.

이상의 내용을 참고하여 작품 분석을 위한 선본(善本)으로 서울대본을 선택하기로 한다. 낙선재본은 서울대본보다 후대본일 뿐 아니라 앞부분이 낙질(落帙)인데다 오기(誤記)도 많아 부적절하고, 연세대본은 완질(完帙)이기는 하지만 내용면에서 절반 정도로 소략하므로 역시 부적절하다. 따라서 서울대본을 선택하게 되는데 서울대본 역시 이 소설의 조본(祖本)은 아닌 것으로 파악된다. 필사후기를 참고할 때 각 권의 필사시기가 순서대로 되어있지 않으며, 〈옥원전해〉 내용 중에 〈옥원재합기연〉이 15편으로 이루어졌다는 언급이 있는 것으로 보아 21권으로 이루어진 서울대본 이전에 선행본(先行本)이나 저본(底本)이 있었을 것임을 추측할 수 있다.[20]

이와 더불어 다루게 될 속편격인 〈옥원전해〉는 서울대 규장각 소장본인 5권 5책의 한글 필사본이 유일본(唯一本)이다.

2. 연작관계

〈옥원재합기연〉의 연작에 대한 언급은 작품 곳곳에서 발견된다. 우선 〈옥원재합기연〉의 결말부분과 〈옥원전해〉의 결말부분을 보자.

---

20) "동패 청ᄂᆡ의 반겨 우음을 먹음고 ᄌᆡ축ᄒᆞ여 ᄂᆡ기ᄅᆞᆯ 청ᄒᆞ거ᄂᆞᆯ 도첨이 본 ᄯᅳᄌᆞᆯ 가져 축ᄉᆞᄒᆞ미 가치 아닐ᄉᆡ 삼가 밧드러 ᄊᆞ러 드리니 동패 총민이 ᄌᆞ텬이라 ᄎᆡᆨ을 잡아 뒤적이매 일안의 수십항을 ᄂᆞ리울디라 ᄇᆞᄅᆞᆷ이 디나며 구ᄅᆞᆷ이 나ᄂᆞᆫ ᄃᆞᆺᄒᆞ여 <u>십오편을 다 ᄂᆞ리보매</u>" (〈옥원전해〉 권지일)

> 원우 원년 삼월 삭됴의 ᄀᆡ간 옥원ᄒᆞ여 뎐파명화ᄒᆞᄃᆡ 의이 미진ᄒᆞ고 문이 여필ᄒᆞ니 후일의 부 옥원뎐ᄒᆡ셔ᄅᆞᆯ 지으니 대개 물유시죵ᄒᆞ고 시유본말이라 뎐셔의 슈미ᄅᆞᆯ ᄀᆞᆺ초고 봉희 형뎨 남취녀가의 긔특ᄒᆞᆫ 셜홰 쇼셜의 이시니 호왈 슈뎨 십봉긔연이니 ᄎᆞ편은 그 대략만 초ᄒᆞ니라.[21]

> 니시의 후사는 십봉긔연의 부저ᄒᆞ니 전익지의 몽긔 사샹의 년혼긔 잇ᄂᆞᆫ고로 이에 취사치 아니ᄒᆞ니라 십년의 ᄉᆞᄌᆞ이녀ᄅᆞᆯ ᄉᆡᆼᄒᆞ니 장ᄌᆞ 사샹의 ᄌᆞᄂᆞᆫ 일명이요 차ᄌᆞ 운샹의 자ᄂᆞᆫ 셩몽이요 삼ᄌᆞ 호샹의 자ᄂᆞᆫ 몽약이요 ᄉᆞᄌᆞ 표샹의 자ᄂᆞᆫ 신웅이니 도도히 영쥰인걸이며 개세군ᄌᆡ라 녑신혼취의 긔화미담은 십봉긔연의 부쳐 표ᄒᆞ게 ᄒᆞ니라[22]

이 부분의 내용으로 미루어 〈옥원재합기연〉과 관련된 후속작으로 〈옥원전해〉와 〈십봉기연(十鳳奇緣)〉이 존재함을 알 수 있다. 〈옥원전해〉는 서울대본이 현전하지만 〈십봉기연〉은 남아있지 않아 정확한 실상을 파악할 수가 없다.[23] 작품 내 언급으로 미루어 〈십봉기연〉에서는 주로 자식대의 혼사에 얽힌 이야기를 다루고 있음을 짐작할 수 있을 뿐이다. 그런데 소세경-이현영 부부 사이의 자식들뿐만 아니라 〈옥원전해〉의 주인공인 이현윤-경빙희의 자식들 이야기까지 〈십봉기연〉에서 다룰 것이라는 언급으로 보아 〈십봉기연〉은 〈옥원전해〉가 창작된 후 지어졌을 것이라는 점을 추측할 수 있다. 그러므로 이

---

21) 〈옥원재합기연〉 권지이십일.

22) 〈옥원전해〉 권지오.

23) 〈십봉기연〉은 〈옥원재합기연〉 14, 15권에 실려 있는 소설목록과 서울대 규장각 소장의 〈언문고시(諺文古詩)〉 등에 제목이 실려 있는 것으로 보아 당시에는 존재하였던 작품으로 보이나 현재는 실물이 전하지 않는다.

연작의 창작은 〈옥원재합기연〉-〈옥원전해〉-〈십봉기연〉의 순으로 이루어졌음을 짐작할 수 있다.

그런데 속편에 대한 언급은 작품의 결말부분에만 나타나는 것이 아니라 작품 중간에도 보이며, 속편을 염두에 두고 설정된 채 전편에서는 미해결 상태로 남아 있는 사건들이 존재한다. 특히 소세경 부부의 자녀들을 사마강의 아들, 한충언의 딸과 정혼시키고 신물(信物)을 주고받은 후 한충언의 딸이 행방불명이 되어 혼인을 늦추게 되었다는 언급이나 매송각 회연에서 낳은 세경의 아들 봉성을 화재로 잃고 찾지 못한 채 작품을 종결하는 것은 이 작품이 쓰여질 당시부터 속편을 염두에 두고 있었음을 짐작케 해준다. 보통 모든 사건을 완결된 상태로 마무리하려는 의식을 강하게 보이는 게 국문 장편소설의 일반적 특성인데 이 작품은 그런 면에서 사건의 완결을 이루지 못하고 있다. 이 외에도 소세경 부부의 대화 속에 장남 봉희의 성격이 너무 활달하여 후일 사단을 지을 것임을 여러 차례 암시하고 있기도 하다. 이러한 부분들은 필사자에 의해 나중에 첨가된 것으로 보기 힘들다. 다른 사람에 의해 추가된 것으로 보기에는 작품 내용의 전개 속에 긴밀하게, 그리고 지속적으로 연관되어 있기 때문이다. 이러한 점들을 고려할 때 이 작품들은 동일한 작가에 의해 사전에 미리 속편의 제작과 구체적인 방향까지 기획된 채 창작되었으리라고 짐작된다.[24]

---

24) 필자는 〈현씨양웅쌍린기〉 연작의 연구를 통해 연작의 작자가 반드시 동일인이 아닐 수도 있다는 가능성을 제시함으로써 소설 창작 상황의 다양한 양태를 살펴보고자 한 바 있다.(졸고, 「〈현씨양웅쌍린기〉 연작 연구」, 서울대 석사학위논문, 1992) 즉 연작은 동일 작가에 의해 처음부터 기획된 채로 창작되었을 수도 있고, 다른 작가에 의해 다른 문제의식을 가지고 창작되었을 수도 있는 것이다. 최근에는 하나의 작품을 창작하는 데 있어서도 여러 작가에 의한 집단 창작의 가능성까지 논의되고 있어(정병설, 앞

특히 본고에서는 〈옥원재합기연〉과 〈옥원전해〉를 함께 다루게 될 것이기 때문에 두 작품의 관계를 따져볼 필요가 있다. 우선 〈옥원전해〉는 전편 〈옥원재합기연〉의 문제의식을 그대로 이어받고 있다. 효와 애정 간의 문제를 통해 입장차에 의한 인간의 심리적 갈등을 다루던 전편의 문제의식이 〈옥원전해〉에 와서 더욱 심화되었다. 그 다음으로 전편의 사건 구도와 인물이 후편에 그대로 이어지고 있다. 주인공뿐 아니라 주변 인물들의 성격까지 변함없이 지속된다. 또한 전편의 현실적 세계관이 후편에서도 동일하게 작품 전체를 지배하고 있다. 이처럼 〈옥원재합기연〉과 〈옥원전해〉는 여러 면에서 동일한 성격을 공유하고 있다. 따라서 동일한 작가 또는 동일한 문제의식을 지닌 작가군에 의해 창작된 것으로 보아야 할 듯하다.[25] 특히 〈옥원전해〉는 '전해(箋解)'라는 용어가 의미하는 것처럼 전편의 인물과 사건을 물려받아 미진한 부분을 본격적으로 전개하고 있기 때문에 보통 자식대의 이야기로 수직적 이동을 하는 일반적인 연작과는 양상이 다르다. 이 때문에 두 작품의 관계는 일반적인 연작이 각기 독립적으로 존재하면서도 연작이라는 틀 안에 묶여있는 것과는 달리 상호 의존적인 측면이 강하다. 따라서 주인공들에 대한 소개나 이전 사건에 대한 언급 없이 전편의 내용을 이어받아 곧바로 다음 내용을 전개하고 있는 후편 〈옥원전해〉는 국문 장편소설의 일반적인 작법

의 논문, 1997) 당시의 소설 창작 상황이 매우 다양한 모습으로 전개되었을 것임을 짐작하게 한다.

25) 이 두 작품을 반드시 한 작가가 지었다고 확정할 수 있는 작품 외적 증거는 존재하지 않는다. 그러나 비록 다른 작가가 지었다고 하더라도 작품이 추구하는 주제가 동일하게 지속되고 있다고 파악되는 이상 두 작품을 동일선상에 놓고 연구할 수 있는 근거는 마련되었다고 보인다.

(作法)을 염두에 둘 때 독자적인 작품으로 취급하기에는 미흡한 점이 있다고 하겠다.

이처럼 〈옥원재합기연〉과 〈옥원전해〉가 별개의 작품이면서도 여느 연작보다는 훨씬 밀접한 관련을 가지기 때문에 작품의 총체적인 이해를 위해서는 두 작품을 분리해서 다루기가 곤란해진다. 특히 〈옥원전해〉가 전편에서 피상적으로 끝맺었던 사건에 대해 더 심각한 문제의식을 가지고 이후의 갈등을 다루고 있기 때문에 〈옥원전해〉까지 포함해서 분석해야 작품의 의미와 작자의 의도를 올바로 파악할 수가 있다. 따라서 앞으로의 논의 전개는 주로 〈옥원재합기연〉을 중심으로 진행하되 필요한 부분에서는 두 작품을 분리하지 않고 한 작품으로 간주하고 다루기로 한다.

그런데 두 작품의 관계는 앞서 살펴본 것처럼 일반적인 연작 관계와는 다소 차이가 있기 때문에 연구자에 따라 이에 대해 파생작(派生作), 혹은 보유작(補遺作)이라는 명칭을 부여하기도 한다. 양혜란은 '전해(箋解)'라는 용어가 '간단한 구조 속에서 그 앞부분에서 해결이 안 되었거나 미진한 부분을 다시 해석하거나 연결해 주는 글'이라는 점을 들어 〈옥원전해〉를 전편에서 특이한 소재나 관심 있는 부분만 적출하여 초록한 것이거나 전편에서 미심쩍거나 해결이 불투명한 이야기를 중점적으로 계속하려는 의도에서 지어진 '파생작'으로 규정하고 있다.[26] 한편 정병설은 미진한 부분에 대한 보충에 초점이 맞추어져 있는 것으로 보아 '보유작'이라는 용어를 사용하고 있다.[27]

26) 양혜란, 앞의 논문, 1994. 57~61면.

27) 정병설, 「〈옥원재합기연〉 해제」, 『고전작품 역주연구』, 서울대 한국문화연구소, 1997,

파생작이라는 용어는 주인공 주변의 인물이나 사건을 분리, 확대시켜 다루는 경우에 많이 쓰이는데 〈옥원전해〉의 경우에는 전편의 중심 주인공이 그대로 이어지면서 문제의식을 더욱 심화시키고 있어 파생이라는 용어가 그리 적절해 보이지는 않는다. 작품의 실상에는 보유작이라는 용어가 더 부합하나 일반적으로 쓰이지 않는 낯선 용어로서 용어의 의미를 금방 짐작하기 어렵다는 문제를 안고 있다. 이 논문에서는 연작 관계를 지칭할 때 보편적으로 사용되는 속편 혹은 후속편이라는 용어를 그대로 사용하기로 한다.

3. 필사기 검토

고전소설 필사본에 첨기된 필사기들은 작가나 창작시기를 확정할 수 없는 고전소설 연구에 있어서 중요한 정보를 제공하는 경우가 많기 때문에 주목받아 왔다. 〈옥원재합기연〉의 이본들과 〈옥원전해〉에도 거의 매 권마다 필사기가 붙어있으므로 이를 살펴봄으로써 작품에 대한 외적 정보들을 습득할 수 있다.[28]

6~7면.

28) 낙선재본 〈옥원중회연〉에는 필사기가 첨부되어 있지 않다.

• 서울대 규장각 소장본 〈옥원재합기연〉

권 1 : 니수부ᄃᆡᆨ 입납 신문 李主簿宅入納

권 2 : 병오 듕츈 십구일 추추필셔 글시 하 황잡옹졸ᄒᆞ나 본뎐 옴기기를 위ᄒᆞ여 쓰오나 ᄎᆡᆨ지를 ᄇᆞ린 ᄃᆞᆺ 무엄참괴ᄒᆞ오이다

권 3 : 우리 증조모 수필 온양뎡시 뎡경부인

권 4 : 병오 듕츈 념ᄉᆞ일 가지록 추필 총부 ᄒᆡ평윤은 ᄀᆡ장ᄒᆞ다

권 5 : 온양뎡시 수필 몃ᄃᆡ예 뉴젼ᄒᆞ여 오ᄂᆞᆫ ᄎᆡᆨ을 이리 쌈난 손으로 부프러 이러ᄒᆞ니 보시ᄂᆞ니 무엇ᄉᆡ 노코 잘들 보아주소서. 온양뎡시 가ᄂᆞᆯ게 쓰신 수필

권 6 : 병오 계츈 초십일 가지록 추필

권 7 : 온양뎡시 수필

권 8 : 변ᄉᆡᆼ원의 고모 글시 아라보기 블통이 ᄌᆞᄌᆞ히요 고져도 ᄇᆞ르디 못ᄒᆞ니 ᄋᆡᄃᆞᆲ고 졀통ᄒᆞ다

권 10 : 온양뎡시 수필 완젼ᄒᆞ고 보기 죠타
뎡미 삼월 념삼일 챵아 샹방의셔 죵셔

권 11 : 증왕모 슈필이야 ᄌᆞᄌᆞ이 쥬옥이로다
뎡미 삼월 초이일 챵아 샹방의셔 필셔
조상 문ᄆᆡᆨ 이ᄃᆡ로 나리시고 우리ᄂᆞᆫ 글시 조ᄎᆞ

권 12 : 경슐 오월의 시작ᄒᆞ여 신ᄒᆡ예 필셔
경슐 오월의 시작ᄒᆞ여 쓰다가 ᄆᆞᆺ디 못ᄒᆞ고 신ᄒᆡ 칠월 초팔일 뎡동 셔샹방의셔 필셔

권 13 : 경슐 뉵월일 뎡동 셔샹방의셔 필

권 14 : 한마님 친필
경슐 오월일 뎡동 셔샹방의셔 필셔

권 15 : 판셔ᄃᆡᆨ 샤동 형님 글시
ᄎᆡᆨ글시ᄂᆞᆫ 당슉모 친필

권 16 : 경슐 뉵월일 필셔

듕용의 ᄌᆡ왈 무우쟈ᄂᆞᆫ 기유문왕ᄒᆞ신대 이왕계위부ᄒᆞ시고 이무왕위ᄌᆞ ᄒᆞ시니 뷔작지어시ᄂᆞᆫ ᄌᆡ 슐지ᄒᆞ시니라 ᄒᆞ여 겨시니 이 ᄎᆡᆨ의 소시 삼 ᄃᆡ야 진실노 셰샹의 근심이 업고 텬하의 그 쾌락을 두엇도다

ᄉᆞᆺ히 쓰오신 글시ᄂᆞᆫ 어마님 친필

권 17 : 증왕모 슈필 우리 한마님 글시 ᄌᆞᄌᆞ 쥬옥이로다

경슐 뉵월일 뎡동 셔샹방의셔 필셔

권 18 : 녯슈필이니 ᄌᆞ손마다 공경ᄒᆞ라

권 19 : ᄎᆡᆨ이 비록 낡아시나 우리 조상 슈필이시니 비러 보시ᄂᆞ니ᄂᆞᆫ ᄂᆞᆷ의 녯거ᄉᆞᆯ 공경ᄒᆞ여 샹히오지 말지어다 소손 박실은 녯슈필을 ᄒᆡ로만 뵈오니 반갑고 감창ᄒᆞ와 다의ᄒᆞ온 글시로 쟉난이오니 죄 만ᄉᆞ오이다

권 20 : 온양뎡시 수필 변ᄉᆡᆼ원의 고모 글시 섯기다

권 21 : 옥원을 지은 ᄌᆡ조ᄂᆞᆫ 문식과 총명이 진실노 규듕의 침몰ᄒᆞ야 ᄒᆞᆫ갓 무용ᄒᆞᆫ 잡져ᄅᆞᆯ 긔슐ᄒᆞ고 셰샹의 쓰이디 못ᄒᆞ미 가셕가탄이로다 명ᄒᆡᆼ 녹 비시명감 신옥긔린 등이 다 이 ᄒᆞᆫ 손의 난 ᄇᆡ로ᄃᆡ 각각 볼ᄉᆞ록 신신ᄒᆞ고 긔묘ᄒᆞ며 공교ᄒᆞ니 이샹ᄒᆞ다

위의 기록을 토대로 이 소설이 병오년, 정미년, 경술년, 신해년에 필사되었음을 알 수 있는데 이 연도표시가 구체적으로 언제인지는 심경호에 의해 丙午(1786년, 정조 10년), 丁未(1787), 庚戌(1790), 辛亥(1791)로 고증된 바 있다.[29] 이를 통해 이 작품의 창작시기가 18세기 말 이전임을 추정할 수 있었고, 주필사자인 온양정씨가 전주이씨 덕천군파 이영순(李永淳)의 처임도 확인할 수 있었다.

---

29) 심경호, 앞의 논문, 181~183면.

또 필사기에는 온양정씨 이외의 인물들이 빈 여백에 온양정씨의 글씨를 흉내내거나 필사자인 온양정씨와 자신과의 관계에 대해 언급한 내용들도 단편적으로 남아있어서 이들의 관계를 짐작할 수 있고, 필사에 온양정씨 외에도 변생원의 고모가 부분적으로 참여했음을 알 수 있다.[30] 그 외에도 본문 중에는 군데군데 온양정씨의 필체와는 다른 졸필이 섞여있기도 하지만 전반적으로 거의 대부분이 온양정씨에 의해 필사된 것으로 보인다.

필사시기는 권별로 순서대로 이루어진 것이 아니라 10권이 11권보다 나중에 필사되고, 12권의 경우 경술년에 시작했으나 마치지 못하고 다음해까지 미루게 되어 13~17권보다도 나중에 완성되었음을 알 수 있다. 특히 12권의 경우 그 전까지는 '챵아 샹방'에서 필사한 것으로 되어 있다가 12권 이후부터 '명동 셔샹방'에서 필사한 것으로 되어 있으면서 13권 등보다도 늦게 마무리가 된 것으로 미루어 이 시기를 전후해 집안에 무슨 연고나 이동 등이 있지 않았을까 하는 생각을 불러일으키기도 한다. 그런데 이처럼 각 권의 필사 순서가 권별 순서와는 달리 이루어졌다는 사실은 이 필사본이 이 작품의 조본(祖本)이 아니라는 증거의 하나이다. 이 외에도 '하회를 분석하라' 등의 용어를 통해 장회를 나누는 부분이 본문 중간에 등장한다거나 미처 문장을 끝까지 다 베끼지 못하고 다음으로 넘어가는 경우, 한 사람의 글씨가 아니라 간혹 다른 사람의 글씨가 섞여 있는 점 등도 마찬가지다.

〈옥원재합기연〉의 필사기 중 특히 21권의 필사기는 이 작품의 작

30) 〈옥원재합기연〉과 〈옥원전해〉의 필사기에 언급된 인물들의 관계는 논문 뒤의 부록으로 첨가된 〈전주이씨덕천군파보(全州李氏德泉君派譜)〉를 참조하면 도움이 될 것이다.

가에 대한 정보를 제공하는 것으로 인식되어 학계에 많은 논의를 불러일으키기도 하였다.[31]

• 서울대 규장각 소장본 〈옥원전해〉

권 1 : 뎡경부인 온양뎡시 수필

보시ᄂᆞ니마다 남의 집 녯슈필을 공경ᄒᆞ여 샹히오디 말지어다

총부 희평윤은 경미 듕츈 기쟝ᄒᆞᄂᆞ니 만ᄃᆡ뉴젼ᄒᆞ라

경슐 구월일 필셔

권 2 : 경슐 구월의 쓰다

권 3 : 경슐 구월일 뎡동 셔샹방의셔 필셔

드러오ᄂᆞᆫ 총부마다 이 칙을 공경 조심ᄒᆞ여 만대뉴젼ᄒᆞ라

권 4 : 큰오라바님 총부 유시 글시 ᄀᆞ장 눈이 띄이더라 이제 슉뫼 계향ᄒᆞ션지 오ᄅᆡ예 때때 몽니로조차 감히오니 새롭도다 이 칙 비러올제 경ᄉᆞᄒᆞ시옵□□ 슬하의셔 젼질을 다 비러올 제 네 칙 네 권을 비러간지 수소문ᄒᆞ여 ᄎᆞ자보낼 □□□□ᄒᆞ시더니 그 녀름의 □권을 몬져 차자 □□더니 이제 다시

권 5 : 시계 병진 밍츈 초길 시작ᄒᆞ야 초삼일 총총 추필셔ᄒᆞ니 글시 괴이ᄒᆞ다

우리 존고 그계유시 슈필 ᄃᆡᄃᆡ의 공경ᄒᆞ라 총부 희평윤은 기쟝ᄒᆞᄂᆞ니 ᄂᆞᆷ의 것 움치ᄂᆞ니ᄂᆞᆫ 욕을 아니ᄒᆞ여도 不仁이여든 슈고로이 욕셜ᄒᆞ여 무엇ᄒᆞ리오

---

31) 이 부분에 대해서는 작가를 논하는 부분에서 다시 구체적으로 살펴보게 될 것이다.

위의 기록으로 미루어 온양정씨의 증손자부인 해평윤씨가 정미년에 이 책을 개장했음을 알 수 있는데 이때의 정미년은 1847년(헌종 13년)으로 온양정씨가 필사한 지 60년만의 일이다. 온양정씨의 질녀로 짐작되는 이가 온양정씨의 손자며느리이자 개장자 해평윤씨의 시어머니인 기계유씨의 글씨에 대해 평하고 있다. 기계유씨는 시모인 온양정씨와 더불어 필사를 같이한 것으로 보이는데 4권의 경우에는 이들의 필체 외에도 '서울대감 친필'이라는 남자의 필체도 섞여 있어 여러 사람이 필사에 참여했으며 이 집안의 남성도 이 소설의 필사에 참여했다는 사실을 짐작할 수 있다. 〈옥원전해〉 5권의 경우 기계유씨의 주도하에 병진년(1796)에 필사되었음을 알 수 있다. 그런데 〈옥원전해〉의 3권까지는 경술년(1790)에 필사된 것으로 되어 있어 〈옥원재합기연〉의 필사와 더불어 같은 시기에 지속적으로 필사가 이루어졌음을 짐작할 수 있는데 5권의 경우 이보다 무려 6년이나 지난 시기에 온양정씨가 아닌 기계유씨에 의해 필사가 이루어진 것으로 미루어 〈옥원전해〉의 필사 과정에 무슨 연고가 있었을 가능성을 시사한다. 뒷부분을 분실했다가 다시 베꼈을 가능성이나[32] 그동안 필사를 주도해온 온양정씨의 신변적인 이유 등으로 필사가 지연되다가 다른 사람에 의해 마무리되었을 가능성 등을 생각해볼 수 있다.[33]

---

32) 작품의 행간이나 뒷부분의 여백에 남의 것을 훔치는 이에 대한 불만과 경고가 첨기되어 있는 점이 이를 뒷받침한다.

33) 온양정씨의 생몰연대는 〈전주이씨덕천군파보(全州李氏德泉君派譜)〉에 따르면 1725년~1799년까지로 되어 있는데 이를 참고하면 온양정씨가 〈옥원〉을 필사한 시기는 환갑을 넘어서부터 60대 중반 무렵까지임을 알 수 있다. 그런데 〈옥원전해〉 5권의 필사 시기인 병진년(1796)은 온양정씨가 이미 칠순을 넘긴 때이므로 이전처럼 적극적으로 필사에 임하기는 어려웠으리라는 점을 짐작할 수 있다.

이상에서 살펴본 바처럼 서울대본 〈옥원재합기연〉과 〈옥원전해〉의 필사기에 등장하는 인물들과 전주이씨 덕천군파의 가계도가 일치하는 것으로 미루어 전주이씨가의 며느리들이 온양정씨를 주축으로 대를 이어 이 작품의 필사에 참여하였으며 온양정씨의 사후에도 그의 필적이 담긴 이 책을 가보(家寶)로 유전하였음을 알 수 있다.

• 연세대본 〈옥원재합〉

권 1 : 셰ᄌᆡ 신묘 하ᄉᆞ월 념뉵일 총총 죵셔 막필츄셔 ᄒᆡ약이 막심ᄒᆞ니
보시ᄂᆞ니 눌너보시고 흉보지 마오시ᄅᆞ

권 2 : 셰ᄌᆡ 신묘 오월 초ᄉᆞ일 필셔 가득 노둔ᄒᆞᆫ 필ᄌᆡ의 졈졈 슈젼증이
심ᄒᆞ여 더욱 되지 아니ᄒᆞᄂᆞᆫ 거슬 궁향의 안져 ᄎᆡᆨ 어더보기도 극난ᄒᆞ
기 노ᄅᆡ의 심심파적이나 ᄒᆞᆯ가 ᄒᆞ고 시ᄌᆞᆨᄒᆞ엿더니 졈졈 실증이 나 망
측히 긔젹여시니 보시ᄂᆞ니 흉보실 닐 답답

권 3 : 셰ᄌᆡ 신묘 오월 샹한 필셔 글시 졈졈 아니되니 답답 보시ᄂᆞ니
흉보실 닐 붓그럽도다

권 4 : 셰ᄌᆡ 신묘 하오월 념일 죵셔 셜화ᄅᆞᆯ 탐ᄂᆡ여 시ᄌᆞᆨ은 ᄒᆞ엿시나 비통
과 슈젼증으로 글줄이 바람을 맛고 오ᄌᆞ낙셔도 만코 글시 축졸ᄒᆞ니
보시ᄂᆞ니 눌너보실ᄎᆞ

권 5 : 셰ᄌᆡ 신묘 오월 념뉵일 총총 필셔ᄒᆞ다 갓득ᄒᆞᆫ 글시의 아들의 과거
방셩 듯고 마음이 갈륜 홍의 계워 그러ᄒᆞ온지 각ᄉᆡᆨ으로 ᄉᆡᆼ각이 만하
마음 안든치 못ᄒᆞᆫ 듕 쓰니 더욱 오ᄌᆞ가 만ᄉᆞ오이다

권 6 : 셰ᄌᆡ 신묘 뉵월 십삼일 총총 죵셔ᄒᆞ니 갓득 둔필이 마음은 총총ᄒᆞ
고 실증을 겸ᄒᆞ여 슈젼증 견비통 각ᄉᆡᆨ으로 쁠 길 업스나 본문을 너모
오ᄅᆡ두어 반만 ᄎᆞ져가니 불안스럽고 남은 ᄎᆡᆨ이 반이나 되ᄂᆞᆫᄃᆡ 밋처
벗기지 못ᄒᆞ여셔 문호셔ᄎᆡᆨ을 보ᄂᆡ라 ᄒᆞ시니 언제나 다 벗겨셔 좀 빌

니을지 아모조록 슈이 ᄡᅳ고ᄌᆞ ᄒᆞ여 틈틈 긔력이나 아들의 도문일ᄌᆞᄂᆞᆫ 박두ᄒᆞ고 슈온 갈뉸ᄒᆞ여 갓득 실증 만은ᄃᆡ 글시 더옥 되지 안으니 보시ᄂᆞ니 눌너보시고 흉보지 마르시옵

이 ᄎᆡᆨ 본문은 ᄡᅳᆫ 지가 ᄉᆞ십여년 되엿ᄂᆞᆫᄃᆡ 그도 졸필이 막오 굴니고 년구ᄒᆞᆫ 둥 얄은 ᄇᆡᆨ지의 ᄡᅳᆫ 거시 부풀고 뒤여지고 ᄉᆞ연이 종이 아니다 은 말이 무슈ᄒᆞ옵고 그러나 그 집 젼가지보로 앗기ᄂᆞᆫ 거시라ᄂᆞᆫ 거ᄉᆞᆯ 좀 아닌 마음의 ᄂᆡ여노흔 모양인ᄃᆡ 고이고이 보고 벗기노라 ᄒᆞ여도 ᄌᆞ연 더 부풀고 만이 샹ᄒᆞ엿시니 무안ᄒᆞ더이다

권 7 : 셰ᄌᆡ 신묘 칠월 십ᄉᆞ일 총총 죵셔

권 8 : 셰ᄌᆡ 신묘 팔월 초삼일 필셔ᄒᆞ노라 오월의ᄂᆞᆫ ᄒᆞᆫ 권을 ᄉᆞ오일의 ᄡᅳᆯ너니 졈졈 마음이 갈륜ᄒᆞ고 셰ᄉᆞ의 얽혀 걱정되ᄂᆞᆫ 일이 만하 ᄒᆞᆫ 권을 시작ᄒᆞᆫ 지 이십일만의 맛쳐시니 ᄯᅩ 두권이 남어시니 언졔나 ᄡᅳᆯ고 답답다

권 9 : 셰ᄌᆡ 신묘 팔월 십뉵일 죵셔

권 10 : 셰ᄌᆡ 신묘 팔월 십칠일 시ᄌᆞᆨᄒᆞ여 십팔일 이일만의 다 뻣구나

이 책의 필사자는 신유년(辛卯年)(1831이나 1891로 추정됨) 4월부터 8월까지의 기간 동안 이웃에서 빌린 저본(底本)을 가지고 베끼고 있는데 저본 자체가 글씨체가 좋지 않은데다가 사연이 제대로 이어지지 않는 부분이 많아 힘들다는 하소연을 하고 있다. 또한 베끼기도 지루하고 글씨체도 엉망이라는 변명을 많이 늘어놓고 있는데 실제 책의 글씨체는 필사자가 부끄러워하는 것에 비해 제법 정연하게 잘 쓰인 달필이다. 연세대본을 세책가 등의 대서가(代書家)에 의해 필사된 것으로 보는 견해도 있으나[34] 이러한 가능성은 희박해 보인다. 이 책의 필사자는 궁향에 사는 사람으로 과거에 합격하여 도문잔치를 앞둔

아들을 두고 있다. 궁향에서 서책을 얻어 보기 힘든 상황에 설화도 탐나고 노후에 심심파적이나 할까 하고 이웃의 전가지보(傳家之寶)인 책을 빌려 베끼기 시작하였으나 싫증도 나고 뜻대로 되지 않는 상황을 푸념하고 있다. 이런 정황으로 미루어 전문적으로 책을 베껴주는 대서가라기보다는 개인적으로 필사를 시작하였다가 수월치 않은 일에 힘들어하는 시골의 한 노인 정도로 파악하는 것이 더 적절해 보인다. 특히 세책가가 서울 근처에서만 성행했었다는 언급으로 미루어[35] '궁향의 서책 어더보기도 극난ᄒᆞ기'라는 필사기의 내용은 세책가와는 그리 관련이 있어 보이지 않는다.

필사기에서 저본으로 삼은 책의 상태가 좋지 않고 사연도 제대로 이어지지 않는 말이 무수하다고 한 것으로 미루어 연세대본은 서울대본이나 낙선재본에 비해 작품의 분량이 소략할 뿐 아니라 내용면에서도 착오가 많은 이본을 베낀 것으로 보인다. 그리고 이를 통해 이 이본이 조본(祖本)이나 서울대본 등의 작품에 비해 그리 충실한 내용을 갖추지 못했을 것임을 짐작할 수 있다.

이상의 필사기들을 살펴본 결과 서울대본이 연세대본에 비해 원

34) 정병설, 앞의 논문, 1997.

35) "이런 종류의 장사가 서울에 예전에는 많았으나 점점 희귀해진다고 몇몇 한국 사람들이 일러 주었다. 또한 나는 지방에, 심지어 송도·대구·평양 같은 대도시에서조차 이들이(세책가) 존재한다는 얘기를 들은 적이 없다."(모리스 꾸랑, 『한국서지(수정번역판)』, 이희재 역, 일조각, 1994, 4면.)
"… 이 두 가지의 중간을 타고 나간 것에 아마 경성에만 있는 듯한 세책이란 것이 있으니, 곧 대소장단을 물론하고 무릇 대중의 흥미를 끌만한 소설 종류를 등사하여 … 한두 푼의 세전을 받고 빌려주어서 보고는 돌려보내고 돌아온 것은 또 다른 사람에게 빌려주는 조직으로 한창 성시에는 그 종류가 수백 종 수천 권을 초과하였었읍니다."(최남선, 『육당 최남선전집』 9, 현암사, 1973, 440면)

본에 더 가까운 시기의 선행본일 가능성이 높다. 서울대본의 경우 필사자가 작가에 대해 알고 있는 듯한 언급을 하는 것으로 보아 이 작품이 창작된지 얼마 안 되는 시기에 필사되었으리라고 추정되는 데 비해 연세대본의 경우 이미 내용상 많은 착오와 결함을 가진 책을 저본으로 하여 필사된 만큼 그동안 여러 차례의 필사 과정이 개입되었으리라고 보이기 때문이다. 한편 서울대본 〈옥원재합기연〉과 〈옥원전해〉는 거의 한 작품처럼 인식되면서 동시에 연달아 필사된 것으로 미루어 여느 연작들보다도 더욱 밀접한 관련을 가지고 있음을 재확인할 수 있다. 특히 서울대본의 필사자 집단과 이 소설의 작가가 서로 관련을 맺고 있으면서 소설의 유통 과정에서 긴밀한 관계를 형성하고 있었으리라는 점을 짐작할 수가 있다.

제2장
역사적 사실의 수용 양상

〈옥원〉은 송나라 희령(熙寧)년간을 시대적 배경으로 하고 있다. 이처럼 중국을 시공간적 배경으로 삼는 것은 고전소설의 일반적인 경향이다. 그런데 이 작품은 시대적 배경만이 아니라 실존인물들까지 대거 등장시켜 주요 역할을 맡기고 있다. 그러면서도 실존 역사인물을 주인공으로 내세워 영웅적 행위를 그려내는 〈범문정충절언행록(范文正忠節言行錄)〉, 〈구래공정충직절기(寇萊公貞忠直節記)〉 등의 소설[1]과는 다르다. 실존인물들의 행적을 사실적으로 그려내기보다는 소설의 내용에 맞춰 허구화하는 경향이 강하기 때문에 비록 실존인물들이 대거 등장하고 있기는 하지만 역사소설적 성격은 희박하다. 작품 속에서 실존인물들의 권위와 명성을 효과적으로 사용함으로써 작품의 개연성을 높이고, 허구의 작품을 실제의 기록물처럼 인식하도록 유도하고 있다고 하겠다. 이는 가상 작가를 내세워 이 소설이 실제 당대의 창작물인 것처럼 보이도록 유도하는 부분에서 드러나는 의식과 동궤에 있는 것으로 보인다. 그러면 구체적으로 어떤 인물들이

---

1) 〈범문정충절언행록〉은 송대(宋代)의 현신(賢臣) 범중엄(范仲淹)의 일대기를 다루고 있고, 〈구래공정충직절기〉는 송나라 초기 진종조의 명재상 구준(寇準) 가문의 이야기를 다루고 있다.

등장하며 그들이 작품 속에서 어떻게 그려지고 있는지, 그리고 그 의미는 무엇인지 살펴보기로 하자.

제1절 역사적 인물의 허구화

〈옥원〉의 핵심적 인물로서 가장 대표적인 실존인물로는 소송(蘇頌)을 들 수 있다. 주인공 소세경의 부친 소송은 〈송사열전(宋史列傳)〉에 수록된 실존인물이다.[2)]

> 소송(蘇頌)의 자는 자용(子容)이며 천주(泉州) 남안인(南安人)이다. 부친은 신(紳)인데 윤주(潤州)의 단양(丹陽)에 장사지냈고 이로 인해 그곳으로 옮겨가 살았다.[3)]

송사(宋史)에 기록된 위의 내용과 작품 속의 소송에 관한 기록을 비교해 보자.

---

2) 소송(蘇頌)은 역사적으로 그다지 주목받은 인물이 아니었기에 지금까지의 연구에서는 이 작품의 소송이 실존인물이리라고 생각하지 못한 듯하다. 이 때문에 그의 이름에 대해서 소송과 소홍이라는 두 가지의 견해가 있어 왔다. 이에는 〈옥원재합기연〉의 독특한 필체도 한 요인을 제공했다. 그러나 이번 기회에 본 논문에서 〈송사열전(宋史列傳)〉과의 비교를 통해 소송이 송대의 실존인물이고 작품 속의 인물과 일치한다는 점을 밝히게 됨으로써 더 이상의 혼란을 막을 수 있게 되었다.

3) 蘇頌字子容, 泉州南安人. 父紳, 葬潤州丹陽, 因徙居之. (〈宋史列傳〉 第九十九)

> 화셜 대송 희령년간의 일위 명공이 이시니 셩은 소요 명은 송이오 ᄌᆞ는 ᄌᆞ용이니 쳔쥐인으로 윤쥐예 이ᄉᆞᄒᆞ니 본은 미산 동쥬이라. 조년등됴ᄒᆞ여 문당덕망이 청됴의 드레고 총명니ᄉᆡ 일세의 ᄌᆞ최ᄒᆞ여 반ᄃᆞ시 공부로 ᄎᆡᆨ망ᄒᆞ더라. 공이 조시의 ᄌᆞ모ᄅᆞᆯ 상ᄒᆞ고 엄뎡을 시봉ᄒᆞᆯᄉᆡ 반ᄃᆞ시 증시의 효ᄅᆞᆯ 본밧고 황향의 정셩을 닐위여 효양삼십년의 불힝ᄒᆞ여 대고의 복ᄒᆞ니 삼일을 황황ᄒᆞ고 삼월을 망망ᄒᆞ니 됴애 차탄ᄒᆞ고 닌리 감동ᄒᆞ더라.4)

소설의 시대적 배경과 자(字), 고향 등이 송사(宋史)의 기록과 일치하고 윤주로 이사했다는 내용까지 같은 것으로 보아 〈옥원〉의 작가가 송사의 소송을 작중인물의 모델로 하고 있다는 점을 알 수 있다. 또 송사에 묘사된 소송은 맡은 바 일처리가 정확하고, 법의 집행이나 공무에 사심이 없이 철저하며, 성격은 신중하고 사려 깊어 위기에 처해서도 현명하게 행동하고, 생활면에서는 근검하고 청렴하다. 더군다나 지극한 효자로 그려지고 있어 〈옥원〉 속의 소송과 인물의 윤곽이 비슷하다.

그러나 구체적인 부분에서는 역사적 사실과 작중 내용이 차이를 보인다. 소송의 구체적인 행위나 그의 가족들에 대한 내용은 송사에는 언급되어 있지 않거나 차이를 보여 허구로 창작된 부분임을 확인할 수 있다. 작중에는 소송이 일찍 모친을 여의고 부친을 모시고 살았었는데 아들 세경도 자신과 마찬가지로 편부 슬하에서 자라는 것을 가슴 아파하는 내용이 있다. 그런데 송사에는 이와는 달리 소송이

---

4) 〈옥원재합기연〉 권지일.

편모와 조모를 모시고 살았던 것으로 기록되어 있다.[5] 또 송사의 소송이 윤주로 이사를 가게 되는 것은 부친을 그곳에 장사지낸 것을 계기로 이루어진 일인데 작품 속에는 윤주로 이사한 계기는 언급이 없는 대신, 소송의 부친이 점복(占卜)을 통해 미산의 길지(吉地)를 얻어놓고 돌아가시자 유지(遺志)를 좇아 미산으로 옮겨가 사는 내용을 설정해놓고 있다.

무엇보다도 중요한 차이는 실제 소송에게 소세경이라는 아들이 있었다는 기록이 없다는 점이다. 〈송사열전(宋史列傳)〉의 기술 방식을 보면 주요인물에 대한 서술 뒤에 그의 자식에 대해서도 함께 기록해놓고 있는데 소송의 경우에는 자식에 대한 언급이 전혀 없다. 자식이 없었거나 열전에 기록될 만큼 두드러지는 인물이 아니었기 때문일텐데 전자보다는 후자의 가능성이 크다고 하겠다. 그런데 이 작품의 주인공인 소세경은 부친을 닮아 맑은 성정과 효심을 물려받았을 뿐 아니라 학식과 재주 면에서 걸출한 인물로 당대에 따를 자가 없는 뛰어난 인물로 묘사되고 있다. 실제로도 그런 인물이 존재했다면 그 역시 송사에 기록되어 있어야 하는 게 당연하다. 그러나 송사에는 소세경이라는 인물은 수록되어 있지 않으며, 소송의 아들에 대한 언급도 없다. 그러므로 이 부분은 허구에 의해 창작된 것이라고 보아야 할 것이다.

송사에 등장하는 소송은 벼슬길에 나아가 계속 여러 관직을 전전하며 선정(善政)을 편 것으로 기록된 데 반해, 작품 속의 소송은 부친의 유지를 받들어 신법으로 어지러운 세상을 피해 벼슬을 마다하고

---

5) 頌在館下九年 奉祖母及母 養姑姊妹與外族數十人 (〈宋史列傳〉 第九十九)

미산에 은거하다가 잠깐 벼슬길에 나아가나 곧은 성품으로 인해 간신들의 전횡에 대해 상소를 올리는 바람에 해남으로 유배를 가는 것으로 그려진다. 이 일을 계기로 소세경 부자의 이별과 고난의 과정이 시작된다. 이후 부자가 상봉하고 소송의 유배가 풀린 후 세경의 장원급제로 가문의 명예를 회복하지만 소송은 오래도록 미산에 머물다가 개봉부윤이 된 후에야 상경하는 것으로 되어 있다. 송사(宋史)에도 소송이 신법당인 이정(李定)에 대해 불가함을 알리고 벼슬을 마다하는 내용이나 개봉부 지역의 진공사(進貢使)를 맡았다는 기록 등이 있기는 하나 구체적인 내용은 소설과 거리가 있다.

이런 점으로 미루어 보건대 이 작품은 실존인물을 차용하기는 했지만 그의 성명이나 출신 배경 등의 외적인 사항과 성품 등의 기본적인 요건만을 빌려왔을 뿐 나머지 부분은 순수한 창작으로 이루어진 것이라고 하겠다. 즉 송대에 실존했던 관료인 소송이라는 인물을 차용하여 그의 청렴한 성격과 효성 등의 긍정적인 측면을 작중에 활용하기는 하되 나머지 구체적인 요소들은 작가의 상상력에 의해 재창조된 것이라고 할 수 있다.

소송이 활동했던 실제 연도와 작중 시기도 일치하지 않는다. 작품은 희령(熙寧)년간으로 시작하여 소송이 정치권에서 소외되었다가 다시 등용되어 개봉부윤으로 부임하는 시기를 원풍(元豊) 8년으로 설정하고 있는데 이 기간을 영종대왕 시절로 그리고 있다. 그런데 이는 역사적 사실과는 거리가 있으며 소송의 활동시기와도 차이를 보인다. 희령(熙寧)은 신종 재임 기간의 연호이고, 영종은 신종 이전의 황제이다. 영종 다음에 즉위한 신종의 재임기간인 희령(熙寧, 1068~1077), 원풍(元豊, 1078~1085)년간은 왕안석(王安石)의 신법이 시행되어 신법당이 집권했던 기간이다. 그러나 원풍(元豊) 8년(1085)에 신종이 죽고 10세의 철종이 즉위한 후(元祐, 1086~1093) 신법당을 싫어하던 고황후가 섭정을 시작하게 됨으로써 다시 구법당이 정권을 장악하게 된다.

신법당의 전횡 속에 구법당의 인물인 소송이 몰락하였다가 원풍(元豊) 8년에 정치에 복귀하는 작중 내용은 역사상의 신구법당의 정치적 부침과 일치한다. 그러나 당시의 황제를 영종으로 일관되게 그리고 있어 신종이라는 황제의 집권과 신법과의 관계, 그리고 신종이 죽은 후 새로운 왕이 등극함으로써 정치적 판도가 달라진 사실 등에 대해서는 전혀 언급하지 않고 있다. 이는 이 작품이 당대의 정치 상황에 관심을 가지고 이를 작품에 활용하고 있으면서도 자신의 관심에 맞추어 구체적 사실들은 변개시키고 있음을 보여준다. 이를 통해 이 작품의 작가가 정치권의 대립상을 그리기 위해 송대 신구법당의 대립을 차용하기는 하되, 신법의 시행에 대한 구체적 사실이나 황제들의 성향에 따른 정치권의 변동 등에는 큰 관심이 없었음을 짐작할 수 있다. 그리고 작중의 왕이 계속 영종으로 그려지고 있는 것은, 역사적 사실처럼 여러 왕이 교체되면서 신법의 시행과 관련하여 복잡한 상황이 전개되는 것을 피하여 작품의 구도를 간결하고 선명하게 하려는 의도와 관련이 있으리라 여겨진다. 더군다나 주인공 가문이 임금의 교체와 더불어 정권이 바뀜으로써 다시 관직에 진출하는 것보다는, 자신을 오해했던 동일한 왕에 의해 다시 인정받게 만드는 설정이 더 극적인 효과를 낼 수 있다. 뿐만 아니라 이를 통해 주인공 가문의 정치적 입장이 정당했다는 사실 역시 더욱 확고해진다.

한편 실제의 소송(1020~1101)은 인종에서 영종, 신종을 거쳐 철종에 이르기까지 관직을 유지했으며, 신법당이 득세한 시기에도 계속 벼슬을 잃지 않았고, 작중의 소송처럼 유배를 갔다는 기록도 없다. 송사에 그의 정치적 성향을 구체적으로 알게 해주는 언급은 없으나 위의 정황을 통해 볼 때 소송의 정치적 성향이 신구법당 중 어느 한 쪽에 경도되어 뚜렷한 당색을 드러내는 정도는 아니었던 것으로 짐작된다. 그런데 작품 속의 소송은 유배로 인해 집안이 몰락하고 자신도 죽을 고비를 맞아 화산진인의 도움으로 산 속에 숨어 세월을 보내는 등 큰 시련을 겪는다. 그리고 신원이 된 이후에도 관직에 나가지 않고 고향에 은거한다. 즉 소설이 갈등을 극대화하고 극적 구도를 이루기 위해 사실을 변개하고 있음을 확인할 수 있다.

이를 통해 볼 때 이 작품은 정치권의 당파 대립이 격심한 가운데 신법당이 득세했다가 몰락하는 역사적 시기를 작품의 시대적 배경으로 빌려왔으면서도 역사적 사실을 작품의 의도에 맞추어 변개시키고 있음을 알 수 있다. 그 의미에 대해서는 3절에서 구체적으로 논의하기로 한다.

제2절 송대(宋代) 당쟁의 차용

〈옥원〉에는 신법당과 구법당의 유명한 인물들이 적지 않게 등장한다. 우선 주인공 소세경의 스승으로 구법당의 당수인 사마광(司馬光, 1019~1086)이, 이현윤의 스승으로는 구양수(歐陽修, 1007~1072)가 설정되어 있다. 또 석도첨이 작품을 창작하는 과정에서 소과(蘇過)와 소철(蘇轍)이 윤색을 도왔다고도 한다. 이들뿐 아니라 사마강(司馬康), 여공저(呂公著), 한충언(韓忠彦), 범순인(范純仁) 등 구법당의 인물들이 다수 등장하여 소송 부자와 친분을 맺고 군자(君子)의 교분을 쌓는다. 한편 신법당의 인물로는 왕안석(王安石)이 여주인공 이현영의 양부(養父)로 나오고, 소씨 일가의 적대적 인물로 여혜경(呂惠卿)이 설정되어 있다. 이들과 더불어 왕방(王雱), 채확(蔡確), 이정(李定) 등도 등장한다.

송대의 역사를 살펴보면 1069년 왕안석이 신종의 지지를 얻어 신법을 시행하면서 개혁을 단행하자 이를 반대하던 구법당의 인물들이 축출되고 여혜경 등이 등용되어 신법당 중심의 정치가 이루어진다. 당시 송나라의 형편은 구양수, 한기 등 대신의 대립이 격화된 가운데 장기간의 관료정치로 인해 문제들이 발생하기 시작했으며, 사회적으로는 빈부간의 격차가 심해진 상태였다. 따라서 사회 전반에 개혁의 필요성에 대한 공감대가 형성되어 있었으면서도 이의 시행 방식을 두고는 날카로운 의견 대립이 있었다. 왕안석을 중심으로 한 신학파(新學派)는 공리주의적 정치 이념을 토대로 현실적 문제들을 개혁해 나가고자 한 반면, 그 반대편에는 도덕적 지도력이 국가의 기본 원리가 되어야 한다면서 개혁을 반대하는 삭학파(朔學派)가 존재했고, 삭학파(朔學派)와 정치적 입장은 비슷하나 덜 보수적이면서 정치에 적극 참여하지 않는 낙학파(洛學派), 공리주의적 요소의 중요성은 인정하나 개혁에는 반대하는 촉학파(蜀學派) 등이 존재했다.[6] 이들 개혁파와 보수파는 정치권에서 신구법당으로 나뉘어 대립하게 된다. 신법이 시행되는 동안 정계에서 축출되었던 구법당은 신종 사후 어린 철종 대신 고황후가 섭정을 시작하자 다시 정계에 복귀하여 신법당의 인물들을 파면한다. 그러나 고황후가 죽고 철종이 다시 신

6) 제임스 류, 『王安石과 개혁 정책』, 지식산업사, 1991, 44~48면.

법당을 등용하면서 여혜경 등에 의해 구법당에 대한 보복이 이루어져 구법당은 철저히 탄압을 당하게 된다.[7]

이 소설 속에도 신구법당의 이러한 대립이 반영되어 있다. 소송은 왕안석이 이정을 천거한 일의 부당함을 들어 '왕안석의 병국함과 여혜경의 적민함'을 논핵하였다가 신법당의 미움을 사 해남으로 유배를 가게 된다.

> 씨의 왕안셕이 그 ᄉᆞ인 니졍 신양을 쳔거ᄒᆞ니 간관이 논힉ᄒᆞ여 힝티 못홀 ᄉᆞ이의셔 ᄈᆡ여내니 간관이 ᄉᆞ주를 봉헌ᄒᆞ고 인ᄒᆞ여 ᄉᆞ직ᄒᆞᆫ대 여러흘 파직ᄒᆞ고 ᄎᆞ례로 공과 녀대림의게 ᄂᆞ리오니 서ᄅᆞ 니어 봉ᄒᆞ여 도라보ᄂᆡ기를 칠팔번의 니ᄅᆞ고 인ᄒᆞ여 녀공으로 더브러 ᄃᆞ토아 힝주ᄒᆞ여 거됴를 다모라 탄ᄒᆞ고 안셕의 병국홈과 혜경의 젹민ᄒᆞ믈 주ᄒᆞ니 부시 ᄶᅥ러디매 풍운이 울고 쵸힉를 더디매 칼히 우ᄂᆞᆫ디라. 명명졀딕ᄒᆞ미 깁히 텬의를 감동ᄒᆞ니 셩명이 비록 가랍기션ᄒᆞ시고 명뉘 탄복긔딕ᄒᆞ나 공이 여러 사료의 최졀ᄒᆞ믈 보ᄃᆡ 더욱 탁녀ᄒᆞ여 ᄀᆞ다드므니 졍히 졔태식 최졔의 시군ᄒᆞ믈 ᄡᅳ러 년쥬삼인ᄒᆞ되 그 붓잡으미 젼일ᄒᆞ여 굴티 아니홈ᄀᆞᄐᆞ니 그 조종됴 공의를 존션ᄒᆞ라 ᄒᆞ더라. 공이 죵시 낙직ᄒᆞᄃᆡ 거뢰 죵시 노티 아니코 드레여 빅가지로 소츰ᄒᆞ여 대신을 무궁 소ᄒᆞ믈 무러디라 ᄒᆞ니 샹이 비록 요슌의 셩덕이 겨시나 간신의 셰 굿고 급ᄒᆞᆫ디라 텬의 틍동ᄒᆞ샤 ᄆᆞᄎᆞᆷ내 공을 ᄂᆞ리와 형벌의 밋게 되엿더니[8]

---

7) 이춘식, 『중국사서설』, 교보문고, 1991, 259~263면.

8) 〈옥원재합기연〉 권지일.
이 부분과 비슷한 내용이 〈송사열전(宋史列傳)〉 기사에도 나오는데 송사에는 이 일로 소송이 유배를 간 것이 아니라 좌천된 것으로 기록되어 있다.

당시 정권을 전횡하고 있던 신법당의 여혜경은 유배지의 소송을 죽이려고 음모를 꾸미고, 후환을 두려 그 아들 소세경마저 없애려 하며, 소공의 처남들인 경공 형제를 유배보내는 등 소공 일가에 대해 계속적인 탄압을 가한다. 여기에 신법당에 빌붙어 권세를 누리고자 하는 이원의가 가세해 소공 부자를 모해한다. 그러나 소공 부자가 무사히 위기를 모면하고 유배에서 풀려난 후 세경이 사마광 문하에서 수학하여 삼장 장원이라는 영예를 차지함으로써 화려하게 정계에 복귀한다. 그리고 세경이 신법당이 저질렀던 잘못을 아뢰는 상소를 올림으로써 여혜경 일파는 찬출당하고 다시 구법당이 정치 중심에 서게 된다.

작품에서 직접적으로 신구법당을 표방하며 대립구도를 드러내지는 않지만 구법당의 인물들을 도덕적 우위에 입각한 군자(君子)로 묘사하고 신법당의 인물들을 사욕에 물든 소인(小人)으로 묘사함으로써 간접적으로 구법당 중심의 사고를 드러낸다. 결국 군자당의 도덕적 우위에 입각하여 소인들을 몰아내거나 감화함으로써 정치적 안정을 이룩하게 되는데 이 때 소세경 부자가 정적(政敵)에 대해 보여주는 태도는 심각한 당파의 대립 속에서 서로 보복을 감행하며 극단으로 치닫던 정치현실을 감안할 때 매우 의미심장한 것이다.

작품 속에는 십여 장 분량이나 차지하는 세경의 상소가 수록되어 있는데 이를 통해 상대당에 대한 세경의 입장을 살펴볼 수 있다. 세경은 우선 왕안석이 인재를 등용하는 데 잘못을 저지름으로써 국정에 혼란이 가중되었다는 비판을 가하고 이어서 이것이 왕안석만의 잘못이 아님을 지적한다. 왕안석에게 정권을 맡기고 전횡하게 한 왕의 책임 또한 묻고 있으며, '왕도(王道)는 무편무당(無偏無黨)'인데 왕이 이를 제대로 행하지 못하고 무죄한 직신들을 풀어주지 않았음을 간하고 있다. 사혐(私嫌)으로 붕당을 일컫는 것이 아니라 원통하고 억울함을 풀기 위해 상소를 올린다고 밝힘으로써 자신의 상소가 정치적 보복으로 오해될까봐 염려하고 있기도 하다. 소송은 이보다 한 발 더 나아가 아들이 상소를 올린 행위를 경계하며 정치적인 대립을 사사로운 감정으로 받아들여서는 안 되고 국가의 처분에 맡겨야 한다고 말한다. 그는 이미 정적이었던 왕안석과 화해하여 교류하고 있는 상태이며, 전에 여혜경의 사주를 받아 자신을 죽이려 했던 조맹을 용서하여 형제지의를 맺었을 정도로 열린 태도를 가지고 있다.

이를 통해 볼 때 작품 속의 주인공들은 상대당에 대해 개인적 차원의 원한을 갖지 않으려 노력하며 그들의 행위가 포용될 수 있는 것인 한 이해하고 용서하려는 태도를 보인다. 이는 온건한 차원에서의 화합을 지향하는 것이라고도 파악된다.

그러나 그것이 정치적인 차원에서의 화합이 아니라 인간적인 차원에서의 화합으로 그려지고 있다는 점 또한 간과할 수 없다. 주로 구법당의 주인공들이 군자적 면모를 드러내며 넓은 도량으로 상대방을 용서하고 있기는 하지만 그들의 인간적 과오를 인정하고 용서하는 것이지 정치적 차원에서의 화합을 도모하지는 않는다. 왕안석에 대해서도 개혁을 시행하게 된 동기가 국가와 백성을 위하는 마음에서 비롯되었음을 인정하고 그의 군자로서의 면모를 높이 사 서로 교류하기는 하지만 신법의 시행 자체에는 반대하는 입장을 고수하고 있다. 이러한 점 때문에 이 작품에 드러나는 정치인식을 좀 더 급진적인 차원에서 파붕당(破朋黨)의 논리를 기반으로 정치적 화해를 도모하는 입장이나 탕평의식 등과 연관시키는 데는 주저하게 된다.

탕평의식이 개입했다면 작중 인물들이 당파의 대립을 넘어서서 정치권 내에서 어떤 식으로든 정치적 합의를 이루고 협력적인 정책을 펼쳐야 할 텐데 그런 모습은 찾아볼 수 없다. 정치를 떠난 차원에서 상대방을 정치적 반대자로서가 아니라 인간 자체로 받아들이고 있는 것이다. 이런 점에서 이 작품의 인간 이해에 대한 열린 시각을 짐작할 수 있다.

제3절 왕안석(王安石)에 대한 새로운 시각

〈옥원〉에서 송대의 배경을 활용하고 역사적 인물들을 차용하면서 소설의 요구에 맞춰 그것들을 새롭게 변용시키는 내용 중 대표적으로 주목되는 것이 왕안석에 대한 시각이다. 신법당의 당수이면서 신법이라는 개혁정치를 실행했으나 결국은 실패하고 그로 인해 여러 가지 오명을 얻었던 인물인 왕안석은 역사적 시기와 관점에 따라 그 평가가 조금씩 달라지기는 했지만 조선에서의 평가는 긍정적이기보다는 부정적인 측면이 더 강했던 것으로 보인다.

조선전기 유학자들에 의한 왕안석에 대한 공식적인 평가는 간신이나 소인배, 국가를 그릇되게 이끈 인물이라는 부정적 입장이 지배적이었는데 이는 조선전기 경연의 필강서였던 진덕수(眞德秀)의 〈대학연의(大學衍義)〉에서 왕안석을 간신(姦臣)과 참신(讒臣)과 취렴지신(聚斂之臣)의 대표적인 인물로 비난한 데서 비롯된다. 특히 붕당정치가 시작되면서 사마광의 구법당은 군자당, 왕안석의 신법당은 소인당이라는 논의가 상대당을 비난하는 데 동원되었다.[9)]

그러나 조선후기에 이르면 왕안석에 대한 평가가 비판론과 동정론, 옹호론의 세 가지 입장으로 나뉘게 된다.[10] 동정론은 신법 시행의 부작용을 비판하면서도 시작 동기가 우국우민에 있었다는 것과 정치적 성격을 떠나 왕안석의 문장과 절행이 뛰어났다는 것을 들어 그를 채경 등의 무리와 동일시하는 것은 부당하다는 논리를 펴고 있다. 옹호론은 성호 이익이나 채제공의 논의에서 확인할 수 있는데 왕안석에 대해 개혁적인 제도의 시행과 재주의 뛰어남을 인정하면서 결과적으로 개혁이 실패하고 여혜경 같은 인물을 등용함으로써 오점을 남기기는 했지만 이도 운수를 잘못 타고났기 때문이라고 긍정적인 평가를 내리고 있다. 이처럼 왕안석에 대한 평가는 평하는 사람의 정치적 성향에 따라 다르게 나타나는데 왕안석에 대해 우호적인 입장을 보이는 경우 주로 개혁적인 성향을 지닌 것으로 파악된다.

그런데 〈옥원〉은 왕안석에 대해 상당히 우호적일 뿐만 아니라 그를 작품 속의 중요인물로 설정하기까지 해서 주목을 요한다. 신법당의 여혜경이 주인공들에게 적대적인 인물로 설정된 것과는 달리 왕안석은 신법당의 영수임에도 불구하고 적대적인 입장에 서있는 것이 아니라 주인공들의 결합을 도와주는 우호적인 조력자로 그려지고 있다. 그는 여주인공 이현영의 목숨을 구한 후 양부가 되어 보살펴주기도 하고, 현영과 소세경을 맺어주기 위해 소씨 가문의 불운을 걱정하며 소송을 사면하라는 상소를 올리기도 한다. 소송도 처음에

---

9) 지두환, 「조선전기 君子·小人 논의」, 『조선시대 사상사의 재조명』, 역사문화, 1998 참조

10) 정병설, 「조선후기 정치현실과 장편소설에 나타난 小人의 형상-〈완월회맹연〉과 〈옥원재합〉을 중심으로」, 『국문학 연구』 4, 국문학회, 2000, 243~244면.

는 그의 저의를 의심하나 본심을 확인한 후 직접 나서서 친분을 맺고 주인공들의 혼인을 이뤄주기 위해 협력한다. 즉 처음에는 당파의 차이라는 장벽에 의해 의심을 품기도 하지만 본심을 안 후에는 당파 여부를 떠나 인간적인 면에서 왕안석을 군자의 무리로 받아들이고 인정하는 것이다.

작품 속에 묘사된 왕안석은 악법으로 표현되는 신법의 시행자임에도 불구하고 독선적이거나 과격한 모습과는 거리가 멀다. 오히려 양녀인 현영이나 친아들 왕방에 대해 한없이 자애로운 아버지의 모습을 지니고 있으며, 무도불효(無道不孝)한 자식인 왕방이 제멋대로 굴며 난동을 부리는데도 엄하게 꾸짖기보다는 자식에 대한 사랑에 연연하여 끌려다니는 모습을 보이기도 한다. 그는 현영의 죽음 앞에서 가슴을 치고 통곡하며 과도한 슬픔을 드러낼 정도로 여린 마음의 소유자로 묘사된다. 비록 관직에서 물러난 후 나이가 든 탓에 세상에 대한 포용력과 이해심이 깊어졌기 때문임을 감안한다고 해도 본심이 여리고 자애로운 인물이 아니고서는 이러한 모습을 보이기 힘들 것이라고 여겨진다. 왕안석에 대해 작품 속에서 묘사하고 있는 부분들을 살펴보기로 하자.

(1) 어시의 승상 왕형공이 만히 명뉴ᄅᆞᆯ ᄀᆞ래여 군ᄌᆞ당의 득죄ᄒᆞ고 간샤의 디시ᄒᆞ니 명망과 ᄃᆡᆨ졀이 아오ᄅᆞ ᄆᆞᆫ허진지라 당세예 ᄉᆞ지람이 모히고 쳔츄 쇼인을 발명치 못ᄒᆞ니 청파의 분분ᄒᆞᆫ 거ᄉᆞᆯ 슌치 못ᄒᆞ고 민원의 어즈러오미 더옥 심ᄒᆞ니 샹의 역시 증염ᄒᆞ시ᄂᆞᆫ디라 울울불낙ᄒᆞ여 샹위ᄅᆞᆯ 샤ᄒᆞ고 쌔로 금능의 와 거ᄒᆞᄃᆡ 오히려 타연치 못ᄒᆞ여 풍경을 ᄯᆞ라 유완ᄒᆞ여 디긔ᄅᆞᆯ 소챵ᄒᆞ고 ᄯᅩ 인물을 ᄉᆞᆯ피더니[11]

(2) 의관이 심의ᄒᆞ고 슈미 호ᄇᆡᆨᄒᆞᆫᄃᆡ 긔운이 놉고 정신이 ᄆᆞᆯ가 표표ᄒᆞᆫ 미우의 문ᄎᆡ 발월ᄒᆞ며 단옹ᄒᆞᆫ 긔샹은 ᄉᆞ히ᄅᆞᆯ ᄯᅳᆫ구름ᄀᆞᆺ치 넉이고 일셰ᄅᆞᆯ 굴치 아니니 가히 도덕을 ᄌᆞ긔ᄒᆞ여 님군을 요슌의 닐위고 경뉸의 ᄌᆡ략으로 ᄇᆡᆨ셩을 건디믈 근임ᄒᆞᄂᆞᆫ 명공이믈 알디라[12]

(3) 공이 본ᄃᆡ 형공의 문ᄒᆞᆨ을 항복ᄒᆞ여 댱간이 됴흔 배러니 근ᄂᆡ의 어그ᄅᆞ처 크게 공격ᄒᆞ나 ᄆᆡ양 그 교의관관ᄒᆞ던 일과 고ᄌᆡ문ᄒᆞᆨ으로 시졀의 병들믈 위ᄒᆞ여 차탄ᄒᆞ더니 금의 이 셔듕의 온용ᄒᆞᆫ 긔샹이 머므러 녯날 붕반의후ᄒᆞ던 ᄯᅢ ᄀᆞᆺ고 구ᄐᆞ여 공덕을 쟈랑치 아니ᄒᆞ여 슌녜로 베퍼시니 그ᄋᆞ기 의희ᄒᆞ고 일분 반겨[13]

개보의 위인이 타인으로 달나 ᄒᆞᆨ식ᄒᆞᄂᆞᆫ 니림뵈라 비록 ᄉᆞ승ᄒᆞ고 ᄌᆞ긔ᄒᆞ여 텬하ᄅᆞᆯ 아디 못ᄒᆞ여 이에 니르나 명니ᄅᆞᆯ 듕히 넉이고 신졀을 도라보아 간대로 난적이 되디 아니ᄒᆞ리니 비록 정답디 아니ᄒᆞ나 간샤타 질ᄎᆡᆨᄒᆞᄆᆞᆫ 태심ᄒᆞ니[14]

(4) 당셰예 안셕이 문당을 박남ᄒᆞᆫ 션ᄇᆡ로 진실노 큰 ᄯᅳ지 이셔 경뉸ᄒᆞ기ᄅᆞᆯ 넉여시되 오직 ᄌᆞ허ᄒᆞ기ᄅᆞᆯ 과히 ᄒᆞ고 셰샹을 밋디 아니ᄒᆞ여 ᄯᅳ디 놉흐되 소견이 어두어 효챡ᄒᆞ기로ᄡᅥ 용납ᄒᆞ믈 허티 아니ᄒᆞ고 슌ᄉᆞᄉᆞᄒᆞ기로ᄡᅥ 용납ᄒᆞ여 ᄡᅥ 쳔하의 공을 폐ᄒᆞ니 일이 이에 니ᄅᆞ럿ᄂᆞᆫ디라 국가의 병녁을 써ᄅᆞ치고 일홈이 부요ᄒᆞ야 치례ᄅᆞᆯ 진긔코져 ᄒᆞ미 도로혀 쥰민고획ᄒᆞ고 부식ᄌᆞ긔ᄒᆞ야 슈원민망ᄒᆞ고 치례긔병ᄒᆞ니 이ᄂᆞᆫ 도시 안셕

---

11) 〈옥원재합기연〉 권지일.
12) 〈옥원재합기연〉 권지일.
13) 〈옥원재합기연〉 권지이.
14) 〈옥원재합기연〉 권지이.

의 죄 아니라 그 용인ᄒᆞ기ᄅᆞᆯ 그ᄅᆞᆺᄒᆞ야 좌우의 두표의 뉴와 호리의 당이 그ᄅᆞᆺ 도와 첨요ᄒᆞ고 요열ᄒᆞᄆᆞᆯ 밀ᄆᆡᄒᆞ미 아니니잇가 그러나 안셕이 홀노 사ᄅᆞᆷ을 쓰디 아니ᄒᆞ여 폐해 명긔ᄅᆞᆯ ᄌᆞ졔ᄒᆞ시니 엇디 ᄀᆞᆺᄒᆞ여 안셕의 말을 다 언용ᄒᆞ시리잇가[15]

(1)은 서술자의 목소리로 제시되는 왕안석에 대한 평가이다. 왕안석이 정치적으로 실패하여 명망이 무너진 후 울울불락하여 정치권에서 물러나 금능에서 머물고 있음을 묘사하고 있다. 서술자는 작중인물들이 왕안석과 관계를 맺고 있는 것과는 달리 거리를 두고 객관적 입장에서 왕안석에 대한 당대의 일반적인 평가를 반영하여 보여주고 있다. (2)는 현영의 입장에서 왕안석을 묘사하는 부분이다. 현영이 물에 몸을 던졌다가 왕안석에 의해 구조된 후 누구인지 모르는 상태에서 그에 대한 인상을 표현하고 있다. 현영의 눈에 비친 왕안석은 지조 높은 도덕군자로서 임금을 보필하고 백성을 구할 재략을 갖춘 인물이다. 작품 속에서 가장 긍정적인 평가를 내리고 있는데 이는 현영이 왕안석과 양부녀의 의를 맺는 것으로 설정된 것과 관련 있을 것이다. (3)은 소송의 입장에서 바라본 왕안석의 모습이다. 소송이 본래 왕안석의 문장과 학식을 높이 평가하다가 근래에 들어 서로 입장이 달라 공격하였는데 편지를 받아보고 예전의 기상이 담겨있음을 반기는 내용과, 아들에게 왕안석은 여타 간신과는 다르므로 너무 나쁘게 보고 질책하는 것은 부당하다고 타이르는 내용이다. (4)는 소세경이 상소에서 왕안석에 대해 논하는 부분이다. 왕안석의 인간됨

15) 〈옥원재합기연〉 권지십이.

과 재주는 인정할 만하나 사람을 잘못 써서 일을 그르쳤으며, 그것은 왕안석만의 잘못이 아니라 그에게 모든 것을 맡기고 따른 왕에게도 책임이 있다는 것이다.

이처럼 각 인물의 시각으로 바라본 왕안석은 각자의 입장 차이에 따라 조금씩 다른 모습이기는 하지만 군자의 풍모에 문장이 뛰어난 선비로, 신법을 시행하는 과정에서 용인(用人)하기를 그릇하여 명유(名儒)를 가려 쓰지 못하고 여혜경과 같은 간신의 무리를 등용함으로써 잘못을 저지르기는 했지만 경륜의 재략이 있는 것으로 표현되고 있다. 즉 그가 신법의 시행 과정에서 저지른 잘못들에 대해서는 비판을 가하면서도 그의 인격과 재주에 대해서는 긍정적으로 인정하는 태도를 보인다. 이는 왕안석을 간신의 전형이자 소인의 대표로 폄하하던 조선후기 정치권의 지배적 태도와는 인식의 차이를 드러내는 것이다. 이러한 시각은 앞서 살펴본 왕안석에 대한 여러 입장 중에서 동정론과 가깝다. 신법에는 반대하지만 그로 인해 왕안석의 인격까지 매도하지는 않고 장점은 장점대로 받아들이는 것이다.

이러한 시각은 소설 속에서도 왕안석을 간신배의 전형으로서 부정적으로 그리는 것이 대다수였던 당시의 분위기를 생각할 때 매우 새로운 것이다. 이 소설과 마찬가지로 역사인물을 다루고 있고 그 안에 왕안석을 등장시키면서도 상당히 다른 관점을 지니고 있다고 생각되는 〈범문정충절언행록〉의 경우와 비교해 보자. 〈범문정충절언행록〉의 왕안석은 여혜경과 함께 붕당을 지어 정권을 차지하고 황제를 미혹되게 하여 충신들을 몰아내는 간신의 대표이다. 주인공 범중엄은 이들의 잘못에 대해 아뢰다가 황제의 미움을 받고 내쳐지는데 그에게 있어 왕안석의 무리는 결코 화합할 수 없는 적대 세력이다. 따라서 범중엄으로 대표되는 의인의 집단과 왕안석으로 대표되는 악인의 집단이 대결하는 양상으로 작품이 전개된다. 이 작품 속에서 왕안석은 여혜경 등과 마찬가지로 권력을 탐하여 불의를 일삼고 충신을 모략하는 인물로 그려지고 있다. 〈옥원〉에서의 왕안석이 신법당의 당수이기는 해도 여혜경 등의 간사한 무리와는 구별되는 군자로서 묘사되고 있는 것과는 큰 차이가 있다. 〈난학몽〉의 경우에는 실존인물의 이야기를 다루고자 하는 것이 아니므로 주인공과 왕안석 일파와의 대립 관계가 약화되어 있기는 해도 왕안석을 바라보는 관점은 〈범문정충절언행록〉과 상통한다. 이 작품에서는 왕안석보다는 주로 그의 아들 왕방이 주도적인 악인으로 등장하고 있으나 왕안석 역시 신법을 시행하여 민심을 어지럽게 하고 황제의 총기를 흐려 권력을 농단하는 간신배의 우두머리로서 부정적인 인물로 그려지고 있다.

이처럼 유교적 지배이념에 충실한 작품들이나 당대의 보수적 분위기를 반영하는 작품들이 대부분 왕안석을 부정적으로 그리고 있는 데 비하여 〈옥원〉의 경우 이를 반성적으로 재검토하고 새로운 해석을 하고 있다는 점은 이 작품이 상층의 향유물인 장편소설 내부에서도 상대적으로 진보적인 관점을 지니고 있음을 드러내는 하나의 단서가 될 것이다. 물론 〈옥원〉이 상층의 보수적인 세계관을 옹호하는 작품들과는 다른 면모를 지니고 있다는 사실은 이 작품이 드러내는 문제의식이나 세계관 등 다른 요소들과 아울러 논의되어야 할 것이지만 단편적인 예로 왕안석에 대한 관점을 통해서도 그러한 일면을 짚어볼 수 있다는 것이다. 당대 성리학자들의 입장에서 보자면 비주류에 속했던 왕안석에 대한 긍정적 시선은 이 작품의 정치적 성향과도 관련을 가지는 것이므로 중요하다고 할 수 있다.

그런데 이 작품은 왕안석의 정치적 측면보다는 인간적 측면에 더 많은 관심을 기울이고 있는 듯하다. 주로 정치권에서 물러난 시기를 다루고 있으면서 그가 정치적 측면에서 행한 일들을 문제 삼기보다는 그 장단점을 객관적으로 파악하려는 노력을 보이고 있으며, 무엇보다도 인간으로서의 왕안석에 대해 열린 자세로 받아들이려고 하는 태도를 보인다. 이러한 태도가 비록 정치적 차원에서의 화합이 아니라 인간적인 차원에서의 화합이라는 내용으로 다루어지기는 하지만 정치적 견해가 서로 다른 인물들이 상대방을 이해하려고 노력하며 우정을 회복하는 것은 중요한 의미를 지닌다. 즉 붕당으로 인한 대립과 반목을 넘어서려는 의식을 보이는 것이라고 할 수 있다.

왕안석에 대해 일방적으로 비난하지 않고 긍정적인 면을 인정하려는 포용적 시각을 드러내는 것 뿐 아니라 신구법당의 대립관계에 대해서도 적대적인 시각을 지양하려는 태도를 보인다. 구법당의 인물들이 중심적인 위치를 차지하면서 도덕적 우위를 드러내는 가운데 반대파인 신법당의 인물들을 용서하고 포용하는 것이다. 소송은 왕안석뿐 아니라 신법당의 권세에 빌붙어 인격적으로 용납하기 힘든 비리를 저지르는 이원의까지도 어린 시절부터의 친구라는 이유로 늘 감싸고 포용하는 여유를 보인다. 그의 죄악은 미워하되 사람 자체는 미워하지 말라는 말처럼 인간의 기본적인 품성에 대해 신뢰를 보이고 있는 것이다. 소송 일가를 제거하기 위해 이원의를 이용하던 여혜경에 대해서도 상소를 올려 간신으로서 국정을 어지럽힌 죄를 묻고 있기는 하지만 개인적인 원한의 감정을 드러내어 보복을 가하려는 태도는 보이지 않는다. 따라서 여혜경은 찬출되어 권력을 잃는 것으로 그려질 뿐 더 이상의 심각한 처벌을 받지 않는다. 여혜경의 사주를 받아 소송을 죽이려고 했던 조맹의 일에 이르러서는 정적(政敵)을 포용하려는 의식이 더욱 극적으로 드러난다. 소송은 조맹을 용서하여 친분을 맺고 전일의 죄과로 사형에 처해질 위기에 놓인 그를 구하여 유배형으로 감하게 한다.

이상에서 살펴본 바를 종합하면 이 작품은 주로 부정적 대상으로 그려져 왔던 왕안석에 대해 긍정적 인식을 드러내고 있다. 그를 간신의 전형으로서 악인으로 설정한 것이 아니라 주인공의 조력자로서 긍정적 역할을 하는 인물로 비중 있게 다루고 있는 것이다. 그의 장단점을 구별하고 정치적인 잘못은 비판하되 인격적인 측면과 학문적인 측면에서의 장점은 인정하는 열린 자세를 보이고 있다. 이와 더불어 작중에 반대 세력으로 설정된 신법당의 인물들에 대해서도 적대적인 감정을 드러내고 보복을 감행하려 하지 않고, 대범하게 용서하는 태도를 보여 극단적 붕당의 모습과는 다른 면을 보인다. 이런 점은 이 작품의 정치인식이 진보적 성향을 띠고 있음을 드러내는 것으로서 소설사적 측면에서도 주목을 요하는 것이라고 할 수 있다.

제4절 역사적 사실의 변용과 의미

위에서 살펴본 것처럼 〈옥원〉은 송대의 역사적 사실을 수용하여 배경으로 채택하고, 역사 인물인 소송과 왕안석 등을 작중 인물로 설정하고 있으면서도 작품 내용은 역사적 사실과 상관없이 대부분 허구로 창작하고 있다. 그러면 이 작품이 송대의 사실과 소송이라는 인물을 작품에 활용한 의도는 무엇이며, 그것이 작품 속에서 어떤 역할을 수행하고 있는지에 관해 생각해보기로 하겠다.

우선 이 소설이 왜 수많은 역사적 인물 중에서도 소송을 중심인물로 선택했을지가 궁금해진다. 이에 대해서는 허구화의 문제를 먼저 생각해볼 수 있다. 신법당과 구법당의 대립이라는 역동적 역사상황과 수많은 명유(名儒)들이 공존하던 시기인 송대는 소설화하기에 적합한 시대적 배경이라고 할 수 있다. 따라서 이 시기의 인물을 소설의 주요 인물로 설정하기는 했지만, 역사적으로 뚜렷한 족적을 남겨 이미 잘 알려진 인물들은 작품 속에서 새롭게 형상화하기 힘들기 때문에 상대적으로 덜 주목을 받았던 인물을 선택했으리라 여겨진다. 즉 역사 인물을 작중의 주요 인물로 설정하고 그와 더불어 당대의 유명 인물을 등장시킴으로써 이 작품이 실제 역사적 사실을 기록한 것처럼 꾸미는 데 신빙성을 더하면서도,[16] 본질은 허구이기에 역사적 사건의 영향력에서 상대적으로 자유로울 수 있는 인물을 선택한 것이라고 할 수 있다. 이러한 의식은 소송을 주인공으로 내세우지 않고 주인공의 부친으로 설정한 것과도 관련된다. 역사적 배경과 인물을 빌려오되 이 소설의 지향이 역사소설은 아니므로 자유로운 창작을 위해서는 역사인물이 작품의 주인공이어서는 곤란한 점이 많았을 것이다. 그럴 경우 작가의 창작의도와 역사인물의 실제 행적이 더 많은 부분에서 차이를 드러내며 마찰을 일으킬 수 있기 때문이다.

---

16) 이 작품 역시 여느 국문 장편소설들처럼 작품의 기록자를 제시하여 실제 기록물인 것처럼 받아들이도록 유도하고 있다. 그런데 작품의 말미에 작가에 대한 언급을 하는 차원에서 더 나아가 작가를 작중 인물로 설정해놓고 있어서 특이하다. 이에 대해서는 5장 4절에서 구체적으로 다루기로 한다.

그런 제약을 피하기 위해 소송을 주인공으로 하지 않고, 작품 속에서 창조된 그의 아들을 주인공으로 삼고 있다.

이런 점에서 이 소설의 주관심이 역사적 사실 자체는 아니라는 점을 짐작할 수 있다. 송대의 신구법당 대립기를 배경으로 삼아 역사적 진실을 보여주는 것처럼 꾸미기 위해 당대의 인물을 활용한 것이기는 해도 역사적 사실을 그리는 것이 작품의 목적이 아니기에, 행적이 많이 알려지지 않아 제약을 덜 받을 만한 인물인 소송을 택한 것이라고 하겠다.

그러나 소송을 작품의 핵심 주인공은 아니면서도 주인공의 부친으로 설정하여 작품에 영향력을 미칠 수 있도록 하였다는 점을 통해 그를 활용한 또 다른 이유를 생각해 볼 수 있다. 이러한 부분은 작중에서 소송이라는 인물이 어떻게 형상화되고 있는지를 살펴봄으로써 더 잘 파악할 수 있다. 앞에서 지적했던 것처럼 이 작품은 역사인물과 역사적 시기를 차용하고 있으면서도 구체적 내용의 대부분은 허구로 이루어져 있다. 소설 속 소송에 대한 내용은 송사(宋史)와 부분적으로는 일치하는 면이 있어 송사의 실존인물을 끌어왔다는 사실을 입증해주기는 하지만 소송의 구체적인 행위나 그의 가족들에 대한 내용은 송사에는 언급되어 있지 않거나 차이를 보여 허구로 창작된 부분임을 확인할 수 있다. 즉 작품의 개연성을 높이기 위해 실제의 역사적 상황과 실존인물들을 배경으로 삼기는 하되 작품 속에 그것들을 효과적으로 배치하고 활용함으로써 창작을 위한 수단으로 이용하고 있는 것이다. 특히 실존인물이면서도 구체적 행적이나 사적인 부분이 잘 알려져 있지 않은 소송을 새로운 인물로 재창조하고 있다. 그 부분을 살펴봄으로써 이 작품이 소송이라는 인물을 통해 드러내고자 하는 의미를 짐작할 수 있을 것이다.

작품 속에서는 소송의 사람됨에 큰 비중을 두어 형상화하고 있다. 소송이라는 인물은 효자이면서 성품이 올곧고 청렴한 것으로 송사에 기록되어 있어 소설의 주요 인물로 설정하기에 적합하다. 그런데 〈옥원〉에서는 소송이 효자이고 청렴한 관리였다는 단편적인 기록을 토대로 인격자이자 헌신적인 관료로서의 모습을 구체적이고 사실적으로 그려내고 있다. 우선 작품 속에 그려진 소송의 모습을 살펴보자.

소송은 어려서 모친을 여의고 부친을 30년간 모시다가 부친마저 돌아가시자 그 유지를 받들어 미산에 은거하여 사는 선비이다. 그는 청렴하고 심지가 곧아 지조가 높은 선비가 아니면 사귀지 않으나 이원의만은 예외다. 이원의는 현실의 사리사욕에 밝은 소인배이지만 이원의의 부친이 소송의 스승이자 부친을 간신의 모함에서 구해준 은인이었기 때문에 소송이 이원의를 친동기같이 위하는 것이다. 소송의 이원의에 대한 신의는 시종 흔들림이 없으며 늘 그를 이해하고 감싸는 태도를 취한다. 이와 같은 한결같음을 통해 작품 속에서 가장 변함이 없는 완성된 인격체로 그려지는 것이 소송이라고 할 수 있다. 그는 선천적으로 온화한 성격의 소유자인 데다가 도학자로서의 수련까지 덧보태어져 세상사에 쉽게 휩쓸리지 않는 견고함으로 자신의 소신을 지켜나간다. 자신과 마찬가지로 어려서 모친을 여의고 홀아버지를 모시고 살아가야 하는 아들에 대해서는 한없이 인자하고 따뜻한 아버지이며, 다스리는 지역의 백성들이나 이웃들에 대해서는 어질고 인정 많은 현관(賢官)이다. 고전소설의 아버지들이 아들에 대해 자상한 면모를 보이기보다는 근엄하고 진중한 엄부(嚴父)의 모습으로 그려지는 경우가 많은 것에 비해 소송은 지극히 자애로운 아버지로 형상화된다. 그는 아들에 대한 한없는 사랑을 자주 밖으로 드러내고 표현한다. 잘못에 대해서는 엄하게 질책을 하기도 하지만 속으로는 안타까움을 견디지 못하다가 이내 용서하고 아들을 어루만져주는 자상한 아버지인 것이다.

소송은 이현영과 소세경의 혼인과 화합에 든든한 후원자 역할을 하기도 한다. 지인지감(知人之鑑)으로 어린 이현영의 뛰어난 자질을 알아보고 아들 세경의 배필로 정해준 후 이원의의 배신으로 갈등하는 아들 앞에서 피해 당사자인 자신이 의연하게 이원의를 용서하고 이해하는 태도를 보임으로써 현영과의 인연을 이루고 장인인 이원의와 화합하도록 독려한다. 이처럼 온화하고 포용력 있는 성품을 지닌 소송은 주변의 인물들에게만 인자한 것이 아니라 한 때 정적이었던 왕안석에게까지도 마음을 열고 친분을 맺는 도량을 보이고 있다. 정치적 대립과 오해를 넘어서 인간 그 자체로 상대방을 이해하려는 열린 태도를 보이고 있는 것이다. 당파와 이해관계를 떠나 인간적인 사귐을 이루려는 그의 태도는 이 작품의 정치인식과도 관련되는 것으로서 중요한 의미를 지닌다.[17)]

그의 어질고 청렴한 성품은 백성들에게 모범을 보여야 할 사대부로서의 모습을 그리는 데서도 드러난다. 소송은 아들에게 국가에서 사급(賜給)한 것을 개인적으로 소유하지 말고 친지나 이웃에게 나누어주라고 당부한다. 소송의 가계가 매우 빈한하여 아들과 며느리가 노동을 하여 부친을 봉양할 정도인 것을 감안하면 사욕을 경계하려

17) 이 작품의 정치인식에 대해서는 4장에서 다루게 될 것이므로 이 부분에서는 소송의 정치적 성향을 간략히 언급하는 차원에서 논의를 전개하기로 한다.

는 그의 의식이 얼마나 철저한 것인지 짐작할 수 있다. 그 뿐 아니라 백성들에게 농업을 권장하고 그들의 가난을 구제하기 위해 손수 민생을 보살피기도 한다. 이러한 일련의 행적을 통해 소송이 인격적으로 매우 고귀한 인물임을 강조하고 있다. 그는 국가에 대해서는 강직한 충신이요, 어버이에게는 지극한 효자이고, 자식에게는 자애로운 부친이고, 친구에게는 신의를 다하는 동지이고, 죽은 아내를 늘 잊지 못하고 추모하는 다정한 남편이고, 백성들의 고충을 이해하고 돕는 어진 관료이다.

인격적인 면에서뿐만 아니라 능력 면에서도 소송은 매우 뛰어난 자질을 가지고 있다. 그는 역수(曆數)를 통해 운수를 점치는 데 능하고 사람의 본질을 꿰뚫어보는 데 탁월한 능력을 지니고 있다. 그의 이러한 능력은 재취를 얻는 과정에서 머리카락만으로도 그 사람의 본질을 꿰뚫어보고 남녀 양성인 사람을 분별하여 그 기질에 맞춰 남성으로 바꿔주는 삽화를 통해 유감없이 발현된다. 특히 유학자의 신분이면서도 점복(占卜)에 능하여 스스로의 수명을 짐작하기도 하고 현영의 운을 짐작하여 구하러 가기도 하는 등의 능력을 발휘한다. 초월적 원조자의 역할이 극히 약화되어 소송의 유배 시에 도움을 주었던 화산 행운동의 용정진인 정도가 고작인 이 작품 속에서 소송은 주인공들과 가까운 위치에서 그러한 역할을 대신하는 존재인 셈이다. 즉 현실적인 차원에서 수용할 수 있을 만한 신이성을 발휘하여 주인공들의 든든한 후원자이자 원조자로서의 역할을 하고 있다고 할 수 있다.

이상에서 살펴본 소송의 모습은 이상적인 유가(儒家)의 모습과 일치한다. 바다같이 넓은 마음과 깊은 학식, 여러 가지에 통달한 능력,

불의에 굴하지 않는 지조, 진심으로 민생을 걱정하고 보살피는 인자함 등 사대부로서 백성들의 모범이 되어야 할 이상적인 유학자의 모습을 구현하고 있는 것이다. 그러나 소송을 유가(儒家)로서 이상화하는 것이 중세의 이념을 강화하고 옹호하려는 의식과 결부되는 것은 아니다. 오히려 그는 열린 의식을 드러내는 인물로서 한없는 자애와 끝없는 포용력으로 사람들을 이해하고 감싸 안는다. 그는 인간을 대하는 데 있어서 성별 차이, 정치적 차이, 신분의 차이를 떠나 각각의 입장을 고려하고 이해하려는 태도를 보인다. 그러한 면을 통해 볼 때 소송은 지배이념의 추수를 넘어서는 이상적인 인간형으로서 제시되고 있는 것이라고 보인다. 이런 점에서 그는 주제의식과 가장 가까운 인물로서 자식대의 주인공들에게 모범적인 모습으로 영향력을 행사하고 있다고 하겠다.

한편 정치적 상황과 관련하여 소송이 허구화되는 부분을 살펴보면 작중의 소송은 실존인물과는 달리 정치적 부침을 심하게 겪는 것으로 설정되어 있다. 국정에 대해 충언을 아뢰었다가 간신 여혜경의 무리에 의해 참소를 입고 유배를 가게 되는데 이 과정에서 큰 시련을 겪는다. 사면이 된 후에도 고향에 은거하며 백성들과 더불어 가난을 극복하기 위해 현실적인 노력을 기울일 뿐 관직에는 나가지 않다가 간신들이 찬출되고 정국이 안정된 후 말년에야 개봉부윤으로 부임한다. 실존인물 소송이 비교적 안정된 벼슬살이를 한 데 비해 작품 속의 소송은 당쟁의 와중에 피해를 입는 것으로 형상화함으로써 송대의 당쟁을 배경으로 하여 극적인 갈등구조를 이루어내고 있다 하겠다. 즉 소송을 당파 싸움의 희생자로 형상화함으로써 당대 현실을 좀 더 극적으로 반영하고 있다고 할 수 있다.

그런데 소송은 신법당의 여혜경에 의해 모진 시련을 겪고서도 신법당의 당수인 왕안석과 교류하고, 자신을 죽이려고까지 했던 인물들을 용서하여 친분을 맺는다. 보복을 지양하고 화합을 추구하는 소송의 모습을 통해 이 작품에서 그리고자 하는 것이 첨예한 정치적 대립과정에서의 승리와 그것을 통한 주인공 가문의 창달과 번영은 아니리라는 것을 짐작할 수 있다. 소송은 자기 가문의 번영과 안정을 위해 적대세력을 제거하려 하지 않고 정치적 입장 차이를 뛰어넘어 그들과 교류를 시도하고 있다. 이는 세상을 적대적인 대립구도로 파악하는 게 아니라 서로의 차별성을 극복하고 인간적인 차원에서 이해하고 공존해야 하는 것으로 바라보는 열린 시각을 보여주는 것이다.

이는 실제 인물 소송의 정치적 성향과 연관지어 생각해 볼 수 있다. 송대에는 보임제(保任制)라 하여 상급자의 추천을 받아 승진을 하는 제도가 있었는데 구양수가 소송을 '처사정심(處事精審)'하다는 이유로 추천을 해주었던 기록이 있다.[18] 한편 신법당의 여혜경이 소송을 자기 고향 사람이므로 돌보아줄 수 있다며 은근히 찾아올 것을 권하지만 응하지 않았다는 기록도 보인다.[19] 송사의 기록 속에서 특별히 소송의 당색을 드러내는 내용을 발견할 수는 없으나 위의 기록들을 통해 그가 신법당의 인물은 아니라는 것을 확인할 수 있다. 그런데 송사의 내용을 참고하면 소송은 신법당이 득세한 시기에도 꾸준히 벼슬을 한 것으로 보여 크게 정치적 부침이 있었던 인물은 아닌

---

18) 신채식, 『宋代 관료제 연구』, 삼영사, 1981, 173면.

19) "呂惠卿嘗語人曰, 子容吾鄕里先進, 苟一詣我, 執政可得也. 頌聞之, 笑而不應". (〈宋史列傳〉 九十九卷)

것으로 파악된다. 이런 점들을 종합해 볼 때 소송이라는 인물은 신법에 동조하지는 않으면서도 당색을 두드러지게 드러내지는 않았던 중도적 인물로 보인다.

그의 이러한 성격은 작품 속에 드러나는 온건한 정치 성향과도 부합한다는 점에서 이 소설의 인물로 설정된 것이 아닌가 생각된다. 신구법당의 대립으로 인해 당쟁이 격화된 시기를 다루면서도, 어느 한 쪽의 입장을 추수하여 당쟁의 표면에 나선 인물이 아니라 중도적 위치에서 관료로서의 소임에 충실했던 인물을 통해 정치적 대립을 넘어서는 의식을 그리고자 했던 것으로 볼 수 있다. 그리고 이러한 의식이 중도적 성향을 가진 소송이라는 인물을 통해 설득력 있게 전개되고 있다고 하겠다.

이상에서 살펴본 것처럼 이 작품은 실존인물인 소송과 왕안석 등을 등장시키면서도 구체적인 면모를 새롭게 창조하여 작품이 지향하는 의미를 담아내고 있다. 특히 작품에서 중요한 위치를 차지하는 소송은 작품의 시대적 배경인 송대의 인물이면서도 역사적으로 널리 알려지지는 않았기 때문에 작중 인물로 재창조하기에 적합하였다. 작가는 그를 통해 이상적 인간형을 그리려고 했던 것으로 보이는데 소송의 열린 태도는 작품의 주제와 근접한 것으로 파악된다. 주인공 소세경이 아직 미완의 인격체로서 과오를 저지르고 그것들을 극복해가며 완성된 인격을 이루어가는 과정에 있는 존재라면 그의 모델인 부친 소송은 이미 완성된 형상으로서 아들에게 이상적 모습을 제시하는 것으로 그려진다. 이와 더불어 실존인물 소송은 정치적으로 중도적 위치에 있던 것으로 보여 온건하면서도 화합 지향적인 작중 인물을 형상화하는 데도 적절하였다고 하겠다.

작품 속에서는 주로 소송의 인품과 능력 등을 부각시키는 쪽으로 인물을 형상화하여 이상적인 인간상으로 제시하고, 그를 통해 인간에 대한 포용력을 강조하고자 한 것으로 보인다. 한편 소송의 정치적 부침에 대해서도 역사적 사실보다 더 극적인 방향으로 창작하여 당대 현실을 심각하게 드러내는 역할을 함과 동시에, 소송이 정적(政敵)에게까지 인간적 포용력을 보여주는 내용을 통해 그렇지 못한 현실에 대해 문제를 제기하는 것이라고도 할 수 있다. 이처럼 이 소설은 역사적 사실에서 부분적인 요소들을 차용하기는 하되 그것들을 소설의 필요에 따라 적극적으로 변용하고 재해석함으로써 새로운 가공의 이야기를 창조해내고 있는 것이다.

제3장
인물형상과 갈등구조

제1절 인물 형상화의 특징

〈옥원〉의 인물들은 고전소설 인물의 특성이라고 지적되어 온 사실들과 부합하지 않는 면이 많아 주목된다. 흔히 고전소설의 인물은 영웅적 주인공으로서 전형성을 보이면서 심리적 갈등을 드러내지 않는 평면적 성격을 가진 것으로 논의되어 왔다. 이는 동서양을 막론한 보편적인 특성으로 생각되는데 '고소설의 인물에게 있어서 존재란 개별화의 결과에서 정립되는 것이 아니고 시대적 보편화의 결과에서 이루어지는 것'이기 때문이다.[1] 고전소설의 인물들이 가지는 유형성은 '문학 전통이라는 통시성과 향유 집단의 합의라는 공시성' 속에서 도출되는 것이다.[2]

그런데 유형성을 통해 하나의 신념 체계나 하나의 사회적 규범을 단일한 목소리로 이야기하던 작자, 화자, 인물들이 그 유형성을 탈피하여 각각 자신의 관점을 주장하기 시작하는 방향으로 변모해온 것처럼 이 작품의 인물들도 유형성을 벗어나 새로운 모습으로 형상

---

1) 김열규, 「한국문학과 인간상」, 『한국사상대계』 1, 성균관대 대동문화연구소, 1973, 285면.
2) 박명희, 「고소설의 여성중심적 시각 연구」, 이화여대 박사학위논문, 1989, 8면.

화되고 있어 주목을 요한다. 이 작품의 인물들 역시 당대의 주된 이념과 규범에 종속되어 있기는 하지만 그것을 절대불변의 고정적인 것으로 인식하는 것이 아니라 상대적인 것으로 인식하게 됨으로써 기존의 인물들과는 다른 모습을 보인다. 가치 체계의 상대성은 인물들을 다양하고 상이한 관계 속에서 갈등하게 만들고, 이런 갈등은 인물을 변모하고 성장하도록 이끄는 요인이 된다. 각 인물의 상이한 입장이 관심의 영역에 놓이게 됨으로써 인간의 다양한 속성에 주목하게 되고, 그것들에 반응하는 인간의 내면심리가 부각된다. 그로 인해 이념의 총화로서 존재하던 전형적 주인공과는 다른, 사실적 인간의 형상화가 이루어지는 것이다.

1. 내면심리의 부각

〈옥원〉의 주인공인 소세경, 이현영, 이현윤, 경빙희 등은 표면적으로는 개세군자(蓋世君子), 열녀절부(烈女節婦)로 묘사되고 있지만 절대적 이념을 고수하고자 하는 전형적 인물과는 거리가 멀다. 이들은 영웅적 주인공으로서 완성된 인격을 갖춘 채 작품에 등장하지 않는다. 보통사람보다는 뛰어난 자질을 지니고 있기는 하지만 그들 역시 인간적 결함을 가지고 있는 것으로 그려진다. 그 때문에 여러 갈등 상황에 놓이게 되는데 그러한 시련을 거침으로써 각자의 결함을 극복하고 더 원숙한 경지에 도달할 수 있게 된다. 즉 주인공들이 작품의 진행과정과 함께 변모하고 성장해간다고 할 수 있다.

그런데 더욱 주목을 요하는 것은 그들이 겪는 갈등의 과정이 외적 사건의 형태로만 제시되는 것이 아니라 심리적 측면 또한 강하게 부각되고 있다는 점이다. 고전소설의 갈등은 주로 사건의 진행과정을 통해 드러나는 경향이 강하기 때문에 인물의 심리적 갈등은 상대적으로 덜 부각되어 왔다. 그런데 이 작품은 인물들의 심리에 주목하여 그들의 내면갈등을 그리고 있다는 점에서 독특하다.[3] 물론 이 소설에서도 인물이 자신의 내부로만 침잠하여 의식의 흐름을 직접적으로 표출하는 경우는 드물다. 그러나 인물의 직접적 언술이나 상황의 묘사 등을 통해 심리를 드러내고 번민하는 모습을 보여줌으로써 인물의 내면을 포착할 수 있게 한다. 이러한 점은 그간 논의되어온 고전소설의 일반적 성격과는 차별화되는 것으로서 이 소설의 특성을 드러내줄 뿐 아니라 고전소설에 대한 고정적 시각을 재고하게 해 준다는 점에서도 의미가 있다.

1.1. 남성주인공의 정신적 성장

이 작품의 남성주인공은 소세경과 이현윤 두 사람이다. 그 중에서도 가장 핵심적인 인물로서 작품 전반에서 중요한 역할을 수행하고 있는 존재로 단연 소세경을 꼽을 수 있다. 그는 주인공들의 영웅적 면모가 상당 부분 탈색된 이 작품 내에서 상대적으로 영웅적 능력을 가장 많이 지니고 있는 인물이다. 뛰어난 인품을 갖춘 데다 문무의 재능을 겸비하였을 뿐 아니라 의술에도 정통하고, 앞날을 내다보는

3) 박희병은 전기적(傳奇的) 인간의 특질로 내면성을 지적한 바 있다.(박희병, 『한국전기소설의 미학』, 돌베개, 1997) 그런데 이들이 감상적인 내면의 표출로 낭만성을 드러내는데 비해 〈옥원〉의 주인공들은 감상적인 부분에 대해서 억제하고자 하는 모습을 보인다. 이런 모습은 전자가 '효〈애정'임에 비해 후자는 '효〉애정'인 것과도 관련을 가진다고 생각된다.

혜안까지 지니고 있다. 그의 이러한 면모 때문에 작품 속에서도 그를 따를 인물은 없는 것으로 묘사하고 있는데 또 다른 남성주인공인 이현윤조차도 소세경에는 미치지 못하는 것으로 그려진다.[4]

그러나 그런 소세경조차도 지극히 현실적인 차원에서 그려지고 있다. 그는 초월계의 섭리를 따라 영웅의 운명을 타고난 존재가 아니다. 범인(凡人)에 비해 좀 더 우수한 자질을 타고 나기는 했지만 그 역시 보통사람과 마찬가지로 현실적 삶의 굴곡 속에 번민하는 존재이다. 이에 그의 외양과 성품, 내면심리 등에 대해서 구체적으로 살펴보고자 한다.

우선 그의 용모를 살펴보기로 하자.

> ᄒᆡᄋᆡ 정신이 츄슈ᄅᆞᆯ 엉긘 ᄃᆞᆺ ᄂᆞᆺ빗치 ᄇᆡᆨ셜노 얼위ᄂᆞᆫ ᄃᆞᆺ 녕형슈발ᄒᆞ여 골격이 영위ᄒᆞ니 삼ᄃᆡ의 귀ᄒᆞᆫ 그ᄅᆞ시오 만니의 봉건ᄒᆞᆯ 위충이라[5]

> 빈튝ᄒᆞᄂᆞᆫ ᄐᆡ되 셔ᄌᆞ의 찡긔ᄂᆞᆫ 거동이라도 밋디 못ᄒᆞ고 완젼ᄒᆞᆫ 옥셩이 쵀염의 거문고ᄅᆞᆯ 고ᄅᆞ미라도 이ᄀᆞᆺ치 승졀치 못ᄒᆞᆯ지라 추부의 넉시 ᄉᆞ라뎌 밧비 그 옥슈ᄅᆞᆯ 잇그러 나요ᄅᆞᆯ 금히ᄒᆞ고 향ᄐᆡᆨ의 미문ᄒᆞ야 온유향의 몸이 ᄉᆞ라지고져 ᄒᆞ니[6]

---

4) "니랑의 봉되 놉히 소ᄉᆞᆫ 경개와 ᄇᆡᆨ옥을 탁마ᄒᆞᆫ 위인으로 개졔군ᄌᆞᄅᆞᆯ 압셔고 유유도쟈의 셥녑ᄒᆞ매 비우ᄒᆞ여 ᄇᆡᆨ일당텬 아래 긴 강 여흘 ᄃᆞᆺᄒᆞ여 덜 놉고 덜 착ᄒᆞ미 아니로ᄃᆡ 경히 그 슝심뇌락ᄒᆞ믈 밋지 못ᄒᆞ니 오ᄂᆞᆯ 보건대 경쇼져와 니부인은 향계와 경셩ᄀᆞᆺ고 부인은 경쇼져로 동명ᄒᆞᄃᆡ 군평즉 부부남ᄆᆡ 듕 츌인ᄒᆞ믈 알니러라." 〈옥원재합기연〉 권지이십일.

5) 〈옥원재합기연〉 권지일.

6) 〈옥원재합기연〉 권지일.

예문에 묘사된 소세경은 국문 장편소설의 여느 주인공들처럼 백설같은 얼굴에 아름다운 외모를 지니고 있다. 그는 부친이 귀양간 사이에 이원의와 여혜경의 음해를 피하기 위해 여장을 하고 백련이라는 이름으로 행세한다. 그러던 중 이원의의 집에 끌려가 잠시 정혼자인 이현영의 시비 노릇을 하게 되는데 그의 미모는 이원의가 흑심을 품고 희첩을 삼고 싶어할 정도로 출중하다.[7)]

세경의 성격은 온화침중한 도학군자의 풍모를 지닌 것으로 묘사되고 있다. 그의 이러한 성격은 부친 소송의 영향을 받아 형성된 것이다. 소송은 열린 시각으로 세상을 바라보고 자애로운 마음으로 사람들을 감싸려는 태도를 지닌 인물인데 아들인 세경 역시 부친의 그러한 성격을 물려받아 모든 것을 이해하고 포용하는 마음을 가지고자 노력한다.

그러나 세경이 아무리 넓은 도량을 가진 인물이라고는 해도 인간인 이상 현실의 부조리한 일들을 아무 갈등 없이 모두 포용할 수 없는 것이 당연하다. 더군다나 타고난 성품이 온화하고 인자하기는 해도 그 역시 결함을 가진 인간으로서 다양한 경험들을 통해 인격의

---

7) 국문 장편소설의 남성주인공들은 군담소설의 주인공들과는 달리 여성 못지않게 빼어난 용모를 지닌 것으로 그려지는 경우가 많다. 이는 주독자층이 여성들이었던 관계로 우락부락한 장수의 모습보다는 아름다운 풍모를 선호하는 취향이 반영되었기 때문일 것이다. 이와 더불어 남성주인공이 여장을 하는 설정도 여성적 시각과 관련되는 것으로 여겨진다. 장편소설의 경우 여성주인공이 남복을 개착하고 세상의 고난 속으로 나서는 경우가 많은데 이 소설처럼 남성이 여자로 분하는 경우 역시 여성적 취향을 강하게 드러내는 것으로 생각된다. 가부장적 질서 속에서 남성의 권위를 중시하던 당대 분위기로 보아 사대부 남성이, 그것도 도학군자임을 표방하는 주인공이 여장을 한다는 설정은 남성의 시각이라기보다는 여성적 시각에서 마련된 것으로 보는 것이 더 타당할 듯하다.

완성을 이루어나가는 '과정'에 있는 존재이기에 그에게도 끊임없는 내적 갈등들이 존재한다. 구체적 양상을 살펴보기로 하자.

그는 장인이 될 이원의에 대해 호감을 갖고 있지 않았다. 도학자로서의 결벽증을 지닌 소세경과 현실적 탐욕에 물든 소인배인 이원의는 처음부터 화합하기 힘든 상황이었다. 이원의의 성품과 행적이 군자답지 못하다고 못마땅해 하던 차에 이원의가 시류에 편승하여 권신 여혜경에게 빌붙어 자신과 부친을 모해하기까지 하자 세경은 배신감이 극에 달하여 이원의를 원수로 치부하게 된다. 이 때문에 이현영에 대해서도 원수의 딸과는 혼인할 수 없다는 생각을 굳히게 된다.

그러나 백련으로 여장한 채 이원의의 집에서 현영과 지내게 되면서 심리 변화를 일으킨다. 현영의 용모와 태도에 감탄하여 호감을 갖게 되는데, 절개를 지키려는 그녀의 의지를 확인하고서는 감동하여 사생동귀(死生同歸)할 뜻을 내비치기도 한다. 하지만 곧 현실을 생각하고 실언을 했다고 후회한다. 또 이현영이 억지로 여혜경의 집에 혼인시키려고 하는 부친에 맞서 귀와 팔을 베어 저항하는 것을 목격하고는 그 절의에 감동하였다가도 현영의 교만한 태도에 금방 심술이 나 마음을 바꿔 이원의에게 소저를 시집보낼 계교를 일러주는 등 변덕을 부린다. 소세경이 아직 이현영의 인격을 믿고 확신하는 단계에까지 이르지 못한 상태에서 순간적인 상황에 따라 마음의 동요를 일으키고 있는 것이다. 이후 세경은 이원의의 집에서 탈출한 후 떠돌다가 억지 혼인을 피해 가출한 현영을 우연히 객사에서 만나 그 절의에 감동하여 아내로 맞이할 뜻을 정한다. 그러나 소년다운 치기가 발동하여 잠시 희롱하고자 한 것이 빌미가 되어 현영이 자결을 하고 만다. 이에 세경이 자신의 경솔함을 깨닫고 후회하며 제를 올리는데 자신도 현영을 따라 죽고 싶지만 자식으로서의 도리를 지키기 위해 따라죽지 못함을 슬퍼하며 현영에 대한 강한 그리움을 토로한다.

이러한 과정 속에서 보여지는 소세경의 면모는 때로는 나이답지 않게 의젓한가 하면 어느 순간에는 정반대로 변덕스럽고 경솔하기도 해서 아직 정체성이 확립되지 않은 청소년기의 모습을 잘 표현하고 있다. 쉽게 감동하고 쉽게 토라지는 세경의 모습은 심리적 변화를 자주 일으키는 여느 젊은이들의 모습과 닮아 있다. 표면적으로는 세경이 어려서부터 군자지풍(君子之風)을 지닌 것으로 설명되지만 그의 구체적인 행동과 심리변화를 통해 그 역시 감상에 치우쳐 쉽게 마음의 변화를 일으키는 평범하고도 인간적인 젊은이라는 것이 확인된다.

이후 세경은 초년의 시련을 극복하고 사마공의 문하에서 수학하는 과정을 거치면서 점차 진중한 군자의 모습을 확립해간다. 그러나 현실의 갈등요소가 해결되지 않은 상태에서 속이 깊어질수록 그가 지닌 심리적 갈등의 무게도 더해지게 된다. 죽은 줄 알았던 현영이 살아있어 혼사가 진행되자 소세경은 효와 애정 사이에서 번민한다. 부친의 원수로 치부하는 이원의와의 갈등이 해결되지 않은 상태에서 그 딸인 현영을 받아들이는 것을 부친에 대한 효를 저버리는 행위로 인식하기 때문이다. 비록 부친이 이원의를 용서하고 혼사를 주장하고 있다고는 해도, 자식된 세경의 입장에서는 여전히 자기 부친을 해하려는 사람의 딸과 혼인하는 것이 도리에 어긋나는 불효로 인식되는 것은 당연하다. 그러나 마음 한편에는 현영에 대한 애정이 자리잡고 있기에 괴롭다. 여기에 현영에 대한 오해와 의혹까지 보태어져 심리 상태가 매우 복잡해지게 된다.

> ᄉᆡᆼ이 부친의 졍대근졀ᄒᆞ시믈 보니 능히 변ᄇᆡᆨ디 못ᄒᆞ나 ᄎᆞ마 감심ᄒᆞᆯ 뜻이 업서 울울블낙ᄒᆞ여 ᄉᆡᆼ각ᄒᆞ되 니시 념치ᄅᆞᆯ 스ᄉᆞ로 쟈랑ᄒᆞ여 옥원을 밧디 아니믄 개ᄌᆞ츄의 은졀을 ᄉᆞ모ᄒᆞ미여ᄂᆞᆯ 엇디 왕방의 집의 삼년을 머믈니오 이ᄂᆞᆫ 소무의 수양 치ᄂᆞᆫ 졀조도 아니오 그 ᄉᆞ리ᄅᆞᆯ 모ᄅᆞ고 ᄒᆞᆫ갓 졀의ᄅᆞᆯ ᄉᆞ모ᄒᆞ미로다 아니 안셕이 심히 긔만ᄒᆞ니 바로 니ᄅᆞ디 아니민가 만일 이러ᄐᆞᆺ ᄒᆞ여 뎔노 ᄒᆞ여금 ᄊᆡᄃᆞ른즉 죽어도 왕가의 잇디 아니리니 어ᄃᆡ 공교히 피ᄒᆞ여 나면 내 죡히 원슈의 진치 아니ᄒᆞ고 금현이 합ᄒᆞ리로다 ᄒᆞ여 쇼져의 ᄌᆡᄉᆡᆼᄒᆞ믈 긔행ᄒᆞ되 또 근심ᄒᆞ여 회픠 번민ᄒᆞ니[8]

위의 예문에서 세경은 현영이 살아있다는 사실이 반갑고 다행스럽기는 하면서도 그녀가 왕안석의 집에 머물고 있다는 사실 때문에 그녀의 처신을 책망하기도 했다가 아마도 사태를 모르고 있으리라는 쪽으로 옹호하기도 하는 등 복잡한 마음속을 드러내고 있다. 이런 경우에 그가 忠, 孝, 烈 등의 중세적 이념에 충실하여 도리를 추수하는 인물로 그려지고 있다면 이처럼 내면적 갈등을 할 이유가 없다. 그러나 세경은 중세 이념의 영향력 아래 있는 존재이면서, 동시에 개인적 고뇌를 가진 존재이기도 하기에 집단적 윤리와 개인적 감정 사이에서 번민하게 되는 것이다.

이러한 양상은 혼인 후에도 지속된다. 수년간 집을 떠나있게 되자 부인에 대한 그리움에 사로잡혔다가도 이내 부친을 떠올리고 스스로를 질책하며 그리움을 억제하곤 한다.[9] 또한 사려 깊고 인정 많은

---

8) 〈옥원재합기〉 권지이.

9) “인ᄒᆞ여 니ᄉᆡᆼ의 용모ᄒᆡᆼ지 안뎌의 ᄉᆞᆷᄉᆞᆷᄒᆞ여 그 ᄑᆞᆯ흘 짝던 거조ᄅᆞᆯ ᄉᆡᆼ각ᄒᆞ매 몸이 상연ᄒᆞᆫ ᄃᆞᆺᄒᆞ며 심히 부인의 당년 단비ᄒᆞ던 거조와 방블ᄒᆞᆫ디라 샹연ᄒᆞ며 념념ᄒᆞ미 발ᄒᆞ매

성품으로 인해 부인의 처지를 이해하면서도 부인이 과도한 슬픔을 내보일 때는 못마땅해 하기도 하고, 부친의 명을 좇아 장인과 화해해야 한다는 생각을 하고 있으면서도 장인의 해괴한 행실을 대할 때마다 마음이 달라져 머뭇거리곤 한다. 이처럼 작품 전편에 걸쳐 세경은 빈번하게 내면적 갈등을 드러내며 그런 갈등 과정을 통해 성숙해간다. 심각하게는 장인을 용서하고 아내를 이해하는 작품의 핵심적 갈등에서부터, 사소하게는 순간순간의 변덕까지, 그가 보여주는 심리변화는 다양하다.

그런 세경의 모습은 인간관계 속에서 끊임없이 갈등하고 상황에 따라 심리적 변화를 겪는 현실 속 인간들과 다르지 않다. 따라서 소세경이라는 인물을 통해 이성과 본능, 명분과 실제 사이에서 고뇌하는 보편적 인간의 모습을 확인할 수 있다. 작품에서 칭송하는 도학자로서의 훌륭한 인품은 이런 번민과 혼란의 과정을 거쳐 형성된 것이지 선험적으로 주어진 것이 아니다.

성장하는 인간형으로서의 소세경의 면모를 드러내는 또 하나의

홀연 ᄉᆞ모ᄒᆞ여 ᄀᆞ로ᄃᆡ 내 비록 힝의ᄅᆞᆯ 출혀 녀ᄉᆡᆨ을 관념치 아니ᄒᆞ나 니별ᄒᆞ연디 삼년이라 그 오랜 줄 알니로다 혈ᄆᆡᆨ이 샹통ᄒᆞ니 그 아븨 병을 먼니셔 ᄉᆡᆨᄃᆞ라 용녀ᄒᆞ매 쳐변이 득둥치 못ᄒᆞ여 셩녀ᄅᆞᆯ ᄭᅵ치리로다 ᄎᆞ인이 병이 골슈의 드러시니 심녀ᄅᆞᆯ 복발ᄒᆞᆯ디라 ᄒᆞ여 심회 경경ᄒᆞ여 부인의 동졍이 눈 알ᄑᆡ 잇ᄂᆞᆫ디라 ᄉᆞ졍이 용출ᄒᆞ여 능히 이긔디 못ᄒᆞᆯ ᄃᆞᆺᄒᆞ니 도로혀 경계 왈 만니검각을 즈음ᄒᆞ여 노친을 ᄯᅥ나와 학발을 영모ᄒᆞ며 감지ᄅᆞᆯ 근심티 아니코 규리의 셰쇄ᄒᆞ믈 ᄉᆡᆼ각ᄒᆞ니 가히 힝신이 굿디 못ᄒᆞ도다 ᄒᆞ고 다만 의셔ᄅᆞᆯ 궁구ᄒᆞ여 공ᄌᆞ의 샹쳐의 당약을 보ᄂᆡ니". 〈옥원재합기연〉 권지십.

이 부분은 세경이 처남 이현윤의 모습을 통해 부인을 떠올리고 그리워하다가 부친보다 아내를 걱정하는 것이 도리에 어긋난다고 자책하며 그리운 마음을 억누르는 내용이다.

예로 오소이를 죽인 일화를 들 수 있다. 세경이 처음 관직에 올라 암행어사로 순행하는 과정에서 먹을 것을 놓고 다투는 오소일, 오소이 형제를 목격하고 동생인 오소이를 강상을 어지럽힌 죄로 죽인 적이 있다. 그러나 시간이 흐른 후 가난으로 인해 윤리에 어긋나는 행위를 할 수밖에 없는 백성들의 입장을 이해하게 되고 자신의 처분이 너무 지나친 것이었음을 깨닫게 된다. 소세경이 잘못을 후회하는 마음으로 오소이의 처자를 거두어 보살핀 일화와, 후에 자신의 이복동생이 태어나자마자 죽은 일을 이에 대한 업보로 받아들이는 일화가 있는데 이러한 과정을 통해 백성을 다스리고 보살피는 관료로서의 인식 또한 심화된다. 초임기에는 백성의 처지를 이해하는 측면보다는 원칙을 고수하는 경직된 모습을 강하게 보여주었던 데 비해 시간이 흐르고 백성들의 실상을 이해하게 되면서 좀 더 융통성 있고 포용력 있는 자세를 가지게 된 것이다. 이를 통해 소세경이라는 인물이 가정 내적인 문제들 뿐 아니라 사회적인 문제들을 겪어나가면서 인격적 성숙을 이루고 있음을 알 수 있다. 그러한 과정 속에서의 단련이 세경을 치기어린 소년에서 훌륭한 군자로 성장시켜 주는 것이다.

소세경은 열린 마음으로 인간을 이해하려 힘쓰는 인물로 성장해 가는데 그의 이러한 성격은 이 작품의 주제의식과도 관련되는 것이다. 바람직한 인간상으로서 소세경을 긍정하고 미화하는 작품 분위기를 통해 그가 가지는 비중을 짐작할 수 있다. 특히 그의 넓은 도량과 포용력을 두드러지게 칭송하고 있는 점으로 미루어 작품이 주목하는 덕목을 짐작할 수 있다.

이처럼 소세경은 평면적 인물이 아니라 갈등하고 고민하는 인물로서의 면모를 드러내고 있는데 그러한 과정을 통해 정신적 성숙을 이루어간다는 점에서 중요하다. 흔히 고전소설의 인물은 평면적이고 고정적인 성격을 가진 것으로 논의되어 왔는데 이 작품의 인물들은 그러한 일반론과는 다른 모습을 보이고 있는 것이다.[10)]

이현윤은 소세경의 처남이자 이원의의 아들이다. 그는 누이 현영과 마찬가지로, 탐욕스럽고 비루한 부모를 닮지 않고 조부와 외조부의 현덕함을 닮았다. 어려서부터 부친의 외가쪽 친척인 구양수의 문하에서 자라다가 십여 세에 이르러서야 부친의 생사가 위급해진 것을 계기로 본가에 돌아온다. 따라서 그의 탄생이나 어린 시절에 대한 언급은 없이 그가 집으로 돌아온 시점부터 이현윤에 대한 서술이 시작된다. 이 작품에서 관심을 가지는 부분은 이현윤의 영웅적 탄생이 아니라 현실적 존재로서 그가 가정 내외에서 겪게 되는 사건들과 내적 갈등이다. 그러므로 굳이 탄생이나 어린 시절에 대해 언급할 필요가 없었을 것이다. 이런 부분을 통해서도 이 작품의 주인공들이 현실적 성격을 강하게 드러내고 있음을 알 수 있다.

이현윤 역시 소세경과 마찬가지로 지극한 효성과 뛰어난 학문적 소양을 갖춘 인물로 그려진다. 그러나 그는 세경처럼 넓은 도량을 지닌 인물은 아니다. 상대방의 입장에 대한 배려가 부족하여 때때로 자기중심적 사고를 강하게 드러내기도 한다. 그는 아직 나 아닌 타자에 대한 이해를 바탕으로 상대방을 배려하고 포용하는 인격적 성숙

10) 고전소설 중에서도 특히 장편소설의 경우 이와 같이 입체적인 면모를 보이는 인물들이 등장하는 경우가 많다. 그러므로 고전소설의 인물을 평면적 인물로서 특징짓는 것은 고전소설을 너무 단순하게 파악한 결과라고 하겠다.

을 이루지 못한 상태에서 혼인을 하게 되는데 이로 인해 심각한 갈등을 겪게 된다. 구체적 양상을 살펴보기로 하자.

이현윤은 부친 이원의가 비루한 소인배임에도 불구하고 지극한 효성으로 공경한다. 구양수의 문하에서 수학하다가 이원의가 명부(冥府)에 끌려가 벌을 받는 꿈을 꾼 후 혼수상태에 빠져 원인모를 병을 앓게 되자 귀가한다. 아픈 부친을 대신해 죽고자 하며 자신의 몸을 돌보지 않은 채 부친의 간호에 매달리다가 피를 토하고 혼절할 정도로 지극정성을 다한다. 이에 주변의 명사들이 그의 효성에 감탄하고 세경도 그런 현윤과 군자의 도로 사귈 것을 결심하게 된다. 소세경의 침술로 이원의가 소생한 후 개과천선하여 지난 잘못을 뉘우치자 현윤은 부친의 허물을 덮어주는 한편 소세경에게는 자기 부친과의 혐원을 풀고 사위로서의 도리를 다하라고 요구한다. 그의 이러한 행동은 자식된 도리로서 당연한 것이라고 할 수 있다.

그런데 그가 자신과 부친의 입장을 내세워 상대방에게 그것을 이해해달라고 요구하는 만큼 자신이 상대방의 입장을 이해하려는 모습은 보이지 않고 있다는 점에 주목할 필요가 있다. 그는 세경이 이원의를 용서하지 않는 것이 군자의 도리가 아니라고 비판하면서 화해를 종용하고 있다.

> ᄇᆡᆨ뷔 나의 어버이 ᄃᆡ졉ᄒᆞ샤미 셩심본의로 질졍어신명이어ᄂᆞᆯ 형은 면강ᄒᆞ여 것ᄎᆞ로 화ᄒᆞ고 안호로 포ᄒᆞᆫᄒᆞ미 이 ᄀᆞᄐᆞ여든 존뷔 이 실노 인ᄌᆞ샹졍이라 ᄒᆞ샤 가타 ᄒᆞ시면 이ᄂᆞᆫ ᄂᆡ외ᄅᆞᆯ 달니ᄒᆞ미오 만일 졀칙히오ᄒᆞ미겨셔도 형이 이에 다ᄃᆞ라ᄂᆞᆫ 죽기로 봉승치 아닐딘대 ᄯᅩ 슌치 아니니어ᄂᆞ 곳의ᄂᆞᆫ 슌ᄒᆞ염즉ᄒᆞ고 어ᄂᆞ 곳의ᄂᆞᆫ 블슌ᄒᆞ여야 올호뇨 이ᄂᆞᆫ 대효

> 의 그ᄅᆞ미오 (중략) 엇디ᄒᆞ여 실가ᄅᆞᆯ 의ᄒᆞ고 벗을 ᄎᆞ자 그 ᄉᆞᄉᆡᆼ을 관념ᄒᆞ여 몸소 힘ᄡᅥ 구ᄒᆞ고 쳐왈 ᄉᆡᆼ동ᄉᆞ혈이라 ᄒᆞ며 교왈 ᄉᆡᆼ붕ᄉᆞ우라 ᄒᆞ고 홀노 그 부형을 교아절치ᄒᆞ며 ᄯᅩ 약을 즈어 구호ᄒᆞ니 이ᄂᆞᆫ 죄쟈ᄅᆞᆯ 벼ᄅᆞ며 법을 완ᄒᆞ미라 가히 당탕의 ᄉᆞ지하관이리오 ᄉᆡᆼ지질곡일션뎡 그 ᄌᆞ죄ᄒᆞ미 아니냐 이ᄂᆞᆫ 의리 셔디 못ᄒᆞ고 듕이 졍티 못ᄒᆞ미 군ᄌᆞ의 허치 아닐 바요 혹 셰샹의 구애ᄒᆞ여 ᄆᆞ음이 그러치 아니나 ᄉᆞ톄ᄅᆞᆯ 고견ᄒᆞ다 ᄒᆞ믄 부인쇼ᄌᆞ의 념치라 군ᄌᆞ의 야치 아니라[11]

소송이 이원의를 이해하고 세경에게도 이원의에게 사위로서의 도리를 다할 것을 명하였으나 세경이 겉으로는 이를 받아들이는 척하면서도 속으로는 거부하고 있다는 것을 이현윤의 입장에서 비난하고 있는 것이다. 마음속으로 용납하지 않으면서 의약으로 구호하는 것이 어찌 의리에 부합하겠느냐며 나무라기도 한다. 그의 주장은 명분상으로는 타당해 보인다. 그러나 자신과 부친을 죽이려고까지 했던 사람을 장인으로 모셔야 하는 세경의 입장에 서고 보면 용서와 화해가 그리 쉽게 이루어질 수 없다는 것 또한 이해해야 한다. 그런데도 이현윤은 자신의 부친으로 인해 세경 부자가 겪었던 고난에 대해 진심으로 사과하지도 않고 효심으로 말미암은 세경의 갈등에 대해서도 깊은 관심을 보이지 않는다. 바로 이 점 때문에 자식의 도리와 효에 대해서 논하는 이현윤의 다음의 말들이 공허하게 느껴지는 것이다.

---

11) 〈옥원재합기연〉 권지십.

"ᄒᆞ믈며 녜 일과 이제 일이 다 셩의 ᄌᆞ임ᄒᆞ신 배 아니라 대인이 부귀예 쳐ᄒᆞ샤 셰샹의 ᄌᆞ미로 몸을 ᄭᆞ미ᄂᆞᆫ 법을 효측디 아니시니 미처 셰무의 셩총이 도라가시믈 엇디 못ᄒᆞ시거ᄂᆞᆯ 좌우의 텸요ᄒᆞᄂᆞᆫ 손이 요괴로온 말ᄉᆞᆷ과 은밀ᄒᆞᆫ 계칙으로 듕셩을 우롱ᄒᆞ고 망혹ᄒᆞ여 의리ᄂᆞᆫ 저희도 상케 ᄒᆞ고 셩명은 ᄃᆞᄃᆞ여 방ᄂᆡ게 ᄒᆞ오니 이ᄂᆞᆫ 젼혀 뎌 원슈놈들의 소작이라 엇디 대인의 본셩이시리오 (중략) 향ᄂᆡ의 대인긔 미처ᄂᆞᆫ 우리 가셰 쵸미ᄒᆞ고 쳐지 위의ᄒᆞ시니 구덕의 함졈이 교아졀치ᄒᆞᄂᆞᆫ ᄌᆞ음의 엇디 감히 몸을 ᄉᆡ아의 더지며 화ᄅᆞᆯ 낭굴의 굴ᄒᆞ여 ᄒᆞᆫ갓 위경의 협을 효측ᄒᆞ고 문호의 화와 대인 셩톄의 위ᄐᆡᄒᆞ믈 도라보디 아니시리잇고 대효대긔ᄂᆞᆫ 이ᄅᆞᆯ 아니ᄒᆞᆯ지니 셩인이 향ᄂᆡᄉᆞᄅᆞᆯ 족히 용셔ᄒᆞ실디라 비록 셰샹의 효효ᄒᆞᆫ 즐박이 이시나 내게 븟그리미 업ᄉᆞ니 므어시 관겨ᄒᆞ리잇고 ᄌᆞ시의 슈졀은 녀ᄌᆞ샹졍이오ᄃᆡ 셰간의 명ᄒᆞᆫ 군ᄌᆞ와 텬ᄒᆞᆫ 부인이라도 그 ᄯᅳᆺ을 굴ᄒᆞ여 마음을 고치ᄂᆞ니 ᄒᆞ믈며 뎍가이ᄀᆡ가도 녜샹지ᄉᆡ니 뉵녜의 ᄀᆞ즘과 홍안의 뎐ᄒᆞ미 업ᄉᆞ며 슈빙의 셩명을 머믈오디 아녀시니 시운이 블힝ᄒᆞ매 ᄯᆞ라 변ᄒᆞ미 덧덧ᄒᆞᆫ 일이어ᄂᆞᆯ 소형의 존망이 대희의 평쳬 되여시니 부뫼 일즉 ᄌᆞ졍이 희소ᄒᆞ샤 ᄒᆡ아 남ᄆᆡ ᄲᅮᆫ이니 ᄎᆞ마 쳥년의 문을 ᄇᆞ라믈 보디 못ᄒᆞ샤 그 탈코져 ᄒᆞ시미 인졍텬니라 ᄯᅩ 므솜 허믈이리잇고"12)

위의 예문에서 현윤은 자기 부친의 과오에 대해서 주변 인물들의 획책에 의한 것이며, 부친의 행위는 가문을 지키기 위한 보신책이었고, 누이의 파혼도 세상에 떳떳한 일로 부모의 인지상정에 의한 것이라고 변명을 하며 합리화하고 있다. 그런데 그의 이러한 태도는 평소

12) 〈옥원재합기연〉 권지십.

군자의 신의를 중시하던 엄격함과는 상치되는 것이다. 특히 세경이 이원의와 화해하라는 소송의 뜻에 순종하지 않으므로 효자의 도리에 어긋난다며 비판만 할 뿐 세경의 처지에 대해서는 전혀 관심을 기울이지 않는다. 자기가 부모에게 효성을 다해야 하는 것처럼 세경 역시 이원의에 대해 효심으로 인해 반감을 가질 수 있다는 사실을 전혀 고려하지 않고 있다. 자신의 입장만을 내세울 뿐 상대방의 입장은 돌아보지 못하는 편협함을 드러내고 있는 것이다. 따라서 그가 보여주는 효심은 자기 부친만을 위하는 이기적인 성격을 가진다.

이러한 일방적 성향으로 인해 이현윤은 혼인 후에 경소저와 크게 갈등을 일으키게 된다. 그런데 재미있게도 장인과 사위 간의 갈등에 대해 사위의 자식된 도리를 들어 세경을 설득했던 자신이 이번에는 마찬가지의 갈등을 겪으면서 옛일을 전혀 무시하고 있다는 것이다. 그는 장인인 경공이 자기 부친을 업신여긴다는 사실에 분개하여 장인을 소인배 취급하고 무시함으로써 옹서간과 부부간의 갈등을 야기한다. 하지만 그가 자기 부친과 소세경과의 관계를 통해 자신의 행동을 비추어보았더라면 문제가 그렇게까지 심각해지지 않았을 것이다. 그의 장인인 경공은 이원의처럼 소인배도 아니고 이원의가 소송 부자에게 해악을 저질렀던 것처럼 이현윤 부자에게 몹쓸 짓을 한 것도 아니다. 오히려 이원의로 인해 일가가 몰락하고 자기 형제마저 유배를 당했던 경험이 있는 경공의 입장에서 보자면 원수 같은 이원의와 사돈을 맺기 싫어하는 것이 당연할 수도 있다. 경공이 비록 군자답게 진중한 태도를 견지하지 못하고 간혹 경솔한 모습을 보이기는 하지만 그래도 이현윤을 높이 평가하여 구원(舊怨)을 잊고 혼사를 추진하며 이원의에 대해서도 포용력을 보이는 것은 전일의 이원의와는 비교할 수 없을 정도로 훌륭하다. 그런데도 이현윤은 오로지 경공이 자신의 부친을 모욕하고 자기 집안을 무시한다는 사실에만 분노할 뿐 자기 부친의 지난 과오로 미루어 볼 때 상대방의 허물이 별 것 아님을 이해하려 하지 않는다. 경공의 입장에서는 혼인 전에 이원의의 개과천선을 잘 모르던 탓에 오해를 했을 뿐 혼인 후에는 좋은 관계를 유지하고자 하기 때문에 먼저 문제를 일으킨 적이 없다. 불화는 주로 이현윤의 일방적인 냉담함에서 비롯된다고 할 수 있다. 세경에게 사위도 자식이라며 도리를 다하라고 설파하던 현윤이 자기 장인을 향해서는 '오랑캐의 무리', '저의 아븨' 등의 폭언을 일삼고 면전에서 문을 잠가 출입을 못하게 하는 등의 무례한 행동을 자행하는 모순된 모습을 보인다. 남에게 요구했던 것과는 달리 자신의 경우에는 장인을 전혀 어른으로서 대접하지 않는 것이다.

더군다나 이현윤은 장인으로 인해 불편한 심기를 부인을 향해 표출함으로써 문제를 더욱 심각하게 만든다. 소세경의 경우에는 장인의 문제로 고민을 하면서도 그 문제로 부인을 구박하거나 괴롭히는 일은 없었다. 오히려 아내의 입장을 헤아리며 자신의 깊은 속을 이해하지 못하는 여인네의 옹졸함을 탄식하곤 하는데 이는 세경의 온화하고 자상한 성품과도 관련된다. 그러나 현윤은 경소저에게 아무런 불만이 없고 그녀를 흠모하기까지 하면서도 장인과의 문제가 불거질 때마다 아내를 냉대하는 것으로 보복을 가한다. 그 역시 부친과 장인과 아내 사이에서 세경처럼 효성과 애정이 양립하지 못하는 고충을 겪는데[13] 그의 경우에는 그런 번민이 외부적 요인에 의해 강제

13) "마ᄎᆞᆷ내 ᄃᆡ로ᄒᆞ야 뎡코 경공의 ᄉᆡᆼᄂᆡ의 화락ᄒᆞᆯ ᄯᅳ디 업ᄉᆞ나 ᄆᆡ양 쇼져의 셩덕ᄌᆡ화ᄅᆞᆯ

되는 것이기보다는 자신의 옹졸하고 편협한 성품으로 인해 자초되는 측면이 강하다.

그의 일련의 반응과 행동들이 표면적으로는 효자의 당연한 도리인 것처럼 그려지고 있으나 그 이면에는 열등감이 자리 잡고 있는 것으로 보인다. 그가 부친에 대한 사소한 농담이나 반응들에도 민감하게 반응하는 것은 효자로서 당연한 것일 수도 있지만 그것들이 너무 과도하게 표출될 때는 자신의 약점이나 치부를 건드리는 데 대한 과잉반응의 느낌이 짙다. 그는 자기 부친에 대한 작은 농담들조차도 받아들이지 못하고 정색하며 화를 내는 경직된 태도를 보이는데 스스로에 대해 자신이 있을 때 타인의 공격에도 유연하게 대처할 수 있다는 보편적 상황을 생각할 때 그의 그러한 결벽증은 스스로 자신 없음을 드러내고 있는 것으로도 볼 수 있다. 그는 부친의 허물이 별 것 아니었다고 말하면서도 누구라도 그 부분에 대해 언급하는 것을 참지 못한다. 이는 자신의 상처가 건드려지는 것을 용납하지 않으려는 태도로 보인다. 자존심이 센 존재일수록 내적 열등감을 감추고 있는 경우가 많은데 현윤 역시 그런 듯하다. 세상에서 뛰어난 군자로 칭송받고 있긴 하지만 그에게는 세상에 둘도 없는 추부(醜夫)로 손가락질 당하던 부친의 존재가 큰 부담이자 자존심을 훼손시키는 요인이었을 수 있다. 그러므로 부친의 허물을 영원히 지우고 싶은데 남들이 자꾸 상기시키고 우스개로 삼을 때마다 괴로운 심리를 과도한 분노로 표출하곤 하는 것이다. 자기 집안에 대한 모욕을 누구보다도

ᄃᆡᄒᆞᆯᄉᆡ 미친 ᄯᅳ디 ᄎᆞᆫ셕ᄀᆺ고 화ᄒᆞᆯ ᄯᅳ디 구름ᄀᆺᄒᆞ나 홀연 분연ᄒᆞ여 억뎨하고 ○○ᄒᆞ니". 〈옥원전해〉 권지일.

심각하게 인식하고 과민하게 반응하는 현윤의 태도는 일종의 자기 보호 의식으로까지 비춰지기도 한다.

이처럼 자존심과 열등감으로 혼란스러운 심리가 다른 사람에 대한 억압적 지배의 형태로 표출되는데 그 대상은 주로 아내이다. 그는 장인에게 못마땅한 일이 있을 때마다 아내를 괴롭힌다. 자신이 효성으로 인해 장인에게 분노하는 것이라면 아내 역시 자식의 입장에서 남편이 자기 부친을 멸시하는 것을 견디기 힘들 것이라는 점을 이해할 법 하지만 그는 이런 부분에 대해 전혀 고려하는 법이 없다. 그저 일방적으로 자신의 감정을 폭발시킬 뿐이다. 그의 이러한 태도는 아내를 동등한 인격체로서 평생의 반려자로 인식하지 않고 자신의 이기적 욕망에 부속된 존재로 취급하는 인격적 미성숙을 드러내는 것으로 볼 수 있다. 그에게서 타자에 대해 진지하게 이해하려는 노력은 찾아볼 수 없다.

이와 같은 성격으로 인해 갈등이 고조된 상황에서 이현윤은 부친의 명령에 의해 처가에서 생활하면서 장인을 가까이 대하고 그동안의 오해를 풀어나가는데 그의 편협한 성격이 교정되기 위해서는 이처럼 직접적 관계를 통해 타인들을 이해하는 과정이 필수적이라 할 수 있을 것이다. 그러나 그가 자기중심적 태도를 근본적으로 극복하기 위해서는 아내의 죽음이라는 극한 상황을 겪어야만 하는 것으로 그려지고 있다. 현윤의 꿈에 염라대왕이 보낸 일곱 귀신이 나타나 경소저의 죄가 많으므로 죽여야 한다고 하자 현윤이 극력 변호하며 살려달라고 빈다. 이에 경소저를 살리는 대가로 뱃속의 아들은 죽으리라는 극단적인 말을 듣게 되지만 현윤은 아들보다는 아내가 귀하다며 경소저를 보호한다. 즉 그는 아내의 죽음 앞에서야 그 존재 가치를 깨닫고 뱃속에 든 자식보다 아내가 우선임을 천명하는 것이다. 남성의 입장에서 아들은 자기의 분신으로서 자기중심적 욕망을 표현하는 것이라고도 볼 수 있는데 이를 포기하고 아내를 선택했다는 것은 자기중심적 욕망을 극복하는 것이며, 부부관계에 있어서 이전의 차별적 관계를 청산하고 새로운 관계를 추구하고자 하는 인식의 전환을 보여주는 것으로 해석할 수 있다. 이러한 과정을 통해 이현윤은 자기중심적 인물에서 인간관계의 중요성을 인식하고 상대방을 이해하며 조화를 이루려는 성숙한 인물로 변모해가는 것이다.

이상에서 살펴본 바와 같이 이 소설의 주인공들은 처음부터 이상적인 모습으로 고정된 것이 아니라 여러 과정을 통해 자신의 미숙한 점을 극복해 나가면서 점차 완성된 인격을 이루어가는 변모하는 인간형이자 발전적 인간형이다. 즉 내면의 갈등과 시간에 따른 성숙을 보여주는 입체적 인물로서의 면모를 지니고 있다고 하겠다.

이러한 방식으로 인물의 성격 변화를 그려내는 것은 영웅적 주인공을 내세우는 소설들에서는 극히 드문 일이다. 세계와의 대결에서 영웅적 주인공은 내부의 갈등을 드러내는 법 없이 집단적 가치의 수호자로서 행동한다. 그러나 이 작품의 남성주인공들은 집단적 가치를 지키기 위해 고난의 과정을 겪는 것이 아니라 개인적 문제들로 고민하는 것으로 그려지고 있다. 그들이 추구하는 가치는 외부를 향해 있는 것이 아니라 자기 내부를 향해 있다고 할 수 있다. 인간에게 있어 가장 보편적인 덕목인 효와 애정이 조화롭고 바람직한 상태로 양립하지 못하는 상황에서 겪게 되는 내적 갈등을 드러내고 그 해결 과정을 통해 인격적 성숙을 그려냄으로써 당위성에 입각한 교조적 인물이 아닌, 사실적 인물을 형상화하고 있는 것이다.

1.2. 여성주인공의 주체적 자아인식

이현영은 재색을 겸비한 데다가 뛰어난 절의를 갖춘 인물이다.

> 어시의 현영쇼졔 방년이 십삼이라 옥ᄐᆡ월광이 긔홰 ᄇᆞ야흐로 향긔ᄅᆞᆯ 버앗트며 명쥐 비로소 창ᄒᆡ의 소사시니 복비의 괴ᄌᆞ염질과 장강의 진슈아미라도 능히 밋디 못ᄒᆞᆯ디라 텬하의 무가뵈오 만ᄃᆡ의 진염이니 위쥬 화벽이 그 빗출 다토디 못ᄒᆞᄂᆞᆫ디라[14]

> 점점 ᄌᆞ라매 언쇼의 단결ᄒᆞᆷ과 셩졍의 청슉ᄒᆞ미 비ᄒᆞᆯ 곳이 업ᄉᆞᆫ디라 ᄇᆡᆨ희의 고집과 왕녀의 졍결ᄒᆞᆫ ᄯᅳᆺ이 이시니 결단이 ᄆᆡᆼ녈ᄒᆞ며 말ᄉᆞᆷ이 강개ᄒᆞ여 죽기 보기ᄅᆞᆯ 도라감ᄀᆞ치 ᄒᆞ니 노듕년이 동ᄒᆡ의 도망ᄒᆞᆯ ᄯᅳᆺ이 잇고 비례ᄅᆞᆯ 결각ᄒᆞ고 질악을 여슈ᄒᆞ니 매매히 ᄇᆡᆨ이의 쥬속을 피ᄒᆞᆯ 절이 잇ᄂᆞᆫ디라 ᄉᆡᆼᄂᆡ의 부모의 비의불인ᄒᆞ믈 골돌강개ᄒᆞ여 ᄀᆞᆨ골통지ᄒᆞ니 밥을 먹음디 아니ᄒᆞ고 ᄌᆞᆷ을 물니쳐 일슉을 황황ᄒᆞ고 삼월을 망망ᄒᆞ여 말ᄉᆞᆷ이 대ᄅᆞᆯ ᄶᆞ리고 실을 ᄑᆞᄂᆞᆫ ᄃᆞᆺ 졀졀ᄃᆡ간ᄒᆞ고 고고녁징ᄒᆞ되 능히 댱벽을 침주디 못ᄒᆞ고 토셕을 고치디 못ᄒᆞ더라[15]

위의 예문에서 볼 수 있는 바와 같이 이현영은 비루한 부모와는 달리 맑은 성정과 곧은 절개를 지닌 인물이다. 성격이 강렬하여 불의 앞에서는 죽음도 불사할 뜻을 지니고 있는데 늘 부모의 불인함을 걱정하며 곧은 말로 아뢰나 그것이 받아들여지지 않아 괴로워한다. 그런데 그녀 역시 결함을 지닌 인물로서 고난의 과정을 거치면서 이상

---

14) 〈옥원재합기연〉 권지일.

15) 〈옥원재합기연〉 권지일.

적 여주인공의 모습을 완성해간다는 점에서 남편 소세경과 마찬가지로 성장하는 인물형이다. 뿐만 아니라 부친의 불인함에 대한 반발감과 남편에 대한 신의와 부친에 대한 효성 등을 놓고 심각한 내적 갈등을 일으키기도 한다.

이현영은 비루하고 탐욕스러운 부친과 교양 없고 세속적인 모친 사이에서 탄생했다는 게 이상하게 여겨질 만큼 뛰어난 자질을 지니고 있는데 그런 천성을 알아본 소공에 의해 유아시절부터 며느리감으로서 인정받는다. 그러나 뛰어난 자질에도 불구하고 이현영이 완벽한 인물로 그려지지는 않는다. 부귀가에서 귀하게만 자라면서도 사치를 싫어하고 검박함을 숭상하며 절의를 아름답게 여기는 품성은 훌륭하지만 반면에 성격이 너무 강렬하여 온순한 태도가 없이 교만교긍한 면이 있어 세경으로부터 불만을 사기도 한다. 그녀의 이런 성격이 가장 잘 드러나는 경우가 부친과 대립할 때인데 현영은 자신을 약혼자인 세경과 억지 파혼시키고 세력가의 집안에 혼인시키려는 부친의 부덕함에 대해 자해행위라는 과격한 방법으로 저항한다. 소씨 가문에 대한 신의를 저버린 데 대해 부친의 실덕(失德)을 나무라고 따지는 대목은 그녀의 강직한 성격을 잘 보여주는데 곁에서 이를 지켜본 세경은 그 절의에 탄복하기는 하나 부모에게 너무 심하게 대드는 행위에 대해서는 못마땅하게 여긴다. 온유한 성품을 지닌 뛰어난 효자로서 온순함을 부모에 대한 당연한 도리라고 여기는 세경에게는 자기 주장을 강하게 내세우며 부모에게 반발하는 이현영의 모습이 불손하게 비쳐졌을 것이다. 현영은 백련[16]의 지적에 자신의 불

16) 이때 소세경은 여장을 하고 이원의의 집에서 백련이라는 이름으로 현영의 시비 노릇

손함을 인정하고 반성하기는 하지만 뜻을 굽히지는 않는다. 이와 같은 강렬한 성격 때문에 이현영은 부모의 강압적인 혼사 추진에 반대해 가출을 단행하고 절의를 지키기 위해 여러 차례 자결을 시도한다.

작품 속에서 자결도 불사하는 이현영의 절의를 칭송하고 있기는 하지만 엄밀히 따지자면 경솔하고 조급한 면도 없지 않다. 현영이 집을 나온 초반에 객점에서 세경을 만나게 되는데 그가 바로 여장을 하고 자신의 비자 노릇을 했던 백련임을 알아보고 수치스러움과 분노를 참지 못해 강에 몸을 던진다. 이에 대해서는 세경이 사실을 고하지 않고 희롱한 탓도 있으나 무엇보다 현영이 자초지종을 차분히 따져보지 않고 성급히 행동한 게 문제라고 할 수 있다. 왜냐하면 세경이 두 사람 사이의 신물인 옥원앙을 도로 가져간 이유를 언급함으로써 자신이 정혼자임을 알아차릴 수 있는 단서를 주었으나 현영이 이를 귀담아 듣지 않고 강물에 몸을 던져버렸기 때문이다. 작품 속에서는 외간 남자의 희롱을 만나 경황이 없어 어찌 전말을 제대로 분석할 수 있었겠는가라고 변명해주고 있지만 조금만 더 차분하게 생각해보았더라면 성급한 행동은 막을 수 있었을 것이다. 다행히 왕안석이 물에 빠진 현영을 발견하고 구해주는데 현영은 오히려 남자에게 구호되었음을 부끄러이 여겨 다시 강에 몸을 던져버린다. 직전에 물에 빠졌을 때 선계에 가서 전당용군 부부와 동정용군을 만나 왕공과의 인연을 암시받았음에도 불구하고 수치심만을 앞세워 사리를 분별하고 받아들이려는 태도를 보이지 않는 것이다.

두 번째로 자결을 하는 사건에서는 자신을 구해 양아버지가 되어

을 하고 있었다.

준 왕공이 바로 왕안석이며 자신을 제삼부인으로 맞으려 하는 왕방의 부친임을 알고 나무에 목을 매는데 범씨 가문의 사람들에 의해 구조된다. 세 번째로 자결을 하는 사건에서는 혼인을 앞두고 부모가 자신을 속여 왕방에게 보내려 함을 알게 되어 부모가 보는 앞에서 연못에 몸을 던진다. 이후 이러한 사태를 미리 짐작하고 강에서 기다리다 자신을 구해낸 소공 부자를 몰라보고 머리카락으로 목을 졸라 다시 자결한 것을 세경이 살려내기도 한다. 이처럼 현영은 목숨을 초개같이 여겨 수차례의 자결을 시도하는데 그녀의 이러한 행위는 아무리 절개를 위한 것이라고는 해도 지나친 감이 있다. 그녀는 수치스러운 삶보다는 명분과 도리를 따라 죽음을 택하는 데 조금의 주저함도 없다. 이는 신중한 성격의 세경이 죽을 위기에 처하거나 죽고 싶은 경우에 처하여서도 부친을 생각하며 극복해내는 것과는 대조적이다.

혼인 후에는 소세경의 인격에 감동해 자신도 현숙한 아내이자 효성스러운 며느리의 역할을 잘 수행하고자 노력하지만 부친의 일을 생각할 때마다 남편을 원망하면서 식음을 폐하고 자식도 돌보지 않곤 한다. 불효한 죄인이 어찌 자식을 돌아보겠느냐는 이유를 내세우기는 하지만 어미로서 아직 젖도 떼지 않은 자식을 외면한다는 것은 언뜻 납득이 가지 않을 정도로 냉정한 처사다. 이런 일련의 행위와 사건들을 통해 볼 때 현영은 불의와 타협하지 않으려는 강직한 성품의 소유자이지만 일면 그 강직함이 너무 지나쳐 앞뒤를 돌아보지 않는 무모한 면도 지니고 있으며, 사려 깊고 차분한 성격이라기보다는 자신의 절실함에 몰두하여 즉자적으로 행동하는 면도 지니고 있다.

현영의 그런 모습은 온화하고 인내하며 사려 깊게 생각하는 여주인공을 이상적 인물로 제시하는 고전소설들과는 상당히 차이가 있다. 윤리 규범을 중시하는 고전소설의 여주인공은 개인적으로 아무리 괴로운 일이 있더라도 모시고 있는 시부모를 생각해서라도 내색을 하지 않으려 애쓰며 자신의 본분을 충실히 수행해나가는 것으로 그려지는 경우가 대부분이다. 내훈류의 여성 규범서들에서도 여성의 도리는 온화하고 승순(承順)하는 것을 가장 큰 덕목으로 내세우고 있다. 이와 더불어 여성은 가정 내에서 주부로서의 본분을 충실히 이행하는 것이 마땅한 임무로 여겨져 왔다. 이 소설의 현영처럼 주부의 본분을 돌아보지 않고 오직 자신의 슬픔에만 침잠하는 경우는 고전소설의 이상적인 여인상과는 거리가 멀다고 하겠다.

그런데 바로 그 부분이 이현영에게 살아있는 인물로서의 생기를 불어넣어 준다. 그녀는 다혈질적인 면을 지닌 현실적인 인간으로서 보통 사람과 마찬가지로 자신의 앞에 놓인 불의에 분노하고 슬픔에 겨워한다. 그녀에게 있어서는 집단 윤리나 이념보다 개인적 문제들이 더 우선하는 것으로 보인다. 공동체에서 요구하는 이상적이고 바람직한 모습에 부응하려는 가식보다는 솔직하게 자신의 감정을 드러내는 것이다. 그녀 역시 당대의 지배적 가치들을 무시할 수 없어서 현숙한 아녀자의 도리를 다하고자 노력하고 있기는 하지만 그것으로 자신의 고민들이 해소되는 것은 아니기에 번민하는 가운데 그 고민들을 안으로 삭이기만 하는 것이 아니라 겉으로 드러내고 행동화하기도 한다는 점에서 이현영이라는 인물의 형상은 파격적이다. 그녀는 혼인 전에 부친에게 대들었던 것과 마찬가지로 혼인 후에는 남편의 부당함을 따지면서 자신의 입장을 피력한다.[17] 그럼으로써 자신이 주체적 인격체로서 존재한다는 사실을 시위하고 있다고 볼 수 있다. 즉 유교적 가부장제에 입각하여 삼종지도(三從之道)를 따르는 종속적인 존재로서가 아니라 스스로의 가치판단에 의해 의지대로 행동하는 주체적 자아로서의 면모를 드러내고 있는 것이다. 이런 점에서 그녀의 열행(烈行)에 대해서도 재고해볼 필요가 있다. 이에 대해서는 2절에서 구체적으로 논의하기로 한다.

이상에서 살펴본 바와 같이 이현영은 작품 속에서 만고에 보기 드문 열녀절부라는 칭송을 받으며 미화되기는 하지만 고민과 약점 없이 완전무결한 이상적인 인물로서 형상화되지는 않는다. 그녀와 같은 모범적인 숙녀의 내면에도 일반인과 마찬가지의 갈등과 단점들이 내재한다는 것이 전제되고 있는 것이다. 그리고 그런 인간적 단점들을 인정하고 포용하는 가운데 인간의 개성을 긍정하고 있으며, 특히 여성의 주체성에 대해서도 존중하는 태도를 드러내고 있다.

또 한 명의 여주인공인 경빙희는 과단성 있으면서도 신중한 성격의 소유자다. 이러한 성격으로 인해 불만을 밖으로 표출하고 행동으로 옮기기보다는 안으로 삭이게 되는데 그로 인해 누구보다 심각한 심리적 갈등을 겪게 된다. 그녀 역시 이현영과 마찬가지로 성격이 너무 강렬한 것으로 묘사되며 그로 인해 남편인 이현윤으로부터 불만을 사곤 한다. 여주인공들이 강렬한 성품을 가졌다고 표현되는 것

---

17) 현영은 남편과 대화를 나눌 기회를 갖자 자신의 입장을 피력하며 남편에 대한 원망을 조목조목 나열한다. 혼전에 세경이 자신을 다른 곳에 시집보내라고 부친께 계교를 알린 일과 객사에서 희롱하여 궁지에 빠뜨린 일이 그릇되었음을 다시 한 번 밝히고, 혼인 후에도 자기 부친을 여전히 용납하지 않음을 원망하면서 도행을 수련하는 군자로서 도량을 베풀 것을 요구하고 있다.

은 그들이 순종적인 여성상과는 거리가 있는, 고집 세고 자기주장이 강한 인물들이기 때문이다. 그리고 이러한 점은 다소곳하고 순종적인 여성을 원하는 남성의 입장에서는 부정적으로 인식될 수도 있는 것이기에 가부장의 권위를 내세우는 남편으로부터 불만을 사게 된다. 그러나 역으로 그런 점 때문에 그들의 주체적 존재가치가 드러난다. 즉 이 소설의 여주인공들은 여성의 존재를 억압하는 제도와 이념에 무조건 순응하는 것이 아니라 강한 개성과 의지를 표출함으로써 독자적 존재로서의 주체성을 드러내고 있는 것이다.

경빙희는 도적에게 납치되어 가면서도 당황하지 않고 꾀를 내어 도적 괴수를 죽일 정도로 담략이 크고 대범하다.

> 쥬함이 드럿던 비슈ᄅᆞᆯ 쇼져 ᄐᆞᆫ 수ᄅᆡ 알ᄑᆡ 노코 댱 밧긔셔 문후ᄒᆞ되 쇼져 긔게 ᄲᆞᆯ니 ᄃᆞᆯ니ᄂᆞᆫ 가온대 엇더ᄒᆞ시니잇고 쇼졔 믄득 강개ᄒᆞ고 당돌ᄒᆞᆫ ᄯᅳᆺ이 발ᄒᆞ매 쳔연이 ᄀᆞᆯ오ᄃᆡ 무방ᄒᆞᆫ디라 이곳이 어ᄃᆡ뇨 내 ᄆᆞ음이 답답ᄒᆞ니 잠간 댱 밧긔 나고져 ᄒᆞ노라 적괴 그 화평ᄒᆞᆫ ᄃᆡ답을 듯고 크게 즐겨 니ᄅᆞᄃᆡ 쇼져 긔게 피곤ᄒᆞ시니 잠간 숑님의 진셜ᄒᆞ라 졔적이 텽녕ᄒᆞ고 적이 ᄯᅩ 거ᄅᆞᆷ을 두로혀거ᄂᆞᆯ 쇼졔 신샹의 녀복을 버서 아연이 거댱 밧긔 쒸여나 가ᄇᆡ여이 비슈ᄅᆞᆯ 잡아 분녁ᄒᆞ여 디ᄅᆞ니 이 칼이 본ᄃᆡ 비되라 가ᄇᆡ엽고 신긔ᄒᆞ니 약슈의 ᄃᆞᆷ가 실ᄀᆞ치 셔셔 ᄡᅩᄂᆞᆫ 칼히니 연단의 형경을 준 배니 극ᄒᆞᆫ 보ᄇᆡ라 적이 쳔만무심 듕이라 칼히 등을 ᄉᆞᄆᆞᆺ차 가슴을 ᄢᅦ치니 소ᄅᆡᄒᆞ고 업더디거ᄂᆞᆯ 칼흘 다시 ᄲᅡ이디 아니ᄒᆞ고 몸을 소소아 ᄂᆞ라 놉흔 뫼ᄲᅮᆯ의 셔셔 그 버ᄉᆞᆫ 녀장을 가져 나모 우희 걸고 회듕의 ᄉᆞ오촌 상잉을 ᄲᅢ혀 남글 의지ᄒᆞ여 셔시매 그 ᄂᆞᆯ나고 ᄲᆡᄅᆞ미 구풍취우 ᄀᆞᄐᆞᆫ디라[18]

위의 예문은 도적들이 가마 앞에 칼을 놓고 쉬는 모습을 본 경빙희가 꾀를 내어 짐짓 도적들을 안심시켜 가마 밖에 나갈 기회를 얻은 후 그 칼로 도적의 괴수를 죽이고 도망가는 모습을 그린 것이다. 이처럼 그녀는 여자로 태어났지만 남성 못지않은 지략을 지니고 있는데 여성이기 때문에 그 능력을 발휘하지 못하는 것에 대해 내심 불만을 품고 있는 것으로 그려진다. 그런데 그런 그녀가 이현윤과의 혼담이 오가는 과정에서 자존심을 크게 상하게 된다. 경빙희는 애초부터 결혼에 별 뜻이 없었던 데다가 도적에게 잡혀갔던 일로 욕을 보았다 하여 더욱 수절할 마음을 굳히고 있었는데 자신의 의지와는 무관하게 혼담이 오가면서 부친을 빌미로 이현윤에게 거절을 당한 것이다. 이현윤이 경공을 소인배라 무시하며 혼인을 거절하는데도 경공은 딸을 이현윤에게 시집보내기 위해 안절부절 못하는 상황 자체가 경빙희의 자존심을 크게 훼손시켰을 것이다. 그런데 그녀가 부친의 뜻을 직접 거스르지 못하고 이현윤과 남매지의를 맺었다는 사실을 들어 혼인이 불가함을 아뢰고 수절할 의사를 표명하자 이현윤 쪽에서는 수절에 비중을 두어 경빙희가 자신을 위해 수절하는 것으로 받아들인다. 이현윤을 위해 수절하려는 마음은 추호도 없는 경빙희에게 이러한 오해는 또 한 번 마음의 상처를 안기게 된다. 자신을 거절하는 사람을 위해 수절을 한다는 것은 그녀로서는 상상할 수도 없는 일이다.[19] 더군다나 경빙희와 이현윤 사이에는 혼인과 관련하여 서

18) 〈옥원재합기연〉 권지십이.

19) "본ᄃᆡ 원ᄒᆞ여 죵가ᄒᆞᆯ 쓰디 업ᄉᆞᄃᆡ 다만 니현윤여샹졉ᄒᆞ미 큰 혐의 되어 공규의 늙은즉 사ᄅᆞᆷ이 뼈ᄒᆞᄃᆡ 져의게 ᄉᆞ심 이셔 슈졀이라 지명ᄒᆞᆯ가 십분 원억ᄒᆞ여 취샤ᄅᆞᆯ 정티 못ᄒᆞ니 그윽이 됴창쳥야의 신명의 심툑ᄒᆞ여 부명이 긔구ᄒᆞ여 정ᄉᆡ 원울ᄒᆞ니 셸

로를 구속할 만한 어떤 약속이 오간 것도 아니다.

경빙희가 이처럼 복잡한 심리로 괴로워하는 가운데 황제의 조서까지 내려 혼사가 진행되자 마침내 마음의 고통을 감당하지 못하고 혼절하여 사지를 못 쓰는 병인이 되고 만다. 이를 통해 그녀의 심리적 고통이 얼마나 대단한 것인지를 짐작할 수 있다. 그러나 결국 경빙희와 이현윤의 혼사가 이루어지고 그로 인해 경빙희는 새로운 자존심 싸움을 벌이게 된다. 남편 이현윤이 장인에 대한 불만을 그녀를 향해 표출함으로써 친정 부모에 대한 효심과 자신이 부당한 대접을 받는 데 대한 억울함 등이 복합되어 또다시 괴로운 상태에 처하게 되는 것이다. 결국 남편에게 출거를 당하기까지 하는데 마음속으로는 여자로 태어난 것을 한스러워하며 눈물을 흘릴지언정 겉으로는 어떤 경우를 당하여서도 흔들림 없이 자신의 도리를 다함으로써 자존심을 지켜나간다. 이는 부당한 남편 앞에서 자신의 정당함을 보여줌으로써 자기가 도덕적으로 우위에 있음을 시위하는 것이다.

그러나 여성의 역할이 제한되어 있는 남성우위의 사회 구조 속에서 경빙희가 자신의 우월함을 드러내고 자존심을 확보할 수 있는 길은 더 이상 열려있지 않다. 그렇다면 그녀는 끝내 남편과 화해하지

니 경시의 도장의셔 죽어 정ᄇᆡᆨᄒᆞᆫ ᄌᆡ신 되기ᄅᆞᆯ 원ᄒᆞ매 그 쓰디 궁박ᄒᆞ고 슬프고 어엿브되 쏘ᄒᆞᆫ 불셩기의즉 이단괴도의 도라가문 원치 아니ᄒᆞ니 유시의 허희슈심ᄒᆞ믈 ᄒᆞᆫᄀᆞᆯᄀᆞ치 ᄒᆞ여 명교 죄인이 아니되려 뎡의ᄒᆞ니 이 실노 굴심억디라 인뉸이 강잉ᄒᆞᆫ 쟈로ᄃᆡ 실노ᄡᅥ 강산여봉남ᄌᆞ로 단연이 ᄆᆞᄋᆞ미 업ᄉᆞᆯ 줄 알니러니 쳔만 의ᄉᆞ부도의 이 곳ᄇᆡᆨ년 슈의ᄒᆞᆫ 사ᄅᆞᆷ이니 도로혀 혐의롭디 아니ᄒᆞ고 다힝ᄒᆞ나 더옥 긔림ᄒᆞ고 슈치ᄒᆞ여 비록 니시의 구ᄒᆞ미 이시나 마연 거졀ᄒᆞᆯ 쓰디여ᄂᆞᆯ ᄒᆞ믈며 뎌의 거졀ᄒᆞ미 금셕이 밋디 못ᄒᆞ기의 이시니 더옥 엇디 평ᄉᆡᆼ 희망ᄒᆞᆯ 쓰디 이시리오 아직 부모의 우려ᄅᆞᆯ ᄒᆡ위ᄒᆞ고 일ᄉᆡᆼ을 도장의셔 늙어 부모 쳔츄 이후ᄂᆞᆫ 쟈별이 샤셰로 ᄆᆡᆼ세ᄒᆞ니 가히 그 쓰디 만부라도 브득탈이오 쳔균이라도 블착졀이라". 〈옥원재합기연〉 권지십구.

못한 채 평생 억눌린 자아로 인해 고통스러워할 수밖에 없게 된다. 작품 속에서는 그러한 고통을 해소시켜 줄 수 있는 돌파구로서 경빙희의 환생체험을 설정하고 있다. 즉 환생체험이라는 장치를 통해 욕구의 대리충족을 이루게 하는 것이다. 경빙희는 명부(冥府)에 가서 남성보다 뛰어난 능력을 발휘하여 남성으로 환생하게 되는데 이를 통해 남자로서의 삶을 살아보고 나서 비로소 남편의 입장을 이해하게 된다. 이러한 체험을 통해 그녀는 더 넓은 포용력을 갖추고 인격적으로 성숙하게 되는데 이는 여성의 능력과 주체성을 인정하는 것이라고도 할 수 있다. 그런 점에서 그녀가 남편과 화합하는 것도 그동안 자신을 억압하던 대상들에게 굴복한 결과가 아니라 주체적이고 자발적인 자신감의 발현으로서 파악할 수 있을 것이다.

이상에서 살펴본 것처럼 이 작품은 인물의 행위뿐 아니라 성격에 주목하여 입체적인 형상화를 이루어내고 있다. 따라서 사건에 대한 탐색만큼이나 인물의 존재에 대한 탐색이 중요시된다. 이 작품이 인물의 입장과 내면을 중시하며 심리적 서사물의 성격을 가지게 됨으로써 사건들의 의미도 단일한 것으로서가 아니라 인물들의 입장에 따라 복합적인 것으로 해석할 가능성이 열린다. 즉 의미의 다면화가 가능해지는 것이다. 이로 인해 이 작품은 중세적 이념의 선양이라는 틀을 과감히 벗어나 다양한 개성을 포착하고 이를 통해 인간에 대한 인식의 지평을 넓혀나가고 있다고 하겠다.

2. 인물 형상의 현실성

이 작품은 국문 장편소설 내에서도 현실 지향 의식이 강한 특성을 드러내는 것으로 보인다. 이러한 특성으로 인해 앞에서 살펴본 것처럼 인물 개개인의 입장에 주목하고 그들의 내면을 그리는 데 적극적이었다. 그런데 그것 외에도 인물을 형상화하는 데 있어 현실성을 강하게 띠는 또 다른 특징들이 존재한다. 인물들의 현실적인 모습을 구체적으로 반영하고 세속적 욕망을 부분적으로나마 수용하려는 의식이 그것인데 이는 상층의 영화로운 삶과 도덕적 이상을 그리고자 하는 국문 장편소설의 일반적인 인물형상화 방식에 비추어 볼 때 개성적인 것으로 파악된다.

2.1. 일상적 인물의 형상화

국문 장편소설은 일반적으로 최상층의 부귀영화를 그리고 있기 때문에 인물을 형상화하는 데 있어서도 그런 성격이 강하게 반영된다. 주인공 가문의 인물들은 현실적으로 아무 부족함 없는 환경 속에서 그들의 능력을 발휘하며 주인공들이 고난의 과정에 처하는 경우에도 생활에 있어서 어려움을 겪는 경우는 드물다. 대부분의 작품 속에서 근검한 삶을 미덕으로 그리고 있기는 하지만 그것은 당위론적인 도덕률을 제시하는 역할을 할 뿐 근검한 삶의 구체적 실상에 관심을 가지고 그것을 재현하려는 시도는 보이지 않는다. 즉 그들에게 현실적 삶의 기반은 이미 모든 것이 충족된 상태로 주어져 있기 때문에 가난이나 결핍에 대한 고민이 개입될 여지가 없는 것이다.

그러나 〈옥원〉의 주인공인 소세경의 일가는 현실에 있어서 풍족한 삶의 기반을 지니고 있지 못한 탓에 일반백성과 마찬가지로 생계의 고충을 안고 있으며, 그로 인해 경제적 삶의 실질적인 국면들에 구체적 관심을 드러낸다. 그들에게는 하루하루의 생활이 충족된 상태로 주어져 있는 것이 아니기에 생계를 꾸려나가기 위해 현실적 노력을 기울여야 하며, 그 과정에서 구체적 생활상이 제시되고 있다.

소세경의 집안은 명망 있는 가문으로 설정되어 있으나 정치적으로 성공하여 고위관직을 거치면서 부와 명예를 획득한 처지는 아닌 것으로 보인다. 작품 속에 그에 대한 구체적 언급은 없지만 소송이 부친의 뜻을 따라 미산에 은거하여 살았다는 내용으로 미루어 신법당의 집권으로 급진적 개혁이 시행되는 혼란한 상황 속에서 정계에 진출하지 않고 사림에 물러나 있던 계층임을 짐작할 수 있다. 당시 사대부의 부의 기반이 관직을 통한 토지의 세습에 있었던 점을 감안할 때 소세경의 집안은 아직 그러한 부의 기반을 갖추지 못한 상태에 있었던 듯하다.

작품 초반에는 소세경 부자가 모두 유배와 방랑으로 외지를 떠돌고 있었기 때문에 그들의 경제적 기반과 생활의 실상이 드러날 기회가 없다가 세경의 혼인 후 다시 미산에 정착하게 되면서부터 구체적 생활상이 묘사되기 시작한다. 소공은 부귀 속에 성장한 며느리를 맞아 빈한한 가계를 맡기게 된 것을 미안해하는데[20] 실제 그들에게는

---

20) "고인이 삼순구식과 십년일관의 근심치 아니ᄒᆞ니 노뷔 일분 ᄉᆡᆼ산을 쐬ᄒᆞ디 못ᄒᆞ여 단표 누공ᄒᆞ되 ᄌᆞ쇼로 ᄌᆞ청ᄒᆞᄂᆞᆫ 뜻이 업고 너의 모시 안빈ᄒᆞᄂᆞᆫ 덕이 이시니 빈한의 ᄆᆞᄋᆞᆷ이 닉엇더니 도금ᄒᆞ여 져믄 며ᄂᆞ리로ᄡᅥ 뷘 집을 맛디매 불안ᄒᆞᆫ 뜻치 잇ᄂᆞᆫ디라 노부ᄂᆞᆫ 진실노 죽어도 ᄃᆞᆯ게 넉이ᄂᆞᆫ 바여니와 너의 부뷔 ᄡᅥ 엇디 힘닙으리오" 〈옥원재합기연〉 권지오.

생계를 유지할 땅 한 조각이 마련되어 있지 않은 형편이다.

> 임의 용되가 핍진ᄒᆞ여 슉슈를 판득ᄒᆞ기 어려오니 쇼졔 그윽이 근심ᄒᆞ여 연혼의 ᄌᆞ장을 다ᄑᆞ라 감지를 고ᄒᆞᄃᆡ 공이 본ᄃᆡ 청빈ᄒᆞ고 검박ᄒᆞ여 혼비의 풍셩ᄒᆞ미 업고 소부의 빈박ᄒᆞ믄 일세 ᄉᆞ태우가의 다시 업ᄂᆞᆫ디라 미쥐의 노창두의 부뷔 이셔 셩경이 틍근ᄒᆞᄃᆡ 평ᄉᆡᆼ의 담병으로 집ᄉᆞ를 못ᄒᆞ고 공의 부ᄌᆡ ᄯᅩ 묘로라 ᄒᆞ여 우졉ᄒᆞ믈 과히 ᄒᆞ여 ᄉᆞ환을 명치 아니ᄒᆞ고 기로의 ᄒᆞᆫ 아ᄃᆞᆯ이 이셔 ᄯᅩ 병드러 정장ᄒᆞ미업고 녀ᄂᆞ 복뷔 업ᄉᆞ며 묘결수증이 이셔 ᄎᆞ로의 부쳐의 소식을 삼고 ᄎᆞᆺ디 아니ᄒᆞ며 기여척회 업고 가듕의 협ᄉᆞ긔명이 업ᄉᆞ며 다만 졔긔 ᄀᆞᆺ고 방젹긔귀 만히 이시니 이ᄂᆞᆫ 공의 집이 효셩지가고로 봉션지졀이 엄슉ᄒᆞ미오 션부인이 덕ᄒᆡᆼ이 슌슉ᄒᆞ여 일ᄉᆡᆼ 방젹ᄒᆞ여 봉친봉ᄉᆞᄒᆞ던 배러라[21]

위에서 볼 수 있는 바와 같이 소세경의 집안은 사대부가로서는 다시없을 정도로 빈한하며 늙고 병든 노복 외에는 가내에 노비조차 없고 농사지을 땅은커녕 그나마 약간 있는 땅도 늙은 노복에게 주어버린 형편이다. 이런 형편으로 인해 집안에 곡식이 떨어지자 현영이 가져온 폐물을 다 팔아 시부(媤父)를 봉양하고, 세경이 비단에 그림을 그려 내다 팔아 농기구와 견사(絹絲)를 사다가 농사를 짓고 방적을 한다. 이 뿐 아니라 세경은 부친의 조석을 챙겨드리기 위해 강에서 고기를 낚고, 손수 대나무로 활과 화살을 만들어 산에 가 수렵을 하며, 심지어는 남의 집 품팔이까지 하는 것으로 그려지고 있다.[22] 사대부

21) 〈옥원재합기연〉 권지오.

22) "일노브터 ᄉᆡᆼ이 아ᄎᆞᆷ이면 됴어ᄒᆞ고 나조히면 농가의 나아가 기음ᄆᆡ기를 쳥ᄒᆞ여 픔바

의 청빈한 삶을 이상적으로 그리기 위한 형식적 내용이 아니라 정말로 하루하루의 끼니를 걱정할 정도로 극빈한 선비 집안의 모습이 핍진하게 형상화되어 있는 것이다.

그들의 생활여건은 일반백성의 빈한한 모습과 별반 차이가 없다. 따라서 소세경 일가는 자신들과 마찬가지로 곤궁한 백성들의 생활에 대해 큰 관심을 기울이고 가난한 환경을 개선하기 위해 실질적 노력을 기울인다. 우선 세경이 삼장 장원 후 받은 봉록과 상품들을 친척들과 가난한 백성들에게 아낌없이 분배한다. 관직에 진출하여 개인적 생활여건이 나아졌어도 그것을 사적인 차원에서 받아들이고 마는 것이 아니라 공적인 관료로서 백성들의 생활을 보살펴야 한다는 책임감으로 함께 나누고자 하는 의식을 보인다. 뿐만 아니라 미산에 남은 소공과 현영은 백성들에게 모범을 보여야 할 사대부로서 도덕적 측면에서뿐 아니라 경제적인 측면에서도 실질적인 도움을 주고자 노력한다. 항상 가난한 백성들에게 관심을 기울이고, 솔선수범이 되어 농업을 권장하며, 현영의 지휘 아래 방적을 해서 그것을 팔아 이익금을 나누어주는 일까지 하고 있다. 어려운 백성을 도왔다는 추상적 언어만 나열된 것이 아니라 그 구체적 행동과 방법이 제시되어 있는 것이다.

이러한 모습은 생업에 종사하는 것을 꺼리던 일반 사대부의 모습

들ᄉᆡ 스ᄉᆞ로 일ᄏᆞᄅᆞᄃᆡ 소쇼일이로라 ᄒᆞ고 농ᄉᆞᄒᆞ매 정밀ᄒᆞ고 능속ᄒᆞ여 듕인의 십ᄇᆡᄅᆞᆯ ᄒᆞ며 픔밧기ᄅᆞᆯ 남의게셔 반을 못바드ᄃᆡ 거두매 미속이 넉넉ᄒᆞ여 도라오매 당의 올나 ᄀᆡ거ᄅᆞᆯ 뭇ᄌᆞᆸ고 쥬하의 감지ᄅᆞᆯ ᄀᆞᆺᄒᆞ니 과연 쇼제 근심티 아니ᄒᆞ고 감지 비의ᄒᆞᄃᆡ 공의 블안ᄒᆞᆫ 뜻이 업고 ᄉᆡᆼ이 ᄯᅩᄒᆞᆫ 슈고로오미 업서 계초명의 니러나 관ᄉᆞᄒᆞ매 친히 뷔ᄅᆞᆯ 잡아 ᄂᆡ외당뎡을 소쇄ᄒᆞ고 오ᄉᆞᆯ 졍히 ᄒᆞ여 날이 ᄇᆞᆰ기ᄅᆞᆯ 기ᄃᆞ려 공의 반소ᄅᆞᆯ 밧드러 도으매" 〈옥원재합기연〉 권지오.

과는 거리가 있다. 농경이 생활의 근본이라고 하면서도 사대부들 자신은 그러한 생업 활동과는 무관한 계층으로 처신하면서 학문 이외에 경제적인 활동에 종사하는 것을 수치스럽게 여겼던 풍토를 생각해볼 때 작품 속에서 소세경 부부의 노동을 구체적으로 형상화하고 있는 것은 매우 파격적인 것이라 할 수 있다. 삶의 실상에 관심을 가지고 그것을 이상적인 차원에서 추상화하여 미화하기보다는 현실적인 차원에서 부딪치고 해결해나가려는 의식을 보여주고 있는 것이다.[23]

주인공들의 실생활이 구체적으로 그려짐으로써 작품의 사실성이 확보되고 인물들이 생동감 있는 개체로서 존재할 수 있는 여건이 마련된다. 이 소설의 인물들은 구체적 현실 속에서 인간관계에서 파생되는 실질적 문제들로 갈등하는 것으로 그려지고 있다. 그들이 추구하는 것은 이상적이고 도덕적인 이념도 아니고 가문으로 대표되는 집단의 존재 의의를 드높이는 것도 아니다. 상대적인 관계 속에서 개인의 입장을 중시하며 그것들이 조화롭게 공존할 수 있는, 보다 인간적이고도 근본적인 문제들에 관심을 드러내고 있다. 그러한 관심이 인물의 내면을 포착하게 하고, 그들의 현실적 생활상에 주목하게 하는 것이다. 이런 점에서 이 작품을 가문소설로 보고 집단의 이념을 대변하는 것으로 파악하는 것은 작품의 의미를 너무 한정하는 우를 범할 수 있다. 이 문제는 작품의 주제의식을 논하는 자리에서 다시 거론되겠지만 인물의 형상화 방식에 있어서도 가문의식을 드

23) 이러한 의식은 이 작품의 작가의식과도 관련되는 것으로서 작자층을 추론하는 데 있어서 한 요소가 되기도 한다. 그 부분에 대해서는 뒷부분에서 다시 논의하기로 한다.

러내려는 것과는 거리가 있다고 보이는 것이다.

2.2. 세속적 욕망의 수용과 상대적 선악관

앞에서 선한 주인공들을 살펴보았다면 이 부분에서는 주인공들을 시련에 빠뜨리는 악인들에 대해 살펴보기로 하겠다. 그런데 이 작품의 특이한 점은 선악의 이원적 대립구도가 설정되어 있지 않다는 것이다. 선악을 생래적인 차원에서 파악하느냐 후천적 환경의 영향으로 파악하느냐에 따라 선악을 분변하는 태도도 달라지게 된다. 선악을 생래적인 차원에서 결정되는 것으로 본다면 현실 속에 존재하는 선악은 절대적인 것으로서 선에 의해 악이 징치되어야 한다는 의식을 드러내게 된다. 천상계의 운명에 의해 각기 선과 악의 화신으로 환생한 인물들이 현세에서 갈등을 일으키고 그 결과 예정된 우주의 질서대로 선인에 의해 악인이 징치되는 구조를 가지고 있는 소설들이 이러한 의식을 드러내는 대표적 경우이다.

그러나 실제 현실적인 차원에서 선악을 분변하고자 한다면 그렇게 절대적인 기준으로 선악을 나누는 것이 불가능하다는 점을 자각하게 된다. 선악의 기준이 무엇인지는 당대의 지배적 이념에 의해 설정되는 것이기 때문에 궁극적인 차원에서 보자면 선악의 구분이란 상대적인 성격을 지니고 있다고 할 수 있다. 따라서 당대의 이데올로기를 주목할 필요가 있다. 당대의 지배적 이념을 실현하고자 노력하는 인물들은 윤리적인 선인으로, 그에 반하여 지배적 가치를 깨뜨리고자 하는 인물들은 비윤리적인 악인으로 인식된다. 고전소설에 있어서는 유교적 이념과 그에 따른 윤리적 덕목에 충실한 인물들이 선인으로, 그 반대편에 있는 인물들이 악인으로 형상화된다. 또한 작품이 추구하는 이념적 지향의 강도에 따라 선악의 대립구도도 달라지게 된다. 국문 장편소설의 경우 유교의 대표적 덕목인 忠, 孝, 烈 등을 강조하고 현세적인 가치관보다는 초월적이고 이상적인 가치관을 우선시하기 때문에 주로 세속적인 욕망을 추구하기 위해 시대윤리를 파괴하는 인물들을 악인으로 그리고 있다.

그런데 위에서 언급한 것처럼 지배적 가치들을 어떻게 받아들이느냐에 따라 선악의 구체적 분변에 있어 차이를 보이게 된다. 그것들을 절대 불변의 고정적인 것으로 인식하고 그것을 실현하기 위한 삶을 이상적인 것으로 그리고 있는 소설에서는 선악의 대립이 비교적 명확하게 구분된다. 선악을 가르는 잣대가 확실하기 때문이다. 이때 악인은 지배이념을 파괴할 만큼 철저하고도 사악한 욕망에 의해 지속적으로 주인공을 모해하는 것으로 설정된다. 이 경우 그가 드러내는 욕망들은 철저히 부정되는데 그것들은 대부분 고귀하고 이상적인 질서를 깨뜨리는 세속적 욕망의 형태를 지니고 있다. 반면 지배질서를 절대적인 것으로 받아들이지 않고 수정 가능하며 상대적인 것으로 인식하게 되면 선악의 잣대가 명확하지 않게 된다. 이 경우 인물들은 시대적 가치에 의해서이기보다는 인류의 보편적 도덕률에 입각해 평가받게 된다. 고전소설의 경우 개인보다는 집단의 질서를 중시하는 중세적 가치관에 의해 후자보다는 전자의 경향을 강하게 드러낸다.

이원의는 이 작품의 핵심 갈등 제공자이자 선악의 이분법으로 분류하자면 가장 두드러지는 악인이라고 할 수 있는 인물이다. 그러나 그는 여타 소설에서 악의 화신으로 그려지는 인물들과는 다르다. 천상계에서부터의 운명을 짊어지고 주인공을 해하려는 대립자도 아니고, 어떤 이념을 가지고 주인공 가문이나 국가에 위협을 가하는 인물도 아니다. 그저 세속적인 부귀를 탐하는 속물일 뿐이다. 따라서 여느 악인들처럼 치밀한 음모를 준비하지도 못하고 일관되게 악행을 지속하지도 못한다. 줏대 없이 쉽게 흔들리고 어수룩하게 남에게 이용도 잘 당한다. 현실적 이익에 너무 집착해 의리를 저버리고 몹쓸 짓을 하기는 하지만 빈틈이 많은 인물이다. 그가 저지르는 행위는 때로는 인륜과 의리를 저버리는 악행의 모습을 띠고 있기도 하지만 그 동기가 즉흥적이고 단순하다는 데서 자신의 욕망이나 이념에 의해 지속적이고도 주도면밀한 계획을 세우고 실행하는 악인들의 악행과는 다른 면모를 지닌다.

그렇다고 해서 그가 초반에 저지르는 악행들이 쉽사리 용납될 수 있는 것은 아니다. 이원의는 인격적으로나 학문적으로나 세상의 존경을 받는 문정공의 아들이면서도 부친의 고학덕망(高學德望)과는 달리 무식하고 생각 없는 인물로 그려지고 있다. 경솔하고 줏대 없으면서 세상의 현실적인 것들에 탐욕을 드러내어 당시 권력을 전횡하던 신법당에 빌붙는 모습은 비루한 소인배에 다름 아니다. 세경의 재목을 알아보고 자신이 먼저 정혼을 주선하여 손수 딸의 팔뚝에 '니시현영은 소세경의 텬정배위'라고 표점을 찍어놓기까지 했으면서 소씨 가문이 몰락하자 신의를 저버리고 파혼할 뜻을 비친다. 이후 부귀가와의 혼인을 통해 출세하려는 욕심으로 현영을 여혜경의 아들과 혼인시키려 하다가 대상자가 중도에 죽는 바람에 여의치 않자 왕안석의 아들인 왕방의 희첩으로라도 들여보내려고 온갖 수모를 무릅써가며 일을 꾸민다. 게다가 여혜경의 사주에 사윗감이자 절친의 아들인 소세경을 죽이려고까지 한다.

그러나 그가 처음 파혼할 뜻을 가지게 되는 동기에 주목할 필요가 있다.

> 경부인 졸ᄒᆞ므로 니원의 소공이 후취ᄒᆞ여 계모의 서의흠과 여러 ᄌᆞ녀 이셔 녀ᄋᆞ의 계활이 종요롭디 못ᄒᆞᆯ가 의심ᄒᆞ여 ᄇᆡ약ᄒᆞᆯ ᄯᅳᆺ이 잇거놀[24)]

세경의 모친인 경부인이 일찍 세상을 뜨자 소공이 새부인을 맞아 여러 자식을 두면 자기 딸의 입장이 곤란하게 될 것을 염려한 것이다. 이것은 부모로서 지극히 당연한 심정일 것이다. 의리도 중요하지만 아직 어린 딸의 앞날이 더 걱정되는 것이 부모로서의 인지상정이라고 할 수 있다. 비록 이러한 걱정과 더불어 소씨 가문의 앞날이 순탄치 못할 것에 대한 계산으로 배신할 기회를 노리는 소인배적인 비열함을 보이기도 하지만 그래도 그가 파혼의 뜻을 품게 되는 주요 동기가 딸의 앞날에 대한 걱정에서 비롯되었다는 것은 그의 행위를 단순한 악행으로 치부하기 힘들게 한다. 그가 권력 앞에서 인정사정 없이 비굴해지고 인륜도 돌아보지 않을 정도로 몰염치한 모습을 보이면서 신의를 저버리는 인간으로 타락해가지만 사건의 출발은 딸에 대한 걱정에서 비롯되었던 것이다.

이처럼 이원의는 우리 주변에 흔한 세속적인 인간일 뿐이다. 작품은 그런 인물이 탐욕에 물들면서 얼마다 무모하고 한심하게 변모해 가는지를 희화화해서 과장되게 그려내고 있다. 여자로 변장한 세경의 미모에 반해 음심을 품고 덤비기도 하고, 왕방의 희첩인 채씨에게

---

24) 〈옥원재합기연〉 권지일.

분뇨가 섞인 음식을 대접받는 수모를 당하면서도 혼인을 이루기 위해 말 한마디 못하고, 딸의 죽음 앞에서도 돌려줄 빙물을 생각하며 아까워하는 모습들은 이원의의 인품과 욕심을 여실히 드러내 주는 대목들인데 눈살을 찌푸리면서도 웃음을 자아내도록 그려져 있다. 그는 여혜경에게 잘 보이기 위해 소송이 역모를 꾀한다는 고변을 지어내기도 하고, 세경을 죽이려고 자객을 보내거나 음식에 독을 넣기도 한다. 전자는 아부하려는 마음이 앞서다 보니 순간적으로 말을 만들어낸 것인데 여혜경이 무식한 이원의를 이용해 정적을 제거하려는 의도에서 사건을 확대한 것이고, 후자는 세경이 죽은 줄 알았던 딸과 결혼하여 자신의 사위가 되었음을 알고 화해하고자 육단부형(肉袒負荊)까지 감행하나 받아주지 않는 것에 대해 분노하던 중 여혜경의 부추김을 받아 저지른 일이다. 두 사건 모두 이원의의 자발적이고 진지한 계획 하에 이루어진 것이 아니라 경솔하고 줏대 없는 이원의를 이용하려는 여혜경의 음모에 놀아난 것이다. 따라서 사건의 심각성에 비해 작품 내에서 이원의에 대해 보이는 태도는 체면과 도리를 모르고 미친 짓을 일삼는 철없는 인간쯤으로 비웃는 정도이다.

이 외에도 전형적인 악인으로 치부하기에는 망설여지는, 소심하면서도 염치를 전혀 무시하지는 못하는 이원의의 모습이 잘 드러나는 대목이 있다.

> 니시랑 노애 미복으로 니ᄅᆞ러 겨시이다 태ᄉᆞ와 공ᄌᆡ ᄌᆞ못 괴로아 몸을 니러 겻방의 피ᄒᆞ고 태위 홀노 마ᄌᆞ니 니공이 다만 ᄒᆞᆫ벌 초리ᄅᆞᆯ 신고 져ᄅᆞᆫ 오ᄉᆞ로 당의 오ᄅᆞ매 ᄀᆞ만이 니ᄅᆞᄃᆡ 형아 원인벽좌ᄒᆞ라 만일 쇼뎨 금일 형을 ᄎᆞᄌᆞ믈 알딘대 내 머리 북문의 ᄃᆞᆯ믈 면티 못ᄒᆞ리로다 태위

> 그 거동으로 그 말을 드ᄅᆞ매 도로혀 우읍기ᄅᆞᆯ ᄎᆞᆷ디 못ᄒᆞ여 쇼왈 쇼뎨 역뉼등쉬 아니여ᄂᆞᆯ ᄆᆞᄉᆞ 일 그대도록 ᄒᆞᆯ 써리오 알ᄑᆡ 잇ᄂᆞ니ᄂᆞᆫ 다 심복 노ᄌᆡ라 형은 방심ᄒᆞ라 원의 비로소 숨을 두ᄅᆞ고 태우의 손을 잡아 길게 탄식 왈 형이 위ᄐᆡᄒᆞ믈 당ᄒᆞᆯ 제 쇼뎨의 ᄆᆞᄋᆞᆷ이 엇디 내 몸의 당ᄒᆞ나 다ᄅᆞ리오마ᄂᆞᆫ 녀동청을 뮈일딘대 이 곳 호슈ᄅᆞᆯ 거우ᄂᆞᆫ 쟉시라 입을 ᄀᆞᆺ게 ᄌᆞᆷ가 내 몸을 념녀ᄒᆞ매 션인의 녕존대인 년슉을 구활ᄒᆞ시던 의긔ᄅᆞᆯ ᄯᆞ라밋디 못ᄒᆞᄂᆞ니 스스로 괴참ᄒᆞ믈 이긔여 니ᄅᆞᄃᆡ 태위 샤왈 션ᄉᆡᆼ의 산고ᄒᆡ활지은을 쇼뎨 함호결초ᄒᆞᆯ 바요 시절이 ᄡᅵ로 다ᄅᆞᆫ디라 엇디 형을 유감ᄒᆞᆯ 배 이시리오 원의 역샤ᄒᆞ고 낭듕으로조차 ᄒᆞᆫ줌 미시 ᄡᆞᆫ 것과 건포ᄅᆞᆯ 내여 왈 형이 불의예 발ᄒᆞ매 힝노의 간핍ᄒᆞ미 심ᄒᆞ리니 쇼뎨 ᄉᆡᆼ각ᄒᆞ미 이에 잇ᄂᆞ니 불관ᄒᆞ믈 혐의치 말나 쇼뎨의 년년ᄒᆞᆫ 졍이 엇디 쥬ᄇᆡᄅᆞᆯ 드러 젼별코져 아니리오마ᄂᆞᆫ ᄌᆞ연 녀공을 두리워 못ᄒᆞᆯ와[25]

의리를 생각하면 당연히 소송을 구해야겠지만 여혜경의 권세가 무서워 그러지 못하는 자신의 입장을 변명하며 스스로 부끄러워하기도 하고, 소심한 성격에 소송을 찾아온 일이 화근이 될까 두려움에 떨며 안절부절 못하면서도 의리를 완전히 저버릴 수는 없어 남몰래 미숫가루와 건포를 들고 찾아온 이원의의 모습은 당당한 군자의 모습은 아닐지언정 나약한 인간의 고민을 드러내는 것이기에 함부로 비난할 수 없다. 그의 이런 면모를 알기에 소송은 작품 속에서 줄곧 이원의의 허물을 탓하지 않고 감싸준다. 이처럼 이원의는 현실적 이익에 집착해 의리를 저버리고 몹쓸 짓을 하기는 하지만 빈틈이 많은 인간적 인물이기도 하다. 따라서 그를 논하는 데는 선악의 기준보다

---

25) 〈옥원재합기연〉 권지일.

군자와 소인의 분변이 더 적절해 보인다. 도덕적 개념으로서의 소인은 편당(偏黨)을 지어 두루 어울리지 못하고, 이해관계를 따지는 데만 밝고, 교만하여 태연하지 못하며, 자기 잘못을 남의 탓으로 돌리는 등의 성격을 지니고 있다.[26] 이러한 소인의 특성은 그대로 이원의에게 해당된다.

이원의가 비록 현실적 이익에 눈이 어두워 악행을 저지르기는 하지만 그것이 도덕적 교화에 의해 교정될 수 있는 것으로 여겨졌기에 개과천선이라는 장치를 통해 그를 구원하고 있는데 그가 탐욕을 털어버리고 새사람이 되어가는 과정도 사실적으로 묘사되어 있어 흥미롭다. 근본 없이 허랑방탕하던 위인이 하루아침에 군자가 된다는 것은 허무맹랑한 이야기일 뿐인데 작품에서는 그 점을 고려하여 무식한 위인이던 이원의가 아들의 도움으로 도리를 하나하나 깨우쳐 나가는 동시에 스스로 끊임없이 독서와 수련을 통한 노력으로 인격을 갖추어가는 과정을 개연성 있게 사실적으로 그려나가고 있다. 덕분에 자칫 개과천선의 상투적 장치로 인해 진부한 이야기가 될 수도 있었던 부분이 흥미롭게 읽힐 수 있게 되었다.

작품 속에서 가장 많은 갈등 유발 요소를 지닌 문제적 인물인 이원의는 위에서 살펴본 바처럼 전형적인 악인이 아니다. 보통의 인간들이 현실 속에서 가질 수 있는 나약함과 탐욕, 그리고 그로 인해 왜곡되는 행위들을 과장되게 재현해내는 인물로 읽는 사람들로 하여금 인간의 현실적인 욕망을 확인하면서도 그것이 과도하게 표출되었을 때 어떤 부작용이 수반되는지를 확인하고 반성하게 하는 역할을 한다.

---

26) 『유교대사전』, 박영사, 1990, 758면.

여혜경이나 채씨 역시 자신들의 현실적 욕망에 근거하여 행동하고 있는데 그것이 다른 사람의 욕망을 억압함으로써 성취되는 형태로 나타나기 때문에 악하게 인식된다. 여혜경은 정치적 욕망이 과도하여 정적을 제거하려는 데까지 이르고, 채씨는 남편의 사랑을 독차지하고픈 욕심과 성적 욕망을 억누르지 못해 바람직하지 못한 행위를 하게 된다.

채씨는 왕방의 희첩으로 미모를 내세워 본부인 안씨를 누르고 총애를 받는 여인이다. 교활하고 음심이 강한 인물로 설정되어 있는데 왕방이 이현영이 뛰어나다는 소문을 듣고 제삼부인으로 맞아들이려 하자 자신의 사랑을 잃을까봐 음모를 꾸민다. 그러나 음모라고 해봐야 여타의 소설들에서처럼 잔인한 방법으로 직접적인 해를 가하는 것은 아니다. 왕공이 현영 때문에 상사병이 걸린 왕방도 살리고 현영도 무사히 세경에게 출가시키기 위해 현영 대신 증소저를 현영이라고 속여 왕방과 맺어주려는 계획을 세우자 이를 알아낸 채씨가 왕방에게 사실을 알려 다시 뒤집을 계획을 세운다. 한편 이 모든 사실을 적은 편지를 안씨 명의로 현영에게 부쳐 그녀의 절개 없음을 꾸짖는다. 이는 현영의 절개와 수치심을 이용해 스스로 자결토록 충동질하기 위한 것인 동시에 본부인 안씨에게 누명을 뒤집어씌움으로써 자신이 총애를 독차지하는 데 방해가 되는 두 인물을 한꺼번에 제거하려는 것이다. 그녀가 의도한 대로 현영은 연못에 투신하고 안씨는 억울한 혐의를 받아 남편에게 구타를 당한다. 그러나 채씨의 음모가 더 이상 확대되지는 않는다. 이후 채씨는 왕방의 돌연한 죽음 앞에 자신의 젊음을 한탄하다가 이정(李定)의 딸을 충동질하여 세경의 제이부인이 되게 하려고 일을 꾸미고 그것을 기화로 자신도 세경의 총애를 받아보고자 하지만 세경의 훈도로 이씨녀가 깨달음을 얻고 숙녀가 되자 뜻을 이루지 못하고 만다.

채씨녀의 인물과 행동은 고전소설 속의 악녀 유형에 속한다고 할 수 있는데 전형적인 악녀들에 비해서는 훨씬 약화되어 있는 모습이라고 할 수 있다. 전형적인 악녀들은 주인공에게 치명적인 해악을 끼치거나 초월적인 세계까지 끌어들여 악행을 저지르는 경우가 많은데 채씨의 경우는 그런 모습과는 거리가 있다. 그저 자신의 사랑을 빼앗기기 싫은 애첩의 심정이라든가 수절하기에는 너무 젊은 여인의 성적 욕망이 일회적이고 해프닝에 가까운 사건들을 일으키게 하는 것일 뿐이다. 그렇기 때문에 그녀에 대한 징치 역시 심각하게 그려지지 않는다. 아니 징치라는 것이 제대로 설정되어 있지 않다고 해야 옳을 것이다. 그저 남편이 일찍 죽어 과부가 되고 그럼으로써 사랑을 받고자 하는 정신적 욕망과 성적 욕망 모두가 봉쇄되는 것으로써 채씨녀에게 간접적인 징치를 가하고 있을 뿐이다. 이 작품 속에 등장하는 유일한 악녀라고는 해도 음란한 성정이 못마땅하게 여겨지는 정도의 인물이기에 그녀의 음심에 대한 적절한 제재만 가하였을 뿐 더 이상의 처벌은 없는 것이다.

여혜경의 경우에는 정권을 전횡하기 위해 정적(政敵)을 제거하려 술수를 쓰지만 결국 소세경의 등장으로 인해 정권에서 물러나게 된다. 정치적 권력욕에 비리를 저지르는 여혜경의 모습은 현실 정치에서도 흔히 찾아볼 수 있는 인물형을 대표한다. 그는 자신의 권력을 유지하기 위해 정적을 모해하기는 하지만 그것이 개인적인 차원에서 이루어질 뿐 국가의 안위를 위협하거나 지배질서를 파괴하는 정도는 아니기에 그에 대한 징치 역시 현실적인 차원에서 좌천시켜 유배를 보내는 것으로 일단락되고 있다.

이상에서 살펴본 바처럼 채씨와 여혜경의 경우 욕망이 과도하게 표출됨으로 인해 부작용을 빚기는 했지만 욕망 자체가 부정되는 것은 아니다. 그들의 욕망은 현실적인 인간이라면 누구나 소유하고 있는 것이기 때문에 그들이 이러한 욕망을 추구하는 행위 역시 개연성 있게 여겨진다. 작품에서 문제 삼는 것은 이러한 욕망 자체가 아니라 그것이 정도를 벗어나 과도하게 표출되는 상황이다. 인간에게 이러한 현실적 욕망들이 내재한다는 사실을 인정하게 되면 절대적인 선악의 척도로 인간을 재단하는 것이 불가능해진다. 인간의 본질은 누구나 비슷한 상태에서 그의 행위에 따라 상대적인 선악의 판단을 내릴 수 있을 뿐이다. 이러한 상대적 선악관은 다음과 같은 소세경의 언술을 통해서도 잘 드러난다.

> 므ᄅᆞᆺ 사ᄅᆞᆷ의 셩이 본ᄃᆡ 어디디 아니니 업ᄉᆞ니 션악이 본ᄃᆡ 업ᄂᆞᆫ디라. 다만 긔운 타기ᄅᆞᆯ 강약과 청탁이 다ᄅᆞᆫ고로 강ᄒᆞ니 듕이 ᄇᆞ유치 아니ᄒᆞ고 약ᄒᆞ니 부탕의 그ᄅᆞ고 청ᄒᆞ니 디혜로오며 탁ᄒᆞ니 우미ᄒᆞᆫ디라. 부탕ᄒᆞ며 우미ᄒᆞ니ᄂᆞᆫ ᄇᆡ호기ᄅᆞᆯ 그ᄅᆞᆺᄒᆞ여 외도의 니ᄅᆞ매 그 본셩을 망ᄒᆞ고 실셩ᄒᆞᄂᆞ니[27]

이러한 의식은 이 작품에 뚜렷한 악인으로서 천명에 의해 징치되어야 할 존재가 설정되어 있지 않은 것과도 관련이 있다고 생각된다. 즉 인간이 살아가면서 저지를 수 있는 잘못들을 조금 과장해서 그리

---

27) 〈옥원재합기연〉 권지십삼.

고 있기는 하지만 그것이 전면적으로 부정되고 있는 것이 아니라 개연성 있는 것으로 받아들여지고 있는 것이다. 이원의나 여혜경, 채씨, 왕방 등의 악인 유형의 인물들은 각각 인간적인 욕망을 억제하지 못함으로써 과오를 저지르고 있다. 이원의는 탐욕에 눈이 어두워졌으며, 여혜경은 권력욕에 사로잡혀 있고, 왕방과 채씨는 성적 욕망을 다스리지 못해 문제를 일으키고 있는 것이다. 이러한 욕망들이 도덕률에 입각한 자제력으로 제어되지 못할 때 자신과 주변에 부정적 영향을 미친다는 것을 보여주고 있다. 그러나 그런 잘못을 저지른 인물들을 철저하게 비난하거나 처벌하지 않고 인간적인 차원에서 수용하는 자세는 그들의 욕망을 무조건 부정해버리고 마는 것이 아니라 비판적이기는 하되 일정 정도 이해하려는 의식을 드러내는 것으로 파악된다. 즉 인간의 선한 본성을 긍정하고, 그 본성을 그르치는 과다한 욕망들을 경계하되 욕망 자체를 부정하지는 않는 열린 자세를 취하고 있는 것이다.

이상을 통해 볼 때 〈옥원〉은 작품이 형성된 시대의 특성과 창작집단의 특성상 지배이념을 전면적으로 부정하지는 않으나 그러한 이념으로부터 상대적으로 자유로워 보인다. 이 작품의 주관심 대상은 인간의 삶을 지배하는 추상적 원리가 아니라 인간의 구체적 삶의 양상 그 자체인 것으로 파악된다. 추상적 원리에 관심을 기울인다고 해도 그것이 선험적으로 존재하는 차원을 염두에 두는 것이 아니라 인간 삶의 다양한 양상 속에서 적용되고 구체화되는 데에 초점을 두고 있는 것이다. 인물들에 대한 이념의 지배력이 약화되어 있기 때문에 이 소설의 인물들은 여느 고전소설에 비해 강한 개성을 띠게 되며, 상대적인 인식하에 가치판단이 이루어지고 있기 때문에 엄격한 선악의 구분이 이루어지지 않는다.

즉 이 작품에는 절대적인 선악의 개념이 존재하지 않는다고 할 수 있다. 인간세상에서 벌어지는 여러 가지 상대적인 선악을 그려내고 있을 뿐이다. 그럼으로써 인간들의 욕망과 도리에 대해 천착하는 현실성을 드러낸다.[28] 욕망의 추구가 도리를 넘어서서 심각한 지경으로까지 확대되는 것에 대해서는 부정적으로 그리고 있지만 욕망 자체를 부정하고 있지는 않다. 따라서 욕망을 추구하는 인물들을 무조건 비난하지는 않고, 그들의 왜곡된 욕망을 드러낸 후 그런 욕망의 추구가 가져올 해악을 경고하고 방지하는 쪽으로 작품을 이끌어나가고 있다고 하겠다. 이러한 인식은 인간에 대한 이해의 폭을 넓히는데 기여한다. 개개인의 입장과 욕망을 인정함으로써 세속적인 인간들에 대해서도 배타적으로 부정하기만 하는 것이 아니라 수용하고 교화하려는 포용력을 드러내고 있다.

제2절 갈등구조

1. 갈등의 제양상

인물간의 대립관계를 중심으로 이 작품을 파악할 때 크게 세 가지

28) 인간적 욕구와 윤리적 당위 사이의 갈등에 대해서는 서대석이 〈옥루몽〉의 갈등 구조를 통해 이 작품이 표면적으로는 주자학적 윤리관을 준수하고 있으나 이면에는 인간성의 긍정적인 면을 배태하고 있다는 점을 지적한 바 있다.(서대석, 「〈옥루몽〉 연구」, 『군담소설의 구조와 배경』, 이대 출판부, 1985)

의 갈등관계가 추출된다. 옹서갈등, 부부갈등, 부자갈등이 그것이다. 그 중에서도 장인과 사위 사이의 갈등이 다른 갈등을 유발시키는 원인을 제공하고 있기 때문에 작품 속에서 일차적으로 제기되는 갈등은 옹서갈등이라고 할 수 있다. 그러나 심각한 문제의식을 드러내는 갈등은 옹서갈등에서 비롯된 부부갈등이다. 따라서 이 작품은 표면적으로는 옹서갈등을 기본축으로 설정하고 있지만 옹서갈등 자체에 초점이 놓인 것이 아니라 이를 통해 파생되는 제갈등을 통해 의미를 드러내는 복합적인 형태를 띠고 있다고 할 수 있다.

이 작품에는 세 가지의 갈등축이 얽혀 있기 때문에 매우 복잡한 양상의 갈등이 전개되는 데다가 소세경-이원의-이현영을 중심으로 하는 갈등과 이현윤-경내한-경빙희를 중심으로 하는 갈등이 중첩되어 있어 갈등의 양상을 일목요연하게 제시하기가 어렵다. 특히 하나하나의 갈등이 분리될 수 있는 성질의 것이 아니라 서로 복합적으로 작용하여 하나의 갈등이 다른 갈등을 야기하고 그로 인해 다시 이전의 갈등이 심각해지는 양상으로 맞물려 있기 때문에 이를 도식화하면 자칫 갈등 간의 관계를 간과할 우려가 있다. 그러나 논의의 편의상 갈등의 양상을 요약 제시하기 위해서는 각 관계에 의한 갈등별로 나누어 고찰하는 것이 효과적이라고 생각되므로 아쉬운 대로 이 방법을 따르기로 한다.

1.1. 옹서갈등 : 군자(君子)와 소인(小人)의 대립

이 소설 속에는 소세경-이원의-이현영 사이의 갈등과 이현윤-경내한-경빙희 사이의 갈등이 함께 그려지고 있는데 논의의 편의상 두 경우를 각각 나누어 살펴보기로 하겠다.

• 〈소세경 ↔ 이원의〉의 경우

이 갈등은 장인 이원의의 악행에 사윗감인 소세경이 반발함으로써 시작된다. 갈등의 주원인은 소인배로서 권세에 빌붙고 신의를 배반하는 이원의에게 있다. 이원의는 구법당인 소송의 집안과 혼인을 정해놓고도 시세가 신법당으로 기우는 것을 보고 신법당의 여혜경에게 빌붙어 배혼할 의사를 품고 딸을 여혜경의 집에 시집보낼 계획을 세울 뿐 아니라 소송의 집안을 모해하고 사윗감인 세경을 죽이려고까지 하는 과오를 저지른다. 가뜩이나 장인에게 군자의 풍모가 없음을 못마땅해하던 세경은 이로 인해 장인을 원수로 치부하게 되는데 세경의 분노심을 자극하는 가장 큰 원인은 이원의가 자기 부친을 모해하려는 데 있다.

갈등의 발단이 이원의에게서 비롯되므로 갈등의 해결을 위해서도 이원의의 역할이 중요할 수밖에 없다. 따라서 장인과 사위 사이의 화해를 위해서는 원인제공자인 이원의가 개과천선하는 게 필수적이다. 세경은 군자의 풍모와 넓은 도량을 지닌 인물로서 초년기의 혈기왕성함에서 비롯된 성급함을 극복한 후에는 세상 모든 것에 대해 인자함과 이해심을 지니게 된다. 장인에 대해서도 일단 혼인을 한 후에는 부친의 뜻을 받들어 화해를 해야 한다는 당위감을 가지고 있기는 하나 아직 마음의 앙금이 풀리지 않은 상태라 주저한다. 그런 와중에 이원의 스스로 자꾸 해괴한 짓을 보탬으로써 겨우 도리를 따르려고 마음을 추스리던 세경을 도로 냉담해지게 만들곤 한다.

급기야 이원의는 잠깐 숨이 끊긴 채 명부에 끌려가 심한 매를 맞아

온 몸에 장독이 들고 눈까지 머는 시련을 겪게 되는데 이 때 세경이 손수 침을 놓아 소생시킨다. 이에 이원의가 천성을 회복하고 지난 일을 후회하며 사죄하자 세경이 반자지의(半子之義)를 행하고 장인의 병세를 돌봄으로써 표면적으로는 둘 사이의 오랜 갈등이 해결된 듯이 보인다. 그러나 아직 세경이 마음속으로까지 장인을 받아들인 것은 아니다. 이현윤도 이를 눈치 채고, 세경이 겉으로는 온화하나 마음속으로는 자기 부친을 용서하지 않았다고 불만을 토로한다. 하지만 세경의 입장에서 보자면 오랜 기간 쌓여온 마음의 앙금이 일시에 해소되기는 힘든 게 당연하다. 더군다나 이원의가 소공과 소세경에게 저지른 행악을 감안한다면 세경이 하루아침에 모든 원망을 풀고 진심으로 이원의를 받아들이는 게 오히려 설득력 없게 느껴질 정도다.

따라서 세경이 마음속으로 이원의를 용서하고 이해하여 둘 사이에 진정한 화해가 성립되기 위해서는 치유의 시간이 필요하다. 작품 속에서는 이원의의 개과 후 곧바로 진정한 화해가 이루어질 수 없다는 점을 고려해 시간적 공백을 메우기 위해 세경의 어사 삽화를 개입시키고 있다. 이 부분을 끼워 넣음으로써 세경에게는 장인을 이해하고 받아들일 수 있는 시간적 여유를 주는 것이며, 이원의에게는 개과 후 진정한 군자로서 다시 태어나기 위한 수행의 시간을 갖도록 해주는 것이다. 이원의가 이 기간 동안 수행을 한 후 세경이 돌아왔을 때 진정한 화해를 이루게 된다. 그런데 세경이 어사 순행 중에도 이원의가 변모해가고 있음을 짐작하고 마음속으로 장인에 대한 원망을 조금씩 해소할 수 있도록 배려하고 있다. 이원의가 현윤의 간청에 힘입어 가산을 풀어 덕행을 행하는 일화들을 교묘하게 짜맞추어놓고 또 이를 세경이 알아차리는 것으로 그려놓고 있는 것이다. 둘 사이의 깊은 골을 메우기 위한 시간적 분리라는 장치까지 거쳐 소세경과 이원의는 오랜 갈등관계를 청산하고 진정한 화해를 이루어 군자지도(君子之道)로써 새로운 관계를 시작하게 되는 것이다.

• 〈이현윤 ↔ 경내한〉의 경우

이현윤과 경공의 옹서갈등은 소세경과 이원의의 경우와는 달리 심각한 모함이나 악행이 개입되어 있지 않다. 자신의 부친을 무시하는 장인에 대한 사위의 반발로 불화가 시작되고 장인 역시 불손하고 딸을 박대하는 사위에 대해 불만을 품음으로써 갈등이 심각해질 뿐이다. 두 사람 사이의 갈등은 서로 무시당하고 있다는 데 대한 자존심의 대결양상을 띠고 있다. 상대방이 자신과 가족을 대하는 태도에 불만을 품고 이로 인해 신경전을 벌이는 것이다. 이러한 신경전은 혼인 후 오히려 더욱 심화된다. 혼인 전에는 단지 남남인 관계에서 서로 못마땅해하는 정도에 머물다가 그마저도 경공이 현윤의 인물됨을 알아보고 사위로 삼기로 결심한 후에는 현윤이 일방적으로 거부하는 형태를 띠게 된다. 그러나 혼인 후에는 현윤이 장인을 여전히 무시할 뿐 아니라 그로 인해 아내마저 냉대하자 경공이 괘씸한 마음을 품게 되면서 이전보다 더욱 심각한 갈등이 지속된다.

현윤은 경공이 경솔한 소인으로서 군자지풍이 없는 위인이라고 치부하며 자기 부친을 계속 웃음거리로 삼으면서 멸시한다고 생각해 분노를 품고 장인 대접을 하지 않는다. 경공 역시 현윤이 사위로서 윗사람에 대한 도리를 다하지 않고 딸에게도 푸대접을 한다고 생각하여 괘씸하게 여긴다. 두 사람의 생각은 일면 사실이면서도 일면 오해로 인해 부풀려진 것이다. 어느 한쪽의 일방적인 잘못이 아니라 서로의 잘못과 오해로 인해 갈등의 골이 깊어진 것인데 해결의 열쇠를 쥐고 있는 인물은 이현윤이다. 사실 경공의 분노는 사위의 냉대에 대한 대타적 의식에서 비롯된 것이지 이현윤에 대한 근본적인 불만에서 비롯된 것은 아니기에 이현윤의 행동 여하에 따라 언제든지 해소될 수 있는 성질의 것이다.

두 사람의 갈등이 심각해지고 그 여파로 경소저가 쫓겨나는 지경에까지 이르자 이원의를 중심으로 해결의 실마리가 열리게 된다. 이원의는 아들의 행동을 나무라고 장인과의 관계를 회복시키기 위해 골방에서 식음을 전폐하며 아들의 효심을 자극하는 시위를 한 끝에 현윤이 경공에게 가서 사죄를 하게 만든다. 이에 경공은 사죄를 흔쾌히 받아들이고 갈등을 푼다. 이로써 표면적인 화해는 이루어졌으나 현윤 쪽에서는 여전히 완전한 화해를 이룬 것은 아니다. 왜냐하면 부친의 강압에 못 이겨 억지로 고개를 숙인 것일 뿐 장인에 대해 진정으로 이해하고 미안하게 생각한 것은 아니기 때문이다. 현윤의 오해가 풀리기 위해서는 좀 더 가까이에서 장인을 바라보고 친숙해진 후 마음을 열고 이해하는 것이 관건이다. 이는 현윤이 부친의 명으로 처가로 쫓겨나면서 가능해진다. 현윤은 처가로 쫓겨가는 것을 큰 벌로 여겨 고통스럽게 생각하지만 기실 그 과정을 통해 장인이 군자임을 깨닫고 진정한 화해를 이루게 된다. 처가로의 출거는 현윤에게 있어 상대방에 대해 마음을 열고 한 단계 성숙하기 위한 통과제의의 역할을 하는 것이다.

이상에서 살펴본 옹서갈등은 소인인 장인과 군자인 사위간의 갈등형태로 표출된다. 그러나 소세경과 이원의의 경우에는 군자와 소인 사이의 구별이 뚜렷이 드러나는 데 비해 이현윤과 경공의 경우에는 양자를 엄격히 구분하기가 어렵다. 전자의 경우 소인인 장인의 일방적인 횡포로 인해 갈등이 유발되는데 이를 군자인 사위가 용서하고 포용함으로써 갈등이 해결된다. 인물 설정에서부터 군자와 소인의 특성을 분명히 드러내고 있으며, 주로 소인의 행위를 통해 외형적 사건 중심으로 갈등이 전개되고 있다. 양자를 대비적으로 제시함으로써 군자의 인격적 우월성과 그로 인한 도덕적 감화력을 효과적으로 전달하고 있다.

그런데 후자의 경우 둘 다 작품 속에서 군자로 묘사되고 있으면서도 둘 사이에서는 서로를 소인이라 공격하고 있기도 하다. 기실 이현윤과 경공은 학문적으로나 인격적으로 군자라 칭할 만한 인물들이다. 하지만 이현윤이 장인을 멸시하면서 하대하고 아내를 부당하게 괴롭히는 것이나 경공이 체통을 지키지 못하고 경솔하게 행동하는 것은 모두 군자다운 행동이기보다는 편협한 소인의 모습에 가깝기도 하다. 그러므로 양자는 군자이면서도 소인적 성향을 함께 지니고 있다고 할 수 있는데 이로 인해 서로 갈등을 겪게 되는 것이다. 이들의 모습을 통해 인간의 결함을 드러냄으로써 실재에 있어서 완전무결한 인간이란 존재하지 않으며 군자와 소인의 분변도 절대적인 것이 아니라 상대적일 수 있다는 점을 보여준다. 그리고 그러한 점을 보여줌으로써 인간의 보편적 속성을 확인하고 자신을 반성할 기회를 제공하는 것이다.

옹서갈등은 복잡한 갈등상황을 연출하는 데 있어서 매우 효과적이다. 장인과 사위 간의 대립은 필연적으로 아내와 남편 간의 심리적 대립을 야기하기 때문이다. 거기다 각자 자기 부모와의 갈등까지 겪게 되어 장인과 사위 간의 대립에서 시작된 갈등이 몇 겹의 갈등을 유발하게 된다. 이로써 주인공들은 동시에 복잡한 양상의 갈등상황에 빠지게 되는데 이것이 바로 인간사회의 실제 모습이라고 할 수 있다. 세상에는 단선적인 사건과 단선적인 갈등보다는 하나의 사건이 관계 속에서 여러 층위의 갈등을 유발하게 되는 경우가 더 많기 때문이다. 옹서 간의 갈등은 이처럼 인간 삶의 복잡한 문제들을 제시하고 그 진행과정을 흥미진진하게 그려낼 수 있도록 하는 효과적인 제재이다. 옹서갈등으로 촉발된 다양한 사건과 갈등구조들을 통해 인간 삶의 다양한 양태를 경험할 수 있게 되는 것이다.

1.2. 부부갈등 : 효(孝)를 내세운 자존심의 대결

• 〈소세경 ↔ 이현영〉의 경우

소세경과 이현영의 경우 갈등의 주원인 제공자는 이원의이다. 소세경 입장에서는 부친과 자신을 해치려는 이원의에 대해 당연히 혐의를 두게 되어 그 딸인 현영과의 혼사를 거부하게 된다. 그는 혼인 후에도 이현영 당사자에게는 큰 불만이 없으나 늘 장인의 문제가 발목을 잡아 부인과 화목하지 못한다. 현영 역시 자신의 부친이 명백한 잘못을 저질러 문제가 생긴 것을 인정하면서도 남편이 자기 부모를 무시하는 것에 대해 불만을 품는다. 비록 부친이 과오를 저지르기는 했지만 혼인을 이루어 반자지의를 맺은 이상 장인으로서 인정하고 그에 합당한 대접을 해주기를 원하는 것이다.

특히 현영의 경우 혼인 전부터 부친이 세경과 소송을 모함하고 배신한 행위를 들어 자신이 그 집의 며느리가 되는 것은 부당하다며 혼인을 사양했었는데 이러한 거절의 이면에는 소공 부자에 대한 죄스러움과 더불어 자신과 자기 부모의 자존심을 훼손당하지 않으려는 방어적 태도가 내재된 것으로 보인다. 만약 그녀가 오로지 죄스러움만으로 혼인을 사양했던 것이라면 시부(媤父)와 남편의 이해 속에 결혼을 한 이상 갈등이나 불화를 표출시키지 않고 현숙한 부인의 도리를 다하고자 했을 것이다. 그러나 현영은 결혼 후 자신의 부모를 인정하지 않는 남편과 불화하며, 불효 죄인임을 내세워 과도한 슬픔을 표출시킴으로써 무언의 항거를 하고 있다. 이런 모습을 통해 그녀가 명분으로 내세웠던 열(烈)의식이나 혼인 거절의 사유 등이 표면적인 것임을 짐작할 수 있다. 현영 자신이 부모의 부덕을 힐난하기도 하고 그에 저항해 가출을 감행하기도 했지만 그것은 어디까지나 자기 집안 내부에서의 부모 자식 간의 문제일 뿐이다. 남편과 관련해서는 못난 부모도 부모이고 아무리 출가외인이라고 해도 여성의 부모도 동등한 대접을 받을 권리가 있다는 여성적 자존심의 문제가 제기되는 것이다. 즉 친정의 문제는 혼인한 여성의 자존심과 직결되는 것으로서 친정의 명예가 훼손되고 친정 부모가 무시당하는 것은 곧 여성 자신의 존재가 무시당하는 것과 같이 느껴질 수 있는 것이다. 따라서 친정 부모에 대한 효를 내세워 남편과 자존심의 대결을 벌이고 있는 것이라고 볼 수 있다. 이 때 그녀가 자신의 자존심을 확보하고 주체적 의지를 과시하기 위해 주로 사용하는 수단이 남편에 대한 동침 거부이다.

남편과의 동침 거부는 고전소설에서 여성 주인공들이 남편에 저항하는 수단으로서 주로 취하던 방법인데 이는 수동적인 위치에 있던 여성의 저항 수단이 마땅치 않은 상태에서 갈등상황을 외부로 드러내지 않으면서도 은밀한 차원에서 행할 수 있는 대표적 항거 방법이라 할 수 있다. 게다가 부부 간의 자존심이 문제되었을 때 여성으로서는 자신의 성적 자결권[29]을 행사함으로써 주체적인 자아로서 자신의 존재를 과시하고 남편에게 항변하는 수단으로 삼을 수 있는 것이다.

구체적 사례를 들어보자면 〈현씨양웅쌍린기(玄氏兩雄雙麟記)〉의 여주인공인 주소저와 윤소저의 경우 부당하게 구는 남편과의 잠자리를 거부함으로써 자신들의 주체적 의지를 표현하고 있다. 현경문의 아내인 주소저는 남편의 이유 없는 냉대와 자기 부친에 대한 멸시에 모욕감을 느껴 남편을 거부하고, 현수문의 아내인 윤소저는 자신을 하층민으로서 함부로 희롱해도 되는 대상으로 여겨 겁탈한 후 신분이 밝혀지자 부실로 맞이한 남편을 동반자로서보다는 원수로 여길 정도로 증오한다. 이들이 당대의 질서를 뛰어넘어 혼인을 파기할 수 있는 입장은 아니기 때문에 아내로서의 지위를 마다할 수는 없지만 내심으로는 결코 남편을 받아들이려 하지 않는다. 그리고 그러한 의지를 부부의 결합을 상징하는 가장 기본적 행위라 할 수 있는 동침을 거부함으로써 표명한다. 이는 혼인이라는 타의적 제도에 의해 부부의 인연을 맺었지만 그것이 자신의 자발적 의지에 의한 것은 아니라는 사실을 시위하는 것이며, 남편의 부당함에 맞서 자신의 순결을 지킴으로써 남편의 존재를 용납하지 않으려는 뜻을 드러내는 것이라고 할 수 있다.

〈쌍성봉효록〉의 경우에도 여주인공 정계임은 결백하고 냉담한 성

29) '성적 자결권'이라는 법률 용어는 이인경이 烈의 의미를 분석하는 과정에서 이를 사용하면서부터 문학 분야에까지 수용되어 쓰이기 시작했다.(이인경, 「구비설화에 나타난 여성의 성적주체성 문제」, 『구비문학연구』 12, 한국구비문학학회, 2001.)

격의 소유자인데 남편 유한유의 방탕하고 호방한 기질을 못 마땅히 여겨 부부 간에 불화하게 된다. 남편은 아내의 기를 꺾기 위해 아내 앞에서 기생을 불러 희롱하기도 하고 재취를 구하기도 한다. 그러한 행위들은 아내의 감정을 자극하는 것이지만 그 이면에는 자신의 애정을 거부하는 아내에 대한 원망과 아내의 질투심을 유발시킴으로써 애정을 확인하고자 하는 심리가 깔려 있다. 그러나 정소저는 이에 더욱 모욕감을 느껴 끝내 남편을 용납하지 않으려 하고 동침을 거부한다. 그녀의 경우에도 제도적으로는 부부이지만 마음속으로는 남편을 인정하지 않겠다는 의지를 표출하는 수단으로서 성적 자결권을 행사하고 있는 것이다. 〈하진양문록〉의 하옥주, 〈명주기봉〉의 화옥수 등도 남편과 불화하는 가운데 부부 결합의 가장 기본 요소인 동침을 거부함으로써 남편을 받아들일 수 없음을 표현하고 있다.

이처럼 여성 주인공이 성적 주체성을 내세워 남편을 거부하고 있는 내용은 여성의 주체적 의식이 중요한 문제로 제기되는 작품들에서 주로 발견된다. 이러한 작품들에서는 여성의 자아가 그만큼 강하게 그려지고 있기 때문에 남편에게 순종하는 자세를 보이기보다는 자신의 의지를 드러내는 데 더 적극적이다. 그러나 가부장제를 중심으로 형성된 당시의 질서를 전면 부정하지 못하는 한계로 인해 부부 사이의 사적인 공간 내에서의 성적 주체권 행사로 남편에 대한 불만을 표출하고 있는 것이라고 하겠다.

〈옥원〉의 여주인공 이현영과 경빙희도 이와 마찬가지 방법으로 남편에 대한 거부 의사를 밝힌다. 이현영의 경우 주로 부친의 문제가 원인이 되어 남편과 불화하면서 자신이 부친을 속이고 혼인한 상태이므로 아직 정당한 부부의 연을 맺을 수 없다는 이유를 들어 잠자리를 거부한다. 이러한 행위를 통해 자신들이 정당한 부부로 인정받기 위해서는 부친의 동의가 필요하며, 그를 위해서는 남편이 부친과 화해해야 한다는 것을 암묵적으로 요구하고 있는 것이라고 할 수 있다. 경빙희의 경우에는 여성의 자존심 문제가 더욱 강하게 제기되는데 원치 않던 혼인을 하게 된 데다 남편의 부당한 장인 멸시까지 겹쳐 여성으로서 감당해야 하는 제약과 모욕에 분노하여 남편을 배척한다. 그녀의 경우 그 정도가 이현영보다 심각하여 줄곧 '너무 강렬하다'라는 평을 듣게 되는데 남편과의 갈등과정 내내 동침 거부를 통해 남편을 부정하는 태도를 유지하고 있다.

그러나 소세경-이현영 부부의 갈등은 전체적으로 볼 때 그다지 심각한 대결 구도를 가지지는 않는다. 소세경의 온화한 성품으로 인해 불만을 외부로 강하게 표출하거나 장인의 일로 부인을 구박하거나 하는 일은 없기 때문이다. 이원의가 회과하여 소세경과 화해함으로써 이들 부부의 갈등 역시 해소된다. 부부 당사자 간에는 상대방의 인격을 존중하는 태도를 견지하고 있었기에 이현영에게 자존심의 문제를 야기했던 옹서 간의 갈등이 해결되자 더 이상의 갈등요인이 존재하지 않게 된 것이다. 즉 자신의 부친이 남편으로부터 인정받고 그에 따른 정당한 대접을 받게 됨으로써 현영의 훼손되었던 자존심도 회복된 것이라고 할 수 있다.

• 〈이현윤 ↔ 경빙희〉의 경우

이현윤과 경빙희 사이의 부부갈등은 옹서갈등을 매개로 하여 빚어졌다는 데서 앞의 부부갈등과 유사한 면이 있지만 그 구체적인 내용과 전개과정은 여러 면에서 다르다. 가장 큰 차이점은 갈등유발의 당사자인 경공이 이원의와는 전혀 다른 인물로서 갈등을 일으키게 되는 상황도 다르다는 점이다. 경공은 회과 전의 이원의와는 비교할 수도 없을 정도로 군자다운 인물이고 이원의처럼 상대방을 모함하거나 해를 끼친 적도 없다. 오히려 이원의로 인해 귀양을 가기까지 했던 피해자이다. 따라서 그가 이원의와 사돈 맺기를 거부하는 것은 당연한 일이다. 이현윤이 이를 두고 자기 부친과 자기 집안을 멸시하는 것이라고 분노하지만 그것은 자기중심적 생각일 뿐 상대방의 입장을 고려한다면 함부로 비난할 수 있는 일은 아니다. 물론 경공이 좀 더 신중하게 도리와 명분을 따라 행동했다면 문제가 심각해지지는 않았을 테지만 경공의 입장도 일정 정도의 타당성을 지니고 있는 것이다. 그는 오히려 이현윤을 직접 보고 난 후에는 이원의의 아들이라는 것을 무시하고 사위로 삼고 싶어 조바심을 칠 정도로 집안보다는 인품을 중시하는 선진적인 면모를 지닌 인물이라고도 할 수 있다.

그러므로 경빙희의 입장에서는 자신의 부친을 소인배로 몰아부치며 멸시하는 이현윤의 태도가 더욱 부당하게 느껴졌을 것이다. 더군다나 이현윤은 소세경처럼 넓은 도량과 이해심을 가지고 있지 못하다. 세경의 경우 부인과의 갈등을 겪으면서도 내심으로는 그 마음을 헤아리고 후일을 기약하며 절대로 부인 앞에서 장인을 모욕하거나 하는 일은 없었다. 그러나 현윤은 그와 같은 조심성을 전혀 보이지 않는다. 오히려 장인과의 문제를 부인에게 전가하여 분풀이를 함으로써 문제를 더욱 어렵게 만들기까지 한다.

경빙희는 앞에서 살펴본 것처럼 남성 못지않은 담대함과 지략을 갖추고 있으며, 순종을 미덕으로 아는 여성상과는 거리가 먼 인물이므로 남편의 행위에 대해 자신이 여성이기 때문에 겪어야 하는 모욕으로 생각하며 분노한다. 그녀는 애초부터 도적에게 잡혀갔던 일을 명분 삼아 혼인을 피하던 참에 혼담으로 인해 부친과 이현윤이 갈등을 빚고 그 과정에서 자신과 부친이 이현윤에게 무시당하고 거부당한다는 사실을 수치스럽게 여기고 괴로워했다. 자신이 이현윤과 반드시 혼인을 해야 할 이유도 없고, 혼인할 의사도 없는데 구차스러운 처지에 놓이게 된 것을 자존심이 용납지 않는 것이다. 그런데 혼인 후에는 자신과 부친에 대한 이현윤의 일방적인 처사로 인해 더욱 심한 반발심을 키우게 된다.

특히 남편의 이중적인 효의식이 경소저를 더욱 괴롭히는데 현윤은 자기 부모는 못나고 부당해도 절대적으로 순종하는 태도를 취하고 있으면서도 장인에 대해서는 작은 허물도 용납하지 않는 태도를 보인다. 즉 장인을 부모로서 인정하지 않으며 배타성을 보이는 것이다. 그러면서도 아내에게는 시부모를 향한 절대적인 효도를 강요하고 있다. 이는 남성 위주의 사고를 드러내는 것이다. 이에 대해 강한 자의식의 소유자인 경소저가 반발하는 것은 당연하다. 경소저 역시 시부모에 대한 순종을 부인하는 것은 아니다. 오히려 누구보다도 시부모를 잘 공양하고 효성을 다한다. 단지 그에 상응하게 남편도 자신의 부모를 대접하고 인정해 주기를 요구하는 것이다.

남녀의 결합에 있어서 당사자를 넘어선 집안 간의 문제는 당시 뿐 아니라 현재도 계속되고 있는 문제이며, 그 과정에서 당사자들은 개인 간의 애정 여부를 떠나 자기 집안이나 가족을 사이에 둔 자존심의 대립을 겪게 된다. 자기 가족, 특히 부모에 대한 부당한 대접이나 그로 인한 갈등은 자신의 정체성과 관련된 것으로서 매우 민감한 문제이기 때문이다.

이현윤과 경소저 사이의 심리적 갈등은 외부적 원인에 의한 갈등보다 훨씬 심각한 것이고 특히 경소저가 느끼는 모욕감은 집안의 문제를 넘어서 여성으로서의 인격에까지 관련된 것이어서 쉽게 해결될 기미를 보이지 않는다. 결국 경소저의 죽음과 소생이라는 극단적인 과정을 통과함으로써 해결을 보게 되는데 이러한 과정을 통해 남성과 여성의 입장 차이를 넘어서 서로 동등한 인격체로서 상대방을 이해하게 되고 이를 통해 화합을 이룰 수 있게 되는 것이다.

1.3. 부자갈등 : 효(孝)의 명분과 실제의 상충

이 작품에서는 부자갈등이 심각한 양상으로 나타나지는 않는다. 부모와 자식 간의 관계 자체가 적대적인 대립을 형성할 수 없는 것이기 때문이기도 하고, 주인공들이 모두 효를 내세우고 그로 인해 갈등을 겪고 있기 때문이기도 하다. 그러나 그런 중에도 남성주인공들의 경우 옹서갈등과 부부갈등으로 말미암아 부수적으로 부자 간에도 문제가 파생되고, 여성주인공들의 경우 혼인을 앞두고 부모와 대립하고 있어 살펴볼 필요가 있다.

먼저 남성주인공들의 경우를 보자. 앞부분에서 살펴본 옹서갈등에서 특이한 점은 두 경우 다 피해 당사자인 부친들이 화해의 주도자 역할을 한다는 점이다. 소송과 이원의는 각각 이원의와 경공에 의해 모함을 당하거나 멸시를 당한 피해자들이다. 그러나 상대방을 먼저 이해하고 용서함으로써 군자의 넓은 도량을 보여준다. 그 밑바탕에는 상대방의 본성에 대한 신뢰와 자신의 과오에 대한 반성이 깔려있다. 그러나 자식들의 입장에서는 자기 부모를 보호하고 감싸려는 효심으로 인해 상대방을 더욱 적대시하게 된다. 부모 세대와의 이러한 차이로 인해 옹서갈등을 겪는 자식 세대는 효를 실천하는 데 있어서 딜레마를 겪게 된다.

즉 장인과의 화해를 명하는 부친의 뜻에 순종함으로써 효를 실천하느냐, 아니면 부친의 명예를 위해 모욕적인 장인에게 대항하느냐 하는 것이다. 부친 뜻대로 장인과 화해를 하게 되면 부친의 명예를 더럽히게 되고, 부친의 명예를 위해 장인과 대립하면 부친의 뜻을 저버리는 게 된다. 두 경우 모두 효를 따르는 행동이기 때문에 둘 중 하나를 선택하면 나머지 부분에서 효를 거스르는 결과가 되고 마는 것이다. 이 경우 자식들은 부친의 명을 따르는 것보다는 부친의 명예를 지키는 쪽을 선택하고 있다. 부친의 명예를 훼손하는 것은 자신의 자존심의 훼손과도 직결되는 것으로서 쉽게 포기할 수 없는 문제이기 때문이었으리라고 짐작된다. 자식의 도리로서 부모를 위해 그 명예를 지키고자 하는 것은 당연하다고 여겨지므로 그들의 행위는 정당성을 획득하게 된다. 그러나 문제는 그리 간단한 것이 아니어서 효의 문제가 장인과의 관계 속에서 야기됨으로써 효와 애정의 갈등 또한 겪게 된다. 아내를 사랑하면서도 자기 부친을 모욕하는 사람의 자식을 받아들이는 것 자체가 불효라는 이유로 애정을 부정하기 때문이다.[30]

이처럼 효의 문제와 애정의 문제가 양립하지 못함으로 인해 이들

---

30) 김일렬에 의해 〈숙영낭자전〉을 중심으로 효와 애정의 대립 문제가 다루어진 적이 있는데 〈숙영낭자전〉의 경우에는 '애정의 욕구는 불효를 무릅쓰고라도 충족되어야 한다'는 주제가 이루어진다고 하였다. 이러한 의식은 〈옥원〉과는 대조적인 것으로서 두 작품 사이의 거리를 짐작하게 해준다.(김일렬, 「조선조 소설에 나타난 孝와 애정의 대립-숙영낭자전을 중심으로」, 『조선조 소설의 구조와 의미』, 형설출판사, 1991)

은 또다시 딜레마에 빠지게 된다. 혼인과정을 놓고 볼 때 부친에게 해악을 끼치는 인물의 자식을 거부하는 것은 당연히 효에 입각한 것이지만 문제는 부친이 혼인을 종용하고 있기 때문에 이를 계속 거부하면 부친의 뜻을 거스르는 불효를 범하게 되고 만다. 즉 효를 위한 행동이 결국은 불효가 되는 상황에 빠지고 마는 것이다. 또 결혼 후의 부부불화의 문제와 결부해 보면 용서되지 않는 장인 때문에 그의 자식인 아내를 온전히 받아들일 수가 없고 거기다 애정보다 효심이 우선해야 한다는 인식까지 보태어져 아내를 사랑하기는 하면서도 일정 정도의 거리를 두게 되는데 이 모든 게 효심에서 비롯되는 것이라고 할 수 있다. 그러나 부부가 불화함으로써 자식 부부의 화락을 바라는 부친의 뜻을 거스르게 되어 또다시 불효를 저지르게 된다.

남성주인공들이 효의 실현과 애정의 성취가 조화를 이룰 수 없는 상황에 처하여 고민하고 갈등하는 데 있어서 효라는 보편적 덕목이 중세적 가치관에 의해 교조화되었기 때문에 더욱 곤란한 입장에 놓이게 된다. 더군다나 이현윤의 경우에는 배타적으로 변질된 효의 성격으로 인해 내적 갈등뿐 아니라 부부 간에도 갈등을 겪게 되는 복잡한 상황이 전개된다. 그러나 효와 애정 사이에서 집단적 규범을 추수하여 일방적으로 효를 중시하는 태도를 보이지 않고, 갈등하는 자아를 그려냄으로써 인식의 진전을 보여준다. 또 효를 둘러싼 상이한 입장들에 관심을 가짐으로써 효의 보편성과 효의 실천에 있어서 인간의 평등성에 대해서도 문제를 제기하고 있다. 이처럼 복잡하게 얽힌 양상을 통해 효의 문제에 대해 깊이 천착할 기회를 갖게 되는 것이다.

한편 여성주인공들의 경우 자신이 원치 않는 혼사를 부모가 강요함으로써 갈등을 겪게 되는데 그 중 심각한 양상을 보이는 현영의 경우를 살펴보기로 하자. 현영은 불인(不仁)한 부친의 부도덕한 요구 때문에 갈등을 겪는다. 그녀는 부친이 약혼을 깨고 권세가에 시집보내려 하며 정혼한 집안을 모함하기까지 하자 부친에 대해 강하게 반발을 하고 도리와 신의를 들어 설득하기도 한다. 그러나 이 정도로 이원의가 마음을 돌이키지는 않으므로 점점 더 강경하게 맞서는 과정에서 칼로 자기 귀와 팔을 베기도 하고 결국에는 유모와 함께 가출을 감행하게 된다. 말로 설득되지 않는 부모에게 직접적인 행동으로 반대 의사를 밝히고 저항하는 것이다.

작품 속에서는 그녀의 가출과 그로 인한 고난의 과정을 두고 열녀절부의 행적이라고 칭송하지만 엄밀히 따져보면 그녀가 가출한 동기는 정혼자에 대한 열의식에서 비롯된 것은 아니다. 만약 그녀의 가출이 열(烈)을 지키는데 있는 것이라면 세경 부자를 만나 혼사가 진행될 때 별 갈등 없이 순순히 응했어야 마땅할 것이다. 그러나 현영은 부친의 허물로 인해 소공 부자를 대할 면목이 없음과 부친에게 알리지 않은 채 혼사를 자행할 수 없음을 들어 계속 혼인을 거부하고 있다. 이를 통해 볼 때 그녀의 가출은 열의식의 발로라기보다는 부친의 부당한 요구에 대한 항거의 성격이 더 짙다고 하겠다. 즉 약혼자를 위해 정절을 지키고자 하는 의식보다는 부모에 의해 강요되는 불의를 거부하고자 하는 의식이 더 강한 것으로 보인다.

이후 현영은 자신이 부모에게 큰 불효를 저질렀다고 자책하며 혼인 후에도 갈등하고 괴로워한다. 이 때 그녀가 효의 문제를 놓고 번민하는 것은 남성주인공들의 경우와는 처지가 다르다. 남성들의 경우 상황윤리에 의한 딜레마를 겪는 것이었다면 그녀의 경우에는 효의 문제가 의리의 문제와 상충하는 것이기 때문이다. 즉 효를 행하려면 인간으로서의 신의를 저버려야 하고, 의리를 따르려면 불효를 범하게 되는 것이다. 그런데 인간으로서 의롭게 살고자 하는 그녀의 주체적 자아가 자식의 순종적 효를 강요하는 시대적 이념보다 강하기에 문제가 심각하다. 결국 그녀는 자신의 의지에 따라 행동하지만 그로 인해 부모에게 불효를 저지르게 됨으로써 신의를 지킨 대가로 자책의 고통을 얻게 되는 것이다. 이처럼 불인한 부모로 인해 효와 의리라는 두 가치가 상충하는 상황에서 번민하는 여주인공을 통해 효의 의미와 개인의 의지에 대해 문제를 제기하고 있는 것이라고 하겠다.

2. 갈등구조의 종합

2.1. 반복구조의 양상

위에서 살펴본 것처럼 이 작품은 유사한 갈등구조를 반복하고 있다. 가장 큰 축을 이루는 것은 두 번의 옹서갈등이며 이로 인해 부부갈등과 부자갈등이 함께 야기되고 있다. 국문 장편소설들은 대개가 다 이런 반복의 구조를 지니고 있기 때문에 일찍이 이상택은 구조적 반복원리를 대하장편의 원리로 밝힌 적이 있다.[31] 엄청난 분량을 유지하면서 사건을 전개시켜 나가기 위해서 계속 새로운 사건을 추가한다는 것은 무척 힘든 일이다. 이럴 때 반복적인 구조를 통해 유사

31) 이상택, 「〈보월빙연작〉의 구조적 반복원리」, 『한국고전문학연구: 백영정병욱선생 화갑기념논총』 III, 신구문화사, 1983.

한 패턴으로 이야기를 전개시켜 나가는 것이 여러모로 편리하다. 우선 이미 한 번의 사건을 통해 친숙해진 구조를 다른 인물들을 중심으로 반복함으로써 익숙한 리듬감을 느끼게 해주고 더 쉽게 작품에 몰입할 수 있도록 해준다는 장점이 있다. 또 그러한 과정을 통해 자칫 산만해질 수 있는 긴 분량의 구조를 정리해 주기도 한다. 그러나 반복적인 구조가 주는 단점도 있다. 비슷한 이야기가 계속 중첩되면 쉽게 식상하게 되고 지루해질 소지가 있기 때문이다. 특히 처음의 사건에서 문제제기를 통해 받았던 신선한 충격이 가셔지고 난 후 반복되는 사건들이 그만큼의 문제의식을 지속시키지 못하는 경우가 많아 작품의 질적인 면에서 퇴보하게 될 가능성이 많은 게 사실이다.

고전소설을 일괄적으로 어떤 유형으로 분류하고 비슷한 갈등구조가 반복되는 유사성에 입각하여 파악하게 되면 천편일률적이라거나 상투적이라는 폄하를 피하기 어렵게 된다. 즉 작품의 고유성이 간과된 채 상투적 유형성만이 부각될 우려가 있는 것이다. 이런 관점에서라면 인간의 삶 자체가 유사한 패턴의 반복이며 상투적인 것일 뿐이고, 다양화된 현대사회에서도 여전히 소설이나 드라마 속에 비슷비슷한 구조가 반복되고 있다는 사실에 갇혀 그 이면의 문제들을 놓치기 쉽다. 따라서 우리가 주목해야 할 부분은 그 유사성 속에 내재하는 차이와 다양성이며 그것들이 이루어내는 변주이다.

이 작품의 갈등구조도 크게 보면 옹서갈등이 반복되는 구조로 이루어져 있다. 하지만 갈등의 구체적인 양상은 여러 면에서 차이가 있기 때문에 단순히 옹서갈등의 반복이라고 치부하고 분석하면 많은 부분 중요한 단서들을 놓치게 된다. 앞서 살펴본 것처럼 소세경-이원의-이현영의 갈등은 과실을 범하는 사람이 뚜렷하게 설정되어 있는 가운데 그의 일방적인 잘못에 의해 갈등이 유발되고 있다면, 이현윤-경내한-경빙희의 갈등은 뚜렷하게 과실을 범하는 사람이 없는 가운데 서로 조금씩 실수를 저지르고 이로 인한 오해가 쌓여가는 과정에서 갈등이 유발되고 있다.

갈등유발 요인이 다르기 때문에 그 전개 양상도 다르게 나타나는데 전자가 주로 외적인 사건들에 의한 극적인 전개방식을 따른다면, 후자는 심리적인 대결 양상을 띠고 전개된다. 전자가 잘못을 범하는 사람의 외적 과실에 의한 갈등과 그 해결 과정을 보여주고 있다면, 후자는 오해와 자존심의 문제로 인한 갈등과 그 해결 과정을 보여주고 있는 것이라고 할 수 있다.

전자의 경우 해악을 끼치는 인물이 설정되어 있기 때문에 그의 악행으로 인해 남녀 주인공이 모두 부모와 분리되어 방랑하면서 고난의 과정을 겪게 되는 데 비해 후자의 경우에는 그런 시련의 과정이 존재하지 않는다. 초년의 시련은 생략된 채 혼인을 통해 성인이 되기 위한 통과제의라 할 수 있는 우여곡절을 겪게 되는데 그것도 외부세계와의 운명론적인 대결의 형태로서가 아니라 가정 내에서의 심리적인 고민 형태로 설정되어 있다. 이를 통해 볼 때 이 작품이 운명론적인 세계관에서 상당부분 벗어나 현실 지향적인 관점을 취하고 있는 가운데서도 전자가 상대적으로 기존의 영웅적 주인공들의 고난과 그 극복 과정을 따르고 있다면 후자는 그런 관습적 틀을 더욱 과감히 벗어나 주로 현실적인 영역에서 문제를 제기하고 해결해나가고 있다고 하겠다.

비루하고 탐욕스럽고 무식한 소인배의 전형인 이원의가 사돈가를 모해하는 것으로 설정되어 있는 전자가 표면적으로는 갈등양상이 훨씬 심각해 보이는데도 소공 부자의 넓은 도량과 이원의의 개과천선으로 갈등의 해결과정이 순조로웠던 반면, 혼인 전 서로에 대한 불신과 오해로 갈등이 시작된 후자는 외적 갈등의 강도 면에서는 전자에 비해 약하면서도 갈등이 해결되기 위해 거쳐야 하는 과정이 훨씬 심각하고 지난하다. 이것은 외적인 사건으로 인한 갈등보다 내부의 심리적 요인들에서 비롯된 갈등이 근본적으로는 더 심각할 수 있음을 보여주는 것이라고 할 수 있다. 전자는 잘못을 범한 이가 자신의 죄를 뉘우치고 새사람이 되면 해결되는 것이지만 후자의 경우는 특별히 잘못을 범한 사람이 없는 상태에서 팽팽한 신경전이 벌어지고 있기 때문이다. 갈등을 풀기 위해서는 서로 간에 마음을 열고 상대방을 이해하는 길밖에 없다.

이와 같이 겉으로 보기에는 유사한 갈등구조의 반복처럼 보이지만 그 구체적인 양상에서는 다른 사건들을 설정함으로써 피상적으로는 비슷해 보이지만 실제로는 차이를 가지며 다양한 양상으로 전개되는 삶의 모습을 제시하는 것이라고 할 수 있다. 게다가 전혀 새로운 사건들을 설정할 때와는 달리 비슷한 문제를 놓고 다른 양상, 다른 해결 과정을 보임으로써 이미 알고 있다는 친숙함을 비틀고 새로움을 추가하는 재미를 맛볼 수도 있다.

이상에서 살펴본 바처럼 이 작품에서 반복되고 있는 갈등구조는 도식적 반복이 아니며, 따라서 이러한 갈등구조를 가문의식의 심화라는 주제를 강조하기 위한 반복적 장치로 이해하려는 논의들에 대해 의견을 달리 한다.[32] 이 작품의 갈등구조를 통해 드러나는 것은

---

32) 최길용과 양혜란은 선행 연구에서 이 작품을 가문의식의 차원에서 다룬 바 있다.

인간의 삶이라는, 가문의식보다 더 큰 영역의 문제들이기 때문이다. 물론 이 소설 역시 가문의 구성원들을 중심으로 이야기가 전개되고 그 과정 중에 당대의 중요한 문제였던 가문의식을 간접적으로 드러내고 있기는 하다. 이것은 국문 장편소설 일반이 지니고 있는 공통적 속성이기도 하다. 그러나 당대의 지배이념과 개인적 욕망 사이에서 갈등하고 자신의 주체적 의지를 실현하기 위해 고민하는 주인공들의 행위를 가문의식이라는 틀 속에서 해석해버리게 되면 이 소설이 던져주는 의미가 자못 축소되고 만다. 이 작품은 그것보다 더 포괄적이고 다양한 삶의 문제들을 경험하고 고민하게 하는 것이다. 그리고 그러한 문제들을 심화시키고 주제를 효과적으로 드러내기 위해 비슷한 상황에 처해 있으면서도 구체적인 부분에서는 차이가 나는 갈등구조를 반복하면서 그 안에 존재하는 차이들에 주목하는 것이라고 하겠다.

즉 남녀의 혼인을 둘러싸고 일어나는 동일한 갈등구도 속에도 다양한 변수들이 존재한다는 사실을 구체적으로 보여주고 있는 것이

최길용의 경우 이 작품이 "가문중시(세경이 嗣孫을 바빠하는 부친의 뜻에 순종하여 원수의 딸로 치부하고 있는 현영과 어쩔 수 없이 금슬지합을 맺는 것과 같은 행위는 가문중시 의식에서 나온 것이다), 여성의 정절 강조(현영은 정절을 지키기 위해 세 번 물 속에 몸을 던지고 두 번 自縊하는 열행을 한다) 등과 같은 유학적 윤리관을 거듭 옹호하고 있다"고 주장하였다.(「〈옥원재합기연〉 연작」, 『조선조 연작소설 연구』, 아세아문화사, 1992, 335면.)

양혜란의 경우 이 작품이 "두 가문이 대립하면서 역설적으로 화합과 조화를 추구해가는 과정을 담고 있다"고 하면서 특히 이원의의 가문을 통해 "가문소설의 생산이 가문의 창달과 번영이라는 현세 지향성과 아울러 양반 가문의 정신적 위기를 사실적으로 표출시켜 동시대적 사회 문제로 인식하고자 하는 문제제기의 목적도 있다"고 보았다.(「〈옥원재합기연〉 연구」, 『고전문학연구』8, 한국고전문학회, 1993, 318면.)

다. 그럼으로써 표면적으로는 비슷비슷하게 보이는 인간의 삶도 한 발 안으로 들어가 보면 각자의 성품과 처한 환경에 따라 얼마나 다양한 모습을 띠고 있는지에 주목하게 한다. 장인의 문제를 두고 부부간에 갈등이 일어나는 상황은 비슷하지만 소세경 부부와 이현윤 부부가 각기 갈등을 겪고 해결해나가는 과정은 차이를 보이는데 이에는 여러 가지 요소가 작용한다. 온화하고 신중한 소세경과 성급하고 강렬한 이현영, 일방적이고 경솔한 이현윤과 자존심 강하면서도 신중한 경빙희의 각기 다른 성격, 장인들의 성품과 행실의 차이, 주인공들이 처한 상황 등이 구체적 갈등양상의 차이를 가져오는 것이다. 겉으로 보기에는 장인과 사위의 갈등, 이로 말미암은 부부 간의 불화라는 동일한 틀로 설명할 수 있으나 내면적으로는 각 인물의 성격과 그들이 처한 정황에 따라 다양한 문제들이 제기되고 있다. 그리고 이 과정에서 각 인물이 자신의 입장에 따라 어떻게 반응하며 상대방과 어떤 갈등을 빚는지를 살펴 각각의 입장을 이해하고 조화로운 해결책을 모색하려는 모습을 보인다.

이처럼 일면 비슷해 보이는 것들 속에서 차이를 발견하고 그 개성들을 인정하고자 하는 것은 이 작품의 주제의식과도 상통하는 것이다. 그리고 이런 과정을 통해 인간 개개인의 입장을 무시하고 그들에게 전형성의 굴레를 씌우는 것이 얼마나 무모한 것인지를 역설적으로 폭로하고 있는 것이라고도 할 수 있다. 즉 군자(君子), 소인(小人), 숙녀(淑女), 음녀(淫女), 효자(孝子), 열부(烈婦), 의인(義人), 악인(惡人) 등으로 표상되는 분류를 행하기 전에 인간적 본성을 인정하고 그것들이 다양한 상황에서 다양한 모양새로 표출되는 것에 관심을 기울이게 되면 쉽사리 기계적인 잣대로 인간을 평가할 수 없게 된다.

이 작품은 인물들의 갈등을 통해 남성과 여성, 군자와 소인, 의인과 악인이 모두 동일한 인격체로서 대접받을 권리가 있으며 그들이 지닌 인간으로서의 보편적 욕구는 긍정되어야 함을 확인하게 한다. 그리고 이와 더불어 각 인물들의 입장 차이를 인식하고 서로에 대한 이해를 바탕으로 조화로운 관계를 모색해야 함을 보여주고 있기도 하다. 이와 같은 '동일성과 차별성의 조화'는 인간의 삶에 있어서 필수적인 것인데 그것들을 포착함으로써 '보편성과 특수성'이라는 근본적 문제로까지 인식을 확대하고 인간을 이해하는 데 있어서 열린 태도를 견지할 수 있는 기틀을 마련하고 있다고 하겠다.

2.2. 갈등구조의 의미

앞에서 〈옥원〉에 드러나는 갈등의 제양상을 살펴보았다. 이 부분에서는 그러한 갈등요소들이 어떻게 관련지어지며 어떤 의미를 함축하고 있는 것인지에 대해 종합적으로 고찰해보고자 한다.

우선 이 작품은 소세경과 이현영, 이현윤과 경빙희라는 두 부부의 결혼과정에서 일어나는 사건을 순차적으로 다루고 있다. 두 부부에게는 모두 혼인 전부터 장인과 사위 간에 갈등이 존재하고 이것이 혼인 후에도 해결되지 않은 채 지속됨으로써 부부 간 불화의 주요 원인으로 작용한다. 거기에 자식들의 혼사를 주관하고 금슬의 화락을 촉구하는 부모와 이에 순종하지 못하는 자식의 입장 차이로 인해 부자 간에도 갈등이 빚어지게 된다. 즉 옹서갈등으로 인해 부부갈등과 부자갈등이 파생되면서 복잡한 양상을 띠게 되는 것이다.

먼저 소세경의 경우 소인인 이원의를 못마땅해하던 차에 그가 부친 소송을 모함하고 신의를 저버리자 원수로까지 치부하게 된다. 우여곡절 끝에 이현영과 혼인을 이루고서도 장인에 대한 감정은 해소되지 않는데 이로 인해 부부 사이에도 화합하지 못하고 부친에게도 걱정을 끼치게 된다. 이원의가 개과천선하여 새사람이 되는 것으로 모든 갈등 해결의 단초가 마련되고 이를 소세경이 인정하고 받아들임으로써 옹서 갈등을 중심에 두고 얽혀 있던 제갈등이 일시에 해결된다. 이 경우 갈등의 주원인이 불의한 소인배인 이원의에게 있었기 때문에 그것이 해결되자 이로 인해 파생되었던 다른 갈등요소들도 해소되는 것이다.

그러나 이현윤 부부의 경우는 이와 다르다. 이현윤은 경공이 자기 부친을 소인 취급하는 것에 분노하여 스승의 권유와 부친의 권고를 마다하며 혼인을 거부한다. 경소저 역시 혼전에 당한 사고로 인해 평생 결혼할 마음이 없는 상태에서 이현윤이 자기 부친을 무시하자 이 혼사를 거부하게 된다. 즉 이 경우에도 제갈등이 장인과 사위의 대립을 매개로 하기는 하나 옹서갈등 자체보다는 부부갈등에 더 큰 비중이 놓여있다고 할 수 있다. 이현윤과 경빙희의 경우 혼전부터 혼인 후에까지 지속적으로 자존심의 대결을 벌이고 있는 것이다. 따라서 이 경우에는 소세경 부부에 비해 부부 당사자 간의 갈등이 훨씬 심각하게 그려지고 있다. 이 때문에 장인과 사위 간에 화해가 이루어져도 그것이 부부갈등까지 해소시켜주지는 못한다. 결국 이현윤과 경빙희가 상대방의 가치를 인정하고 서로 이해할 수 있게 되고서야 모든 갈등이 해소된다.

그런데 두 사건의 경우 모두 장인과 사위의 대립을 중심으로 갈등이 파생되면서 효의 문제가 중요하게 대두된다. 우선 남주인공의 경우 자기 부친을 무시하거나 모함하는 장인에 대해 반감을 품은 채 대립하고 부인과도 불화하게 되는 것은 효의식 때문이다. 그리고 여주인공의 경우에도 자기 부친을 장인으로 인정하지 않고 무시하는 남편에 대해 효를 내세워 대항하고 있다. 그러므로 이 작품에서 효를 다루고 있는 방식과 그것을 통해 드러내는 의미를 고찰해볼 필요가 있다.

이와 더불어 작품 내에서 심각하게 문제를 제기하고 있는 것이 여성의 주체성이다. 여주인공들이 삼종지도(三從之道)를 따라 부친이나 남편에게 순종하기만 하는 것이 아니라 자신의 의지를 직간접적으로 드러내고 있기 때문에 부부 간이나 부녀 간에 갈등이 심각해진다. 작품의 내용을 통해 당시의 사회적 분위기 속에서 여성의 주체적 의지가 표현되고 관철될 수 있는 정도와 그 한계를 살펴봄으로써 작품이 드러내고자 하는 의미를 짐작할 수 있을 것이다. 즉 작품에서 가장 핵심적인 문제라고 생각되는 위의 두 가지를 고찰해봄으로써 이 작품의 주제의식을 추출할 수 있을 것이다.

(1) 효(孝)의 보편성 확인을 통한 인간 이해

이 작품 전체에 걸쳐 매우 중요한 화두로 자리 잡고 있는 것이 효의 문제이다. 사위가 장인과 불화하는 이유나 아내가 남편을 받아들이지 못하는 이유가 모두 효의식에서 비롯되고 있기 때문이다. 남자주인공들은 그들의 우수함을 입증하는 여러 덕목들 중에서도 효자라는 덕목에 의해 가장 크게 부각되고 있다. 작품은 시종일관 그들이 효자라는 것을 표현하며 그들의 효행을 드러내기 위해 다양한 사건들을 제시하고 있다. 효는 인간 윤리의 가장 중요한 부분으로 인식되는 것이기에 주인공의 품성을 드러내는 주요 항목으로 제시되는 것이 일면 당연하다. 그런데 이 작품의 경우 그들의 효행이 아내와의 관계 속에서 갈등을 유발한다는 데에 문제가 있다. 즉 남성주인공이 자기 부친을 위해 행하는 효가 여성주인공이 친정아버지를 위해 행하는 효와 상충하는 상황이 벌어지고 있는 것이다. 뿐만 아니라 효를 행하기 위한 일이 오히려 효에 위배되기도 하고, 또 효를 행하기 위해서는 효와 마찬가지로 중요한 다른 가치를 훼손해야 하는 상황들이 벌어지기도 한다. 효의 문제가 당연하고 바람직한 방향으로만 전개되는 것이 아니라 여러 가지 문제를 노정함으로써 효에 대해 다시 생각할 여지를 마련하고 있다고 하겠다.

효라는 의식은 인간이 자신을 낳아 기른 존재에 대한 감사와 보은의 마음을 가지는 것에서 비롯된 것이므로 인류의 시발(始發)부터 존재하였을 것이다. 그것이 사상적인 차원에서 정리되기 시작한 것은 우리나라의 경우 고조선 이래 선진 유학이나 불교 등의 영향이라고 볼 수 있는데 조선시대에 들어와서는 주자학의 채택과 함께 효가 일상생활의 보편적 규범으로 자리 잡게 되었다. 조선은 주자학을 통치이념으로 받아들여 사회질서를 수립하고자 했는데 사회의 수직적 질서를 확고히 하는 기초로서 가장 먼저 효의 규범을 보급하는 데 주력하였다.

주자학적 입장에서 보자면 효는 자식의 부모에 대한 순종을 전제로 하는 수직적 윤리이기 때문에 공순(恭順)과 자기희생을 중시하는 가부장 윤리를 강화하는 데 있어서 매우 중요한 덕목이다. 그리고 가부장의 권위에 복종하는 정신과 태도는 군주의 권위에 복종하는 것으로 이어지면서 가부장 윤리의 보급이 결국 군주에 대한 충성을 이끌어내는데 기여하게 된다.[33] '以孝事君則忠',[34] '事親孝故忠可移

於君',[35] '忠孝非二道'[36] 등이 이를 뒷받침하는 언술들이다. 따라서 국가적 차원에서 효가 적극적으로 권장되어 세종조에 〈삼강행실도(三綱行實圖)〉가 간행되었고, 선초부터 시행된 향음례(鄕飮禮)·향사례(鄕射禮)를 통해서도 효행이 장려되었다.[37]

이 시대의 유교적 윤리로서의 효는 부모가 잘못을 저지르더라도 자식은 순종하여야 한다는 엄격함을 드러내며 자식의 일방적 복종을 강요하는 성향을 띠어, 부모 자식 간의 쌍방향적이고 수평적인 차원에서 효를 파악하는 불교의 효의식과는 차별화된다. 효의 절대성은 이황(李滉)의 "효는 백 가지 행실의 근원이니 한 가지 행실에 어그러짐이 있어도 그 효는 순수한 효가 될 수 없다"는 언급이나[38] 이이(李珥)의 "모든 일은 부모의 승낙을 얻은 후에 행해야 하고 끝내 허락하지 않더라도 제 뜻대로 해서는 안 된다"는 언급을 통해서도 잘 드러난다.[39]

그런데 정약용에 이르면 부모의 뜻이라도 무조건 순종하는 것이 효가 아니라고 하면서 부모가 잘못을 깨닫도록 끝까지 완곡하게 간(諫)하는 것이 바람직하다는 견해를 피력해 효를 절대적인 종속윤리로 규정했던 이황이나 이이와는 다른 태도를 보이고 있다. 즉 교조화되어

33) 김훈식, 「〈삼강행실도〉 보급의 사회사적 고찰」, 『진단학보』 85, 진단학회, 1998, 264면.
34) 〈孝經〉 士章.
35) 〈太宗實錄〉 卷1, 元年 3月 辛未條.
36) 〈世宗實錄〉 卷38, 世宗 9年 10月 壬戌條.
37) 최민홍, 『한국윤리사상사』, 성문사, 1971, 224~225면.
38) "孝行百行之原 一行有虧則者不得爲純孝矣" (李滉, 『退溪全書』 上, 「戊辰六條疏」, 183면.)
39) "凡事父母者 一事一行 毋敢自傳 必稟命而後行 若事之可爲者 父母不許 則必委曲陳達 頷可而後行 若終不許 則亦不可 直遂其情也" (李珥, 『栗谷全書』 27, 「事親」, 85면.)

가는 효론(孝論)에 대한 반성이 일기 시작한 것으로 파악할 수 있는데 이는 효론 뿐 아니라 여타의 이념이나 제도에 대해서도 그 절대화, 교조화에 대해 비판이 제기되기 시작했던 것과 동궤에 있는 것이다.

이 소설의 주인공들이 보여주는 효의식 역시 절대적인 순종의 모습을 띠고 있지 않다는 점에서 주목된다. 남성주인공들의 경우 모두 부모의 명을 거역하는 행위를 보여주고 있기 때문이다. 남성주인공들은 혼전에는 장인을 이유로 들어 혼사를 주관하는 부친의 명에 순순히 따르지 않고, 혼인 후에는 부친의 명을 어기고 장인과의 화해를 주저하며, 이현윤의 경우에는 자기 마음대로 아내를 출거하기까지 한다. 그런데 이들이 부모의 명을 거역하는 행위 역시 효의식에 기반하기 때문에 함부로 비난할 수가 없다. 부친의 명을 어기면서까지 장인과 화해하지 못하는 것은 장인이 부친의 명예를 훼손한 장본인이므로 부친에 대한 효심에서 그를 용납할 수 없는 것이다. 순종하는 효에서는 벗어났지만 그러한 행위 역시 부모를 위한 것이라는 점에서 효를 행하기 위한 것으로 보아야 한다.

사실 〈삼강행실(三綱行實)〉의 '효자도(孝子圖)'에도 자식이 부모에게 무조건 복종하는 것이 아니라 아버지의 잘못을 깨우치는 사례를 담고 있는 것으로 보아 유교의 부자 윤리에서도 자식의 주체성을 완전히 부정하는 것은 아님을 확인할 수 있다.[40] 단지 가부장적 질서의 강화와 함께 순종적 규범이 강조되어 간 것이라고 할 수 있다.

그러나 〈옥원〉의 주인공들은 자신을 둘러싼 이념이나 제도들에 대해 무조건 순응하는 것이 아니라 회의하고 반성함으로써 제도와

---

40) 김훈식, 앞의 글, 250면 참조.

이념 이전의 인간에 관심을 기울이는 태도를 견지하는데 효의식에 대해서도 마찬가지의 태도를 보이고 있다고 하겠다. 이러한 의식으로 인해 부모의 명령에 무조건적으로 순종하는 것이 아니라 그 의미를 따져보고 옳고 그름을 판단하는 자세를 취한다. 즉 효에 대한 판단과 선택권이 부모에게 있는 것이 아니라 효를 실천하는 주체인 자식에게 있는 것이다. 이 작품에서는 지배이념의 강화에 의해 종속되고 변질된 효의식이 아닌, 인간의 본성에서 발현되는 자연스러운 감정으로서의 효의식에 더 주목하고 있는 것 같다. 이 경우 효는 일방적이고 절대적인 규범이 아니라 상호적이고 상대적인 것으로 파악된다.

이런 점에서 이 작품이 드러내는 효의식은 〈유효공선행록(柳孝公善行錄)〉 등의 작품에 드러나는 효의식과는 차이가 있다. 〈유효공선행록〉과 같은 작품에서는 부덕한 부모에 대해 자식이 지고지순한 효를 실행하여 부모를 회과시키는 내용을 그림으로써 자식의 부모에 대한 일방적 효를 미화하고 있다. 이 경우 주인공인 유연은 효의 화신이라고 해도 좋을 만큼 온갖 모함과 고통을 감수하면서도 인간적 흔들림이나 고민을 표출하는 바 없이 자식의 도리를 다하는 데만 열중한다. 그가 추수하는 이념의 절대성에 대해 추호도 의심하거나 회의하는 법이 없다.

이처럼 〈옥원〉이 남성주인공들의 경우를 통해 효의 본질적인 부분에 대해 문제를 제기했다면 여성주인공들의 경우를 통해서는 효의 실천을 둘러싼 사회적 차별성에 문제를 제기하고 있다고 보인다.

남성주인공들이 내세우는 효는 가부장제 사회에서의 남성중심적인 것이라는 점에서 또 다른 문제를 야기한다. 효성이라는 것이 인간의 보편적인 덕목이라면 여성인 아내의 효성 또한 인정하는 것이 마땅할 텐데 그렇지 못하기에 부인과 갈등을 일으키게 되는 것이다. 특히 이현윤의 경우에 이기적인 효의 모습이 극명하게 드러난다. 이현윤은 효에 대한 논리를 펴는 데 있어서 남의 경우와 자신의 경우에 일관된 태도를 보이지 않음으로써 심각한 문제를 야기한다. 이현윤의 장인 경공은 이원의와 같은 소인이 아니며 특별한 악행을 저지른 것도 아니다. 이원의가 회과했다는 사실을 믿지 못해 혼인을 거부했던 것인데 그가 이원의로 인해 유배까지 다녀온 피해 당사자임을 감안할 때 그러한 행위는 당연한 것이라고도 할 수 있다. 그런데도 이현윤은 소세경에게는 효의 논리를 내세워 자기 부친을 이해해줄 것을 요구했었으면서도 자기의 경우에는 전혀 상대방의 입장을 이해하려 하지 않는다. 또 자기 부친에 대해서는 군자, 소인의 여부에 관계없이 자식의 도리를 다하면서도 장인에게는 군자가 아니라는 이유로 어른 대접을 하지 않고 불손하게 굴면서 친부와 장인의 경우를 구분 짓는 의식을 드러내고 있다. 이러한 태도는 장인을 온전한 부모로 인식하지 않는 데서 연유하는 것으로 여겨진다. 장인의 경우에는 인격적인 조건이 만족되어야 부모 혹은 어른으로서 인정하겠다는 인식이 깔려있는데 장인은 혈연이 개입되지 않았기 때문에 남이라고 생각하는 배타성을 보이는 것이다. 그러면서도 아내에게는 역시 혈연이 개입되지 않은 시부모에게 절대적인 효를 강요하고 있다. 더군다나 장인과의 불화가 있을 때마다 부인을 모욕하고 심지어는 출거시키기까지 함으로써 효를 내세운 폭력을 행사하기도 한다. 이는 가부장제를 기반으로 한 남성 위주의 사고를 드러내는 것이다.

원래 유교의 부자 윤리에서는 처부모와 사위 사이의 관계는 문제되지 않았는데 조선전기의 가족제도가 중국의 가족제도와는 차이가 있었기 때문에 우리의 경우 효를 실천해야 할 대상으로서 처부모가 논의되었다.[41] 조선전기 가족제도의 기반인 '집'은 조(祖), 부(父), 자(子), 손(孫)과 함께 외조(外祖), 장인, 사위, 외손(外孫)을 구성원으로 하였는데 이는 중국의 '가(家)'가 부계(父系) 중심의 혈연집단인 것과는 다르다.[42] 이는 우리 고유의 혼인풍속이 중국의 친영례(親迎禮)와는 다른, 서류부가혼(壻留婦家婚)이었던 관계로 처가 쪽의 구성원들과 긴밀한 관계를 맺을 수밖에 없었던 것과 관련된다. 조선초기부터 〈주자가례(朱子家禮)〉에 따라 혼속(婚俗)도 친영례로 바꾸고자 하는 시도가 계속되었으나 현실적인 어려움에 부딪혀 조선전기 내내 시행되지 못하였다.[43] 사위가 처가에 머무는 혼인풍속 때문에 사위와 처부모의 관계는 부자관계와 마찬가지로 인식되었고, 처부모 역시 효로 받들어야 하는 것이 당연시되었다.[44] 그러던 것이 조선후기에 부계 중심의 가부장제의 강화와 더불어 남성가문 위주의 질서가 확립되면서 여성의 지위가 축소되었고, 이로 인해 효 역시 남성가문 위주의 논리로 변질되어 갔다.

작품 속 이현윤의 행동을 통해 이와 같이 배타적이고 이기적인 효의 모습을 살필 수 있다. 이는 효가 충의 논리와 연결되면서 절대적

41) 김훈식, 앞의 글, 258~259면 참조.

42) 최재석, 『한국가족제도사연구』, 일지사, 1983 참조.

43) 장병인, 『조선전기 혼인제와 성차별』, 일지사, 1997, 113~124면 참조.

44) 다음의 예가 그러한 사실을 입증해준다.
"우리나라에는 中國의 親迎禮가 행해지지 않아 모두 妻家를 자기 집이라 하고, 妻父母를 父母로 칭하며, 일반적으로 父母로 섬기니 이것 역시 綱常이다." (〈成宗實錄〉 卷241, 成宗 21年 6月 戊申條.)

이고 배타적인 성격을 띠게 된 중세의 효론(孝論)과 연관되는 것이기도 하다. 가문은 국가의 축소판으로서 부친에 대한 효는 국왕에 대한 충과 같은 성격을 띠게 되고 이 때 충효는 다른 가문, 다른 국가에 대해서는 배타적인 분리의식을 내포하게 된다. 즉 현윤의 효심은 보편적 도리로서의 효라기보다는 자기집안 중심의 이기적인 것으로 보인다. 현윤이 효심을 모든 인간에게 공통으로 중요한 기본적인 성정이라고 인식하고 그런 바탕 위에서 처부모 역시 효를 실천할 대상이라고 생각하고 있었다면 장인이나 아내에게 그런 식의 행동방식을 보이지는 않았으리라고 짐작된다.

이에 아내인 경빙희가 반발하는 것은 당연하다. 그녀는 자기부친이 남편에게 푸대접당하는 상황에 대해 여자로 태어난 것을 한스러워하며 남편의 행위에 분노한다. 결국 이 부부의 갈등을 극한 상황까지 몰고가는 것은 아내의 효심을 인정하지 않고 장인을 냉대하며 아내 앞에서조차 장인에 대해 욕설을 퍼붓는 이현윤의 편협함이라고 볼 수 있다. 그는 혼인한 여성주인공들에게 있어서 친정부모의 문제는 남성이 자신의 부모를 생각하는 것 못지않게 중요한 문제이며, 여성 역시 자식으로서 효를 행하려는 본성을 공유한다는 사실을 깨닫지 못하고 있는 것이다. 이에 비해 소세경은 부득이하게 장인과 불화하기는 하지만 아내의 입장을 고려하여 조심하는 태도를 보여 대조된다. 그럼에도 불구하고 이현영이 남편을 향해 부친의 문제로 불만을 토로하고 있는 것을 보면 여성들도 자기 부모에 대해 동등한 대접을 해줄 것을 강하게 요구하고 있었다는 것을 알 수 있다. 이것은 남성과 동등한 존재로 인정해 주기를 요구하는 여성의 자존심과도 관련되는 것이며, 이로 미루어 강한 자의식의 소유자인 경빙희가 받았을 자존심의 상처와 분노를 짐작할 수 있다.

이현윤의 배타적이고 편협한 성격을 부친인 이원의도 파악하고 있는 것으로 보이는데 작품 속의 삽화가 이를 뒷받침해준다. 이원의가 현윤을 깨우치고자 창두를 잡아다가 창두의 자식에게 매를 치라 하니 현윤이 불가함을 아뢰는 대목이 있는데 작자는 이 대목에서 이공의 이런 행동은 부자유친(父子有親)은 모든 사람에게 마찬가지임을 알게 하기 위한 것이라고 설명하고 있다. 이기적이고 배타적인 효를 반성하고 인류의 보편적 덕성으로서의 효를 재확인하고 있는 것이라고 할 수 있다. 그럼으로써 인간관계에 대해서도 열린 시각을 확보하게 된다. 효심에 있어서 지위의 고하나 신분에 상관없이 평등하다는 인식은 인간의 다양성 속에 존재하는 보편적 속성을 인정하는 것임과 동시에, 그것을 확인하는 과정을 통해 필수적으로 각기 다른 사람들의 입장을 고려하게 되기 때문이다. 따라서 좀 더 구체적인 측면에서 인간에 대한 다면적 이해가 이루어질 수 있게 되며, 그 중에서도 특히 여성 존재에 대해 남성과 동등한 욕구와 권리를 지닌 주체임을 인식하는 토대를 마련하고 있다고 하겠다.

이상의 분석을 통해서 이 작품이 인간의 보편성과 특수성이라는 부분에 대해서 깊이 고민하고 있음을 짐작할 수 있다. 인간 누구에게나 내재한 보편적 속성과 인간의 존엄성에 대한 긍정적 인식이 특수한 제도와 이념에 의한 억압이나 왜곡들에 대해 문제를 제기하게 한다. 보편성을 가지는 항목으로서 효의 문제를 제기하고 그것이 제도 속에서 어떻게 배타적 이념화의 모습을 띠게 되는지와 그로 인해 빚어지는 갈등을 보여줌으로써 보편적 이상이 현실과 충돌하게 되는 상황을 그리고 있다. 그럼으로써 인간의 보편성을 더 발전적인 차원에서 다시금 확인하게 하는 것이다.

(2) 여성의 주체성 긍정을 통한 인간 이해

우리나라의 경우 17~18세기에 이르러 부계혈연친(父系血緣親)만의 조직이 형성되기 시작한 것으로 보이는데 조선후기에 오면 이러한 부계우위의 사회구조가 더욱 강화되어 적장자(嫡長子)에서 적장손(嫡長孫)으로의 계후제도(繼後制度)가 일반화되었다.[45] 가부장제는 이미 고려조에 확립된 것이지만 조선조에 들어와서 신분제의 시행과 예교(禮敎)의 숭상으로 더욱 강화되었다. 조선후기 가부장제의 강화는 가부장의 강력한 통제력 행사 안에서 유지될 수 있었던 것이기에 필연적으로 가부장권의 강화를 전제하였다.[46]

이로 인해 여성은 더욱 예속적인 위치에 놓이게 되었다. 특히 주자학은 주역의 음양사상을 토대로 인륜으로서의 부도(婦道)를 건곤(乾坤)의 법칙성과 일치시켜 남성에 대한 여성의 순종과 종속성을 천도

---

45) "신라시대와 차이가 있기는 하나 고려시대도 상속의 원리는 부계가 우위에 서는 비단계(非單系)의 사회로 보고 싶다. 이러한 부계 우위의 비단계사회가 신라에서 고려, 고려에서 말기로 이행함에 따라 점차로 비단계의 성격은 약화 내지 제거되고 조선후기에 이르러 거의 부계로만 강화된 것으로 생각한다. 이러한 변화의 하나의 큰 시기는 조선중기 즉 17~18세기라고 생각된다. 부계혈연친만의 조직 내지 집단의 형성이나 동종지자(同宗支子)의 양자의 일반화나 또는 부계 중시도, 적장자에서 적장손으로의 전계주의(傳繼主義)의 보편화도 위의 것과 그 때를 같이하고 있다."(최재석, 『한국가족제도사 연구』, 일지사, 1983, 359면)
"17세기는 양계 존중에서 부계 한쪽만의 존중으로 기울어가는, 말하자면 친족의 성격의 전환의 시기인 것이다. 부계친의 존중은 부계친의 유대범위의 확대와 조직화, 그리고 아들에 의한 가계계승사상(奉祀)을 낳게 하고 이것을 강화한다."(최재석, 위의 책, 667~668면)

46) 김두헌, 『한국가족제도연구』, 서울대출판부, 1969, 325~332면.

(天道)로서 합리화시키는 남존여비(男尊女卑)의 가치관을 성립시켰다. 원래 순환과 변통의 원리 위에 서있던 것으로 이해되던 주역의 음양사상이 이(理)를 중심으로 독자적인 우주론을 전개하는 주자학에 이르러 순환론적인 성격은 희박해지고 절대적인 성격을 강조하게 됨으로써 남녀의 분별 또한 절대적인 것으로 고착되어 간 것이다.[47] 부부관계가 군신관계에 비유되면서 상하주종의 원리로 파악되었고, 여성의 순종과 정절이 인간에 내재하는 도리로서 강조되었다.[48] 여성의 올바른 도리를 강조하기 위한 도덕교훈서류에 이러한 내용이 잘 표현되어 있다.[49] 뿐만 아니라 법률적인 조항에 있어서도 재가녀자손금고법(再嫁女子孫禁錮法), 외출금지법, 내외법(內外法) 등을 통해 양반부녀자의 수절을 강제하였고,[50] 〈경국대전(經國大典)〉에 "子孫, 妻妾, 奴婢가 부모나 家長의 비행을 陳告한 자는 謀叛이나 叛逆 이외에는 陳告한 자를 絞首刑에 처한다"는 조항을 두어 가부장의 절대적 권위를 보장하였다.[51]

이러한 의식이 지배적이었던 시대적 분위기 속에서 여성의 자아는 쉽게 묵살되어버려 고려의 대상이 되지 못했다. 특히 '개인의 권

---

47) 한명숙, 「조선시대 유교적 여성관의 원리론적 고찰」, 이화여대 석사학위논문, 1986, 10~16면.

48) 김두헌, 앞의 책, 332~335면.

49) "아내는 비록 남편과 동등하다고 하더라도 남편은 곧 아내의 하늘 같은 존재니, 禮義는 마땅히 공경하여 섬기되 마치 그 아버지를 섬기는 것 같이 할 것이다. 항상 몸가짐을 낮추고 뜻을 낮게 하여 망녕되게 尊大하는 체 하지 않으며, 오직 順從하여 감히 어긋나는 행동을 하지 않아야 한다." (〈內訓〉 제 2권, "夫婦章")

50) 김혜숙, 「조선시대의 권력과 성-禮治 개념 중심으로」, 『한국여성철학』, 여성철학연구모임 엮음, 한울아카데미, 1995, 113~114면.

51) 김훈식, 앞의 글, 263면.

리 존중을 사회 이상으로 보지 않고 주어진 윤리공동체 안에서 객관적으로 존재하는 도덕규범을 자기 내부의 도덕감과 일치'시키는 것을 이상적으로 생각했던 유학적 가치관을 염두에 둘 때[52] 사회적으로 종속적 위치에 있던 여성들의 소외감을 짐작할 수 있다. 그리고 그것이 주로 가부장제의 형태로 강제되었을 것임도 알 수 있다.

이 작품의 이현영과 경빙희도 혼인 전에는 아버지(父權)로 대표되고, 혼인 후에는 남편(夫權)으로 대표되는 가부장권에 의해 억압적 상황들에 부딪히게 되고 이로 인해 심각한 갈등을 겪게 된다.

이현영의 경우 어려서 부친이 맺어놓은 정혼자에 대한 신의를 지키기 위해 가출을 하고 자결을 감행한다. 그 결과 정절을 지켰다 하여 국가의 표창까지 받고 정렬부인의 칭호도 얻게 된다. 그런데 결혼 전의 얼굴도 모르는 정혼자에 대한 신의를 지키기 위해 죽음도 불사하는 현영의 태도를 단순히 열의식으로 파악하기에는 석연치 않은 점이 있다. 혼인 전의 여성은 엄밀히 말해 열(烈)의 의무가 없다. 조선후기에 강조되었던 열의식이라는 것이 부계혈통의 순수성을 보장하기 위한 측면이 강했다는 사실을 상기할 때 아직 결혼 전인 현영의 입장은 이와는 무관하기 때문이다. 더군다나 여성의 외부출입을 제한하고 그것을 현숙한 여성의 도리와 결부시켰던 당시의 도덕률을 감안한다면 이현영의 경우처럼 혼전의 여인이 자신의 의지에 따라 부모의 명을 어기고 집을 떠나는 행위는 유교에서 요구하는 여인상

52) 이승환, 「왜 유학에서는 권리존중의 윤리관이 형성되지 못했는가-유가와 자유주의 사회철학의 비교적 관점에서」, 『중국의 사회사상』, 중국철학연구회 편, 형설출판사, 1994.

과는 거리가 멀다.

이현영이 위험을 무릅쓰고 모험을 감행하는 이면에는 정혼자에 대한 신의를 넘어서 인간으로서의 자존심을 지키고 올바로 살고자 하는 개인의 주체적 욕구가 개입되어 있다고 보인다. 즉 그 대상이 반드시 정혼자가 아니더라도 누군가와 맺은 약속에 대해 의리를 지키고자 하는 도덕적 욕구가 발현된 것이라고 하겠다. 주체적이고 도덕적인 인간으로서 의리를 지키고자 하는 욕구는 당대의 의리명분을 중시하는 주자 성리학적 가치관에 의해 더 깊은 영향을 받게 된다. 이현영의 경우 비록 부모일지라도 불순한 의도와 불의한 방법으로 자신의 신념을 꺾고자 하는 상황에서 그것을 거역하고 스스로의 주체적 자아를 찾아 역경의 길을 떠나는 것이다.

이런 점에서 파악할 때 고소설의 여주인공들이 혼전에 열을 내세워 고난을 자청하는 경우와 이현영의 경우는 매우 다르게 인식된다. 이현영의 경우에는 열의식 자체에 경도되어 그런 고난을 감수한다기보다는 열을 내세워 자신의 의지를 관철시키고자 하는 의도가 더 강한 것으로 보이기 때문이다. 그런 점에서 '여성에게 지고한 가치요 규범으로 부여된 열이라는 명분은 여성을 억압하는 기제로 작용하는 한편 오히려 이를 통해 여성이 자신의 의지를 관철시킬 수 있는 양면성을 지니는 것'이라는 언급은 주목을 요한다.[53] 이현영 역시 열이라는 명분을 내세워 부모의 부당한 요구를 거부하고, 의리를 따르고 싶은 자신의 의지를 관철시키려는 의도가 더 강한 것으로 보이기 때문이다. 혼사에 있어서 당사자 개인의 선택권이 인정되지 않는

53) 이인경, 「구비 烈說話 연구」, 서울대 박사학위논문, 2000, 125면.

상황에서 부모의 부당한 요구에 '의리'를 내세워 저항하는 것은 신의를 지키고자 하는 개인적 자존심의 행위로 이해되며, 이 때 그녀가 지키고자 하는 신의와 의리는 외부의 특정 대상을 향한 것이라기보다는 자기 자신을 향하고 있는 것이라고 보인다.

실제 작품의 전개 속에서 이현영은 자신이 목숨을 걸고서까지 신의를 지키고자 하는 대상인 소세경에게 절대적인 비중을 두고 있지 않다. 물론 그녀의 가출에 있어서 정혼자에 대한 신의를 지키고자 하는 명분도 무시할 수 없지만 그녀가 더 큰 비중을 둔 것은 불인하고 부당한 부모의 강압으로부터 벗어나 의롭게 살고 싶은 자신의 의지를 표출하는 것이다. 따라서 정혼자인 소세경을 만나 혼인이 성사될 시점에 처하여서도 신의를 지키게 된 것에 안도하고 기뻐하기보다는 죄인임을 자청하며 혼인을 거절하고 있다.

> 쇼졔 션빈을 숙이고 드ᄅᆞ매 옥뉘 년쥬ᄒᆞ여 츼슈의 낭낭ᄒᆞᆯ 분이러니 날호여 ᄃᆡ왈 슉부의 명괴 가당ᄒᆞ시고 소시의 은혜 지듕ᄒᆞ니 소공이 쇼뎔을 ᄃᆡᄒᆞ여 닐오되 폐륜ᄒᆞ미 망되라 션조의 경계ᄅᆞᆯ 일허시니 명교의 죄인이라 ᄒᆞ시니 쇼뎔이 임의 명을 밧ᄌᆞ왓ᄂᆞᆫ디라 감히 타의ᄅᆞᆯ 두미 아니로ᄃᆡ ᄎᆞ마 어버의 명을 듯디 못ᄒᆞ고 죵가ᄒᆞ믈 못ᄒᆞ리로소이다 소공이 형셰 밧브면 명가의 슉녀ᄅᆞᆯ 몬져 취ᄒᆞ고 쇼뎔을 ᄇᆞ려 은의 완젼ᄒᆞᆫ 후 피ᄎᆞ 부뫼 샹확ᄒᆞ여 거두어도 가ᄒᆞ오니 일노뻐 의논ᄒᆞ여 보쇼셔 공이 텽ᄑᆞ의 블가ᄒᆞ믈 니ᄅᆞ고 셕범 냥 부인이 말을 니어 ᄒᆡ유ᄒᆞ되 ᄒᆞᆫᄀᆞᆯᄀᆞᆺ치 고집ᄒᆞ니 ᄒᆞᆯ일업서 소공긔 의논ᄒᆞᆯᄉᆡ 공이 쇼왈 니시 오가의 도라오믈 원티 아니면 강박디 아니려니와 아뷔 허락은 ᄉᆡᆼᄂᆡ예 쉽디 아닐디니 이ᄂᆞᆫ 츄탁ᄒᆞᄂᆞᆫ 말이라 대개 ᄋᆞ지 일을 그ᄅᆞᆺᄒᆞ여 깁히 유감ᄒᆞ매 돈ᄋᆞ로 동쥬ᄒᆞᆯ ᄯᅳᆺ이 업ᄉᆞ니 이ᄂᆞᆫ ᄋᆞᄌᆞ의 타시라 드ᄃᆡ여 젼의 니랑의 닉ᄉᆞᄒᆞᆯ

> ᄯᅢ 여ᄎᆞᄒᆞ여 죵신을 독노코져 ᄒᆞ거ᄂᆞᆯ 내 허치 아니ᄒᆞ엿더니 이ᄂᆞᆫ 실노 홀노 늙힐지언졍 타인을 맛디 못ᄒᆞ리로다 공공이 쇼져ᄃᆞ려 니ᄅᆞᄃᆡ 쇼져 망연ᄒᆞ여 말을 아니터니 믄득 젹혈을 수업시 토ᄒᆞ고 업더져 혼졀ᄒᆞ니 반일의 회소ᄒᆞ매 일노브터 침병ᄒᆞ여 쟉슈ᄅᆞᆯ ᄂᆞ리오디 못ᄒᆞ고 ᄒᆞᄅᆞ ᄉᆞ오ᄎᆞ 토혈ᄒᆞ고 혼졀ᄒᆞ여 츌ᄉᆞ입ᄉᆡᆼ 삼월이라[54)]

위의 예문에서 현영은 세경과의 혼인을 종용하는 외숙부에게 부친의 허락을 받지 못한 것을 이유로 들어 거절하고 있다. 이에 대해 소공은 혼인을 거절하기 위한 핑계임을 간파하고 아들인 세경이 잘못한 탓이라고 생각한다. 이 전에도 소공이 현영에게 수차례 혼인에 대해 도리로써 설득한 적이 있으나 현영은 계속 뜻을 굽히지 않다가 급기야는 피를 토하고 혼절하는 지경에까지 이른 적이 있다. 이러한 예는 혼인에 대한 그녀의 심경이 그만큼 괴로웠음을 드러내는 것이다. 그녀의 이러한 태도는 그간 표방해온 정절의 수호가 명분에 지나지 않는 것임을 역설적으로 보여준다. 그녀에게 있어서 약혼자에 대한 정절을 지키는 것이 가출의 일차적 목적이었다면 그 정절의 완성은 정혼자와의 혼인을 통해 이루어질 수 있을 터인데 막상 혼인에 임하여서는 완강히 거절하는 태도를 취하고 있다. 물론 이현영이 내세우고 있는 것처럼 부친이 모르는 상황에서 허락도 받지 못하고 혼인을 하는 것은 불효임이 분명하므로 혼인을 주저하는 원인이 될 수 있다. 그러나 그럼에도 불구하고 그녀가 혼인을 사양하는 맥락을 살펴보면 그 지향점이 정혼자에 대한 신의를 지키려는 열에 있다기보

54) 〈옥원재합기연〉 권지사.

다는 자신의 주체적 의지에 따라 사태를 파악하고 행동하고 싶어하는 데 있음을 짐작할 수 있다.

사실 얼굴도 본 적 없는 정혼자를 위해 목숨을 버리면서 정절을 지키는 것은 비현실적이고 타당성이 결여된 것이라고 할 수 있다. 그런데 그럼에도 불구하고 이현영이 이를 감행하는 이유는 당대의 가치관에 경도되어 열절(烈節)을 지키고자 하는 것이기보다 이를 명분삼아 부모의 부당함에 저항하고자 하는 성격이 짙으며, 그렇게 해석할 경우에 그녀의 행위가 비로소 현실적인 타당성을 획득하게 된다. 이처럼 겉으로는 의리명분을 추구하는 듯 보이는 이현영의 행위가 사실은 부(父)로 대표되는 부당한 가부장권의 횡포에 대한 저항이자, 올바른 도리를 추구하고자 하는 인간적 자존심과 주체성의 표현이라고 파악할 수 있다.

경빙희의 경우 가부장제 하에서의 여성의 고통을 더욱 극명하게 드러내준다. 우선 혼전에 식구가 경사(京師)로 이사하는 과정에서 도둑을 만나 잡혀갔던 일로 심리적 갈등을 겪게 된다. 경빙희가 지혜와 용기로 도적을 물리치고 도망쳐 나오지만 그것으로 문제가 해결된 것이 아니다. 그녀는 규문의 여자로서 도적에게 끌려가는 욕을 본 것과 비록 도적의 손아귀를 벗어났다고는 해도 무사히 집으로 돌아갈 방도가 없다는 사실 때문에 자결을 감행하고 만다. 그런데 이런 행위가 경빙희의 평소 성격과는 부합하지 않는 것이어서 주목된다. 그녀는 이현영의 행적을 평가하면서 효를 행하는 데 있어서 몸을 훼손하는 것이 바람직한 게 아니라는 의사를 표명한 바 있다.[55] 또 성

55) "회 맛당이 부모를 ᄉᆞ랑ᄒᆞ여 입을 치며 상ᄉᆞ를 만나 ᄋᆡ척을 넘겨 몸으로ᄡᅥ 훼진ᄒᆞ미

격의 담대함이나 지략이 보통 남자를 넘어서는 것으로 묘사되고 있다.[56] 그런 그녀가 도적을 물리치고 위기에서 벗어난 마당에 죽음을 택하는 것은 당시의 제도적 규제 속에서 여성에게 씌워진 굴레를 인식했기 때문이다. 즉 여성의 외출이 엄격히 제한되던 상황에서 혼전의 처녀가 도적에게 납치되었었다는 사실은 육체적 순결의 상실 유무과 관계없이 큰 결격사유가 될 수 있었던 것이다. 게다가 그 와중에 비록 이현윤을 만나기는 했지만 그 역시 외간남자로서 그에게 의탁하여 집으로 돌아가는 것이 예(禮)에 어긋난다는 의식을 떨쳐버릴 수 없다. 이현윤 역시 이를 의식하여 그녀를 근처 절에 의탁하게 하고 자신이 경사로 올라가 경소저의 집에 알리겠다고 해결책을 제시하고 있다. 일면 간단하게 처리할 수도 있을 경소저의 거취 문제를 두고 이처럼 구구하고도 복잡한 고민을 하는 것은 시대적 분위기가 그만큼 그런 문제에 민감했기 때문이다.

크미 아니라 효녈이 구ᄐᆞ여 고블대톄ᄒᆞ고 망망조조히 닙ᄒᆞᆯ 거시 아니라 요ᄉᆞ이로ᄡᅥ 소가져져의 삼ᄉᆞ고ᄌᆡᆨᄒᆞ미 가ᄒᆞᆫ ᄣᅢ도 잇고 가치 아니ᄒᆞᆫ ᄣᅢ도 잇다". 〈옥원재합기연〉 권지십이.

56) "디식의 고명ᄒᆞ미 과ᄀᆡᆨ지녀의 디양과 음셩으로 블녕지인인 줄 ᄭᆡᄃᆞᆺ고 죠용ᄒᆞᆫ 쥬계 반야 창졸의 오ᄉᆞᆯ 밧고고 칼흘 품으며 ᄇᆡᆨ잉총듕의 흉도로 더브러 슈작기셜ᄒᆞ여 그 ᄆᆞ음을 눅여 모형과 ᄇᆡᆨ구ᄅᆞᆯ 아오ᄅᆞ 구ᄒᆞ고 일신을 디이군도ᄒᆞᄂᆞᆫ 디혜담냑이 ᄒᆞᆫ갓 셩효ᄲᅮᆫ 아녀 셩심인의 몸의 저저 텬하 건딜 디쥐의 가ᄒᆞ고 긔운이 엄슉ᄒᆞ여 도적이 브릉가범ᄒᆞ며 말ᄉᆞᆷ이 슌관ᄒᆞ여 모딘 거ᄉᆞᆯ 프러 감화ᄒᆞ여 쳑신묘녀로ᄡᅥ 가연히 흉봉을 조차 거쳐ᄅᆞᆯ 뎡티 못ᄒᆞ고 ᄃᆞᄅᆞ니 ᄋᆞ녀의 간담이 단회티 아니리오마ᄂᆞᆫ 쇼졔 임의 지란으로ᄡᅥ 구뎡을 삼아시니 죡히 호조ᄒᆞ고 경분ᄒᆞ야 쇽졀업ᄉᆞᆫ디라 ᄌᆞ약히 단좌거둥ᄒᆞ여 그 ᄃᆞᆯ니ᄂᆞᆫ 대로 가니 이 실노 쇼군의 친화ᄅᆞᆯ 위ᄒᆞ여 ᄃᆡ쇽ᄒᆞ미 아니오 채염의 죄로 ᄒᆞ여 츌ᄉᆡᆨᄒᆞᆷ도 아니라 됴시녀의 젼가ᄅᆞᆯ 위ᄒᆞ여 적셩의 들미오 두시ᄋᆞ의 난니 듕 군도의 겁냑ᄒᆞ미라 몸이 도적의 겁칙ᄒᆞ이고 ᄉᆞ싱을 분ᄂᆡ의 더뎌시니 엇디 ᄡᅥ곰 두리오며 셟디 아니리오마ᄂᆞᆫ 오히려 타연이 졈누ᄅᆞᆯ 허비ᄒᆞ미 업고 ᄋᆡ원ᄌᆞ척ᄒᆞ미 업서 다만 명경을 옴기디 아니ᄒᆞ고 그 가ᄂᆞᆫ 곳을 보니". 〈옥원재합기연〉 권지십이.

이런 상황은 당대의 내외법 규정을 통해 잘 드러난다. 내외법으로서 여성에게 주어지는 중요한 규범은 남성과의 접촉을 피하는 일체의 행동규제이다. 주로 생활영역의 제한, 외출억제, 복장규제, 남녀부동석(男女不同席), 도로구분 등에서 가해지던 행동규제는 여성을 외부사회로부터 격리시키는 것을 골자로 하고 있다. 이 중에서도 특히 외출의 규제가 엄격하였는데 이는 남자와의 접촉가능성을 일체 배제하고자 한 데 주목적이 있었다.[57] 이런 상황에서 경빙희는 세상의 눈총을 받아야 하는 구차한 삶보다는 의연한 죽음을 선택하고자 한 것이다. 그녀의 죽음은 당대의 지배이념을 추수하여 여성으로서의 정조를 지키기 위한 행동이라기보다 오히려 죽음으로써 부당한 이념에 항거하는 성격이 짙다. 경빙희가 유난히 강한 자의식과 자신감의 소유자였음을 감안할 때 더욱 그렇다. 그리고 이런 점은 이후 그녀가 구차히 목숨을 빌어 모욕적인 상황에 처하게 되었음을 분울히 여긴다는 작중 언술을 통해서도 확인할 수 있다.[58] 즉 가부장제의 여성에 대한 엄격한 제약으로 인해 억울하게 모욕적인 처지에 놓이게 된 상황에 분노하며 차라리 죽음을 선택하고 마는 것이다.

이후에도 경빙희는 이현윤과의 혼담으로 인해 괴로워한다. 혼인

57) 한명숙, 앞의 글, 40~41면.

58) "ᄀᆞ만이 일ᄉᆡᆼ 졈검ᄒᆞ여 ᄆᆞᄋᆞᆷ의 실노 븟그러오미 업ᄉᆞᄃᆡ 부명이 오졸ᄒᆞ여 규리의 합용 경녈ᄒᆞ여 평길이 복의 어긔오며 일마다 고요ᄒᆞ고 침ᄌᆞᆷᄒᆞ고 발양ᄒᆞ고 외람ᄒᆞ니 반ᄃᆞ시 군ᄌᆞ숙녀 졍도의 어긔믈 엇디 못ᄒᆞᆯ가 ᄒᆞ더니 금일 태후 셩괴 일노 말ᄆᆡ아마 무신가 기리 쵸챵ᄒᆞ여 감격ᄒᆞᆫ 듕 슈괴ᄒᆞ여 그 ᄯᅳ즐 폭ᄇᆡᆨᄒᆞ여 뵐 고지 업고 일ᄉᆡᆼ의 이ᄅᆞᆯ 무릅ᄡᅥ 심규의 죄인되믈 ᄌᆞ쳐ᄒᆞ니 그윽이 원분ᄒᆞ고 강개ᄒᆞ여 수이 ᄎᆞ세ᄅᆞᆯ 탈공ᄒᆞ여 후ᄉᆡᆼ을 발원ᄒᆞ믈 암툭ᄒᆞᆯᄉᆡ 다시 셰샹의 ᄡᅳ이여 부덕을 운유ᄒᆞ믈 원치 아니ᄒᆞ니" 〈옥원재합기연〉 권지십구.

이 탐탁치도 않은 상황에서 부친의 일로 이현윤에게 거부당하는 데 대한 자존심 문제까지 겹쳐 경소저의 내적 갈등은 무척 심각한 지경에 이르게 된다. 당대의 가부장제 하에서 혼인은 개인의 소관이 아니라 전적으로 부모 소관이므로 당사자의 의견은 별 영향력을 갖지 못했다. 이 때문에 경소저도 이현윤과 의남매를 맺었다는 명분을 내세워 완곡한 방법으로 혼인을 거부하고 있기는 하지만 그게 타당한 이유로 받아들여지지 않는다. 부모들이 결혼을 미루는 이유는 억지로 서두르면 금슬에 문제가 있을까 하는 걱정 때문일 뿐 결혼 자체는 기정사실로 받아들이고 있는 상황에서 경소저의 주장이 용납될 리가 없다. 이로 인해 경소저는 마음고생을 하다가 사지를 못 쓰는 병인이 되기에 이르는데 이는 그녀의 내적 번민이 그만큼 심각함을 반영하는 것이다. 동시에 가부장제 하에서 절대적인 영향력을 가지는 부권(父權)에 대항할 능력도 명분도 없는 여성이 취할 수 있는 소극적 저항을 표현하는 것이기도 하다.[59] 그녀의 병이 물리적인 원인보다는 심리적 원인에 의한 것이라는 점은 병이 낫게 되는 과정을 보면 잘 알 수 있다. 소세경이 효(孝)와 의(義)로써 도리를 일깨우자 경소저가 마음을 고쳐먹은 후 세경의 침을 맞고 일시에 병이 낫는 것으로 되어있는데 이 때 해결의 핵심단서는 소세경의 의술에 있는 것이 아니라 경소저의 마음 여하에 있는 것이다. 이것은 소세경이 침술을

59) 이러한 문제에 대해서는 서대석이 〈옥루몽〉의 연구를 통해 여성적 시각과 연관지은 바 있다. 조선조 사대부 계층의 여인에게 있어서 결혼은 절대적으로 부모의 주관사항이었으나 시대가 지남에 따라 혼인은 당사자 간의 문제로서 당자의 의사가 중요하다는 것이 인식되기 시작했는데, 이것은 봉건제도하의 유교윤리와는 배치되는 것으로서 여성의 자아각성이라는 점에서 중요한 의미를 가진다는 것이다.(서대석, 앞의 논문, 328면.)

시행하기에 앞서 경소저의 마음을 돌려놓기 위해 충고를 하는 부분이 큰 비중으로 중시되고 있는 점을 보아서도 알 수 있다.

그러나 그녀가 혼인 후에 겪게 되는 남편에 의한 가부장적 횡포는 전자와는 비교할 수 없는 것이다. 이현윤은 그녀에게 일방적인 순종만을 강요하며 절대적인 가부장권을 행사한다. 아내를 사랑한다고는 하지만 주체적인 인격체로 존중하면서 아내의 존재가치를 인정하는 태도는 보이지 않는다. 시집이라는 공간 안에서 경빙희의 존재가치는 효성스런 며느리, 현숙한 아내라는 전제 하에서만 인정된다. 그러나 경빙희는 자신의 능력이 남성보다 못하지 않다는 인식을 지닌 강한 자의식의 소유자로서 이러한 상황에 쉽게 굴복하지 않고 남편과 자존심의 대결을 벌인다. 동침거부라는 수단을 통해 남편에게 저항의지를 표현하는데 이는 당시의 제한적인 상황에서 여성이 행할 수 있는 대표적 저항방식이라고 하겠다. 즉 성적 자결권을 행사함으로써 자신의 주체성을 드러내고 무언의 시위를 하는 것이다. 경소저가 택하는 또 하나의 저항방식은 부당한 남편에 대해 도덕적 우위를 드러내는 것이다. 그녀는 언제나 자신의 도리를 완벽하게 다함으로써 내외에 자신의 존재를 당당히 인식시키는데 남편의 부당한 출거요구에도 경우에 맞게 사리 분명하고 침착한 처신을 보여준다. 비록 속으로는 자신의 처량한 신세와 부친에 대한 모욕에 가슴을 치며 눈물을 흘리지만 그것을 밖으로 드러내지 않고 대외적으로 당당한 모습을 보임으로써 부당한 이현윤과는 대조적으로 자신의 정당함을 과시하며 자존심을 세우고 있는 것이다. 즉 가정의 주도권을 소유한 남편이 오히려 종속적인 존재인 아내보다 도덕적으로 미흡하다는 것을 드러냄으로써 인간을 인격적으로 판단하는 기준이 현실적 권위와는 무관함을 폭로하고 있는 것이다.

이상에서 살펴본 내용을 종합해 볼 때 이 작품의 여주인공들은 여성의 억압적이고 순종적인 지위를 강제하던 당대의 지배질서 안에서 자신이 종속적 존재가 아니라 주체적 인격체임을 드러내기 위해 고민하고 있다는 점을 확인할 수 있다. 그녀들의 이러한 욕구는 우선 자신의 의지대로 행동하고자 하는 모습을 통해 드러난다. 이는 혼전에는 부친에 의한 가부장권에 일방적으로 순종하지 않고 자신들의 의지를 관철시키고자 하는 것으로 발현된다. 이현영의 경우 가출이라는 적극적인 방법을 통해 이를 실현하고 있다면 경빙희의 경우에는 병인이 되어 부친의 뜻을 이행하지 않는 소극적인 방법을 택하고 있다. 전자의 경우 부친의 실덕(失德)이 분명하기 때문에 그녀의 적극적인 행위에도 명분을 세울 수 있었던 데 비해 후자의 경우에는 부친의 뜻을 거역할 뚜렷한 명분이 없었기 때문이라고 짐작된다. 혼인 후에는 두 사람 모두 남편에 대해 성적 자결권을 행사함으로써 자신의 의지를 표현한다. 남편을 용납하지 못하는 상황에서 자신의 신체에 대한 자율권 행사를 통해 남편에 대한 거부를 표현하고 있는 것이다.[60] 이처럼 두 사람 모두 자신의 주체성을 훼손하고 자유의지의 발현을 억압하는 가부장권의 부당한 행사에 대해 문제를 제기하고 있으며, 이런 점에서 이들은 당대가 요구하는 순종적 여인상과는 거리가 멀다.

60) 여성의 성적 주체성에 대해서는 다음의 내용을 참고할 수 있다.
"이로 보면 성적 핍박에 대한 저항은 자신의 신체에 관한 자율권을 가지려는 인간의 본성에 일차적으로 뿌리를 두고 있는 것이다. 그러므로 이들의 저항은 신체의 자유를 구속당하지 않으려는 인간의 기본권 행사이며, 자신의 性을 주체적으로 통제하고자 하는 성적 주체성의 발현이라고 할 수 있다." (이인경, 앞의 논문, 116면.)

한편 이들은 혼인 후에는 대사회적으로 능력을 발휘하는 남편 못지않게 자신들도 능력을 발휘하고픈 욕구를 드러낸다. 가부장제 하에서는 여성의 능력 여하와는 상관없이 내외의 분업을 엄격히 규정함으로써 남녀의 역할을 구분하고 여성의 사회진출을 통제하였다. 여성의 임무는 가내에서 시부모를 봉양하고, 제사를 모시고, 방적, 재봉, 요리 등의 가사일에 종사하며 자녀를 양육하는 것으로 규정되었다.[61] 물론 가내에서의 역할도 사대부가의 유교적·경제적 삶의 토대를 형성하는데 있어서 매우 중요한 역할을 하는 것이지만 그것이 자의에 의해서가 아니라 강제에 의해서 규정된 삶이라는 데 문제가 있다. 이현영의 경우에는 시부(媤父)를 도와 빈민을 구제하는 일을 적극적으로 실천함으로써 여성의 역할을 크게 벗어나지 않는 범위 내에서 자신의 능력을 발휘하고 있다. 또 남편과 마찬가지로 의술을 습득하여 재주를 드러내기도 한다. 경빙희의 경우에는 남성보다 우월한 능력을 가지고 있기는 하지만 그것을 현실적인 차원에서 발휘할 기회를 획득할 수 없기에 환생체험이라는 비현실적인 장치를 통해 능력을 드러낼 기회를 갖는다. 그녀는 꿈속에 명부(冥府)에 가 개봉부의 옥사를 해결하고 그 능력을 인정받아 남자로 환생하는 체험을 하게 된다. 우수한 능력을 가졌음에도 그것을 발휘할 수 없는 그녀의 울분을 해소시켜주기 위해 여성의 몸임에도 불구하고 남성도 해결하지 못했던 개봉부의 옥사를 처리할 기회를 마련하여 그것을 훌륭히 완수함으로써 능력을 입증하도록 하고 있다. 이러한 내용이 비록 꿈이라는 비현실적인 장치를 통해 서술되고 있기는 하지만 이

---

61) 한명숙, 앞의 글, 38~40면.

현영의 경우에 비해 여성의 능력을 드러내는 데 있어서 더 적극적인 효과를 거두고 있다고 하겠다.

가부장제로 표상되는 집단우위의 논리 속에서 개인의 자의식이 억압당하기는 남녀 모두 마찬가지였겠지만 조선후기 여성에 대한 억압적 제도들을 생각할 때 가부장권의 계승자인 남성보다 종속적 존재로 인식된 여성이 훨씬 어려운 위치에 있었음을 짐작할 수 있다. 위에서 살펴본 바를 토대로 이 작품의 두 여주인공도 그러한 고민을 공유하고 있으면서 억압적인 상황에서나마 자신의 주체성을 확보하기 위해 나름대로 저항의지를 표출하고 있음을 확인할 수 있다. 그러한 행위는 여성 역시 인격적 존엄성을 가진 존재이며 남성을 능가하는 능력을 발휘할 수도 있다는 자각 속에서 표출되는 것인데, 그들의 주체적 인식이 가부장제로 대표되는 남성중심의 사회질서 안에서 포용되지 못함으로써 갈등을 겪게 되는 것이다. 행동의 제약이 엄격히 규정되어 있던 당시에 이들이 보여주는 행동은 매우 파격적이고 문제적인 것이다. 그러나 이 작품은 그들의 행위를 비난의 시각이 아닌, 동정과 이해의 시각으로 다룸으로써 문제의식을 공유하는 모습을 보여준다. 즉 이들의 저항을 부정적으로 묘사하거나 일방적인 패배로 귀결되게 그리지 않고 옹호하는 입장을 취함으로써 여성의 입장에 대해 열린 시각을 드러내고 있다고 하겠다.

이와 같은 여성주인공의 형상화가 이루어지는 작품들이 장편소설 안에서 한 갈래를 형성하고 있는 것으로 보이는데 그런 점에서 17세기 후반의 창작물로서 18세기 소설 장르의 활성화에 큰 영향력을 미치는 것으로 파악되어온 〈구운몽〉과 〈옥원〉을 비교해 보는 것도 의미 있는 일이라고 생각된다. 〈구운몽〉의 경우에 연화도장의 팔선녀

였던 여덟 명의 여주인공이 양소유라는 영웅적 남자주인공과 결합하는 과정을 통해 남녀의 다양한 결합형태와 그 안에서 빚어지는 갈등들을 형상화하고 있기 때문에 가부장제 하에서 이루어지는 남녀 결연 과정에서의 문제들을 〈옥원〉과 마찬가지로 공유하고 있다. 〈구운몽〉은 정경패, 이소화와 같은 상층의 여인들부터 진채봉과 같은 한미한 집안의 여인, 계섬월, 적경홍 등의 기생, 정경패의 몸종으로 그려지는 가춘운과 같은 하층 천민에 이르기까지 다양한 계층의 여인들이 양소유와 인연을 맺어가는 과정을 보여주고 있다. 여주인공들 개개인의 형상은 〈구운몽〉이 〈옥원〉에 비해 더 진취적인 모습을 띄고 있다고도 할 수 있다. 〈옥원〉의 이현영이나 경빙희가 가부장적 질서 하에서 자신들의 의사와는 상관없이 부모의 주선 아래 수동적인 자세로 혼인에 임하고 있는 것과는 달리 〈구운몽〉의 여주인공들은 스스로 양소유라는 남성과 인연을 이루기 위해 적극적 행위를 보이고 있기 때문이다. 즉 이들의 경우 주체적 애정성취를 이루고 있다고 할 수 있는데 그 점에서는 분명 제도적 한계를 뛰어넘어 자발적인 애정성취를 긍정하는 진취적 면모를 보이는 것이라고 할 수 있다.

그런데 〈구운몽〉의 여주인공들은 양소유에 대한 인간적 애정획득이라는 동질적 매개항을 통하여 자신들의 신분적 차별을 해소하는데 이를 위해 가부장제적 질서라는 외연적 틀에 의존하는 한계를 지닌다는 지적을 참고할 필요가 있다.[62] 즉 구운몽의 여주인공들의 경우 표면적으로는 유교적 질서를 넘어서는 진취적 애정관을 보이면

62) 박일용, 「인물형상을 통해서 본 구운몽의 사회적 성격과 소설사적 위상」, 『정신문화연구』 44, 한국정신문화연구원, 1991, 196면.

서도 그것을 성취하여 신분적 차별성을 뛰어넘는 인간적 평등을 이루기 위해 가부장적 질서에 의존하는 모순적인 모습을 보이고 있는 것이다. 이는 사대부 남성작가로서 김만중이 가진 한계를 드러내는 것이라고도 할 수 있다. 〈옥원〉 역시 가부장제 하에서 여성들이 당면하는 문제들을 심각하게 제기하고 있으면서도 가부장적 질서 자체를 거부하지는 못하고 그 안에서 바람직한 해결을 시도하고 있다는 점에서는 마찬가지 한계를 지니고 있다고 할 수 있다.

그러나 〈옥원〉의 경우 인물의 형상화 방식과 갈등의 전개과정이 〈구운몽〉과는 달리 현실적 차원에서 이루어지고 있기 때문에 문제의식이 더 심각하다. 즉 〈구운몽〉이 현실에서는 가능하지 않음직한 낭만적 차원에서 인물을 형상화하고 해결을 모색하고 있다면 〈옥원〉의 경우 철저히 현실적인 차원에서 문제를 제기하고 그것을 해결해나가고자 하는 것이다. 이현영과 경빙희의 경우 혼인 전에는 여주인공의 주체적 의지가 가부장적 규범과 마찰을 일으키는 상황을 통해 여성의 주체성이라는 문제를 제기하고 혼인 후에는 가부장적 권위를 행사하는 남편과의 관계에서 자존심의 대결을 벌임으로써 여성의 동등한 권리를 주장하고 있다. 이 때 〈옥원〉이 관심을 기울이는 부분은 갈등이 야기되고 그것이 해결되어가는 과정 자체이다. 즉 남녀가 결합하는 과정과 그 안에서 벌어지는 심리적 갈등에 주목하고 있는 것이다. 따라서 주인공의 내면을 중시한다. 그런데 〈구운몽〉의 경우 남녀결합에 있어서 내면의 심리적 갈등보다는 애정의 획득이라는 외면적 결과에 더 큰 비중을 두는 듯하다. 그리고 이러한 결과를 통해 여주인공들이 신분적 차이를 넘어서 한 남성을 매개로 동등한 애정을 획득하고 처첩 간에도 형제애와 같은 이상적인 모습을 갖추게 됨으로써 연화도장으로 표상되는 초월계의 이상적인 평등성을 실현하는 것이다. 이 때 〈구운몽〉의 여주인공들을 통해 제시되는 평등성은 현실적 상황에 바탕을 두고 있다기보다는 현실을 초월하는 것이라는 점에서 한계를 가진다.

그러나 〈옥원〉의 경우 현실에 바탕을 둔 심리갈등을 사실적으로 그려내고 현실적인 차원에서의 해결을 모색하고 있다. 따라서 갈등의 원인을 제공한 가부장적 질서의 중심에 있는 남성에 의존하여 해결을 모색하지 않는다. 〈구운몽〉의 여주인공들이 양소유라는 남성을 매개로 인간의 평등성을 실현하고자 하는 의존적 모습을 드러내고 있다면 〈옥원〉의 여주인공들은 남성으로부터 보다 더 독립적인 위치를 점한 상태에서 자신들의 독자성을 드러내고 있고 이로 인해 남녀의 동등성을 획득하고 있다. 즉 〈구운몽〉에서 인간의 평등을 다루는 태도가 여전히 남성을 정점에 놓고 그를 둘러싼 여성들 간의 평등성을 지향하는 한계를 드러내고 있다면 〈옥원〉의 경우에는 남성과 여성을 동등한 차원에서 다루며 양자 간의 평등성을 다루는 지점까지 한발 더 나아갔다고 할 수 있겠다. 〈옥원〉의 여주인공들 역시 여전히 가부장적 질서 내에 존재하고 있기는 하지만 더 이상 남성에 종속된 존재가 아니라 인격적으로 동등한 권리를 가지는 존재로서 이해되는 것이다.

따라서 〈옥원〉은 여성의 주체성이라는 문제를 현실적인 차원에서 제기하고 그를 통해 인간의 평등성이라는 보편적 진리를 긍정한다는 점에서 〈구운몽〉보다는 진일보한 인간이해를 보여주고 있다고 할 수 있다. 비록 시대적 한계로 인해 제도적 제약을 뛰어넘는 데까지는 이르지 못하고 있지만 〈옥원〉이 당대 인간관계의 문제점을 인식하고 그것을 현실적 차원에서 진지하게 그려냄으로써 인격적 차원에서나마 인간의 동등성을 확인하고 그 바람직한 모습을 보여주고자 하는 점에서는 〈구운몽〉과 같은 낭만적 경향의 소설들이 이룬 성과를 넘어서고 있다고 하겠다.

이상에서 살펴본 것처럼 〈옥원〉은 인간사회에서 가장 보편적인 윤리라고 할 수 있는 효의 문제를 통해 자신을 낳아 길러준 부모에게 자식의 도리를 다하고자 하는 것은 남녀상하를 막론하고 공통적인 심성임을 보여준다. 그리고 그러한 효심은 당대의 지배 질서에 의해 이념적인 형태로 강제되는 것이 아니라 인간의 자연스러운 감정에 의해 발현될 때 바람직한 모습을 띠게 된다는 사실도 보여준다. 즉 효심은 예절을 중시하는 상층에게만 해당되는 것도 아니고, 가부장제 하의 남성중심으로만 이해될 수 있는 것도 아니라는 사실을 구체적으로 그려내고 있는 것이다. 이러한 인식의 바탕에는 인간의 보편적 속성에 대한 긍정이 자리 잡고 있다. 성별이나 계층의 차이를 떠나 모든 인간에게 공통으로 존재하는 속성들을 인정하고 그것들이 평등하게 발현되어야 함을 보여줌으로써 신분제 사회 속에서도 부분적으로나마 인간의 평등성을 인식하고 있음을 드러내고 있다고 하겠다. 즉 사회제도적 차원의 신분차별을 부정하는 정도의 급진적 시각을 드러내지는 않더라도 인간 본연의 심성에 있어서는 그런 차별이 적용될 수 없음을 보여줌으로써 인간이해에 있어서 상당히 유연한 자세를 취하고 있다.

이와 더불어 부부갈등과 부자갈등을 통해 제기되는 여성의 주체성 문제 또한 인간이해에 있어서 진보적 시각을 드러내고 있다. 가부장제 하에서 종속적이고 순종적인 존재로 처신하는 것이 미덕인 것처럼 여겨지던 여성의 존재를 되돌아보고 그 주체적 의지를 긍정하였을 뿐 아니라 여성도 남성 못지않은 능력을 소유할 수 있음을 보여줌으로써 여성의 자긍심을 고취하는 데까지 이르고 있다. 이 작품에 드러나는 여성적 인식이 기존의 가부장적 질서를 직접적으로 비판하거나 이를 부정하는 것은 아니다. 이현영이나 경빙희는 가부장제 자체에 반기를 들고 저항하는 것이 아니라 그것이 자신들에게 부당하고 강제적인 압력을 행사할 때 이를 거부하는 태도를 취하는 것이다. 이현영의 경우 부권(父權)에 의해 불의한 혼인을 강요받고 경빙희의 경우 자신의 순결함과는 무관하게 여성에 대한 엄격한 규제로 말미암아 부끄러운 존재가 될 수밖에 없는 상황은 가부장제의 왜곡된 모습들인데 이 과정에서 그녀들이 그 부당함을 깨닫고 자신들의 의지대로 행동하고자 하는 것은 가부장제 자체에 대한 거부라기보다는 그것이 부당하게 강제되는 상황에 대한 거부라고 할 수 있다. 그렇기 때문에 현숙한 아녀자로서의 도리를 다하고자 노력하고 있기도 하다.

단 가부장제로 표상되는 제도적 억압이 여성의 주체성이나 권리를 무시하는 상황에 처하여서는 당당히 자신들의 입장을 드러내고 있다. 남성중심의 사회구조 속에서 소외된 위치에 놓여있는 여성 역시 남성과 동등하게 주체적 의지를 가진 인간임을 부친이나 남편에 대한 항거를 통해 드러내고 있는 것이다. 그리고 작품 속에서 갈등과정을 통해 남성과 여성의 입장을 비교하여 드러내고 양자를 아울러 이해하려는 시각을 보임으로써 남성 못지않게 여성의 주체성 또한 긍정되어야 함을 보여주고 있다. 이는 인간의 주체성은 보편적인 것이라는 사실을 재확인하는 역할을 한다.

효의 문제와 여성의 문제를 통해 드러나는 이 작품의 인간관은 절대주의적 세계관에서 벗어나 상대주의적 세계관에 입각하여 인간을 바라보는 관점에서 비롯되는 것으로 보인다. 세상을 고정불변의 원리에 의해 바라보지 않게 되면 절대적 위치의 궁극점에 놓이는 신이나 초월적 존재에 대한 의존에서 벗어나 인간중심의 사고가 가능케 되고, 인간과 세계의 상대성에 관심을 가지게 된다. 이 작품이 보여주는 상대적 선악관이나 현실적 인물형상 등을 통해 이를 확인할 수 있다. 그러한 상대적 관점은 인간의 보편성과 특수성에 관한 새로운 성찰을 가능케 한다. 보편적인 것을 절대화하여 보편적인 것이 개별적인 것에 선행하며 그것을 지배한다고 인식하게 되면 개별적인 것의 존재 가치가 무시되는 오류를 범하기 쉽다. 중세의 지배적 가치가 절대화하면서 개인의 독자성이 이에 억압당한 것이 대표적 경우인데 이 작품의 여주인공들 역시 이런 모순을 겪게 된다. 그러나 〈옥원〉은 그런 문제제기를 통해 지배이념에 의해 절대화된 보편성이 개별자의 특수성을 억압하는 상황에 대해 반성하고 보편성과 특수성의 올바른 관계를 재정립하는 계기를 마련하고 있다. 즉 개별자의 특수성을 무시한 채 선험적으로 존재하는 보편성이 아니라 개개인의 특수한 상황과 상대적인 입장을 인정한 바탕 위에서 진정한 보편성을 확인하고자 하는 것이다. 이러한 인식을 인간에 대한 이해과정을 통해 잘 드러내고 있다. 각기 저마다의 입장을 가지는 인간 개개인에 대한 이해를 바탕으로 인간존재의 고귀성과 평등성이라는 보편적 인식을 재확인하는 것이다.

작품에서는 주로 상층가문의 구성원을 중심으로 효의 문제와 여성의 문제를 통해 이러한 의식을 드러내고 있는데 이는 이 작품의 주향유층과 관련이 있는 것으로 보인다. 여타의 국문 장편소설의 경우처럼 이 작품 역시 상층의 부녀자들이 주독자층이었으리라 짐작되고 작가도 그와 밀접한 인물이라 여겨지므로 관심의 주대상이 사대부가의 여성으로 한정되었을 가능성이 크다. 그러나 작품 곳곳에서 드러나는 인간에 대한 다양한 관심을 통해볼 때 이 작품이 드러내는 진보적 인간관을 굳이 상층여성의 문제에만 국한시킬 필요는 없으리라 여겨진다. 이 작품은 상층의 주인공 이외의 인물을 다루는 데 있어서 상층 중심의 우월감이나 하층민을 천시하는 태도 등을 전혀 보이지 않고 있다. 상층 주인공들의 일시적 유희를 위해 하층민을 농락하는 행위 등이 나타나지 않으며,[63] 오히려 하층의 인물들에 대해서도 그들의 존엄성이나 능력을 인정하려는 태도를 보이고 있다. 이원의의 경우 아들에게 효심은 상하층 모두에게 공통된 것이라고 깨우치기도 하고, 소송의 경우 비정상이라고 손가락질 당하던 남녀양성구유(兩性具有)의 인물까지도 포용하고 있다. 또 이원의 집안의 종인 수경이 능력을 갖춘 인물로서 주인을 대신해 큰일을 처리해나간다는 설정과 더불어 이 작품의 중심인물들은 시종 상하층을 막론하고 모든 인간을 대하는 데 있어서 진지하고 포용력 있는 태도를 견지하고 있다. 즉 초점이 상층 주인공들의 갈등과 그 안에서 제기되는 여성의 문제에 놓여져 있기는 하지만 그 밑바탕에는 좀 더 근본적인 차원에서의 진보적 인간관이 자리 잡고 있다고 하겠다.

---

63) 비교적 진취적인 여성의식을 담고 있는 것으로 파악되는 〈현씨양웅쌍린기〉의 경우에도 주인공 현수문을 놀리기 위해 하층민인 귀형녀를 하룻밤의 노리개로 이용하고 있고, 윤소저의 신분이 천한 집 딸인 줄로 알고 겁탈하기도 한다.

제4장
작가의식

제1절 상대적 보편주의에 의한 현실인식

현실세계를 만족스러운 대상으로 인식하는가 그렇지 않은가, 혹은 현실세계를 긍정적으로 수용하고자 하는가 부정하고 극복하고자 하는가, 궁극적 삶의 목표를 현실생활의 영위에 두는가 현실을 초월한 영적 세계로의 복귀에 두는가 등의 문제는 끊임없이 인간의 삶에 간여하며 존재의미를 되새기게 한다. 그 물음의 궁극적인 지점에는 결국 절대성에 대한 회의가 자리 잡고 있다. 나약한 존재로서의 인간은 자신의 불완전함을 보완해줄 완전하고 절대적인 존재를 갈망해왔다. 그것이 신이건, 초자연적 질서이건 간에 인간의 삶과 초현실적인 힘을 연관 지으려는 인식은 고대에서부터 지금까지 지속되고 있다. 이 작품이 산출된 18세기 역시 중세적 보편이념과 유교, 불교, 도교 등의 영향으로 현실계를 초월하는 절대적 세계에 대한 인식이 강하게 자리 잡고 있던 시기이다. 그러나 한편으로 인간의 자립성과 현실의 중요성을 자각하여 실학파와 같은 새로운 경향들이 대두되기 시작한 시기이기도 하다. 그러므로 작품을 통해 이러한 인식이 반영된 양상을 살펴봄으로써 작가가 현실을 인식하는 태도를 짐작할 수 있으며, 더 나아가 작가를 추론하는 단서를 찾을 수도 있을 것이다.

작가가 현실을 어떻게 인식하는가는 문학작품의 경우 그가 현실을 형상화하는 방식을 통해 유추할 수 있다. 그러므로 먼저 작품의 실상을 살펴볼 필요가 있다.

우선 〈옥원〉의 주인공들은 강한 운명성을 띠고 있지 않다. 그들은 천상계의 인물이 환생한 것도 아니고, 천상계의 개입에 의해 지상의 인연이 예정된 것도 아니다. 보통 사람보다 특출난 면모를 지니고 태어나기는 했지만 어디까지나 현세의 질서 내에서라는 전제를 벗어나지 않는다. 주인공들의 이런 성격 때문에 이 작품에는 주인공들의 출생시에 신이한 요소나 운명의 암시 등이 나타나지 않는다. 작품 속에서 가장 뛰어난 능력을 지니고 있고, 영웅적 면모를 보이는 소세경의 출생도 지극히 현실적으로 그려지고 있다.

> 튱효지가의 젹덕여경으로 비로서 비웅의 샹셔ᄅᆞᆯ 응ᄒᆞ여 영ᄌᆞᄅᆞᆯ 그득ᄒᆞ니 므ᄅᆞᆺ 옥츌곤강이오 금ᄉᆡᆼ녀쉬라. 부모의 현명으로ᄡᅥ ᄉᆡᆼ티 범인으로 다ᄅᆞ니 악와의 삐ᄅᆞᆯ 지으매 쳔니의 긔셰ᄅᆞᆯ ᄊᆡᄃᆞᆺ고 듁님의 짓출 보매 난곡의 샷기라. ᄒᆡᄋᆡ 정신이 츄슈ᄅᆞᆯ 엉귄 ᄃᆞᆺ ᄂᆞᆺ빗치 ᄇᆡᆨ셜노 얼위ᄂᆞᆫ ᄃᆞᆺ 녕형슈발ᄒᆞ여 골격이 영위ᄒᆞ니 삼ᄃᆡ의 귀ᄒᆞᆫ 그ᄅᆞ시오 만니의 봉건ᄒᆞᆯ 위충이라.[1]

뛰어난 인물임을 묘사하기 위해 미사여구가 동원되고 있는 것은 여

1) 〈옥원재합기연〉 권지일.

타의 소설과 마찬가지지만 작품 속에 세경의 탄생을 예비하는 신몽(神夢)이나 운명적 예언 등은 존재하지 않으며 출생에 대한 언급 자체가 굉장히 간략하다. 여주인공 이현영의 출생담은 꿈이 개입됨으로써 세경에 비해서는 좀 더 상세하다 할 수 있으나 이 역시 현영의 전생에 대한 언급이나 미래에 대한 예언을 담아내기 위한 것은 아니다.

> ᄒᆞᆫ ᄯᆞᆯ이 이시니 텬ᄉᆡᆼ이질이라 ᄉᆡᆼ산시의 부뷔 ᄒᆞᆫ가지로 비몽을 어드니 션공이 집을 님ᄒᆞ여 가둥을 만분됴틱ᄒᆞ고 뷔ᄅᆞᆯ 가져 온 집안 분애ᄅᆞᆯ 소쇄ᄒᆞ며 공의 부쳐ᄅᆞᆯ 목욕시기고 빙분의 일됴신ᄆᆡᄅᆞᆯ 주니 동풍 남향의 암향을 토ᄒᆞ여 쳥향이 만실ᄒᆞ엿ᄂᆞᆫᄃᆡ 월ᄉᆡᆨ이 교교ᄒᆞ여 눈의 ᄇᆞᄋᆡ거ᄂᆞᆯ 불승의혹ᄒᆞ여 ᄭᆡᄃᆞᄅᆞ니 침샹일몽이라. 공부인이 복통ᄒᆞ여 ᄉᆡᆼ녀ᄒᆞ니 이 실노 기실의 분애ᄅᆞᆯ 삐ᄉᆞ며 부모의 비루ᄅᆞᆯ 목욕ᄒᆞ여 난 ᄌᆞ식이라. 희고 조흐며 ᄆᆞᆰ고 ᄆᆞᆰ아 현틱의 이쉬 딩딩ᄒᆞ니 일지ᄆᆡ홰 옥호의 ᄭᆞ치미라.[2]

출생뿐 아니라 주인공들의 결합도 현실적인 차원에서 그려지고 있다. 현영의 부친인 이원의가 세경을 탐내어 소공에게 정혼을 조르자 소공도 현영이 특출함을 알아보고 승낙하여 둘 사이의 인연이 맺어진다. 즉 부친들의 약속에 의해 정혼이 이루어질 뿐이다. 이 때 소공이 가보인 옥원앙 한 쌍을 신물로 준 것이 작품의 제목에 표현되었는데 주인공들의 인연의 상징인 이 옥원앙도 주인공들의 운명적인 결합을 예비하기 위해 천상계에서 내린 신이한 물건으로 설정되어 있지 않다.

---

2) 〈옥원재합기연〉 권지일.

〈옥원전해〉의 앞부분에 이 옥원앙의 내력이 소개되어 있다. 당나라 때 간신들이 양귀비를 위해 만든 옥원앙이 유실되었다가 우여곡절 끝에 소송의 장인인 경병원에게 오게 된다. 이를 다시 경부의 시비가 도적하여 팔아 자웅이 나뉘게 되었는데 자원앙(雌鴛鴦)은 다시 거두어들이나 웅(雄)은 되찾지 못한다. 그런데 소송이 혼인시에 우연히 웅(雄)을 얻어 빙물을 삼음으로써 가보로 전하는 것이다. 옥원앙이 만들어질 때부터 소공의 집에 오게 될 때까지 초월계의 개입이나 신이한 요소는 보이지 않는다. 현영과 세경의 정혼시에도 역시 현실적인 차원에서 집안의 귀한 물건을 신물로 주고받은 것일 뿐이다.[3)]

이현윤과 경빙희에 대해서는 출생부분은 아예 언급하지도 않는다. 두 사람의 경우 이미 성장한 후에 초점을 맞춰 혼담이 오고가는 시기부터 작품에 등장시키고 있다. 그들에 대해서도 뛰어난 인물임을 강조하고 있기는 하지만 세경이나 현영에 비해서도 더욱 현실적인 차원에서 현윤에게는 '효자'라거나 '개세군자'라거나 하는 표현을 쓰고 있을 뿐이고, 경소저에 대해서도 '덕이 완순'하고 '견식이 고명'하다고 표현하고 있을 뿐이다. 그리고 이들의 혼인에는 상징적인 빙물조차도 설정되어 있지 않다.

주인공들의 갈등과정이나 위기의 극복과정에서도 현실적 성격이 강하게 드러나는 편이다. 소세경 부부와 이현윤 부부는 모두 현실적인 불만으로 인해 갈등을 겪게 되는데 그들의 갈등에 원인을 제공하는 사람은 여주인공의 부친으로서 천상에서 운명지어준 악인으로

3) 이런 점에서 이 작품은 기봉류 소설에서 하늘에서 내린 신물이 인연의 징표로 활용되는 것과는 성격을 달리한다.

설정되어 있지 않다. 그저 장인의 소인적인 행위로 인해 사위와 갈등을 일으키고 그로 인해 부부 사이에 심리적인 갈등이 야기되는 것이다. 그러므로 갈등의 해결과정 역시 현실적인 차원에서 다루어진다. 이 과정에서 중요한 역할을 하는 현실적 요소가 의술모티프이다.

중심인물 간의 갈등이 정점에 달했을 때 이원의나 경소저 등이 죽을병에 처하게 되고, 그런 과정을 통과의례처럼 극복함으로써 사건해결의 단초를 마련하게 되는데 그 때마다 소세경이 의술로써 그들을 다시 살려내는 역할을 하고 있는 것이다. 그런데 세경이 의술에 능통하게 된 것은 하늘에서 물려받은 신이한 능력 때문이 아니라 스스로 공부하여 이루어낸 현실적인 결과이다.

> 대개 한님이 ᄇᆡᆨ기신능ᄒᆞ나 의셔를 보디 아니ᄒᆞ고 우환을 디ᄂᆡ디 아니ᄒᆞ매 의ᄒᆞᆨ의 ᄉᆡᆼ소ᄒᆞ더니 삼년 젼 부공의 소환이 미류ᄒᆞ믈 인ᄒᆞ여 의재용누ᄒᆞ믈조차 공이 본ᄃᆡ 의리의 고명ᄒᆞᆫ 고로 ᄒᆞᆫ번 한님으로 더브러 의ᄒᆞᆨ을 논난ᄒᆞ고 방셔를 닉이 보매 즉시 신통ᄒᆞ고 미산은 신산이라 약쵸만흔디라 한님이 ᄇᆡᆨ초를 맛보아 약셩을 아라ᄂᆡ고 쟈력으로 초목을 쳐신농의 유법을 시험ᄒᆞ매 초목이 요셩ᄒᆞᆫ디라. 일노조차 신농지ᄒᆞᆨ이 다 통슉ᄒᆞ여 흉듕의 뇨연ᄒᆞ니 유ᄒᆞᆨ과 벗이 되엿ᄂᆞᆫ디라.[4]

위의 예문은 소세경이 의학에 능통하게 된 연유를 적은 것인데 부친이 편찮으신 것을 계기로 의학을 공부하기 시작하였고, 약초가 많은 미산 근처에 살았던 덕에 약재 등에 대해서도 많은 지식을 습득할

---

4) 〈옥원재합기연〉 권지십.

수 있었던 것으로 설명하고 있다. 이렇게 해서 습득한 의술로 약을 다스리거나 침을 놓아 주위사람들을 구호하는데 작품 뒷부분에서는 그의 부인인 이현영도 남편의 영향을 받아 스스로 탕약을 조제하기까지 한다. 이로 보아 소세경의 집안은 의학의 습득에 대해 적극적인 자세를 가지고 있어 구성원들이 두루 의학에 대한 소양을 갖추고 있었다고 할 수 있다. 그들의 의술이 신기에 가까운 모습을 보여 현실감이 떨어지는 경우도 있기는 하지만 어떻든 도승 등의 이계(異界) 인물이나 초월적 존재의 도움을 받지 않고 주인공의 현실적 능력으로 질병을 치유하고 있는 것이다. 이처럼 이 작품의 주인공들에게는 천상의 질서에 의한 운명론과 그로 인한 비현실적 요소들이 개입하는 경우가 희박하다.

그렇다고 이 작품에 비현실적 요소가 전혀 등장하지 않는 것은 아니다. 소공을 위급한 곳에서 구해내어 앞일을 예측하고 보살펴주는 화산 행운동의 용정진인의 존재, 현영이 물에 빠졌을 때 선계(仙界)에 가서 본생부모인 전당용군 부부를 만나 왕안석과의 인연을 암시받고 오는 대목, 세경이 물에 띄운 옥원앙이 각각 소공과 왕공의 손에 전해지는 대목, 이원의가 꿈에 지옥에 끌려가 매를 맞는 경험을 하고 개과천선하는 내용, 세경이 용왕에게 제문을 써보내어 해수(海獸)를 물리치는 내용, 경소저가 명부(冥府)에 가서 남자로서의 삶을 경험하고 개오(改悟)하는 내용 등은 분명 비현실적인 것들이다. 그러나 용정진인은 주인공들의 운명을 미리 예견하고 간접적인 도움을 주기는 하지만 그의 운명 예견력은 소공이 주역 점괘를 이용하여 앞날을 점치는 것과 큰 차이가 없다. 나머지 내용들도 사건전개에 필연성을 부여하며 중요한 영향을 미치기는 하지만 주인공들의 전 생애를 지배하는 질서와 관련된 것이 아니라 단지 그 사건 하나하나를 위해 마련된 일회적 장치에 불과하다. 더군다나 세경이 해수를 물리치는 대목은 비현실적 요소가 강하기는 해도 초월적 세계의 질서에 의해 현실계가 지배되는 양상이 아니라 거꾸로 세경과 천자로 대표되는 현세의 질서가 바다와 용궁으로 대표되는 초월적 질서보다 우위에 있다는 인식을 드러냄으로써 더욱 강한 현실주의적 사고를 보인다.

이처럼 이 작품의 비현실적 요소들은 주인공들의 삶에 대해 미리 계획된 운명적 질서로서 작용하고 있는 것은 아니라는 점에서 초월적 세계의 우위에 입각한 비현실적 요소들과는 차별성을 갖는다. 이 작품 속의 비현실적 요소들은 현실적 삶의 어려움이나 갈등을 해결하는 데에 있어서 보조적인 수단으로써 이용되는 성격이 강하다. 부분적으로 신이성을 갖춘 비현실적 요소들을 등장시키기는 하지만 천상계의 질서보다는 지상계의 질서에 더 관심을 두고 있으며, 초월적 세계의 지배나 운명론 등에 크게 경도되어 있지도 않다. 오히려 현실적인 차원에서 현실적 문제를 제기하고 그 문제들을 현실적인 방법에 의해 해결해 나가려는 현실중심적 사고를 보이고 있다.

이 작품 속에 등장하는 비현실적이고 신이한 요소들은 소설의 순조로운 진행을 위한 장치 역할을 할 뿐이다. 현실 속에서 심각한 갈등을 제시해놓고는 그 갈등의 심각성으로 인해 해결을 위한 현실적 실마리가 마땅치 않을 때 초월계를 효과적으로 활용할 수 있다. 이원의나 경소저에게 개입된 비현실적 요소들이 이러한 성격을 가진다. 이와 더불어 이 작품 속의 비현실적 요소들이 수행하는 또 하나의 기능으로 흥미성을 들 수 있다. 현실적 공간과는 다른 공간을 설정하고 비현실적 경험들을 제공함으로써 현실적 영역에서 경험하는 것들과는 다른 차원의 재미를 안겨주는 것이다. 이는 작품에 비현실적 요소들을 대거 활용하는 당시의 소설작법을 수용하고 있는 것이기도 하다.

현실적 성격을 드러내면서도 비현실적 요소를 가지고 있는 이런 양상을 중세에서 근대로 이행해가는 과정에서의 한 특징이라고도 할 수 있겠다. 현실을 중시하면서도 아직 삶의 원리나 흐름을 초월적 운명론과 완전히 분리시키지 못하는 것이다. 그런데 이런 현상은 현대에도 마찬가지로 존재한다. 특히 종교인들에게 있어서는 더 그렇다. 그러나 그것이 여타의 소설들에서 드러났던 운명론적 사고와 다른 점은 현실을 어떻게 받아들이고 현실 속에서 자신의 자율적 의지를 얼마나 발현시키며 그 중요성을 인정하는가에 달려있다. 이 때 그들 앞에 놓인 운명이란 그들의 주체적 의지까지 지배하는 것으로서가 아니라 삶의 큰 틀과 궁극적 지표를 제공하는 것으로서 이해된다. 따라서 주체적 자아실현을 위해 갈등하는 이 소설 속의 인물들은 초월적 질서에 대해 회의하는 법 없이 순응하는 수동적 인물들과는 거리가 멀다. 그들의 갈등은 천상에서부터 결정지어진 악인에 의한 것이 아니라 현실의 삶 속에 존재하는 모순들 때문에 발생하는 것이다.

이런 점 때문에 〈옥원〉은 장편소설 가운데서도 〈명주보월빙〉 류의 소설과는 차이가 있는 것으로 생각된다. 〈명주보월빙〉이 가문내의 영웅적 주인공에 초점을 두고 가문으로 대표되는 집단의 문제를 다루며 이원적 세계관에 입각해 상층의 벌열의식을 드러내는 작품군의 대표라고 한다면,[5] 〈옥원〉은 이와는 다른 계보를 형성하는 작

5) 이상택, 「〈명주보월빙〉 연구」, 『한국고전소설의 탐구』, 중앙출판, 1981.

품으로 파악된다. 영웅성이 많이 퇴색한 주인공들을 내세워 개별인간의 입장 차이와 그 심리에 관심을 기울이며, 현실적 사고에 입각하여 일원적 세계관에 근접하고 있기 때문이다.

〈명주보월빙〉의 경우 첫째, 악마적 심성의 세속적이고 타락한 삶, 둘째, 유가적(儒家的) 정인(正人)의 성속갈등적(聖俗葛藤的) 삶, 셋째, 도사 및 이승(異僧)의 신성시공적(神聖時空的) 삶, 그리고 천궁신향(天宮神鄕)의 본유적(本有的) 삶 등 네 가지 삶의 시공이 제시되고 이들 사이에 지속적인 갈등이 전개되는데 결과적으로 첫번째의 삶이 두 번째의 삶으로, 두 번째의 삶이 세 번째의 삶으로, 세 번째의 삶이 다시 네 번째의 삶으로 귀결되는 양상을 보이고 있다. 이는 현세적이고 지상적인 인간의 삶이 궁극적으로 천상주재자(天上主宰者)의 섭리 아래 있으며, 인간 존재의 본유적(本有的) 삶은 천상신향(天上神鄕)에 그 근원을 두고 있다는 것으로 풀이된다.[6] 그리고 초월적 신성성을 강하게 드러내는 작품들은 대부분 이와 비슷한 구조를 가지는 것으로 파악된다.

그런데 〈옥원〉의 경우에는 위의 시공 중 첫번째와 두 번째가 큰 비중을 가지며 전면에 제시되는 반면 세 번째와 네 번째의 경우 그 역할이나 의미가 현저하게 약화되어 있다는 특성을 보인다. 전자가 현실적 시공이라면 후자는 비현실적인 초월적 시공이라고 할 수 있는데 이 작품의 경우 현실적 시공이 중시되고 있는 것이라고 하겠다. 부분적으로 용정진인 등의 탈세속적 존재가 주인공들에게 도움을 제공하고 관련을 맺고 있기는 하지만 그것이 천상주재자의 섭리에

6) 위의 논문, 121~126면 참조.

의해 마련된 것은 아니다. 이 작품의 주인공들 역시 천상의 질서를 전면 부정하지는 않는다. 그러나 그것이 권선징악 등의 보편적이고 바람직한 질서를 옹호하는 차원에서 추상적으로 받아들여지고 있을 뿐 개개인의 삶에 구체적으로 개입하지는 않는다. 즉 초월적 세계와 초월적 질서를 부정하지는 않으나 작품의 주된 관심은 그 부분에 놓여있는 것이 아니라 현실적 삶에 놓여있다고 볼 수 있다.

〈옥원〉의 경우 초월계의 영향력이 약화됨으로 인해 현실계의 모습 또한 다른 양상을 보이게 된다. 초월계의 운명적 질서는 절대성을 띠게 되는데 이로 인해 그 영향력 하에 있는 현실계의 인물들은 강한 전형성을 드러내게 되어 선악의 구별이 분명하고 선에 의해 악이 징치되는 구조 또한 선명한 것이 보통이다. 그런데 〈옥원〉의 경우 이러한 절대적 구속력으로부터 벗어나게 됨으로써 현실 삶에서의 상대성이 강화되는 양상을 보인다. 가장 대표적인 것이 선악의 구별이 극명하지 않다는 사실이다. 가장 대표적 악인이라 할 수 있는 이원의의 경우 세속적 욕망으로 인해 비리를 저지르고 추태를 일삼지만 그의 존재와 행실이 전면 부정되고 그로 인해 징치되어야 할 대상으로 인식되는 것이 아니라 그의 행위가 불의한 것이기는 하지만 일면 인지상정인 측면도 있음을 인정하고 있다. 이러한 인식은 현실적 욕망을 추구하는 인물을 전면 부정하지 않고 그들의 세속적 욕망을 부분적으로 긍정하고 있는 것이기도 하다. 즉 작품의 관심이 현실적 삶에 큰 비중을 두고 있는 만큼 세속적 존재로서의 인간이 가지는 현실적 욕망들에 대해서도 유연한 자세를 보이고 있다고 하겠다.

선악의 상대성은 군자숙녀로 대표되는 주인공들의 갈등을 통해 더욱 잘 드러난다. 그들은 성(聖)의 세계를 부정하는 악인들을 상대로 싸우는 것이 아니라 자기들 내부의 문제로 갈등을 일으키고 있다. 그 문제들은 현실에서의 입장 차이라는 매우 현실적인 것이다. 이 경우 누가 옳고 그른지를 판가름하기 힘들 정도로 이들의 입장은 상대적인 타당성을 가지고 있다. 때문에 옳고 그름의 잣대에 의해서가 아니라 개개인의 차별적 입장을 이해함으로써만 갈등을 해소할 수 있다. 이러한 상대적 관점은 인간존재를 바라보는 관점으로 연결되어 이 작품의 주제의식을 형성하게 된다. 천상의 운명에 의한 절대성이 퇴색한 자리에 남는 것은 개개인의 독자적 상대성이다. 그리고 그러한 상대성의 인식은 인간존재의 평등성을 긍정하게 이끈다. 그럼으로써 실제 삶과의 유사성을 획득하게 되며 진취적 인식을 드러내게 된다.

초월계의 우위에 입각한 장편소설의 경우 주인공의 영웅적 행위를 이상적으로 형상화하는 데 주력하기 때문에 현실적 리얼리티의 확보와는 거리가 먼 편인데 〈옥원〉의 경우 위와 같은 특성으로 인해 비교적 강한 리얼리티를 확보하고 있다. 그 대표적인 예가 소세경 집안의 가계상황에 대한 묘사이다. 대부분의 장편소설들은 상층의 벌열가문을 배경으로 하고 있어 주인공들이 부귀영화 속에 성장하는 것으로 그려진다. 그런데 소세경의 집안은 실세(失勢)한 당시에 세경이 부친의 조석을 스스로 챙겨드려야 할 정도로 빈한한 삶을 사는 것으로 묘사되어 있다. 세경의 혼인 후 일가가 고향으로 돌아가 살림을 꾸리는데 그들의 삶은 청빈한 수준을 넘어서 하루하루의 끼니를 걱정할 정도로 극빈하다. 세경은 낚시, 사냥뿐만 아니라 남의 집 품팔이 농사일까지 해서 부친을 봉양하고 현영도 가지고 온 예단을 팔고 방적을 하여 남편을 돕는다. 농사를 지을 땅 한 조각 없을 정도로 곤궁한 선비집안의 삶이 핍진하게 형상화되고 있는 것이다. 이후 세경이 삼장장원을 하며 화려하게 관직에 진출함으로써 예전의 빈곤함은 면하지만 소씨 일가는 여전이 근검을 숭상하며 집안의 재물을 풀어 가난한 백성들을 돕는 데 힘쓰고 권농(勸農) 권학(勸學)을 선도하며 모범을 보이는 것으로 그려진다.

이처럼 소세경의 집안은 빈한하지만 청렴한 선비집안의 모습을 잘 표현하고 있다. 일반백성들의 고단한 삶과 밀접한 만큼 그것들을 개선시키기 위해 노력을 기울이는 부분 또한 비중 있게 그려진다. 주인공들은 백성들의 삶에 지속적이고도 구체적인 관심을 기울이며, 하층의 천한 백성들이나 사회에서 손가락질 당하는 비정상적인 사람에게까지 인격적인 측면에서 관심을 기울이고 도움을 주고자 노력한다. 역병에 걸린 백성들을 의술로 고쳐주고, 기근으로 도탄에 빠진 백성들을 도적의 재물을 환수하여 살려내는 등 구체적인 구제책을 제시하며, 염복양과 같은 양성구유(兩性具有)의 인물을 치료하여 새 삶을 살게 해주기도 한다. 이러한 내용을 통해 백성들을 교화하고 그들에게 평안한 삶의 길을 제시해주어야 하는 사대부로서의 진지한 고민과 모색을 확인할 수 있다.

최상층의 삶을 다루는 다른 소설에서는 이런 내용을 접하기가 쉽지 않다. 다른 소설들에서도 표면적으로는 주인공들이 사치를 즐겨하지 않고 근검을 추구하는 것으로 표현하고 있기는 하다. 그러나 이는 그런 삶을 올바른 것으로 간주하는 유가적인 입장에서 주인공 가문의 도덕성을 드러내고자 하는 상투적인 서술일 뿐 생활환경이나 인식 태도 등이 상층의 생활과 의식에 바탕을 두고 있는 경우가 대부분이다. 때문에 관료로서 백성들을 구제하고 보살피는 설정이 지극히 추상적이고, 오히려 전쟁 등을 통해 자기가문의 영화를 더하는 데 더 큰 비중을 두는 경우가 많다. 게다가 하층의 인물들을 작품의 재미를 위해 일회성 소모물로 삼아버리기도 한다. 이와 비교해볼 때 〈옥원〉이 보여주는 의식은 대단히 진지하고도 현실적인 것이다.

이처럼 작품의 지향점이 초월적 세계에 가있는 것이 아니라 현실세계를 향하고 있음으로 인해 이 작품은 근대적 합리주의에 좀 더 근접한 면모를 보인다. 초월계의 운명론에 입각해 있지도 않고 초월계로의 복귀를 염두에 두고 있지도 않은 채 현실적인 삶의 모습에 관심을 기울임으로써 중세의 절대적 보편주의가 아니라 근대적인 상대적 보편주의에 의해 현실을 인식하게 되었다고 할 수 있다. 그러나 여전히 초월적 질서의 영향력에서 완전히 자유롭지는 못하며 그러한 의식들이 작품 속의 비현실적 요소들이나 보편적 정의의 승리과정을 통해 표출되고 있기도 하다. 이는 시대적 영향임과 동시에 작가의 세계관이 초월계를 전면 부정하려는 것은 아닌 탓이기도 하다. 즉 이 작품은 초월계와 현실계의 이원구조를 인정하고 있기는 하되 강한 현실지향의식을 드러내고 있는 것이라고 할 수 있다.

제2절 온건개혁적 정치인식

2장에서 시대적 배경을 통해 살펴본 바에 의하면 〈옥원〉은 송대(宋代)의 실존인물들과 역사적 사실을 차용하여 작품이 창작되었을 당시의 시대상을 반영하고 있는 것으로 보인다. 송대는 문신관료제에 의해 정치가 이루어졌고, 붕당 간의 첨예한 대립으로 국정이 점차 혼란한 상황으로 치달았다는 점에서 조선후기의 정치현실과 비슷하다. 따라서 그러한 시대상황을 작품의 배경으로 택함으로써 조선후기 당대의 현실을 간접적으로 비판하는 기능을 수행하도록 하였다고도 볼 수 있다. 특히 작중현실을 역사적 사실과는 달리 화합지향적인 것으로 그림으로써 당대 현실을 비틀어 보여주고 있다고 하겠다. 이 부분에서는 이 소설이 창작되었을 당시의 조선사회의 정치현실에 비추어 이 작품이 드러내는 정치인식의 의미를 고찰하고자 한다.

우선 이 작품이 창작된 조선후기의 정치상황을 간략히 살펴보기로 하자. 조선후기의 정치현실은 당파 간의 대립이 점차 상대당을 적대시하는 수준으로까지 격화되면서 매우 복잡한 양상을 띠고 있었다.[7] 조선조에 들어와 사림파와 훈구파의 대립에서 여러 차례의 사화(士禍) 끝에도 살아남은 사림이 선조대에 이르러 드디어 정권을 잡게 되었다. 그런데 외부의 적이 사라지자 사림은 자체적인 분열을 일으키게 된다. 삼사(三司)의 인사권을 담당하는 이조정랑의 자리를 놓고 김효원과 심의겸 사이에 의견 대립이 있었던 것을 발단으로 사림이 동인과 서인으로 나뉘게 된 것이다. 이로 인해 당파 간의 대립이 다시 복잡한 양상을 띠고 전개되었다. 정여립의 반란사건으로 동인이 실각하고 서인이 집권하였다가 광해군의 세자 건저(建儲)문제로 서인의 영수인 정철이 실각하고 다시 동인이 재집권하게 된다. 이때 동인은 정철의 처벌문제를 놓고 온건파인 남인과 강경파인 북인

7) 이 부분의 내용은 다음의 논의들을 참고하였다.
김성윤, 『조선후기 탕평정치 연구』, 지식산업사, 1997 ; 이덕일, 『당쟁으로 보는 조선 역사』, 1997 ; 이은순, 『조선후기 당쟁사 연구』, 일조각, 1988 ; 박광용, 『영조와 정조의 나라』, 푸른역사, 1998 ; 한영국, 『한국사대계』 6, 삼진사, 1973.

으로 나뉘었다가 광해군 집권 당시 다시 강경파 북인을 중심으로 대북과 소북으로 나뉘었다. 이후 인조반정으로 서인이 집권하게 되었는데 이들은 예송논쟁을 겪으면서 남인과 대립하게 된다. 예송으로 인한 논쟁은 효종대를 거쳐 숙종대에까지 계속되다가 숙종대에 이르러 서인과 남인이 번갈아 정권을 잡으면서 극도로 혼란한 양상을 보인다. 숙종은 환국정치를 이용한 임금이라고 평가받을 정도로 수차례의 환국을 일으켜 집권당을 교체시켰다. 1680년 경신환국(庚申換局)에는 서인이 집권하였다가 1689년 기사환국(己巳換局)에는 남인이, 1694년 갑술환국(甲戌換局)에는 다시 서인이 일당 체제를 수립하는 급격한 정치변동이 계속되었다. 이후 정권을 잡은 서인은 다시 왕세자(경종) 문제를 놓고 보수파 노론과 개혁적 성향의 소론으로 분열하였다. 윤휴의 처벌 문제를 놓고 송시열을 중심으로 한 강경파 노론과 온건파 소론이 대립한 것이 노론과 소론 분당의 일차적인 원인이었는데 경종의 즉위와 요절로 인해 정권을 둘러싼 이들의 대립은 치열한 양상을 띠게 되었다. 이후 자신을 지지하는 노론의 세력에 힘입어 왕위에 오른 영조가 노론 일당의 독재체제를 견제하면서 왕권을 강화하기 위해 1727년 정미환국(丁未換局)을 통해 소론 중심으로 정권을 교체하고 이를 바탕으로 탕평정치를 위한 기틀을 마련해갔다.

드디어 영조는 1729년 기유대처분(己酉大處分)을 통해 붕당을 타파하고 본격적인 탕평정치를 시행할 것임을 천명한다. 노론, 소론, 남인 붕당 중 어느 하나를 군자당이라 이름할 수 없고, 모두에 충신과 역적이 다 있으므로 붕당을 타파하고 각 당파의 인재를 두루 쓰겠다고 선언한 것이다. 이로 인해 4색 붕당의 호칭을 쓰는 것이 법으로 금지되어 그 명칭 대신 각 붕당 안에서의 견해차를 의미하는 완론(緩

論), 준론(峻論), 탁론(濁論), 청론(淸論), 시론(時論), 벽론(辟論) 등의 호칭들이 사용되었다. 주로 완론 정파를 중심으로 하여 탕평파가 형성되어 정국의 주도권을 잡게 되었다. 그러나 탕평을 반대하는 입장과 어느 편에도 들지 않고 독자적으로 처신하려는 중도파 등이 여전히 존재하는 상태여서 비록 탕평파가 주도권을 쥐고 있기는 했지만 이 당시 정파 간의 관계는 대단히 복잡한 양상을 띠고 있었다. 거기다가 노소론의 탕평파도 점차 군주의 척신(戚臣)이 주도하는 당으로 변질되어 갔고, 세상에서는 이를 또 하나의 탕평당이라고 부르며 그 폐해를 지적하였다. 이처럼 조선후기의 정치현실은 각 정파 간의 이해관계가 첨예하게 대립하는 가운데 갈수록 붕당 간의 반목질시가 심각해지는 상황이었다고 하겠다.

이 작품이 창작된 시기의 정치현실을 좀 더 구체화해보기로 하자. 서울대본 〈옥원재합기연〉의 필사시기가 1786~1790(정조 10년~14년)으로 추정되는 데다가[8] 필사자들이 작자를 알고 있다는 점을 감안할 때,[9] 이 작품은 18세기 중반 정도에 창작된 것으로 볼 수 있다.

---

8) 심경호는 〈옥원재합기연〉의 필사기에 기록된 연도표시와 배접지의 기록을 대비 고찰하여 필사기의 병오(丙午)가 정조 10년(1786)임을 밝혀내고, 이를 토대로 필사시기가 정조 10년 병오(1786)에서 정조 20년 병진(1796)까지임을 고증하였다. 한편 필사기에 주필사자로 기록된 온양정씨(溫陽鄭氏)가 전주이씨덕천군파(全州李氏德泉君派) 이영순(李永淳)의 처이며 생몰연대가 1725~1799임을 밝혀 이를 뒷받침하였다.(심경호, 앞의 논문, 181~185면)

9) 다음의 필사기 내용으로 보아 작가는 필사자들이 알고 있는 인물일 가능성이 높다. "옥원을 지은 재조는 문식과 총명이 진실노 규듕의 팀몰ᄒᆞ야 한갓 무용ᄒᆞᆫ 잡져를 기술ᄒᆞ고 셰상의 쓰이디 못ᄒᆞ미 가셕가탄이로다. 명힝녹 비시명감 신옥긔린 등이 다 이 한 손의 난 빅로ᄃᆡ 각각 볼ᄉᆞ록 신신ᄒᆞ고 긔이ᄒᆞ며 공교ᄒᆞ니 이샹ᄒᆞ다." 〈옥원재합기연〉 권지이십일.

그 당시는 위에서 살펴본 바처럼 표면적으로는 탕평정치가 시행되고 있었으나 당파 간의 대립은 종식되지 않은 채 여전히 불씨가 남아 있는 상태였다. 1755년에는 영조를 비난한 나주괘서사건(羅州掛書事件)으로 인한 을해옥사(乙亥獄事)로 소론계 명문가문과 학자들이 큰 화를 입고 연루되어 죽었다. 또 1762년에는 대리청정 중이던 왕세자를 아버지 영조가 뒤주에 가둬 죽이는 임오화변(壬午禍變)이 일어나는데 표면적으로는 세자의 정신병을 이유로 들고 있으나 이 역시 당파 간의 대립 속에서 빚어진 사건으로 이해되고 있다. 탕평당은 영조를 정점으로 하고 있으면서도 사도세자와는 정치적 이해관계를 달리하고 있었는데 이들이 왕세자의 과실 문제를 제기함으로써 이를 둘러싸고 다시 시파와 벽파가 대립하기도 하였다.

원래 '붕당(朋黨)'이란 주의·주장과 이해를 같이 하는 사람들끼리 모인 단체인데 이들은 정치상 공통의 이념을 가지고 이를 실천하려는 목적으로 모인 '정당'과는 비슷하면서도 반드시 일치하는 것은 아니다. 조선조 정치사에 있어서 중요한 지위를 차지하는 '당파'는 정당이라기보다는 붕당이라 하는 것이 더 타당해 보인다. 중국정치사에 있어서 붕당정치는 주로 사사로운 당을 결성하여 자기당의 이익을 도모하고 상대당을 배척하는 부정적인 것으로 인식되어 오다가 송대에 이르러 구양수가 〈붕당론(朋黨論)〉을 지어 군자와 소인의 붕당을 분변하면서 새롭게 인식되었다. 구양수는 군자 간에는 도를 중심으로 붕당을 결성하고 소인은 이익을 중심으로 붕당을 결성하여, 군자의 당과 소인의 당이 나뉘는데 군주는 거짓 붕당(僞朋)을 물리치고 군자의 당(眞朋)을 채용해야 한다고 주장하였다. 이와 더불어 붕당을 덮어놓고 금기시하는 것은 군주의 독재를 야기시킬 수도 있다고

하여 붕당에 대한 부정적 시각을 긍정적 시각으로 전환시켰다.[10)]

조선시대의 경우 본격적 붕당이 성립하기 이전에는 훈구파와 척신의 경우 부정적인 붕당관에 입각하여 사림세력의 결집을 붕당으로 몰아 탄압하는 구실로 삼았고, 사림의 경우에는 이와 반대로 구양수와 주자의 긍정적 붕당론에 입각하여 자신들을 '군자의 당'으로, 훈척세력을 '소인의 당'으로 규정하였다. 이후 사림이 정계에서 주도권을 잡으면서 붕당의 존재를 인정하고 상호비판과 견제를 기본원리로 하는 붕당정치를 표방하게 되었다. 그러나 학연을 중심으로 결성되어 수기(修己)의 노력을 통한 군자당의 면모를 갖추고자 한 조선 붕당의 성격 때문에 실질적으로 군자, 소인의 분변이 제대로 이루어질 수가 없었다. 따라서 군자, 소인의 분변은 각 붕당마다 자신의 당을 군자당이라고 주장하고 상대당을 소인당이라고 공격하는 수단으로 사용되었다.

17세기 후반에 들어와 붕당정치가 상호비판을 전제로 한 공존의 틀을 깨고, 일단 집권하면 상대당을 인정하지 않는 일당 독재체제를 강화하면서 배타적이고 극단적인 모습을 드러내게 되었다. 이로 인해 정국이 경색되고 정쟁이 더욱 격렬해졌다. 이와 더불어 정권이 교체될 때마다 집권당이 상대당에 대한 보복적 숙청을 감행하는 것이 일반적인 현상이 되었고, 집권당이 바뀜에 따라 상대당의 대표자들이 사사(賜死)당하는 경우도 빈번하게 일어났다. 뿐만 아니라 당파의 분열은 점차 복잡한 양상을 띠게 되어 당파 간의 이합집산에 따라 다양한 입장차를 보이게 되었다. 대표적인 예로 소론의 지도자 윤증

10) 최영성, 『한국유학사상사』 III, 아세아문화사, 1995, 45~48면.

과 노론의 영수이자 윤증의 스승인 송시열의 대립은 학통과 문벌, 심지어는 친척 사이에서도 당색이 갈라지는 당시 현실을 잘 보여주는 것이다.

이처럼 이 작품이 창작되던 당시의 정치현실은 당파 간의 대립이 극단으로 치달아 그 부작용이 심각하게 인식되는 상황이었다고 하겠다. 노론의 일당 독재체제가 강화되면서 정치권에서 소외된 개혁적 성향의 당파들을 중심으로 당쟁의 폐해에 대한 의식이 공유되기 시작했고, 정치권에서는 탕평책을 통해 이를 극복하고자 하는 시도가 있었다. 그러나 아직 각 당파 간의 입장차이가 정리된 것은 아니었기 때문에 정치적 화합에는 많은 어려움이 산재해 있었다고 하겠다.

〈옥원〉 역시 창작당시의 시대적 분위기와 비슷하게 송대 신구법당이 날카롭게 대립하던 시기를 배경으로 하고 있다. 그러나 실제의 역사적 상황과는 달리 작품 속에 반영된 현실은 그리 첨예한 정치적 대립구도를 가지고 있지 않다. 작품의 내용은 구법당의 인물인 소송과 경내한 형제 등이 신법당에 의해 실각하였다가 소세경의 정계 진출로 다시 구법당 중심의 정계 개편이 이루어지는 것으로 되어 있다. 소송을 비롯하여 소세경의 스승인 사마광은 학문과 도덕 양면에서 이상적 인간형으로 미화되어 있다. 이와는 상반되게 정권을 전횡하던 여혜경은 사욕에 물든 인물로서 경쟁자들을 물리치기 위해 비리를 도모하는 부도덕한 인물로 그려지고 있다. 이처럼 완성된 인격체로서의 군자인 소송과 사마광을 내세워 그들을 중심으로 하는 구법당이 군자당이며 신법당에 대해 우위에 있다는 인식을 드러내기는 하지만 신구법당 간의 대립이 심각하게 그려지는 것은 아니다. 작품 초반에는 여혜경 등에 의해 소송을 비롯한 구법당의 중심인물들이 유배를 갔다가 소세경의 정계진출과 더불어 판도가 바뀌어 여혜경 일파가 찬출되는 것으로 그려지고 있기는 하나 신법당과 구법당 간의 대립이 작품의 중요한 위치를 차지하고 있지는 않다. 오히려 신법당의 당수 왕안석과 구법당의 중심인물인 소송과 사마광 등이 정치권에서의 대립관계를 극복하고 사적인 영역에서는 서로의 재주를 인정하고 교류하는 화합지향적 의식을 드러내고 있다. 이는 구법당의 인물인 주인공들이 사적인 감정을 배제하고 공명정대한 태도를 가지려는 데 힘입은 것으로 묘사된다.

작품 속에서 부정적으로 그려지고 있는 것은 신법당이라는 당파 자체가 아니라 정권욕에 사로잡혀 전횡을 저지르며 폐단을 자아내는 인물들이다. 신법당이 신법을 시행한 원래의 의도나 개혁의지 등에 대해서는 그것이 백성을 위하는 마음에서 비롯된 것이라는 점을 인정하며 일정정도의 공감을 표현하기도 한다. 즉 당색의 차이만으로 상대당을 무조건 공격하고 적대시하는 태도는 보이지 않는다. 신법당의 권력자로서 작품 속에서 비행을 획책하는 여혜경의 경우 사욕을 채우기 위해 권력을 농단하는 간신으로 묘사하며 부정하고 있지만 그것이 신법당 자체에 대한 부정으로까지 확대되지는 않는다. 군자당인 구법당과 비교하여 상대적으로 신법당의 소인당적인 면모를 묘사하기는 해도 신법당을 신랄하게 비판하거나 정치적 적대감으로 공격하는 경우는 드물다. 따라서 신구법당의 정치적 대립관계를 설정하고 있으면서도 구체적 입장이나 정견(政見)의 차이 등에 대해서는 언급하지 않는다.

이를 통해볼 때 이 작품이 송대 당파의 대립 상황을 배경으로 채택하기는 했지만 당색의 차이와 그로 인한 대결에 중심을 두고 작품을 이끌어가는 정치소설은 아니라는 점을 확인할 수 있다. 또 작품에서 주로 관심을 기울이는 것은 혼사를 둘러싸고 벌어지는 인물들 간의 심리적 대결양상이기 때문에 정치적 적대세력과의 대결 속에서 가문의 위치를 확고히 하려는 의식은 여타의 가문소설에 비해 상대적으로 약화되어 있다. 소세경의 출세를 다루는 작품내용을 통해 간접적으로 소씨 가문의 영화를 전달하고 있기는 하지만 그것이 가문의 번영을 부각시키기 위해 강조되고 있지는 않다. 인물과 상황을 묘사하는 과정에서 부수적으로 서술될 뿐이다. 따라서 정치적 대립관계를 보여주는 작품의 배경이 구조적인 차원에서 작품의 주제와 관련을 가지는 것은 아니라는 점을 확인할 수 있다. 즉 당파의 대립현실이 주인공과 적대자의 이분법적 대립과 주인공의 승리를 통해 선악의 대립구도를 드러내려는 의도 하에 설정된 것은 아니라는 점을 짐작할 수 있는 것이다.

오히려 이 작품은 정치적 대립관계를 극복하고 상대방에 대한 적대적 인식을 지양하려는 태도를 보이고 있다. 이를 위해서는 정치적 대립구도를 선과 악의 대립관계로 파악하려는 의식을 탈피해야 한다. 즉 자기당은 군자의 당이고 상대당은 소인의 당이라는 이분법적 사고를 극복해야 하는 것이다. 어느 당색에나 군자와 소인이 섞여 있을 수 있다는 가능성을 전제할 경우에 당파를 초월하려는 의지는 두 가지 태도로 드러날 수 있다. 하나는 상대당의 군자들을 인정하고 사적인 차원에서나마 인간적 교류를 도모하는 것이다. 다른 하나는 더 급진적인 태도로서 당파를 떠나 정치적 차원에서도 대승적인 화합을 도모하는 것이다.

이 작품의 경우 전자의 태도를 견지하는 것으로 보인다. 구법당의 당수인 사마광과 신법당의 당수인 왕안석이 비정치적인 영역에서 교류하고 있다. 구법당의 핵심인물로 설정되어 있는 소송 역시 왕안석의 재능을 인정하고 군자로서 대접한다.

> 공이 바다 보니 과연 경ᄉᆞ 졀친붕우의 셔간이라 은힝을 하례ᄒᆞ고 쟝ᄂᆡ 긔거ᄅᆞᆯ 무러시며 다시 금난의 모드믈 긔약ᄒᆞ니 ᄉᆞ마공의 글이 역ᄌᆡ듕이라 ᄯᅩ ᄒᆞᆫ 봉이 이시니 안셕은 근ᄇᆡ라 ᄒᆞ여시니 이곳 형공의 글이라 공이 크게 놀나 의아ᄒᆞ여 즉시 여러보디 아니ᄒᆞ거ᄂᆞᆯ ᄌᆞ식 전왈 샹국이 금애 묘당의 브ᄌᆡᄒᆞ니 ᄉᆞ마 졔공과 ᄒᆞᆫ가지라 ᄒᆞ니 공이 비로소 ᄀᆡ간ᄒᆞ니 ᄉᆞ의 ᄯᅩ 다ᄅᆞ디 아니ᄒᆞ며 젼과ᄅᆞᆯ 만히 일ᄏᆞ라 샤죄ᄒᆞ여 ᄯᅳᆺ이 화평ᄒᆞ고 ᄉᆞ의 블간ᄒᆞ니 공이 본ᄃᆡ 형공의 문ᄒᆞᆨ을 항복ᄒᆞ여 댱간이 됴흔 배러니 근ᄂᆡ의 어그ᄅᆞ처 크게 공격ᄒᆞ나 ᄆᆡ양 그 교의관관ᄒᆞ던 일과 고ᄌᆡ문ᄒᆞᆨ으로 시졀의 병들믈 위ᄒᆞ여 차탄ᄒᆞ더니 금의 이 셔듕의 온용ᄒᆞᆫ 긔샹이 머므러 녯날 붕반의후ᄒᆞ던 ᄢᅢ ᄀᆞᆺ고 구ᄐᆞ여 공덕을 쟈랑치 아니ᄒᆞ여 슌녜로 베퍼시니 그으기 의희ᄒᆞ고 일분 반겨 침음냥구의 ᄌᆞᄉᆞᄅᆞᆯ 향ᄒᆞ여 ᄀᆞᆯ오ᄃᆡ 혹ᄉᆡᆼ이 방광ᄒᆞ여 왕샹국긔 득죄ᄒᆞ여 서어ᄒᆞ미 되더니 귀ᄒᆞᆫ 글을 닐위여 녯 죄ᄅᆞᆯ 관샤ᄒᆞ시니 의혹ᄒᆞ고 블안ᄒᆞ여라[11]

위의 예문은 소송이 왕안석이 보낸 글을 받아보고 과거의 우정을 생각하고 다시 친분을 맺으려 하는 내용을 담고 있다. 이에 앞서 왕안석은 자기당의 핵심인물인 여혜경의 소인됨을 못마땅해 하며 당색을 초월하여 소송을 사면하라는 상소를 올리기도 한다. 그러나 그들 사이에 정치적 견해차를 제시하고 이를 해결하려는 움직임은 보

---

11) 〈옥원재합기연〉 권지이.

이지 않는다. 정권 내에서 의견을 조율하고 화합적인 정치를 구현하려는 모습을 그리고 있지는 않은 것이다. 정권에서 한 발 물러난 상태에서 상대방을 정치적 입장에서 바라보는 것이 아니고 인격적 차원에서 객관화시켜 인식하려는 태도를 보이고 있다. 그러므로 이 작품이 드러내는 의식은 경직된 보수주의를 탈피하기는 하되 급진적인 개혁성향이기보다는 온건한 차원에서 개혁을 도모하려는 정치성향과 통한다고 할 수 있다.

비록 정권 내에서의 화합까지 도모하는 급진성을 보이지는 않지만 군자와 소인의 분변은 당색을 떠나 논의할 수 있는 것이며, 그런 점에서 상대당에도 군자로서 더불어 교류할 만한 인물이 존재한다는 사실을 인정하는 것은 당시 현실을 감안할 때 주목할 만한 것이다. 특히 조선후기로 갈수록 당색이 학연이나 정치적 신념에 의해 규정되기보다는 벌열을 중심으로 한 혈연에 의해 규정되는 경향이 강했기 때문에 붕당이 가문을 단위로 하는 사당(私黨)의 성격을 띠는 폐단이 심해졌다. 혈연에 의해서 붕당을 형성한 벌열들은 반드시 같은 당파의 벌열들과 혼인을 함으로써 상호간의 유대를 지속시키는 한편 상대당에 대해서는 배타적 태도를 강화시켜 갔다.[12] 이러한 분위기 속에서는 당색만으로 군자, 소인을 분변하는 것이 별 의미가 없어진다. 이미 당파를 결속시키는 신념의 체계가 와해되고 혈족의 이익이 그 자리를 차지해버렸기 때문에 같은 당파 안에도 개인적 속성에 따라 군자와 소인이 공존하게 된 것이다. 즉 어느 당을 군자당이라고 지칭할 수 있는 객관적 기준이 존재하지 않는 것이다.[13]

12) 차장섭, 『조선후기 벌열 연구』, 일조각, 1997, 170~172면.

이 작품 속에도 군자와 소인의 구별이 당색에 의해 절대적으로 규정되지 않음을 보여주는 예가 많다. 이현윤은 소인의 전형으로서 신법당에 빌붙은 인물인 이원의를 부친으로 두고 있으면서도 도학군자로서 칭송받는 인물이다. 한편 석생형제들은 군자당에 속해 있으면서도 경박하고 비도덕적인 행동을 하곤 해서 주위 사람들의 눈총을 받는 것으로 그려진다. 이현영의 외숙부로서 이원의 부부를 경계하는 인물로 설정된 공급사의 경우에는 당색 자체가 불분명하다. 이런 점들로 미루어 이 작품은 당색의 구별에 큰 의미를 부여하지 않으며 이로 인해 군자, 소인의 분변 또한 절대적인 것이 아니라 상대적인 것이라는 인식을 드러낸다. 더군다나 소인의 전형이었던 이원의가 개과천선한 후 수련을 통하여 존경받는 군자로 변모하는 설정을 통해서는 고정적인 군자 소인 논의를 극복하고 있기까지 하다. 즉 지속적인 교화와 수련에 의해 소인도 군자가 될 수 있다는 발전적 인식을 드러내고 있는 것이다. 그리고 이런 인식을 전제로 상대당의 군자들 뿐 아니라 소인들까지도 교화하고 교류할 대상으로 포용하는 열린 태도를 보여준다.

이런 정치인식은 한 당파의 전횡 하에 상대당의 구성원들을 정치적 차원에서뿐만 아니라 인격적 차원에서까지 사갈시하며 배척하던 조선후기 시대상황을 감안할 때 매우 선진적인 것이라고 할 수 있다.

---

13) 이에 대해서는 이덕무가 다음과 같이 지적한 바 있다.
"한당(漢唐)의 붕당은 군자와 소인이 각자 붕당을 만들었으니, 임금이 그 사정(邪正)을 분변하기만 하면 되었습니다. 그런데 지금은 이와 달라서 각기 족류(族類)로서 하나의 편당을 나누어 서로 공척(攻斥)하고 있으니, 어찌 한편은 모두 군자이고 한편은 모두 소인일 리 있겠습니까? 따라서 이쪽이나 저쪽이나 어찌 쓸 만한 사람이 없겠습니까?" (〈英祖實錄〉 42卷, 英祖 12年 11月 甲午)

즉 이 작품이 송대의 당쟁이 심각하게 전개되던 상황을 배경으로 삼으면서도 당파끼리의 적대적 대립을 극복하고 당색을 포용하려는 모습을 그림으로써 비슷한 상황에서 붕당의 폐해를 심각하게 겪고 있는 조선의 현실을 간접적으로 비판하고 있는 것은 아닌가 생각되는 것이다. 정권이 바뀔 때마다 정적(政敵)을 제거하기 위해 수차례의 사화를 일으켜 숙청을 감행한 조선의 현실과 작품 속의 현실은 의미심장하게 비교된다. 현실정치에서는 용서나 화합 등은 찾아볼 수 없고 오직 정권을 획득하기 위한 치열한 생존경쟁과 보복만이 있는 반면 작품 속의 현실은 비록 정권이 바뀌더라도 사적인 원한관계에 의해 보복을 가하는 폐해를 극복하고 이에서 더 나아가 인격적인 측면에서의 교류까지 이루고 있다. 이는 정치적 입장이라는 공적인 차원과 인간적 교류라는 사적 차원을 분리하여 받아들일 줄 아는 태도로 인해 가능한 것이다. 이처럼 정치적 차이를 떠나 상대방의 인격을 존중하는 태도는 스승과 제자 간에도 치열한 대립을 일으키며 인신공격까지 서슴지 않았던 조선후기의 정치현실을 반성하게 하는 역할을 한다고 하겠다.

이상에서 살펴본 바를 종합하면 〈옥원〉의 정치인식은 온건개혁파적 성향을 보인다고 할 수 있다. 당색의 차이를 떠나 상대당의 인물들에게도 군자적 풍모가 있음을 인정하고 그들과 군자의 사귐을 이루고자 한다는 점에서는 진보적 성향을 드러내나 그 사귐이 정치권 밖에서의 사적 교류 차원에 머물 뿐 정치적 화합까지는 도모하지 않고 있다는 점에서는 온건한 성향을 보인다. 즉 일방적으로 상대당을 비난하고 적대시하는 당대 정치현실의 문제점을 인식하고 이를 개혁하고자 하는 의식을 가지고 있기는 하지만 그것이 본격적인 정치의 장에서 시도되고 있지는 못하다는 한계 또한 보이는 것이다. 그러나 주인공 가문의 우월감을 드러내기 위해 반대 세력을 징치의 대상으로 설정하고 있는 이분법적 대립구도의 보수적 소설들과 비교할 때 이 소설의 정치인식은 상당히 진일보한 면모를 보이는 것이라고 할 수 있다. 이는 이 소설이 추구하는 상대적 인식에 입각한 다양성의 긍정이라는 주제의식과도 관련되는 것이며 뒤에서 다루게 될 작가의 문제와도 상관있는 것이라고 여겨진다.

제3절 인간의 보편성에 입각한 여성인식

우리 소설사에 있어서 여성의 역할이 중요하다는 사실은 지속적으로 지적되어 왔다. 특히 국문 장편소설의 경우 주로 사대부가의 여성독자층에 의해 향유되었다는 점이 공론화된 상태이기도 하다. 이처럼 다수의 고전소설이 여성과 관련을 맺고 있었다는 점 때문에 그간 고전소설에 드러나는 여성적 인식에 주목하는 연구가 이루어져 왔다.[14] 특히 최근에는 여성작가의 창작가능성에 대해서도 논의가 개진되어 고전소설과 여성의 관련성이 좀 더 적극적으로 모색되

---

14) 민찬, 「여성영웅소설의 출현과 후대적 변모」, 서울대 석사학위논문, 1986 ; 서대석, 「하진양문록 연구」, 『한국고전소설작품론』, 집문당, 1990 ; 박명희, 「고소설의 여성중심적 시각 연구」, 이화여대 박사학위논문, 1990 ; 임치균, 「조선후기 소설의 전개와 여성의 역할」, 『경산사재동박사 화갑기념논총 한국서사문학사의 연구』, 중앙문화사, 1995 ; 정병설, 「옥원재합기연의 여성소설적 면모」, 『한국문화』 21, 서울대 한국문화연구소, 1998 ; 정창권, 「장편 여성소설의 글쓰기 방식」, 『여성문학연구』 2, 한국여성문학학회, 1999.

고 있다고 하겠다.[15)]

〈옥원〉은 앞에서 살펴본 것처럼 개별자의 입장을 중시하며 인간의 다양성에 관심을 기울이고 있는데 특히 여성의 존재에 대해서 진보적인 의식을 드러내고 있어 주목된다. 이 작품의 여성소설적 성격에 대해서는 이미 정병설에 의해 연구가 이루어진 바 있다.[16)] 그는 이 작품이 가지는 여성소설적 성격을 다음의 네 가지로 설명하고 있다. 첫째, 복색 등에 관한 여성의 장식적 관심이 잘 나타난다는 점, 둘째, 전통시대 여성 고유의 임무인 여공(女工)에 대한 관심이 잘 나타난다는 점, 셋째, 여성만이 체득할 수 있는 출산의 정황이 잘 나타난다는 점, 넷째, 일반적으로 여성소설의 특징으로 지적되는 심리분석이 매우 확대되어 있다는 점 등이다. 그런데 그가 지적하고 있듯이 '여성소설과 남성소설의 차이를 지적하기란 상당히 어렵'고, '여성소설의 특징으로 지적된 것들이 남성소설에서 결코 나타나지 않으리라고 말할 수도 없'기 때문에[17)] 표면적 특성만으로 여성소설적 성격을 다루는 데는 한계가 있기 마련이다.

따라서 본고에서는 표현의 측면보다 더 심층적이고 본질적인 차원이라 생각되는 의식면에서 이 작품이 드러내는 여성적 특성을 지적하고자 한다. 이는 한마디로 요약하자면 여성의 권리에 대한 문제의식이라고도 표현할 수 있는데 그 구체적인 내용을 지금까지 살펴

---

15) 임형택, 「17세기 규방소설의 성립과 창선감의록」, 『동방학지』 57, 연세대 동방학연구소, 1988 ; 정병설, 『완월회맹연 연구』, 태학사, 1998.

16) 정병설, 「옥원재합기연의 여성소설적 면모」, 『한국문화』 21, 서울대 한국문화연구소, 1998.

17) 위의 논문, 62면.

본 바를 종합하여 정리해 보기로 하자.

첫째, 이 작품은 여성도 남성과 동등한 권리를 지니고 있다는 의식을 드러내고 있다. 이는 이 작품에서 가장 중요한 덕목으로 제시하고 있는 효의 실천과정에서 잘 표현된다. 혼인 후의 여성 역시 남성과 마찬가지로 자기 부모에게 효를 행할 의무와 권리가 있으며, 자신이 시부모에게 효를 행하는 것처럼 남편 역시 장인과 장모에게 자식의 도리로서 효를 행해야 한다는 것이다. 그리고 이것이 받아들여지지 않았을 때 심각한 갈등이 일어난다. 이러한 의식은 인간의 보편적 속성과 개별자로서의 특성에 대한 고민 속에서 도출된 것이라고 보인다. 즉 보편적 윤리에 있어서 그것을 공유하고자 하는 인간의 공통적 속성을 확인하고, 그것이 발현되는 상황에 주목하여 인간 개개인의 입장을 고려함으로써 인간 이해에 있어서 열린 시각을 견지하고 있는 것이다.[18] 이와 같이 남성과 동등한 존재로서의 여성을 인정하는 시각은 인간 전반에 대한 이해로까지 확대되고 있다.

---

18) 전반적으로 이 작품의 주된 관심대상은 상층의 인물들이다. 이는 이 소설이 상층의 작가에 의해 창작된 상층의 향유물이었다는 점에 기인하는 것으로 보인다. 그러나 이 작품은 여타의 장편소설들에 비해 하층민들에 대해서도 많은 관심을 기울이고 존중하는 태도를 드러낸다. 하층민의 삶에 애정을 가지고 그들의 곤궁을 해소시키는 데도 적극적인 노력을 기울인다. 따라서 하층민을 작품의 흥미를 위한 일회성 소모물로 희화화하는 경우는 전혀 찾아볼 수 없다. 이런 점은 진보적인 문제의식을 드러내는 작품이라고 할 수 있는 〈현씨양웅쌍린기〉에도 하층민인 귀형녀를 추물로 설정해 놓고 주인공이 그와 하룻밤을 보내는 것을 웃음거리로 그린 후 귀형녀는 죽는 것으로 처리함으로써 흥미소로 간주하는 경우와 비교할 때 더욱 주목된다. 즉 이 작품은 인간 전반에 대해 진지한 태도를 견지하고 있다고 할 수 있는데 특히 인간윤리의 보편적 덕목인 효를 둘러싸고는 상하층의 구별 없이 동등하다는 인식을 보여주고 있다. 앞서 살펴본 것처럼 이원의가 아들을 일깨우기 위해 창두의 자식에게 제 아비를 치라고 시키는 일화를 통해 이러한 의식이 잘 드러나고 있다.

둘째, 여성의 자아를 부각시킴으로써 주체적 존재로서의 여성의식을 드러내고 있다. 이 작품은 가부장제 하의 종속적 존재로서 순응을 미덕으로 아는 여성상을 형상화하고 있는 것이 아니라 자신의 주체적 의지를 실현하기 위해 부당한 폭력에 저항하는 여성상을 형상화하고 있다. 그런 점에서 지고지순한 인내를 미덕으로 내세워 여주인공을 유교적 가치관에 가장 부합하는 인물로 형상화하고 있는 〈사씨남정기〉와 같은 소설과는 차이를 보인다. 〈사씨남정기〉의 여주인공 사씨는 첩의 모략과 남편의 오해 속에 누명을 뒤집어쓰고 끊임없는 고난을 겪으면서도 인간적인 원망이나 괴로움을 토로하는 적이 없다. 그녀가 자신의 억울한 속내를 드러내는 유일한 부분은 진실이 밝혀진 후 남편 유연수가 그간의 잘못에 대해 사죄하며 부끄러워하자 남편이 그 말을 하지 않았다면 구천에 돌아간들 눈을 감지 못했을 것이라고 눈물을 흘리는 대목뿐이다. 그 외에는 오직 인고(忍苦)만이 그녀의 현숙함을 드러내는 요소로 부각되고 있다. 다시 말해 〈사씨남정기〉에는 여성의 입장에서 자신에게 부과된 부당함들에 대해 반발하거나 회의하는 모습이 전혀 그려지지 않는다. 사씨는 도덕적 교훈서류에 묘사된 이상적 여인상처럼 가부장적 질서가 요구하는 대로 순응하며 자신의 운명을 담담히 받아들이는 것이다. 물론 인내로써 자신의 고난을 극복해나가는 사씨의 모습은 위대하고 아름답다. 그러나 그녀에게서 살아있는 인물로서의 생동감을 느끼고 그로 인한 감동을 받기는 힘들다. 〈사씨남정기〉가 이처럼 〈옥원〉과는 전혀 다른 여성관을 보이고 있는 것은 여러 가지 요소에 말미암겠지만 무엇보다도 그것이 남성작가에 의해 남성적 입장에서 쓰인 소설이라는 점에 큰 영향을 받았을 것이다. 〈사씨남정기〉의 경우 여성의 고난을 다루고 있기는 하지만 이 소설에서 주목하는 부분은 사대부 남성의 수신(修身)과 제가(齊家)임을 부인할 수가 없다.[19] 따라서 사씨라는 여성의 문제는 그 자체로서 주목되는 것이 아니라 남성의 시각이 투영된 채 유교적 이념의 완성을 위한 통과제의로서 제시되는 것이라고 볼 수 있다. 그러므로 이 소설에는 부부 간의 현실적인 갈등과 해결이 아니라 보편적인 유교이념의 준수가 본질적인 문제로 자리잡고 있는 것이다.

이에 비하여 〈옥원〉은 현실 속에서 여성들이 접하게 되는 고민들에 관심을 기울이고 그 고민을 적극적으로 표출하고 해결해나가려는 여성의 주체성을 강하게 드러내고 있는 편이다. 이러한 내용을 통해 남성 위주의 사회질서 속에서 여성의 존재를 그 부속물처럼 취급하는 태도에 대한 반성과 비판을 제기하기도 한다. 자신의 신념대로 의리를 지키며 살아가고자 가출을 감행하는 이현영이나 원치 않는 혼인을 완강히 거부하는 경빙희의 모습을 통해 독자적 존재로서의 여성을 재확인하고 그들의 자유의지에 긍정적 시선을 보내고 있다. 이 소설의 여주인공들은 이념의 화신으로 그려지지 않는다. 그들은 세속적 관계 속에서 갈등하는 현실적 인간형이다. 그리고 그들의 고민이 남성 위주의 사회질서 속에 묻혀버리는 것이 아니라 심각한 것으로 부각되고 그것을 해결해가는 과정에서 여성의 존재와 주체적 역할에 대해 진지하게 성찰하고 있다는 점에서 이 소설은 여성적 시각을 강하게 드러내고 있다고 할 수 있다.

---

19) 이에 대해서는 김탁환의 논문(「사씨남정기계 소설 연구」, 서울대 석사학위논문, 1993)을 참고할 수 있다.

셋째, 이 작품은 여성의 능력을 적극적으로 그려내고 있다. 이현영은 남편 못지않은 능력으로 집안을 보살피고 빈민을 구제하면서 남편이 없는 집안을 잘 꾸려나간다. 뿐만 아니라 의술에 있어서도 남편과 어깨를 나란히 할 정도로 일가를 이루는데 그것이 후천적인 학습에 의해 습득된 것이라는 점에서 그녀의 총명이 출중하다는 점을 확인할 수 있다. 경빙희는 이에서 더 나아가 남성 못지않은 지략을 가지고 있으며 남성들도 해결하지 못한 개봉부의 옥사를 처리할 정도로 뛰어난 능력의 소유자로 그려지고 있다.[20] 그리고 그녀의 뛰어난 능력이 세상에 쓰이지 못함에 대한 안타까움이 작품의 분위기를 통해 전달된다.[21] 뿐만 아니라 아무 잘못도 없는 아내에게 자신의 감정에 따라 화풀이를 하며 예에 어긋나는 방법으로 아내를 출거시키기까지 하는 이현윤의 부당함과 경빙희의 정당함을 대비하고 경빙희의 사리 분명한 행실을 부각시킴으로써 때로는 여성이 남성보다 도덕적으로 우위를 점하기도 한다는 것을 보여주기도 한다. 이러한 부분은 매우 적극적인 여성적 시각을 보여주는 것으로 여성도 도덕적 품성과 재능의 여하에 따라 남성보다 우위에 설 수도 있다는 사실을 긍정하는 것이다. 즉 남성중심의 가부장에 사회에서 여성이

---

20) "ᄒᆞᆫ 홀 잡은 관원이 품ᄒᆞ여 ᄀᆞᆯ오ᄃᆡ ᄀᆡ봉부의 ᄒᆞᆫ 옥ᄉᆡ 이셔 명관이 능히 결치 못ᄒᆞ니 이 부인이 스ᄉᆞ로 명냥이 원ᄃᆡᄒᆞ여 단단이 군ᄌᆞ의 대되 이시니 이 옥ᄉᆞᄅᆞᆯ ᄇᆞᆰ이 결ᄒᆞ면 그 ᄌᆡ략을 드드여 아모려나 그 원을 조ᄎᆞ미 올흐이다 ᄒᆞ니 (중략) 경쇼져 쇼임이 셕일 ᄌᆡ조ᄅᆞᆯ 다ᄒᆞ여 ᄒᆞᆫ ᄌᆞ의 결ᄒᆞᆯᄉᆡ ᄌᆡ곡을 판단ᄒᆞ여 ᄉᆞ년의 옥을 편시의 결ᄒᆞ니 명뷔 다 져상ᄒᆞ고 익지휘셜 탄복ᄒᆞᄂᆞᆫ디라 또 유명 만결을 드러 판단ᄒᆞ니 명뷔 공경ᄒᆞ여 ᄉᆞ규문을 탈화ᄒᆞ여 남ᄌᆞ로 탁승케 ᄒᆞ더니". 〈옥원전해〉 권지사.

21) 이러한 의식은 이 작품의 작자에 대해 '문식과 총명을 지녔으나 규중에 침몰하여', '세상에 쓰이지 못함이 가석가탄이로다'라고 애석해 한 필사기의 언급과도 관련지을 수 있으리라 생각된다.

남성의 종속적 존재로 대우받는 것이 당연한 일이 아니며 성별에 의해서가 아니라 재능이나 품성에 의해 인간을 평가해야 한다는 인식을 간접적으로 표현하고 있다고 하겠다.

그런데 이 작품의 여성적 시각이 주목되는 또 하나의 이유는 그것이 성별 대결의식을 넘어서서 남녀가 동등한 인격체로서 함께 존중되어야 한다는 의식으로까지 발전하고 있기 때문이다. 경빙희가 환생체험을 통해 남성의 입장을 이해하고 마음을 여는 내용이 그것을 잘 표현해주고 있다.

> 그 군ᄌᆞ 부인 시상을 세 번 들고 탄식ᄒᆞ여 기리 치셩ᄒᆞ고 읍ᄒᆞ여 ᄀᆞᆯ오ᄃᆡ 셰군은 평안히 도라갈디어다 군이 슉덕ᄒᆡᆼ인이 경털ᄒᆞ되 내 오직 군을 져ᄇᆞ려 ᄲᅧ 그ᄅᆞᆺᄒᆞᆫ디라 ᄒᆞᆫ이 명묵의 이시니 다만 원ᄒᆞ여 타ᄉᆡᆼ의 녀ᄌᆞ 되고 부인이 남ᄌᆞ 되여 내게 원을 갑흐며 내의 ᄆᆞᄋᆞᆷ을 기리 알디어다 (중략) 믄득 ᄒᆞᆫ 신인이 박당ᄒᆞ여 우서 ᄀᆞᆯ오ᄃᆡ 경낭아 훈업이 다 일웟고 영욕이 족ᄒᆞᆫ 줄 ᄭᆡ닷ᄂᆞᆫ다 텬하의 셕권ᄒᆞᄂᆞᆫ 대댱부라도 우흐로 님군을 경의ᄒᆞ니 튱셩을 폭빅ᄒᆞ미 슈고롭고 아ᄅᆡ로 부인이 션회ᄒᆞ니 부섬ᄒᆞ여 뵈기 어려온디라 비로소 니윤필의 마ᄋᆞᆷ을 아ᄂᆞ냐 ᄒᆞ니 텽ᄂᆡ예 황연ᄒᆞ여 ᄉᆞᆷᄉᆞᆷᄒᆞ며 효연이 부ᄌᆞ의 ᄯᅳᆺ을 ᄭᆡᄃᆞ라 의희히 감오ᄒᆞ더니[22]

위의 예문의 앞부분은 경빙희가 꿈속에 이현윤이 자신의 죽음을 슬퍼하는 모습을 지켜보는 것이다. 이현윤은 자신이 부인에게 한 잘못을 뉘우치며 내세에는 서로 남녀를 바꾸어 태어나 경소저가 자신에게 원망을 풀라고 하는 한편 그 때는 경소저도 자신의 마음을 이해

---

22) 〈옥원전해〉 권지오.

하리라는 언급을 함으로써 자신의 고충도 간접적으로 털어놓고 있다. 예문의 후반부는 명부의 한 선관이 경소저에게 그녀가 남자로 살아온 생애가 한갓 꿈이었음을 일깨워주며 남자로서 살아본 경험이 남성의 고충과 이현윤의 마음을 이해하는데 도움이 되었는지를 묻자 이에 경소저가 홀연 깨닫는다는 내용이다. 이처럼 이현윤과 경빙희는 죽음이라는 급박한 상황을 통해 서로의 입장을 이해하고 상대방이 자신에게 얼마나 소중한 존재인지를 확인하게 된다. 작품은 둘 사이에 갈등을 일으켰던 원인이 남성과 여성의 입장 차이였음을 분명히 지적하고 그 입장을 서로 바꾸어 이해하게 함으로써 갈등의 해결을 모색하고 있다. 특히 내적 갈등이 더욱 심각했던 경빙희의 경우 남성의 삶을 살아본 후 여성뿐 아니라 남성도 삶의 고민을 공유하고 있다는 것을 확인함으로써 인간적으로 남편을 이해하고 용서하게 된다.

이를 통해 이들은 지금까지 각기 남성과 여성이라는 자신의 입장에만 충실하여 상대방을 원망하던 태도를 극복하고 있다. 즉 그간의 상호 차별적이었던 닫힌 의식이 동등한 인격체로서 상대방을 인정하는 열린 의식으로 인식의 전환을 이루게 되는 것이다. 남성우월적이라거나 여성우월적이라는 차별적 인식을 넘어서서 서로를 동반자로서 인식하는 태도를 가지게 되는 것이다. 이처럼 이 소설이 여성의 고충과 남성의 부당함에 주목하면서도 그 문제를 어느 한 편에 치우쳐 해결하는 것이 아니라 서로가 상대방의 어려움을 깨닫고 이해하는 것으로 그리고 있는 것은 성별을 떠나 인간의 보편성에 관심을 기울이는 것으로 파악된다. 여성의 문제에 관심을 기울이면서도 그것을 상호 대립적인 관계 속에서 바라보는 것이 아니라 보편적인 인간의 관점에서 조화롭게 해결하고자 하는 점은 매우 진보적이고도 긍정적인 자세라 할 수 있다.

이에 대해 그것 역시 남성적 입장에서의 낭만적 해결의 일환이 아닌가 하는 반문을 할 수도 있을 것이다. 그리고 이 소설의 결말이 여전히 가부장적 질서를 유지하고 그 안에서 조화를 이루는 것으로 그려지고 있다는 점도 부인할 수가 없다. 그러나 이는 소설이 창작된 당시의 시대적 한계이며, 진보적인 측면을 가지고 있기는 해도 유교 윤리에 입각한 삶을 살았던 담당층의 한계이기도 하다는 점을 인정해야 한다. 그러한 한계를 인정하는 가운데 우리가 주목해야 할 점은 화해의 주체가 남성이 아니라 여성으로 그려지고 있다는 점이다. 물론 이현윤 역시 부인의 존재에 대해 새삼스럽게 소중함을 인식하고 태도를 고치기는 하지만 궁극적으로 이 모든 것을 수용하고 갈등을 푸는 것은 경빙희이다. 더군다나 그녀가 깨달음을 얻고 태도를 바꾸는 것은 시부모의 설득이나 교화에 따르는 수동적인 형태로서가 아니라 자신의 경험에 따라 스스로 마음을 바꾸는 능동적인 형태로 제시되고 있다. 그리고 여성의 도리를 강조하는 일방적인 수단을 통해서가 아니라 남녀 양자의 입장을 두루 경험하는 상호적인 수단을 통해서 그 깨달음이 이루어지고 있다는 점도 간과할 수 없다. 이러한 점을 통해 볼 때 이 소설은 여성에게 부여된 문제점만을 인식하는 차원을 넘어서서 인간 이해의 차원에서 더 많은 것들을 포용하는 열린 의식을 보여주고 있다고 할 수 있다. 따라서 이 작품에 드러나는 여성적 시각은 성별에 의한 주도권의 차원에서 파악되는 것이 아니라 인간 보편성의 긍정이라는 차원에서 파악되며 이런 점에서 이 작품의 문제의식이 더욱 빛을 발한다고 할 수 있겠다.

제5장
서사기법의 모색

앞 장에서 살펴본 것처럼 이 작품은 인간이해에 대한 새로운 문제의식을 제기하고 그에 대해 진지하게 고민하는 모습을 보임으로써 기존의 소설 전통 내에서 새로운 한 획을 형성하고 있다고 할 수 있다. 그런데 내용과 형식은 서로를 담보하는 것으로서 변증법적 관계에 놓인다는 기본적인 전제를 생각할 때 그러한 내용을 담아내는 형식적 측면에 대해서도 관심을 가지게 된다. 즉 이 소설이 보여주는 참신한 문제의식이 그에 조응하는 표현양식들에 의해 형상화되고 있는지의 여부가 새로운 관심사로 떠오르는 것이다. 따라서 이 장에서는 이 소설의 독특한 서사기법들에 대해 고찰해보는 기회를 마련하기로 한다.

이 작품은 새로운 문제의식과 어울리는 독특한 형식적 시도들을 보여주고 있는데 작품의 내용과 형식이 서로를 효과적으로 부각시키며 긴밀한 관계를 맺고 있는 것으로 파악된다. 따라서 기법에 대한 고찰이 작품 내적 연구를 위해서 중요한 부분을 차지한다. 이 뿐 아니라 국문 장편소설의 연구에 있어서 기법에 대한 논의는 상대적으로 소략한 감이 있는데 이 작품의 기법적 특성들을 통해 부분적이나마 고전소설의 기법에 대해 논의를 더할 수 있다는 점에서도 의의를 가진다 하겠다. 이에 작품 전체에서 가장 두드러지는 네 가지 특성을 추출하여 논의를 전개하기로 한다.

제1절 대화체의 극대화

국문 장편소설에서 대화체의 문장들이 장면의 전개에 중요한 역할을 한다는 것은 일반적인 경향이라고 생각된다. 그런데 〈옥원〉에서는 대화체의 사용이 다른 소설보다도 훨씬 극대화되고 있어 주목된다. 대화체로 이루어진 부분이 사건을 서술하는 일반적 진술의 분량을 능가할 정도로 많은 부분을 차지하고 있다. 특히 주인공들 간에 서로의 입장을 피력하거나 도리에 대해 논쟁하는 장면에서는 한 사람의 발화행위가 몇 장에 걸쳐 지속될 정도로 극대화되는 양상을 보인다. 소설에 있어서 대화가 '인물들 상호간에 존재하고 있는 공감이나 갈등을 가중 내지는 감소시키거나 드러내주는 일 외에도 인물들로 하여금 대화가 아닌 다른 소설적 기법으로는 드러내거나 짐작할 수 없는 면을 의도적으로건 아니건 표현하게 해준다'는 견해[1]를 생각할 때 이 작품의 과도한 대화체 사용이 작품 내에서 어떤 역할을 수행하는지에 대해 주목할 필요가 있다.

우선 작품의 실상을 토대로 대화체가 발현되는 양상을 살펴보기로 하자.

---

1) 롤랑 부르뇌프, 레알 월레 공저, 『현대소설론』, 김화영 역, 문학사상사, 1986, 264면.

첫째, 대화체를 통한 직접화법의 재현은 작중인물들의 내면을 적극적으로 드러내는 역할을 한다. 그러면서도 그것을 서술자의 주관적 판단에 의해서가 아니라 작중인물의 입을 통해 객관적으로 전달되는 것처럼 보이게 한다. 특히 표면적으로 관찰자적 시점에서 작품이 서술되었음을 강조하고 있는 이 작품에서는 작중인물들의 대화 내용을 통해 서술자가 개입하지 않고도 그들의 내면을 엿볼 수 있다는 점을 은연중에 과시하고 있기도 하다.[2] 이 경우 서술자가 인물들의 뒤로 물러서 있기 때문에 대화의 내용은 좀 더 객관적인 차원에서 전달된다. 예를 들어보기로 하자.

> 군ᄌᆞ대되 텬디규량이라 쳡이 비록 토목금쉬나 ᄯᅩᄒᆞᆫ 감격ᄒᆞ믈 모ᄅᆞ미 아니라 녀ᄂᆞ 긴 말숨은 날회고 쳡이 텬디의 득죄ᄒᆞ여 군을 조ᄎᆞ미 부모ᄅᆞᆯ 긔망ᄒᆞ여 가엄의 경계ᄅᆞᆯ 밧디 못ᄒᆞ여시니 군은 대회라 대인의 일일지노ᄅᆞᆯ 만나셔도 황황이 구ᄒᆞ여 일신을 용납디 못ᄒᆞ시니 댱부와 ᄋᆞ녜 넙디 다ᄅᆞ나 인ᄌᆞ지도야 다ᄅᆞ리잇가 십년을 그음ᄒᆞ여 친의ᄅᆞᆯ 어든 후 군ᄌᆞ의 졍은을 승슌ᄒᆞ리이다[3]

> ᄒᆞᆫ ᄃᆞᆯ을 남아 일실의 이시되 ᄆᆞ양 존젼의셔 보고 년ᄒᆞ여 요요ᄒᆞ여 회포ᄅᆞᆯ 펴디 못ᄒᆞ고 실즉 부인의 용ᄌᆞ도 ᄌᆞ시 보디 못ᄒᆞ니 별ᄂᆡ ᄉᆞ년이라 심히 지리ᄒᆞ건마ᄂᆞᆫ 그 ᄉᆞ이 화안이 새로아시니 괴로이 넉이던 내 업ᄉᆞᆫ 연괴가 아비 달믄 화슌ᄒᆞᆫ 내 ᄯᆞᆯ을 ᄇᆡ홧ᄂᆞᆫ가 내 먼니셔ᄂᆞᆫ 부인의 조협ᄒᆞ고 ᄂᆡᆼ낙ᄒᆞ믈 ᄉᆡᆼ각ᄒᆞ면 고롭더니 보니ᄂᆞᆫ 퍽 나앗도다[4]

---

2) 이 작품의 독특한 서술자에 대해서는 4절에서 구체적으로 논할 것이다.

3) 〈玉鴛再合奇緣〉 권지오.

위의 것은 이현영이 남편을 향해 자신의 심중을 털어놓는 장면이다. 남편이 합방을 하고자 하자 이를 거부하면서 자신이 남편을 받아들일 수 없는 이유를 설명하는 것인데 부모에게 알리지 않고 혼인을 하였으므로 정식으로 허락을 받기 전에는 부부의 정을 펼 수 없다는 내용이다. 그러면서 남녀가 자식의 도리를 행하는 데 있어서는 다를 바가 없으므로 자신 역시 부모의 일로 마음이 괴롭다는 것을 표현하고 있다. 아래 인용문은 소세경이 오래도록 집을 떠나 있다가 돌아와 아내에 대해 은근한 정을 표현하는 부분이다. 농을 섞어 아내를 놀리기도 하면서 한 달 남짓 한 집에 있으면서도 회포를 풀지 못해 아쉬운 마음과 떨어져 있던 동안의 그리움을 토로하고 있다. 체면을 따지는 사대부가의 분위기 속에서 직접적인 표현들을 피하면서도 자신의 속내를 드러내고 있는 것이다.

그런데 대화체 중에서도 인물의 심리를 가장 직접적으로 드러내는 것은 내적 독백의 형태이다. 내적 독백은 구체적인 청자를 설정하고 있지 않아 쌍방간의 대화는 아니라고 하더라도 직접화법의 형태로 제시되고 있다는 점에서 대화체와 동일한 표현방식으로 볼 수 있다. 이 작품 속에는 심심치 않게 인물들의 내적 독백이 등장한다. 다음은 이현윤이 혼사로 인해 고민하던 중 경빙희가 자신을 위해 수절하는 것으로 오해하여 그녀를 받아들일 마음을 먹게 되는 내용이다.

니랑의 명달ᄒᆞ므로써 경낭의 슈졀ᄒᆞᄂᆞᆫ 졀ᄎᆡ 바ᄅᆞ며 졍ᄃᆡᄒᆞ여 혐의로오미 업ᄉᆞ니 그 ᄯᅳ즐 츄이ᄒᆞ여 ᄉᆡᆼ각건ᄃᆡ "냥모의 지ᄉᆡᆨ 인졍분이라 ᄒᆞ

---

4) 〈玉鴛再合奇緣〉 권지십칠.

므로 다르디 아니홀디니 이를 알고 긔연이 괄시ᄒᆞ여 오직 죠고만 혐의를 잡앗다가 뎔노 ᄒᆞ여곰 무수히 도장한원의 님자업시 늙게 되면 이는 곳 뉵월의 비상이 유후의 변이라 셩셰의 감상화긔ᄒᆞ미 아니오 반측ᄒᆞ여 헤아리건ᄃᆡ 뎐일 소형의 이른 바 일노 말ᄆᆡ암아 젹불션이 될딘ᄃᆡ 처음의 발션구졔ᄒᆞᆫ 씃디어니와 ᄇᆡᆨ인이 유어싀라 ᄒᆞ더니 이제 마ᄌᆞ시니 졔 실노 돈연이 씃을 고틴즉 ᄃᆡ션이려니와 일양 고집ᄒᆞ야 셕연열세홀딘ᄃᆡ 나의 괄시ᄒᆞ염즉ᄒᆞᆫ 재 아니라 임의 ᄌᆞ남의 의를 파ᄒᆞ고 번연이 나의 셩명을 의디ᄒᆞ여 셰월을 보ᄂᆡ면 이 엇디 나의 쳐분홀 배 아니리오" ᄒᆞ니 심심불낙ᄒᆞ여 심히 편치 아녀 ᄀᆞ르ᄃᆡ "ᄂᆡ 뎐의 저의 일을 일호일분도 ᄆᆞᄋᆞᆷ의 두지 아녀 단연이 혐의롭디 아니터니 이제 미처는 믄득 ᄆᆞᄋᆞᆷ의 ᄆᆡ인 거시 이서 좌와의 고요ᄒᆞᆫ즉 믄득 경시를 엇디홀고 ᄒᆞ여 뎐뎐ᄒᆞ고 반측ᄒᆞ니 이 실노 맛당티 아닌디라 엇디ᄒᆞ면 그 가ᄒᆞᆫ 쟈를 어드리오"[5]

그는 경빙희가 자신을 위해 수절하는 줄로 알고 그것을 모른 체하여 버려두면 규방에서 늙게 된 여자의 한을 야기하는 것이라고 걱정하다가 경소저가 계속 자신을 위해 수절한다면 받아들일 수밖에 없다고 마음을 정한다. 그리고 경소저의 일로 인해 고민하고 잠 못 이루는 자신의 행동을 못마땅해 하며 번민하고 있다. 이러한 과정을 통해 현윤은 경소저에 대한 연모의 정을 키워가게 되는데 부친에 대한 명분을 지키기 위해 경소저를 마다하는 마음과 자신을 위해 수절한다는 경소저에게 끌리는 마음이 뒤섞여 매우 혼란스러운 처지에 놓인다. 그러나 이미 그의 마음은 그녀를 받아들이는 쪽으로 기울어

---

5) 〈옥원재합기연〉 권지십구.

위의 예문 뒤에 따라나오는 내용에서도 계속 자신이 경소저를 받아들일 수밖에 없는 상황을 합리화하기라도 하듯 혼자 이런 저런 이유를 대며 마음을 정리하고 있다. 이처럼 주인공의 내적 독백을 통해서 그의 내면을 잘 파악할 수가 있는 것이다.

그런데 특히 대화가 탄식의 형태를 띨 때는 화자의 내면심리가 더 구체적으로 드러난다. 경빙희의 말을 예로 들어보자.

> 내 하ᄂᆞᆯ긔 득죄ᄒᆞ여 불힝한 ᄊᆡᄅᆞᆯ 만나니 당초의 쓰디 당당이 모친의 위급ᄒᆞ심과 일가 명을 위ᄒᆞ여 몸을 ᄇᆞ리니 교ᄌᆞ슈욕이 ᄉᆡᆼᄉᆞ의 ᄒᆞᆫ가지라 적을 죽여 그 튱의ᄅᆞᆯ ᄉᆞᆺᄎᆞᆫ 후 죽으려 ᄒᆞ다가 니ᄉᆡᆼ을 만나 ᄉᆞᄉᆡᆼ을 명ᄇᆡᆨ히 ᄒᆞ고 원억ᄒᆞᆫ 졍ᄉᆞᄅᆞᆯ 닐너 셰샹으로ᄡᅥ 효연케 ᄒᆞ고 죽고져 ᄒᆞ니 이 가히 위란듕 쳐변이오 살기ᄅᆞᆯ ᄯᅳᆺᄒᆞᆫ 배 아니라 불힝ᄒᆞ여 죽디 못ᄒᆞ고 도라오매 살기ᄅᆞᆯ ᄯᅳᆺᄒᆞᆫ 배 아니고 (중략) ᄒᆞ믈며 니시의 도라가문 뉘 ᄡᅥ 내 처음의 져ᄅᆞᆯ 쳥ᄒᆞ여 더브러 말ᄒᆞ미 그 졍이 업ᄉᆞ믈 알며 ᄯᅩᄒᆞᆫ 졀을 ᄃᆡ훤 재 당년의 친명을 의지ᄒᆞ여 초녀ᄅᆞᆯ 효측ᄒᆞ믈 알니오 ᄒᆞ믈며 제 거졀ᄒᆞ기ᄅᆞᆯ 박졀이 ᄒᆞ고 나죵 허ᄒᆞ믄 강변ᄒᆞ여 조ᄎᆞ문 그 ᄂᆞᆺ고 더러이 너기미 어ᄃᆡ 이시리오 내 실노 사라셔 니시의 거취ᄅᆞᆯ 소임ᄒᆞ고 다시 샹졉ᄒᆞ리오 ᄆᆞᄎᆞᆷᄂᆡ 죽어 욕된 몸을 ᄡᅵᆺ고 협의로온 고ᄃᆡ 피ᄒᆞ미 올호ᄃᆡ 이 평안ᄒᆞᆫ ᄊᆡ라 엇디 죽기ᄅᆞᆯ 어즈러이 ᄒᆞ리오 가히 방냑이 업도다[6]

경빙희가 도적을 죽여 화를 피한 후 현윤을 만나 자신의 원억한 심사를 세상에 알린 다음 자결하려 하다가 이루지 못한 일을 회상하고, 이현윤이 처음 혼담이 오갈 때는 자신을 거절하다가 이제 와 허

6) 〈옥원재합기연〉 권지십구.

락하는 것을 모욕이라 생각하며 자기는 이현윤의 아내될 마음이 전혀 없음을 피력하고 있다. 모친을 구하기 위해 도적에게 끌려간 것이면서도 여자로서 불명예를 감수해야 하는 억울함과, 자기의지와는 무관하게 진행되는 혼사에서 상대방에게 냉대를 당하고 있다는 모욕감을 토로하면서 차라리 죽어버리고 싶지만 함부로 죽을 수도 없는 신세를 탄식하고 있는 것이다.

이 경우 경빙희의 발화행위는 청자를 향하고 있는 것이라기보다는 자신을 향한 것이기 때문에 일반적인 대화체와는 달리 훨씬 직접적으로 숨김없이 내면의 심리를 드러내고 있다. 즉 듣는 사람을 의식하지 않아도 되므로 자신의 감정을 억압하지 않고 더 적극적으로 표현할 수 있는 것이다. 이와 같은 내면서술은 소설사적인 측면에서 매우 주목할 만한 것이다. 국문 장편소설의 경우 인물의 발화행위에 의한 직접제시의 수법으로 장면을 전개해 나가는 것이 일반적인 특징이기는 하지만 이 소설처럼 그 발화행위들이 인물의 내면을 드러내는 데 큰 역할을 하고 있는 경우는 드물다.[7] 대화체가 발달한 소설들에서도 대부분의 직접화법이 장면의 묘사나 사건의 설명 등 인물 외부의 객관적인 사실들을 설명하는 데 사용된다. 그런데 이 소설의 경우 외적 사건의 전달보다는 등장인물들의 내면을 보여주기 위해 대화체가 사용되고 있다는 점에서 인물의 심리에 주목하는 독특함을 드러내고 있다.

---

7) 송성욱도 장편화의 원리를 논하면서 〈옥원재합기연〉의 경우 주인공의 내면심리를 치밀하게 서술함으로써 소설의 분량을 확대하는 득특한 예라고 지적한 바 있다.(「혼사장애형 대하소설의 서사문법 연구-단위담의 전개양상과 결합방식을 중심으로」, 서울대 박사학위논문, 1997, 13면)

둘째, 이 소설에서는 인물들이 서로 대화를 나눔으로써 자신의 입장을 전달하고 상대방을 이해하는 조율의 과정을 가진다. 이를 통해 하나의 입장이 일방적으로 제시되는 것을 지양하고 다양한 의견을 드러냄으로써 세상과 인간에 대한 이해의 폭을 넓히고 있다. 다소 장황하기는 하지만 소세경과 이현영 부부의 대화를 살펴보기로 하자.

> 좁은 소견으로써 혜아리건대 쳡의 부뫼 군을 용납디 아니ᄒᆞ나 쳡은 소시ᄅᆞᆯ 위ᄒᆞ여 튱신녈ᄉᆞ 되오믈 긔약ᄒᆞ니 만일 군의 본상을 드ᄅᆞ미 이시면 서ᄅᆞ 보조ᄒᆞᆯ 거시오 가히 해치 아니리니 즉시 베펴 믈너갈 계ᄎᆡᆨ을 ᄒᆞ여시면 일이 뎡대ᄒᆞ고 당시의 옥원을 ᄎᆞ자도 가히 맛당ᄒᆞ니 쳡이 처엄의 군ᄌᆞᄅᆞᆯ 쾌히 아라시면 군을 보ᄂᆡ고 즉시 쳡이 집의셔 ᄒᆞ여시리니 엇디 도로의 낭패ᄒᆞᄂᆞᆫ 거죄 이시리오 이 군ᄌᆞ의 ᄒᆡᆼ이 착착이 일허시니 스ᄉᆞ로 잘ᄒᆞ믈 니ᄅᆞᆯ 거시 업ᄂᆞ니이다 … 임의 약의ᄅᆞᆯ 견고치 못ᄒᆞ고 원싊 쥬듕의 서ᄅᆞ 화친ᄒᆞ니 구젹이 도ᄅᆞ혀 일개 되엿는디라 쳡이 블ᄉᆞ히 군의 ᄂᆡ조ᄅᆞᆯ 모쳠ᄒᆞ니 쳡부ᄂᆞᆫ 드ᄃᆡ여 군의 부용이 된디라 만일 기부ᄅᆞᆯ 원슈ᄒᆞ면 기녀ᄅᆞᆯ ᄇᆞ릴 거시오 기ᄌᆞᄅᆞᆯ 쳐ᄒᆞ매 기부로 더브러 ᄒᆡ원ᄒᆞ리니 텬하의 원기부이친기ᄌᆞᄒᆞᄂᆞᆫ 되 이시리오 … 임의 구원을 ᄇᆞ려 혼인ᄒᆞ고 ᄯᅩ다시 ᄆᆡ자 심슈ᄒᆞ믄 그 ᄠᅳᆺ이 어ᄃᆡ 쥬ᄒᆞ엿ᄂᆞ뇨 (이현영의 말)

> 말이 나매 녜일이 녁녁ᄒᆞ여 눈의 잇ᄂᆞᆫ ᄃᆞᆺᄒᆞ니 ᄌᆡ 그ᄣᅢ예 정슉ᄒᆞ고 녜의ᄒᆞ여 ᄇᆞᆰ고 현텰ᄒᆞ미 오ᄂᆞᆯ ᄀᆞᆺᄒᆞ여시면 내 비록 무용ᄒᆞ나 몰나보디 아냐시리니 몸을 ᄇᆞ려 구코져 ᄒᆞ리니 연즉 피ᄎᆞ의 허믈 어드미 업ᄉᆞᆯ 거ᄉᆞᆯ 그ᄣᅢᄂᆞᆫ 현영이 ᄂᆡ가의 교만ᄒᆞᆫ 아ᄒᆡ오 슉덕명졀ᄒᆞᆫ 어딘 부인이 아니터니라 그런고로 ᄂᆡ ᄆᆞᆺᄎᆞᆷ내 냥모의 측을 잡으며 금셕의 ᄆᆞ음이 이실 줄 몰나시니 이ᄅᆞᆯ ᄉᆞᆯ드리 노ᄒᆞ여ᄒᆞ나 피ᄎᆞ 아ᄒᆡ적 실톄ᄒᆞ미 노셩ᄒᆞᆫ 후제

> 골돌ᄒᆞᄂᆞᆫ 거시 업ᄂᆞ니라 … 임의 혼인ᄒᆞ매 원쉬 플녀시니 지금 내 녕부를 원슈ᄒᆞ미 업거ᄂᆞᆯ 내 ᄯᅩ 인ᄉᆞ블셩이 아니라 엇디 ᄃᆡ기ᄌᆞᄒᆞ여 모기부형ᄒᆞᄂᆞᆫ 네 이시리오 더옥 그ᄃᆡ 당단을 ᄡᅮ라 녕친을 ᄉᆡᆼ각ᄒᆞᆫ다 ᄒᆞ믄 이ᄂᆞᆫ 군이 극히 곡히 아라 ᄆᆡᆼ낭ᄒᆞᆫ 말을 과연 ᄒᆞᄂᆞᆫ도다 … 오ᄂᆞᆯ 말이 나시니 ᄒᆞᄂᆞ니 과연 녕공이 ᄎᆞ후ᄂᆞᆫ ᄋᆞᄎᆞᄒᆞ실 줄을 모ᄅᆞ니 그ᄃᆡ ᄣᅢ로 ᄉᆞ모ᄒᆞᄂᆞᆫ 양을 보면 어심의 타일을 근심ᄒᆞ여 실노 심난ᄒᆞᆫ ᄠᅳᆺ이 잇기로 변ᄉᆡᆨᄒᆞ니 이 그ᄃᆡ를 위ᄒᆞᆫ 근심이어ᄂᆞᆯ 엉동이 아니 요ᄉᆞ이ᄂᆞᆫ 퍽 총명ᄒᆞ되 녯 혼암이 그저 잇도다 …대개 ᄌᆞ의 말ᄉᆞᆷ이 단단이 졀실ᄒᆞ니 내 심하의 셕복ᄒᆞ여 소단을 ᄭᅵ치ᄂᆞᆫ 곳도 만흐니 ᄉᆡᆼ도 명심ᄒᆞ여 ᄂᆡ조를 밧들녀니와 … 내 소약ᄒᆞᆫ즉 그ᄃᆡ 임타ᄒᆞ미 쉬오리니 강녀한 ᄠᅳᆺ과 오만ᄒᆞᆫ 습을 만히 계틱ᄒᆞ라 (소세경의 말)[8]

앞의 것은 이현영이 남편을 향해 하는 말이다. 소세경이 백련으로 여장하여 자신과 함께 기거할 때 미리 신분을 밝혔으면 자신이 도로에서 낭패를 만나는 사태까지 일이 악화되지는 않았으리라는 것과 이미 혼인을 하였으면 구원(舊怨)을 잊고 장인과 화해함이 마땅하다는 것을 들어 남편에게 섭섭한 마음을 표현하고 있다. 뒤의 것은 이에 대한 소세경의 해명이다. 어린 시절의 일은 미처 성숙하지 못한 상태에서 실수한 것으로 피차 허물이 있으니 이제 와 되새길 필요가 없고, 혼인 후 장인에 대한 일은 자신도 인사(人事)를 아는 사람으로서 더 이상 장인을 원수로 보지 않는데 현영이 자기 마음을 몰라주는 것이니 오해를 풀라는 것이다. 또한 자신도 내조를 받들 테니 현영도 승순(承順)하라는 부탁을 하고 있다.

---

8) 〈옥원재합기연〉 권지육.

이처럼 서로 간에 대화를 통해 의견을 나눔으로써 오해를 풀고 상대방의 입장을 이해하여 화합하는 자세를 지향하고 있다. 이와 같은 대화형식은 나만의 입장이 아니라 상대의 입장도 고려하는 민주적 성격을 가진다. 대화라는 것 자체가 자신의 입장만을 고수하려는 닫힌 의식을 지양하고 열린 마음으로 서로를 이해하고 포용하려는 자세를 지향하기 때문이다. 이는 이 작품의 주제의식과도 연결되는 것으로서 내용과 형식이 긴밀히 연관되어 있음을 알 수 있다.

셋째, 대화체 사용을 통해 지난 사건과 의미를 재해석하고 있다. 이미 지나간 사건을 주인공의 입을 통해 다시 요약 서술하는 경우가 많은데 이 때 주인공들은 지난 사건을 이야기하면서 각기 자신의 입장을 피력하고 있기 때문에 객관적이고 평면적이었던 사건이 각 인물의 관점에 따라 주관적이고 입체적인 모습으로 재현된다. 이로 인해 단일한 사건이 단선적으로 이해되는 것이 아니라 다층적 의미를 지니게 됨으로써 개개인의 입장과 차별성에 관심을 가지고 사건의 의미를 다각도로 해석할 수 있는 길이 열린다. 이 역시 일면적이고 평면적인 인식을 지양하려는 주제의식과 관련된다고 할 수 있다.

넷째, 대화를 통해 논쟁을 벌임으로써 주요문제에 대해 숙고하고 올바른 방향을 모색하는 역할을 한다. 이 부분은 이 작품의 두드러진 특징 중 하나로서 이로 인해 작품이 진지한 철학적, 윤리적 고민들을 함축하게 됨으로써 윤리소설적 성격을 드러내기도 한다.[9] 주인공들

9) 소세경이 사촌 누이인 경빙희를 깨우치기 위해 효의 도리를 들어 설득하는 장면을 예로 들 수 있다.
"내 몸이 욕되고 구챠ᄒᆞ며 내 졀이 미명ᄒᆞ고 비연ᄒᆞ니 신욕이 심ᄒᆞᆫ 쟈ᄂᆞᆫ 욕급부모요 신명이 훼ᄒᆞᆫ 쟈ᄂᆞᆫ 누급친위라 ᄎᆞ 막심부효ᄒᆞ니 죽어 부효나 욕ᄒᆞ여 부효나 마치 ᄒᆞᆫ가

은 주로 효에 대하여 논하면서 자식의 도리에 대해 기나긴 대화를 나누는데 이 대화들은 각 입장에 따라 논쟁적인 성격을 띠고 전개된다. 그리고 이러한 논쟁이 몇 장씩에 걸쳐 지속되는 경우가 빈번히 발견된다. 특히 소세경과 이현윤의 경우 이런 논쟁적 대화가 다른 사람들과의 대화에 비해 큰 비중을 차지하고 있다. 이와 같은 방식을 통해 제기하는 문제의 심각성을 드러내고 그에 대한 논의를 심화하는 동시에 다른 입장과의 조율을 통해 균형을 이룰 수 있도록 하고 있다. 사실 전지적 시점을 취하는 소설에서 이런 부분들은 일반적 서술이나 서술자의 논평을 통해서 표현되는 게 더 보편적이라고 여겨진다. 하지만 이 작품에서는 작중인물들이 자신의 입장을 직접 나서서 표출함으로써 작품이 그런 주장을 전달하는 데 훨씬 객관적인 태도를 유지할 수 있게 된다.

이러한 방법은 그것이 아무리 중요하고 당연한 주장이라고 해도 서술자의 일방적이고 권위적인 설득으로 표현되면 교조적이고 지루

지니 내 ᄎᆞᆯ히 ᄌᆞ결티념ᄒᆞ여 죽으리라 ᄒᆞ니 이곳 대졀이 되ᄂᆞᆫ지 념위 되ᄂᆞᆫ지 의리 되ᄂᆞᆫ지 우형이 소식이 고루ᄒᆞ니 의논치 말고 우형의 평ᄉᆡᆼ 소집은 뼈ᄒᆞ되 ᄉᆞ단의 시ᄂᆞᆫ 녜오 오뎐의 머리ᄂᆞᆫ 인이니 이 닐온 효ᄌᆞ의 미처 듕신불위녈부라도 가ᄒᆞᆫ 쟈니 유인이 불위ᄂᆞᆫ 가위지의여니와 유위이불인은 가위이불샹이라 그 본을 ᄉᆞᆺ고 말이 어이 이시며 시 업고 말이 어이 이시리오 이러므로 어버이ᄅᆞᆯ 두고ᄂᆞᆫ 님군도 갑지 못ᄒᆞ고 부뫼 이시매 벗의게 허치 말나 ᄒᆞ시미 명명셩괴시니 비록 블의라도 간ᄒᆞ여 듯지 아니시면 ᄒᆞ고 신의라도 말과져 ᄒᆞ시면 말지니 비록 농방의 대의라도 부뫼 날노 말ᄆᆡ암아 위ᄐᆡᄒᆞ실딘대 뜻을 ᄆᆡᆼ시샤의 뎡ᄒᆞ여도 고칠 거시오 냥슈원의 졀이라도 홰 부모의게 밋ᄎᆞ면 셩을 ᄇᆞ리고 업어 난을 도망ᄒᆞᆯ 거시오 ᄇᆡᆨ이의 념치라도 부모의 뜻이 아니시면 ᄇᆞ릴 거시니 ᄒᆞᆫ갓 의리 튱신이라도 낭패히 몸을 더져 유협ᄒᆞ여 셩명을 샹ᄒᆡ오지 못ᄒᆞᆯ 줄 알며 능히 관겨치 아니케 녁이ᄂᆞᆫ 쟈ᄂᆞᆫ ᄇᆡᆨ인이 칭미ᄒᆞ나 졀조망본의 ᄒᆡ연블허ᄒᆞᄂᆞ니 ᄒᆞ믈며 평시안쳐ᄒᆞ여 엇디 몸으로뻐 스ᄉᆞ로 슈화의 더질 거동을 날노 지어 부모긔 질곡을 더으오며 잔학을 시험ᄒᆞᄂᆞᆫ 쟈ᄅᆞᆯ 니ᄅᆞ랴" 〈옥원재합기연〉 권지이십.

하게 느껴질 내용을 등장인물의 발화를 통해 긴장감 있게 표현함으로써 독자로 하여금 더욱 친밀한 공감대를 형성하고 거부감 없이 받아들이게 하는 역할을 한다. 이러한 내용이 일반 진술의 형태로 제시되면 문제를 심화시키는 데 한계가 따를 수밖에 없고, 문제 자체에 몰두하여 논의를 펼치다 보면 자칫 소설로서의 본분을 잊고 도덕적 교훈서로 인식될 소지마저 있다는 점을 생각할 때 대화체를 활용하는 방법은 매우 효과적인 것이라고 하겠다. 그 뿐 아니라 대화체의 활용은 발화자에 따라 입장 차이를 드러냄으로써 그들이 문제 삼는 이념의 다면을 경험한 후 이상적인 형태를 나름대로 구조화하여 습득할 수 있도록 유도하는 역할을 하기도 한다. 즉 이 작품의 지속적인 관심사인 인간 삶에 대한 다면적인 이해를 위해서도 이러한 방식이 효과적인 기능을 수행하고 있다고 할 수 있다.

이상에서 이 작품 속에 대화체가 구현되는 양상을 살펴보았다. 이제 이를 대화체의 일반적 성격과 관련지어 살펴봄으로써 그것이 이 소설의 문제의식과 어떻게 연관되는지 파악할 수가 있을 것이다.

우선 대화체의 적극적 활용은 인물의 내면에 관심을 기울이고 다면적 의미를 탐색하고자 하는 의식을 드러내는 것으로서 주목된다. 인물이 발화행위를 통해 내면갈등을 직접적으로 표출함으로써 그들의 심리를 분석할 수 있는 근거를 제시한다. 특히 독백은 가장 직접적인 형태로 주인공들의 심리를 담아내고 있어서 그들의 생각과 고민을 엿볼 수 있게 한다. 따라서 사건중심으로 전개되는 소설과는 달리 인간의 내면에 초점을 두고 그로 인한 갈등양상을 다루는 심리소설에서 대화체가 더 적극적으로 활용될 수 있다. 그런 점에서 이 작품은 적대적 관계의 대립자들을 등장시켜 그들이 빚어내는 사건의 외연에 중점을 두고 전개시켜 나가는 소설과는 차별성을 지닌다. 또한 인물의 발화를 통한 직접제시의 형태로 장면을 전개하기는 해도 그것이 객관적 상황의 묘사에 치중하는 소설들과도 차이를 가진다. 즉 대화를 통해 인물의 입장과 심리에 주목함으로써 그들 사이에 존재하는 문제점들을 찾아내고 갈등을 해결해나가는 것이다. 요컨대 선악의 잣대로 재단하기 어려운 일상적 인물들의 심리갈등을 현실적 차원에서 개연성 있게 드러내고 그것들을 해결하는 과정을 그리기 위해 대화체를 적극적으로 활용하고 있는 것이다.

다음으로 대화체는 여성적 글쓰기의 특징으로 지적되어 왔다는 점에서[10] 여성적 시각을 강하게 드러내는 이 작품의 특성과 관련을 가진다.[11] 물론 모든 대화체가 여성적 글쓰기의 전유물이라는 것은 아니다. 다만 여성적 글쓰기의 큰 특징 중 하나로 대화체를 들 수 있다는 것이다. 남녀의 차이에 대한 최근의 대중적인 보고서들에서도 밝히고 있듯이 여성들은 대화를 통해 감정을 교류하는 것을 선호하며, 주로 가정적이고 사적인 것을 대화의 내용으로 삼는 경향이 강하다. 그런 점에서 인간관계의 섬세한 부분이나 심리 등을 대화의 화제로 삼는 데에는 여성이 더 적극적일 가능성이 높다.

---

10) 조세핀 도노반, 「페미니스트 문체 비평」, 『페미니즘과 문학』, 문예출판사, 1988 참조.

11) 정창권도 국문 장편소설의 여성적 성격을 논하면서 대화체적 글쓰기를 그 특징 중의 하나로 지적하고 있다.(정창권, 「조선후기 주자학적 가부장제의 정착과 장편 여성소설의 태동」, 『여성문학연구』 창간호, 한국여성문학학회, 태학사, 1999, 123면) 그러나 그는 대화나 독백을 통해 드러나는 여성현실의 고발에 중점을 두어 간략하게 논의를 전개했을 뿐 대화체 자체의 속성에 대해서는 언급하지 않았다. 본고는 여성의 현실을 드러내고 심리를 표현하기 위한 형식적 차원에서만이 아니라 좀 더 본질적인 차원에서 대화의 속성 자체가 여성적 성격과 관련이 있다는 점을 지적하고자 한다.

이 소설이 창작된 당시의 여성들은 사회에서 지배적인 위치를 점하지 못하고 제도적 권력에 의해 소외되어 있었으므로 그들이 창작하고 향유하던 글의 양식도 가부장권의 주체였던 남성들의 권위적인 글쓰기와는 다른 모습을 띠고 있었으리라고 짐작할 수 있다. 그 중 대표적인 것이 대화체의 사용이다. 그것도 절대적 진리나 이념 등에 대한 확고한 신념을 드러내기 위해서라기보다는 자신들이 일상생활에서 겪는 섬세한 사건들에 대해 이야기하기 위해 대화체를 사용한 것으로 보인다. 흔히 대화를 통해 서로의 처지를 이해하고 자신의 고민을 해소하게 되는데 이는 권위를 부정하고 동등한 입장들을 인정하는 가운데서만 가능한 것이다. 가부장권으로 대표되는 지배질서 속에서 순종을 미덕으로 강요받았던 여성들이 일방적인 권위에 대해 부정적 인식을 가지고 있었으리라는 점은 쉽게 짐작할 수 있다. 그리고 권위주의에 대한 반발은 일방적 명령보다는 대화를 통한 의견의 조율을 지향하게 하였을 것이다.

이러한 점에서 대화는 민주적인 속성을 지닌다. 대화라는 것이 성립하기 위해서는 하나의 입장만이 옳다는 독재적 사고를 부정하고 각기 타당한 여러 입장을 수용하는 태도가 전제되어야만 하기 때문이다. 이 작품의 경우 인물들이 대화를 통해 서로의 입장을 이해하는 기틀을 마련한다. 특히 부부 간에 남녀의 처지에 따른 오해와 불만을 해소하기 위해 긴 대화들이 오가는데 이런 점에서 이 소설의 주인공들은 진중한 침묵을 미덕으로 여기지 않는다. 적극적으로 자신들의 속내와 의사를 표출하고 있는 것이다. 이와 같은 열린 태도는 당대의 시대적 분위기를 고려할 때 여성의 능동적 행위를 긍정하는 여성적 시각과도 관련되며 더 나아가 인간의 개성을 긍정하는 근대적이고 진보적인 의식과도 관련되는 것으로서 매우 중요한 의의를 지닌다고 할 수 있다.

이상에서 살펴본 바와 같이 이 작품의 문체적 특성이라 할 수 있는 대화체의 극대화 현상은 인물의 심리를 드러내기 위한 표현수단으로서뿐만 아니라 대화를 통해 인물과 사건을 다각도로 이해할 수 있는 길을 제시함으로써 인간의 다양한 개성을 존중하고 인격적 동등함을 긍정하는 민주적 의식과도 관련을 가지는 것으로 파악된다. 그리고 이러한 의식은 이 작품이 지속적으로 드러내는 주제의식과도 관련되는 것이라고 할 수 있다.

제2절 시간 전이의 적극적 활용

이 부분을 논의하기 위해서는 먼저 〈옥원〉의 서사 전개를 대략적이나마 살펴볼 필요가 있기 때문에 아래에 사건들의 기본 골격을 제시한다. 이는 작품의 진행순서에 따라 작성된 것이다.

• 〈옥원재합기연〉

1. 소세경과 이현영이 유아 시절에 정혼하다. - 2. 경부인이 사망하자 이원의가 배혼 의사를 품다. - 3. 소송이 신법당의 실정을 상소했다가 유배당하다. - 4. 세경이 위기를 모면하기 위해 백련으로 여장한 채 이원의 집에 끌려가 현영의 시비가 되다. - 5. 세경이 탈출하여 경태사 부중에 의탁하다. - 6. 이원의가 현영을 여혜경 집에 혼인시키려 하자 현영이 구양수에게 의탁하려고 가출하다. - 7. 이현영이 역점에서 사마

광의 문하로 가던 세경과 만나나 알아보지 못하고 외간남자가 희롱한다고 여겨 강에 몸을 던지다. - 8. 세경이 사마광 문하에서 수학하다가 현영을 위해 제를 지내고 고향으로 돌아가다.(현영의 일을 다시 요약 서술) - 9. 삽화 ①: 세경이 가난한 사람들을 돕는 내용 - 10. 소송이 적소에서 위기를 만나 용정진인의 도움으로 화산 행운동으로 옮기고 수경운과 의형제를 맺다.(소송의 입장에서 시간 소급) - 11. 세경이 제를 올리며 띄워보낸 옥원앙이 소공의 손에 들어오다. - 12. 소공과 세경이 해후하다. - 13. 세경이 도적떼와 지내다가 부친을 찾아 헤맨 사연(세경의 입장에서 시간 소급) - 14. 세경을 통해 지난 사연이 다시 서술되다.(세경의 입장에서 반복 제시) - 15. 현영이 선계 경험을 하고 왕공에게 구조되어 부녀지의를 맺다.(유모를 통해 현영의 입장에서 반복 제시) - 16. 왕안석이 꿈을 꾸고 옥원앙을 얻게 되다. - 17. 이원의가 딸의 죽음을 알게 되다. - 18. 왕안석이 상소를 올려 소송이 유배에서 풀려나다. - 19. 소송이 상경하여 사마광의 집에 머물면서 현영이 다시 자결했다 살아난 사연을 듣다.(비약적 제시. 세경과 소공은 아직 15의 일도 모르는 상태) - 20. 소공과 공급사가 세경과 현영의 혼사를 의논하다. - 21. 이현영이 다시 투신했다는 비보가 날아들다. - 22. (시간소급) 현영이 왕공의 존재를 알고 목매어 자살을 기도했다가 범부인에 의해 구조되고 공급사 댁에 머물게 된 사연 - 23. 이원의가 왕방과 짜고 현영을 왕방에게 보내려 하자 왕방의 첩 채씨가 계략을 꾸며 현영을 다시 투신케 하다. - 24. 소공 부자가 강에서 현영을 구해내어 석공의 집에 맡기다. - 25. 삽화 ⓐ: 현영의 유모 설화가 석함을 낳은 내력 - 26. 혼인이 추진되고 이원의 부부는 조카의 혼인인 줄 알고 배아파하다. - 27. 현영이 모친을 만나 생존을 알리고 시부를 따라 미주로 가다. - 28. 소공 일가의 가난으로 세경이 품앗이를 하고 현영은 방적을 하다. - 29. 경공이 소공의 집 근처로 이사를 오고 경빙희와 이원의의 아들의 혼사가 암시되다. - 30. 현영이 득남하다. - 31. 삽화 ⓑ : 소공이 재취를 구하는 내용 - 32. 세경이 사마선생 댁에서 수학한 후 삼장 장원을 하다. - 33. 이원의가 여혜경의 부추김으로 고변을 지어내어 소공을 모함하고 이를 안 세경이 대로하다. - 34. 현영이 생존해 있고 세경이 사위임을 안 이원의가 화해하기 위해 추태를 부리다. - 35. 나라에서 현영의 열절에 대해 표창하고 사마광이 전을 지어 기리다.(사마광의 전을 통한 반복 제시) - 36. 이원의가 세경을 죽이려고 음식에 독을 넣고 자객을 보내나 세경이 이를 모른 척하다. - 37. 이원의가 중병에 걸려 명부에 끌려가 벌을 받고 사경을 헤매자 구양수 집에서 수학하던 아들 이현윤이 돌아오다. - 38. 세경이 이원의를 침술로 소생시키고 다시 살아난 이원의가 개과천선하다. - 39. 삽화 ② : 세경이 암행어사가 되어 길을 떠나다. - 40. 이현윤이 부친을 설득하여 가산을 흩어 빈민을 구제하다.(시간의 소급) - 41. 세경이 돌아와 비로소 옹서 간에 화해를 이루고 반자지의를 펴다. - 42. 구양수가 주선한 대로 이현윤과 경빙희의 혼담이 오고가나 경공이 이원의의 집 자식인 줄 알고 대로하여 반대하다. - 43. 경소저가 도적에게 납치되었다가 도적을 죽인 후 자결하려는 것을 이현윤이 구호하여 의남매를 맺다. - 44. 삽화 ③ : 채씨의 부추김을 받은 이정의 딸이 세경을 흠모하다 교화 받은 내용과 이를 목격하고 자신의 무도함을 반성하는 석생의 이야기 - 45. 미주에 있는 소공 일가의 그간 이야기(시간이 세경의 급제 전까지 소급되었다가 현재까지 다시 서술되다.) - 46. 삽화 ④ : 세경이 이주 통판으로 부임하여 세 가지 어려운 일을 해결한 이야기 - 47. 세경이 귀경했다가 다시 이주로 부임하다. - 48. 삽화 ⑤ : 세경이 부친이 위급하다는 느낌을 받고 맨발로 미주를 찾아가는 내용 - 49. 삽화 ⑥ : 서제의 죽음 - 50. 소송이 개봉부윤이 되어 일가가 귀경길에 오르다. - 51. 도중에 왕공 일가를 만나다. - 52. 나라에서 왕비 간택이 있어 경소저가 입궐하여 자신의 사정을 아뢰다.(경소저 통해 그간의 사건 다시 반복 제시) – 53. 혼사가 진행되자 경소저가 낙심하여 사지를 못 쓰는 병인이 되다. – 54. 세경의 개유와 치료로 경소저가 회복하여 혼인을 이루다.

• 〈옥원전해〉

55. 옥원앙의 내력 – 56. 〈옥원재합기연〉이 지어진 내력 – 57. 이현윤이 설서가 되어 궁에서 시강하다. – 58. 현윤이 경공을 냉대하여 경소저와도 불화하다. – 59. 소세경이 사마공의 삼상을 마치고 돌아와 〈옥원재합기연〉을 보고 못마땅해 하다. – 60. 이원의가 갑자기 고향으로 가겠다고 하다. – 61. 경공이 〈옥원재합기연〉을 보고 이공을 놀려주려고 가져와 보이니 이공이 전의 과오를 부끄러이 여겨 죄인을 자처하는 사연(시간의 소급) – 62. 경공과 석생 등이 뒤늦게 미안해하며 시중에 전파된 〈옥원재합기연〉을 다시 거두어들이다. – 63. 현윤이 이를 알고 대로하여 부친이 안 계신 틈을 타 경소저를 출거시키고 이로 인해 경공과 크게 다투다. – 64. 이원의가 돌아와 며느리의 출거 사실을 알고 석실에 들어가 식음을 폐하며 아들을 꾸짖다. – 65. 이원의의 명으로 현윤이 경공에게 사죄하다. – 66. 석도연이 이원의의 덕에 감동하여 〈옥원전해〉를 짓다. – 67. 이원의가 아들 부부를 처가로 보내다. – 68. 현윤이 꿈속에서 염라대왕이 경소저의 죄를 물어 죽이려는 것을 변호하다. – 69. 경소저가 임신 상태에서 사경을 헤매자 소세경이 침술로 태아와 죽은 지 삼일 된 경소저를 구해내다. – 70. 경소저가 꿈속에 명부에 가 개봉부의 옥사를 해결하고 남자가 되는 체험을 하고 크게 깨달음을 얻은 후 다시 살아나다.(시간 소급) – 71. 이현윤 부부가 다시 본가로 돌아와 화락하다.

위의 내용을 검토해보면 이 작품 역시 전체적인 흐름은 주인공의 초년부터 말년까지 시간적 순서를 따라 전개되고 있다. 그러나 세부적인 전개 과정에서는 심심치 않게 시간의 전이가 일어나고 있음을 발견할 수 있다. 시간이 과거로 거슬러 올라가 또 다른 사건을 서술하기도 하고, 앞으로 비약하여 미처 짐작하지 못했던 전혀 새로운 사건을 제시하기도 하는 것이다.

서사에 있어서 시간의 개념은 매우 중요하다. 사건이 서술되는 순서에 의해 단일한 스토리도 각기 다른 양상으로 전개될 수 있고 그럼으로써 그 사건이 주는 의미도 다양하게 해석될 수 있기 때문이다. 그래서 문학 연구가들이 순리적인 스토리의 시간을 거스르는 시간 착오들에 큰 관심을 기울여 왔는데 그러한 시간 착오는 '소급제시'와 '사전제시'라는 형태로 일어난다.[12] 전자는 '시간상의 퇴행'으로서 과거로 거슬러 올라가는 것을 말하고 후자는 '시간상의 비약'으로서 미래를 미리 알려주는 것을 말한다.

이 작품의 전개에 있어서 더 자주 사용되는 것은 소급제시이다. 시간의 흐름을 거슬러 과거로부터 다시 서술을 시작하는 경우를 자주 발견할 수가 있다. 그 중 첫번째로, 서술의 중심에 있는 인물이 바뀜에 따라 시간의 전이도 함께 일어나 다시 과거의 시간으로 돌아가 사건이 진행되는 경우를 들 수 있다. 초점이 놓이는 인물이 바뀜에 따라 시간의 전이도 동시에 일어나고 있는 것이다. 위의 10, 13, 40, 45, 70 등이 대표적인 예이다. 이 경우 작품의 핵심인물들이 이루는 세부적인 사건들을 빠뜨리지 않고 서술해 가면서 그것이 전체의 중심사건과 합쳐지도록 하기 위해 소급제시를 사용하게 된다. 즉

12) 제라르 쥬네트, 『서사담론』, 교보문고, 1992, 105면.

각기 다른 인물들의 사건을 일일이 서술하기 위해 시간이 역방향으로 거슬러 올라가는 것이다. 초점이 되는 인물이 바뀌게 되면 초점이 이동한 바로 그 시점에서부터 다음의 사건이 이어지는 것이 아니라, 다른 인물을 서술하는 사이에 흘러버린 시간을 되돌아가 새로운 인물을 다시 과거로부터 서술하기 시작하는 것이다. 그래야만 어느 인물 어느 사건에 대해서도 빠뜨림 없이 보여줄 수 있고, 각 인물들과 사건들 간의 관계를 합리적으로 설명할 수 있기 때문이다.

이러한 부분을 통해 작품의 세밀한 곳까지 서술하고자 하는 작가의식을 짐작할 수 있다. 사건의 진행뿐 아니라 그 사건에 관련된 인물들의 개별적 상황 역시 중시하는 것은 각 인물들의 입장에 주목하는 의식과도 연결된다. 그로 인해 이 작품은 현재 이후의 사건진행에 관한 관심 못지않게 미처 다루지 못한 인물들의 행적에 대한 관심 또한 지대하며, 그 부분들을 서술함으로써 이야기로서의 사건 자체보다는 사건과 관계된 인물들에 중점을 두고 있음을 드러내고 있다.

또 하나의 소급제시는 반복적 수법을 통해 자주 드러나는데 인물들의 회상을 통해 과거의 사건이 반복되는 것이다. 이 경우 작품시간은 현재에 머물러 있으면서 인물의 회상 속에서만 시간이 소급된다. 그리고 동일한 사건이 반복 서술되면서 과거로 시간이 소급된다. 위의 14, 35, 52 등이 대표적인 예이다. 그런데 동일한 사건을 다른 인물들에 의해 회상하게 함으로써 그들의 입장 차이에 따라 다른 입장에서 과거의 사건이 재해석될 소지를 가지게 한다. 즉 사건이 단선적으로 해석되는 것을 지양하고, 관련된 인물들의 시각에 따라 다층적으로 해석될 수 있도록 유도하는 것이다.

이처럼 같은 사건을 다른 시각으로 반복하는 소급제시는 소설의 의미층을 다양화시키는 역할을 하므로 중요하다. 즉 하나의 사건이 함유하고 있는 의미를 다면적인 시각으로 읽어내게 함으로써 그 사건과 관련된 인물들의 입장차에 주목하게 하고, 그를 통해 인간 이해의 폭을 넓힐 수 있게 해주는 것이다.

이상에서 살핀 소급제시의 기능을 살펴보자면 우선 모든 인물의 상황을 빠진 곳 없이 합리적으로 전달하고자 하는 의식 때문에 다시 과거로 거슬러 올라가 미진한 부분이나 빠진 부분을 보충하고 그것이 현재의 상황과 결부되도록 하고자 하는 것이다. 둘째로는 하나의 사건을 소급하여 다시 살펴봄으로써 작품의 그간 내용을 재요약하는 기능을 수행한다. 이런 기능은 작품내적 기능뿐만 아니라 국문장편소설의 엄청난 분량을 감안할 때 독서를 잠시 쉬었거나 혹은 기억력 등의 감퇴로 이전의 이야기를 기억해내지 못하는 독자들과 혹은 소설의 중간부터 읽게 된 독자들에게 지금까지의 중요사건을 환기시키고 일깨워주는 역할도 하였을 것이라고 짐작된다. 셋째로는 하나의 사건을 각기 다른 인물들에 의해 반복 제시하는 경우를 통해 각 인물들의 입장 차이를 인식하게 하고 이를 통해 소설의 의미층을 확대시켜 나갈 수 있게 한다는 것이다.

소급제시들이 사건의 신속한 전개를 지연시키면서 완만한 구조를 형성하고 있다면 정반대로 시간의 흐름을 건너뛰어 예기치 않던 앞날의 사건을 제시함으로써 사건을 급속히 진행시키는 경우도 있다. 이를 사전제시, 혹은 비약적 제시라고 부를 수 있을 것이다. 이러한 사전제시는 소극적 차원에서는 미래에 대한 예언이나 복선, 암시 등의 단편적인 형태로 나타나고, 적극적 차원에서는 사건 내용 전체가 비약적으로 전진하여 전혀 예기치 못했던 상황을 제시하는 형태로 나타난다. 구조적 측면에서 보자면 후자의 경우에 더 주목하게 되는데 미지의 사건을 미리 제시하고 그 사건의 진행 과정을 역으로 찾아올라가는 형태는 추리소설의 기법에서 대표적으로 사용된다. 사건의 원인을 숨긴 채 결과만을 미리 제시하여 궁금증을 유발시킨 후 문제를 풀듯 하나하나 원인을 밝혀가는 것이다.

이 작품에서는 19~23까지를 대표적인 예로 들 수 있다. 이현영이 왕공의 존재를 알고 자결하려 했다가 범부인에 의해 구조된 사연은 소공 부자뿐만 아니라 독자도 처음 접하게 되는 내용이다. 그런데 그 사건의 내막을 채 확인도 하기 전에 다시 현영이 연못에 몸을 던져 행방불명이 되었다는 비보가 날아든다. 갑작스럽게 빠른 속도로 진행되는 사건들 속에서 독자들은 궁금증을 증폭시키며 긴장하다가 22에 와서야 다시 과거로 거슬러 올라가 하나씩 꺼풀을 벗는 사건의 내막을 알게 된다.

이 경우에 독자는 완만한 흐름을 통해 세세한 부분까지 꼼꼼히 챙기며 느긋하게 독서하던 상황에서 벗어나 호기심을 가지고 긴장감 속에 책을 읽어나가게 된다. 이처럼 과거를 되돌아보며 완만하게 나아가던 서사진행을 급속히 앞으로 전진시킴으로써 긴장감을 불러일으키고, 다시 과거로 올라가 해명을 함으로써 그 긴장감을 이완시켜 주는 구조는 기법적인 면에서의 묘미를 알고 있는 작가에 의해 의도적으로 구사된 것으로 보인다. 이런 과정을 통해 작품의 서사진행과 독서상황이 율동감을 가지게 되는데 이런 측면은 이 작품이 내용면에서뿐 아니라 기법면에서도 고민한 결과 이룩된 것이라고 할 수 있다.

제3절 삽화의 기능 확대

수십 권 분량의 장편이 조직되기 위해서는 복잡다단한 여러 개의 사건들이 각기 다른 층위의 스토리를 이루어나가면서 결합하는 과정이 필요하다. 서사적 사건들은 연관의 논리 뿐 아니라 위계의 논리를 지니고 있는 것으로 지적되어 왔는데 이러한 위계를 표현하는 것으로서 '중핵'과 '위성'이라는 용어를 사용할 수 있다.[13] 서사물에 있어서의 개개의 주요사건은 중핵이라고 할 수 있으며 이러한 중핵들은 서로 원인과 결과로서 연결되어 있는데 중핵이 생략되면 서사적 논리가 파괴된다. 한편 플롯의 논리를 파괴하지 않고도 생략될 수 있는 부수적인 사건들을 위성이라고 할 수 있는데 이것들은 반드시 중핵들의 존재를 전제하며 채워넣기, 정교하게 하기 등으로 중핵들을 완성해나가는 역할을 한다.

〈옥원〉에서 중핵에 해당하는 사건으로서 가장 큰 층위에 존재하는 것은 '소세경과 이현영의 혼인을 둘러싼 갈등과 해결'과 '이현윤과 경빙희의 혼인을 둘러싼 갈등과 해결' 두 가지이다. 이 두 가지의 사건 밑에는 각각 또 다른 층위의 중핵들이 존재한다. 전자를 사건 1이라고 하고 후자를 사건 2라고 하기로 하자.

> 사건 1 = 이현영의 고난 과정 + 소세경 부자의 고난 과정 + 소세경과 이원의의 갈등 과정 + 이현영과 소세경의 갈등 과정 + 이원의의 악행과 개과천선

13) 시모어 채트먼, 『영화와 소설의 서사구조-이야기와 담화』, 민음사, 1990, 61~65면.

사건 2 = 이현윤과 경내한의 갈등 과정 + 경빙희와 이현윤의 갈등 과정

사건 1과 사건 2는 각각 내부의 사건들이 서로 나열되거나 엇갈리고 중첩되면서 작품의 스토리를 형성하고 작품을 진척시켜 나가게 된다. 한편 사건 1과 사건 2의 결합 관계를 살펴보면 순차적인 구도 속에서 사건 1이 해결을 향해 나아가는 지점에서 새로운 사건으로 사건 2가 제기되고 이후 사건 2가 뒤를 이어 작품의 중심사건으로서의 기능을 수행하게 된다. 즉 두 개의 사건은 크게는 순차적 구조 속에 놓여있지만 두 사건의 연결고리를 중첩시킴으로써 단순한 순차적 구조를 지양하고, 보다 거시적인 틀 안에서 동일한 의식을 문제삼고 있다는 것을 인식하게 하는 기능을 한다. 둘 사이의 외형적 관련성은 등장인물들의 관계에서 말미암는 것이지만 그보다 더 심층적이고 중요한 관련성은 그러한 사건들이 드러내는 의미에서의 관련성이라고 할 수 있다. 효의식을 둘러싼 인물들 간의 갈등과 입장 차이에 대해 고민하고 바람직한 해결책을 모색하려는 문제의식의 지속이 중요한 것이다.

사건 1과 사건 2를 구성하는 보다 작은 단위의 중핵들은 나열과 중첩의 방식에 의해 결합된다. 작품의 질서를 잡아나가기 위해 한 인물에 초점을 맞추어 그를 중심으로 하는 사건을 서술하다가 다른 인물의 사건으로 초점을 이동하는 과정에서 나열적인 요소의 개입은 필연적일 수밖에 없다. 그런데 각각의 사건이 개별적으로 전개되는 것이 아니라 서로 관련을 맺고 있기 때문에 끝없이 중첩되게 된다. 그 이유는 중심적인 인물들의 상호관계 속에서 이러한 사건들이 발생하는 것이므로 각각이 완전히 분리된 채 서술되는 것은 애당초 불

가능하기 때문이다. 중심인물들은 서로 관계를 맺으면서 상대방의 사건에 개입하거나 사건의 원인을 제공하고 해결의 열쇠를 던져주기도 한다. 따라서 각 사건들은 다시 작은 분절들로 나뉘어 시간적 관계나 인과관계 등에 의해 나열되기도 하고 중첩되기도 하는 것이다.

한편 작품 속에는 주요 사건이 아니기 때문에 생략해도 스토리의 전개에는 무관할 만한 삽화들이 존재한다. 이를 중핵의 상대개념으로서 위성이라고 할 수 있다. 이러한 삽화들도 분량 상으로 무시할 수 없을 만큼 큰 비중을 차지하고 있어 고찰을 요한다. 아무리 세세한 것까지도 빠뜨리지 않고 기록하고자 하고 그로 인해 주변부의 일들에까지 관심을 기울이는 것이 국문 장편소설의 특성이라고는 해도 그것만으로 이 작품의 비대한 삽화들을 해명하기에는 부족하다. 이 작품에는 독자적인 삽화들이 매우 여러 번 등장할 뿐 아니라 분량 면에서도 큰 비중을 차지하고 있다.[14] 이런 삽화들이 '주요 스토리의 행동을 진전시키거나 배경을 설명하거나 주제와 주제의 반영물로서 작용하는 기능'을 수행한다는 논의를 상기할 필요가 있다.[15] 즉 삽화들이 작품 속에서 주요 스토리와 전혀 별개의 것으로 존재하는 것이 아니라 어떤 의미에서건 주제와 결부되는 역할을 수행한다는 것이다.

이 작품에는 주로 세경과 결부된 부수적 삽화들이 많이 등장하는

---

14) 소세경의 어사행을 다룬 삽화는 거의 한권 분량을 차지하며(권지십일), 이주통판으로 부임하여 민생을 돌보고 해수(海獸)를 물리치는 삽화는 거의 두 권에 걸쳐 지속되고 있다(권지십오~십육). 특히 권11~18까지는 핵심갈등과 관련된 사건들보다 삽화의 비중이 더 클 정도로 삽화가 많이 등장하고 있다.

15) 시모어 채트먼, 앞의 책.

데 때로는 이러한 삽화들이 몇 권에 이르는 분량으로 작품의 전면을 비집고 들어와 긴장감을 가지고 전개되던 서사의 흐름을 중단시킨다. 이런 부분이 작자의 미숙함을 드러내는 것은 아닌가 의구심이 들기도 한다. 그러나 이런 장편을 이루어낼 정도의 역량을 가진 작가가, 그것도 다른 부분에서는 사건들을 기술적으로 결합해낼 줄 아는 능력을 발휘하던 작가가 갑자기 이 지점에서 미숙한 실수를 저지르며 논의의 초점을 일탈해 몇 권씩이나 되는 분량을 헤맨 끝에 겨우 다시 제자리를 찾는다는 것은 아무래도 이상하다. 그것도 한 번이 아니라 여러 번에 걸쳐 그런 실수를 저지른다면 그는 아직 제대로 장편을 이루어낼 능력을 갖추지 못한 작가이고 그에 의해 창작된 〈옥원〉은 구조적으로 미숙한 작품이라고밖에 할 수 없다.[16] 그러나 여러 면에서 이 작품은 심상치 않은 문제의식과 더불어 기법에서의 고민을 드러내는 문제작이라고 판단되기에 삽화의 개입에 대해서도 신중히 생각해 볼 필요가 있다. 일면 구조적 결함으로 보일 수도 있는 이러한 특성이 작품 속에서 어떻게 기능하고 있으며, 어떤 문제들을 제기하는지 살펴볼 필요가 있는 것이다.

먼저 삽화 간의 관계에 주목하여 그것들이 무엇을 향해 집중돼 있으며 어떻게 유기적 관련을 맺고 있는지에 대해 고찰해 보자. 삽화 ①~⑥은 모두 소세경과 관련이 있다. 삽화 ①은 세경이 부친과 분리된 채 고향을 찾아가는 도중에 가난한 사람들에게 자신이 가진 것을

16) 그러나 필사기를 통해 확인되듯이 이 작품의 작가가 <심봉기연>, <비시명감>, <신옥기린>, <명행록> 등도 지었다는 점을 고려하면 작가의 미숙함 탓으로 돌리기는 어려울 듯하다.

모두 나누어주고 곤란한 지경에 처하는 내용으로 이루어져 있다. 이 삽화는 불행한 처지에 놓인 세경을 더욱 곤경에 몰아넣음으로써 그의 불행을 강조하고 부각시키는 역할을 한다. 동시에 어질고 인정 많은 세경의 성격을 단적으로 드러내는 역할을 하기도 한다. 후자가 작품의 주제를 드러내는 데 있어서 더 중요한 역할을 한다고 보인다. 작품 내내 세경은 온화하고 인자한 성품으로 세상 사람들에게 한없는 이해와 애정을 드러내는 인물로 묘사된다. 따라서 벼슬길에 나가서는 고통 받는 백성들을 위해 어진 관료로서의 역할을 다해 칭송을 받기도 한다. 그런 그의 성정은 타고난 것이어서 아직 어린 소년으로서 자신도 곤란한 처지에 놓여 있음에도 앞뒤를 재지 않고 불쌍한 사람들을 보고는 참지 못해 가진 것을 다 주어버리는 것이다. 그런 성정을 강조하기 위해 최소한의 노잣돈까지 남겨놓지 않아 화를 자초하는 불합리를 감수하면서까지 과장을 하고 있다. 즉 이 삽화는 소세경의 아름다운 성정을 간접적으로 자연스럽게 드러내는 역할을 하는 것이라고 파악된다.

삽화 ②는 소세경의 뛰어난 능력을 드러내주는 역할을 하는데 어사 순행 중에 세경은 여러 가지 어려운 문제들을 해결함으로써 처음 관직에 진출하여 능력을 발휘하고 인정을 받는다. 세경의 능력이 서술자가 직접 개입하여 칭송을 늘어놓는 것보다 이런 삽화를 통해 훨씬 설득력 있게 제시되고 있는 것이다. 게다가 당대인들의 인기를 끌던 어사이야기라는 소재를 택함으로써 흥미를 가중시키기도 한다. 그 뿐 아니라 이 삽화는 소세경과 이원의 사이에 진정한 화해가 이루어질 수 있는 시간을 벌어주는 역할도 하고 있다. 개과천선한 장인을 세경이 표면적으로는 받아들였으나 오랜 시간 쌓여온 마음의 상처들이 일시에 치유될 수 있는 것은 아니기에 그러한 부정적 인식들이 해소될 수 있는 시간을 벌어주고, 그 시간 중에 개과한 장인의 구체적 선행들을 목격하게 함으로써 진심으로 이해하고 용서할 수 있는 계기를 마련케 하는 것이다.

삽화 ③은 이정의 딸이 소세경에게 반해 황제의 힘까지 동원하여 부부의 연을 맺고자 하자 세경이 도리로써 깨우쳐 현숙한 여인이 되도록 인도하니 망나니 친척 석생이 이를 목격하고 반성한다는 내용으로 이루어져 있다. 이 삽화는 세경의 뛰어난 도덕성을 드러내주는 구실을 한다. 그는 도학군자의 풍모를 지니고 항상 주색을 멀리하며 희언을 즐기지 않고 진중한 모습을 보이는데 이러한 삽화를 통해 그의 성격을 재확인할 수 있다. 더군다나 상대여자를 음란하다고 경멸하는 것이 아니라 덕으로 교화하여 현숙한 여인이 되도록 인도한다는 설정은 소세경의 도덕적인 성정과 더불어 인간을 이해하고 포용하는 도량을 여실히 드러내준다.

삽화 ④는 소세경이 이주통판으로 부임하여 역병과 굶주림으로부터 백성을 구하고, 유공과 주공 가문의 원억을 해결하고, 바다괴물을 퇴치하는 능력을 발휘하는 내용이다. 이 역시 세경의 능력을 드러내주는 역할을 하지만 앞의 어사 삽화와는 차원이 다르다. 어사 삽화가 초임자로서의 능력을 다루고 있다면 이 삽화는 훨씬 더 폭넓은 능력을 다루고 있다. 역병이나 도적 괴수, 심지어는 바다의 괴물까지도 물리치는 초인적인 능력을 보여주고 있다. 그러나 이러한 능력으로 인해 소세경이 초월적인 세계의 영향을 받는 전형적 영웅으로서 파악되는 것은 아니다. 오히려 그는 역병을 다스리기 위해 약과 부적을 쓰는 현실적 수단을 사용하고, 도적 괴수를 말과 글로 회유하고, 옥사를 해결하기 위해서는 지혜를 동원하여 치밀한 계획을 짜는 등 현실적 방법에 의존하여 자신의 능력을 발휘한다. 바다괴물을 물리치는 부분에서는 용왕에게 제문을 써보내어 바다괴물들이 그 앞에 굴복하게 만든다는 비현실적인 요소가 개입하지만 이것도 천자와 그 신하인 소세경이 만물의 우위에 있다는 현실적 존재의 우위를 드러내는 현실적 사고에 바탕을 두고 있다. 즉 이 작품 중에서 가장 영웅적 면모를 많이 지니고 있는 소세경의 능력과 그 능력의 현실적 지향을 드러내고 있는 것이라고 하겠다.

삽화 ⑤는 천하의 효자인 소세경의 효심을 단적으로 드러내준다. 홀연 불안한 기운을 느끼고 부친에게 연고가 있는 것이라고 여겨 그 길로 맨발로 달려와 부친 앞에서 혼절하는 세경의 모습은 지극한 효성을 더없이 극적으로 재현해낸다.

삽화 ⑥은 서제(庶弟)의 죽음을 통해 삽화 ②에서 엄격한 도덕률에 의해 사형시켰던 오소이의 일화를 다시 상기하며 전일의 과도한 형벌을 반성하고 인과응보를 깨닫는다는 내용이다. 소세경은 젊은 시절 도리의 추수에 집착한 나머지 이해와 용서를 등한시한 죄과를 뒤늦게나마 받는다며 반성하고 있다. 이로써 소세경은 엄격한 형벌로 백성을 교화하기보다는 이해와 용서로 교화해야 함을 깨닫고 사랑과 용서라는 더 높은 경지의 덕목을 체화하게 된다. 이를 통해 규범이나 도덕률보다 인간에 대한 이해와 자비가 우선한다는 것을 깨닫게 함으로써 소세경의 내면 성숙을 보여준다.

이로써 소세경에게 결부된 삽화들이 어떻게 그를 부각시키며 중핵의 변두리에서 각각의 역할을 수행해가는지를 살펴보았다. 이와 같은 삽화들은 소세경으로 인해 유기적 관계를 형성하며 인물을 구체화하고 주제의식을 반영하는 역할을 수행하고 있다고 하겠다.

다음으로 삽화들의 독립적인 성격을 살펴보기로 하자. 삽화들은 그 자체가 하나의 독립적인 이야기로서 주요갈등의 전개와 별도로 존재할 수 있다. 삽화마다 각기 새로운 내용을 다루고 있는데 이것들이 작품의 긴장을 이완시키고 흥미를 더해주는 역할을 한다. 지금까지 긴장감을 가지고 지속되던 주요사건이 한 단계 해결되자 이런 삽화를 개입시켜, 지속적이고 긴장감 있는 사건이 주는 재미와는 또 다른 잔재미를 선사함으로써 긴장을 이완시키는 것이다.[17]

위의 삽화들 이외에 소공이 재취를 얻는 삽화도 이런 기능을 잘 수행한다. 소공이 측실을 구하는 조건으로 나이 많고 성정이 어진 여인을 구하자 경공이 여러 여인의 머리카락을 구해다가 소공의 사람 알아보는 능력을 시험한다. 이에 소공이 머리카락의 상태만으로 그 주인의 사람됨을 알아맞추고 그 중 어진 향씨녀를 선택한다. 경공 등은 이에 그치지 않고 혼인날 남녀 양성(兩性)을 동시에 갖춘 사람을 향씨라고 속이고 소공의 침소에 들여보낸다. 그러나 소공은 즉시 그의 본질을 꿰뚫어보고 변복음양단을 먹여 본성에 가깝게 남자로 만들어준다. 그뿐만 아니라 염복양이라는 이름도 지어주고 공부를 가르친다. 이 삽화는 머리카락만으로 사람됨을 알아본다는 설정이나 남녀 양성인 자를 등장시키는 것을 통해 흥미소로서 큰 역할을 한다. 그런데 단순히 흥미의 차원에만 머무는 것이 아니라 남녀 양성인 자의 인간적 고뇌를 이해하고, 기질에 맞게 남성으로 바꿔준 다음 옆에

17) 이러한 삽화성 이야기들이 긴장의 이완에 큰 역할을 한다는 논의는 졸고, 「현씨양웅쌍린기 연작 연구」에서 언급한 바 있다. (서울대 석사학위논문, 1992.)

두고 학문을 가르쳐 새로운 삶을 살 수 있도록 배려하는 내용을 통해 인간에 대한 진지한 태도도 드러낸다. 이러한 의식은 이 작품에서 일관되게 보여주는 인간에 대한 성찰과도 관련되는 것이다. 남녀 양성인 사람을 비정상적으로 취급하며 우스개로 삼지 않고 그의 인간적 고통에 관심을 기울이고 정체성을 찾도록 도와주는 설정은 인간에 대한 진지한 애정을 바탕으로 이루어진 것이라고 할 수 있다.

이상에서 주요사건과는 별 관련이 없어 보이는 삽화들이 작품 안에서 나름대로의 의미를 생성하며 주제를 부각시키는 역할을 하는 것에 대해 살펴보았다. 삽화가 너무 확대되면 자칫 서사 진행에 방해가 될 수도 있다는 점을 고려할 때 무시할 수 없을 정도로 큰 비중을 차지하는 삽화들을 설정하고 작품을 이끌어가는 것은 이 작품의 독특한 서사기법 중 하나라고 할 수 있다. 삽화는 핵심갈등과는 무관한 부수적인 이야기, 혹은 주변부의 이야기를 다루고 있다는 점에서 삽화의 확대는 주변부에 대한 관심의 확대와도 관련을 가지는 것으로 파악할 수 있다. 즉 핵심갈등과 관련된 일만이 중요한 관심사가 아니라 그와 더불어 주변부의 다양한 사건들도 관심의 영역에 두고 마찬가지로 중시하는 의식을 읽어낼 수 있는 것이다. 그리고 이러한 의식은 고정된 시각으로 세상을 파악하지 않고 열린 시각으로 다양한 입장을 수용하고자 하는 주제의식과도 상통하는 것으로 보인다. 분명 작품의 핵심갈등이 형성되어 있고 그것의 중요성이 인정되지만, 일면 부차적으로 보일 수 있는 요소들도 인간의 삶을 형성하는 데 있어서 이에 못지않게 중요하다는 인식을 함유한다고 하겠다.

이러한 측면은 질서정연하고 논리적인 구성을 우위에 두는 관점에서는 결함이라고 파악할 수도 있겠으나 관점을 달리하면 그 부분이 바로 이 작품의 특성이자 주목할 부분이라고도 할 수 있다. 논리적 엄격성을 따르다 보면 사건들의 위계질서를 분명히 한 후 이를 체계화시키는 과정에서 불필요한 부분들은 과감히 삭제하게 된다. 논리의 핵심축에 관심이 집중되어 이에 방해가 되는 요소는 제거되고 마는 것이다. 즉 중요한 것과 중요하지 않은 것의 구분이 명백해진다. 이처럼 논리적 완결성을 미덕으로 삼는 관점은 위계적 질서를 중시한다는 점에서 지배계층의 의식과 관련이 깊다. 그런데 그런 논리적 틀을 탈피하여 작품을 구성하려는 것은 논리로 대변되는 질서를 거부하고자 하는 의식을 반영하고 있는 것은 아닌가 생각해보게 된다. 즉 바람직하고 완성된 형태로 존재하는 질서를 거스르고 위반함으로써 새로운 의식을 표출하는 수단으로 삼을 수도 있기 때문이다. 이 작품이 보여주는 새로운 문제의식과 기존의 질서에 순응하지 않고 회의하는 태도 등이 이를 뒷받침한다.

특히 이러한 의식을 작품에 두드러지게 표출되는 여성적 시각과 관련지을 수 있는데, 가부장제 하에서 억압된 자아를 회복하고 긍정하고자 하는 의식이 남성들의 지배적인 글쓰기 방식과는 차별적인 새로운 글쓰기 방식을 모색하게 했을 가능성이 있는 것이다. 여성 저작물들은 자아와 타자 사이의 교차가 끊임없이 계속되기 때문에 공(公)과 사(私)가 희미해지기도 하고 완성된 틀을 거부하기도 한다고 논의되었다.[18] 또 여성적 글쓰기가 초기에 가부장적 문학전통이 제시하는 가치들을 내면화하고 그것의 형식들을 모방하던 단계에서,

---

18) 쥬디스 키건 가디너, 「여성의 정체성과 여성의 글」, 『페미니즘과 문학』, 문예출판사, 1988, 229면.

남성문학 전통에 직면하여 그것을 '창조적으로 오독(誤讀)'함으로써 새로운 글쓰기 방식을 산출하는 단계로 나아간다고 하였다.19) 이 작품의 특이한 구성 방식 역시 이러한 관점에서 해석할 수 있는 여지가 많다. 논리적 완결성을 추구하기보다는 주변적 삽화들을 확대하여 끼워 넣음으로써 오히려 논리적 틀을 와해시키고 있는데 이는 여성들의 주변부에 대한 관심과, 남성 중심의 위계적 질서를 넘어서 새로운 형식을 모색하려는 의식이 결합된 결과로 볼 수 있다. 그러한 관점에서 삽화의 확대로 인해 작품의 구조적 완결성이 침해받는 현상을 구성면에서의 미흡함이 아닌 새로운 의식의 소산으로 해석할 수도 있는 것이다.

제4절 가상작가의 설정과 서술시점

〈옥원재합기연〉은 작중인물을 가상작가로 설정해 놓은 채 이야기를 전개시키고 있어 특이하다. 우선 가상작가에 대해 먼저 살펴보자면 고전소설의 경우, 특히 국문 장편소설의 경우 말미에서 가상의 인물에 가탁(假託)하여 누가 작품을 지었는지에 대해 언급하는 것이 일반적이기는 하다. 하나의 예를 들어보기로 하자.

> 승샹과 당부인의 별셰ᄒᆞ던 셜화와 웅린 텬린 등의 취실ᄒᆞ던 긔긔ᄒᆞᆫ 셜화ᄂᆞᆫ 다 후록의 ᄌᆞ셰히 잇거ᄂᆞᆯ ᄎᆞ뎐의 다만 ᄉᆞ지시녀 난혜 가ᄉᆞ를 ᄂᆞᆺᄂᆞᆺ

19) 팸 모리스, 「여성에 의한 글쓰기」, 『문학과 페미니즘』, 문예출판사, 1997, 59~60면.

> 치 다 일긔ᄒᆞ여 내매 후세 사ᄅᆞᆷ이 뎐을 지어 ᄡᅥ 셰샹의 젼ᄒᆞᄆᆡ 냥현공의 위인이 일ᄡᅡᆼ 룡린ᄀᆞᆺᄐᆞᆫ고로 슈제ᄒᆞᄃᆡ 냥웅ᄡᅡᆼ린긔연이라 ᄒᆞ엿ᄂᆞ니 ᄎᆞᄎᆞ 뉴젼만세ᄒᆞ라[20]

이와 같이 작품 속에 언급된 작가를 실제의 작가로 볼 것인가에 대해서는 이러한 언급이 작품의 허구적 진술의 일부로서 작가에 의해 가공된 인물로 보는 견해가 지배적이다. 즉 허구적 산물을 사실처럼 인식하도록 유도하고자 하는 당대의 창작관행으로서 작품 말미에 허구인 작가를 등장시키고 있는 것이다. 그런데 이 경우 제시된 작가가 가공인물이면서 작품의 말미에만 언급된다는 점으로 인해 작가가 제시되어 있고 그에 의해 관찰된 사건이면서도 작품은 여전히 전지적 입장을 견지하고 있다. 즉 작품의 진행과정 중에는 제시된 작가의 영향을 거의 받지 않은 채 작품이 서술됨으로써 가상작가와 서술시점 간에 엄격한 분리가 이루어지고 있는 것이다.

그러나 〈옥원재합기연〉은 위의 경우와는 차이를 보인다. 가상작가로 설정된 인물이 작품 말미의 진술 속에서만 언급되는 것이 아니라 작품내용 중에 직접 등장하고, 그것도 주인공들과 가까운 위치의 친인척으로서 사건전개에 직간접적으로 개입하고 있기 때문이다. 이 소설의 경우처럼 작중인물을 작가로 설정해 놓고 작품의 진행과정 중에 계속적으로 그것을 의식하며 서술하는 경우는 드물다. 가상작가가 표면에 드러남으로 인해 이 소설은 관찰자적 시점을 표방하게 된다. 서술시점이 작품의 의미를 파악하는 데 있어서 중요한 요소

---

20) 〈현씨양웅쌍린기〉 권지십.

임을 감안할 때 전지적 시점이 일반적인 고전소설의 전통 속에서 이 소설의 시점은 매우 주목할 만한 것이다.

〈옥원〉이 석생 형제들에 의해 기획되고 특히 석도첨에 의해 기록되었다는 사실은 〈옥원재합기연〉의 말미와 〈옥원전해〉의 서두 부분에 자세히 설명되어 있다.

> 일시의 일ᄃᆡ ᄌᆡᄉᆞ 반탄거ᄉᆞ 셕도텸이 ᄆᆡ홍각 봉샹희ᄅᆞᆯ 참연코 도라가 글을 지어 뎐ᄉᆞᄅᆞᆯ 긔록ᄒᆞ니 슈뎨 옥원ᄌᆡ합긔연이라 글을 짓ᄂᆞᆫ 즈음의 그 벗 슉당 소괘 보고 문ᄎᆡᄅᆞᆯ 평평이 윤ᄉᆡᆨᄒᆞ여 셕시의 음거난연ᄉᆞᄅᆞᆯ 기ᄒᆞ고 소문소견을 더어 뼈곰 쟝쟈의 소견과 내가의 교망ᄒᆞ믈 엇고져 라 한거ᄒᆞᆫ디라 나아가 질문ᄒᆞ니 영빈이 군ᄌᆞ슉녀의 대효대졀 대의대신을 감탄ᄒᆞ고 반탄의 문ᄉᆞᄅᆞᆯ 칭미ᄒᆞ여 부ᄉᆞᆯ 쌔혀 졈쥰ᄒᆞ여 문ᄎᆡᄅᆞᆯ 윤ᄉᆡᆨᄒᆞ니 반탄이 희지우열지ᄒᆞ여 원우 원년 삼월 삭됴의 ᄀᆡ간 옥원ᄒᆞ여 뎐파명화ᄒᆞᄃᆡ 의이 미진ᄒᆞ고 문이 여필ᄒᆞ니 후일의 부 옥원뎐ᄒᆡ셔ᄅᆞᆯ 지으니 대개 물유시죵ᄒᆞ고 시유본말이라[21]

위의 인용문은 〈옥원재합기연〉의 말미에 기록된 것이다. 〈옥원전해〉의 일권에도 이와 비슷한 내용이 다시 반복 서술되어 있다. 다만 중노 이과라는 자가 이원의의 집 옛 노비에게서 소세경과 이현영의 신기한 이야기를 듣고 '원앙기'를 지었다는 내용이 첨가되어 있다. 석도첨이 이를 보고 개작한 후 다시 소과가 윤색하고 제목을 바꾸어 유포시켰다는 내용은 동일하다. 이 때 지어진 〈옥원재합기연〉으로

---

21) 〈옥원재합기연〉 권지이십일.

인해 이현윤과 경공 사이에 심각한 문제가 발생하자 경공이 이를 거두어들이고 석도첨은 다시 〈옥원전해〉를 지어 이원의의 아름다운 행적을 기록했다는 내용이 덧붙어 있다. 또 석생들이 이현영의 유모인 설화에게서 소세경과 이현영이 미주에서 합방하던 사연을 듣고 기록하는 내용(〈옥원재합기연〉 권지이십일)과 석도첨이 개과천선하여 군자가 된 이원의에게 감읍하여 〈옥원전해〉를 지어 아름다운 사적을 기록했다는 내용(〈옥원전해〉 권지사) 등 작품의 전개과정 중에도 소설의 창작 경위에 대해 언급하는 부분을 발견할 수 있다.

이처럼 송대의 실존인물인 소동파 일가까지 끌어들여 이 작품이 실제로 당대에 석도첨을 중심으로 한 문사들에 의해 창작된 것처럼 꾸미고 있다. 그러나 석도첨이 작가로 설정되어 있으면서도 여전히 그조차도 '도첨이 --하되' 등의 형태로 작품 속에서 계속 3인칭으로 지칭되며 관찰의 대상이 되고 있다. 그런데 이것을 철저하게 객관적인 입장에서 자신조차도 3인칭화하려는 의도로 받아들이기는 곤란해 보인다. 아무리 자기 자신조차 3인칭으로 객관화시켰다 할지라도 당시의 윤리적 상황을 생각할 때 진짜 석도첨이 지은 것이라면 자신의 부친과 친척 어른들을 묘사하면서 작품 내에서와 같이 희담을 늘어놓을 수 있었으리라고는 생각할 수 없기 때문이다. 더군다나 객관적 시각을 빙자해 자기 부친이나 조부의 치부를 드러내기도 하고, 조모를 향해 투기가 지독한 여인 등으로 표현한다는 것은 상식적으로 납득할 수 없는 일이다.[22] 따라서 석도첨이라는 인물은 실제 작

---

22) 〈옥원재합기연〉 4권에는 설화가 석공의 눈에 들어 아들 석함을 낳게 되는 사연이 소개되는데 이 과정에서 석공은 여색을 밝히는 사람으로 군자의 모습과는 거리가 멀게

가에 의해 허구화된 인물이라고 할 수 있으며, 작가로 설정된 석도첨 자체가 작품 속에서 누군가에 의해 관찰되고 평가받는 것으로 서술되고 있는 상황이 그것을 반증하는 것이라고 하겠다.

더군다나 석도첨이 이 작품들을 지었다면 작품을 완결지은 시점을 넘어서는 일들에 대해서는 더 이상 서술하지 않아야 하는 것이 당연한데도 불구하고 후에 〈옥원〉이 천하의 계감이 되었다는 논평을 붙여 한참 후세대의 상황까지도 미리 언급하는 시간상의 모순을 보이고 있다. 이런 점으로 미루어 볼 때 이 작품의 작자로 설정된 석도첨 등의 이야기 역시 허구라고 할 수 있다. 이처럼 작중에 제시된 작가가 실제인물이기보다는 작품의 신빙성을 높이기 위해 채택된 작품기법의 일부라는 견해는 일찍이 이상택에 의해 논의된 바 있다.[23] 이 작품 역시 석도첨을 가상작가로 설정해 놓고서도 엄격한 객관적 입장을 취하지 못한 채 서술자의 서술 충동에 의해 전지적 시점을 노출시키고 있는 것이다.

그러나 그럼에도 불구하고 이 작품이 가상작가를 설정하는 데 그친 채 시점은 이와는 무관하게 일방적인 전지적 시점을 취하는 것이 아니라 나름대로 가상작가의 존재를 의식하며 객관적 시점을 유지

그려지고 있으며, 석공의 부인은 투기가 심해 간부를 구하여 설화를 모함하기까지 하는 것으로 묘사된다. 그런데 석공과 그의 부인은 이 작품을 기록한 석도첨의 조부와 조모이다.

23) 그는 작가에 대한 진술을 남긴 인물이 작가가 아니라 작가적 시점에 서있는 화자라는 것과 이들이 중국의 기록 속에 전혀 나타나지 않는 점, 작가로 설정된 이들이 주인공들과 동시대인이면서도 작품 내용을 서술하는 시제는 훨씬 후대로 설정된 점 등을 들어 이들이 실제 작가가 아니라는 것을 밝히고 있다.(이상택, 「조선조 대하소설의 작자층에 대한 연구」, 『한국고전문학연구』 3, 한국고전문학회, 1986, 236~241면.)

하려고 한다는 점에 주목할 필요가 있다. 이 작품의 경우 여느 장편 소설에서처럼 작가에 대한 기록이 작품 내용과는 무관하게 작품 말미에 덧붙어있는 것이 아니라 작품의 진행과정 중에도 언급되며, 작가로 지목되는 인물이 주인공들과 함께 작중에 등장하여 사건에 개입하기도 하는 것으로 설정되어 있기 때문에 서술시점에 대해 새롭게 고민한 듯하다. 〈명주보월빙〉의 경우처럼 작가가 주인공 가문의 일기 등을 토대로 작품을 지은 것이라면 이미 주인공들의 행적에 대한 정보를 다 갖추고 있는 상태이기 때문에 전지적 시점을 드러내는 것이 별 문제가 되지 않는다. 그러나 이 작품처럼 작가가 작중인물로 설정되어 있는 경우 그들이 가지는 시공간적 제약으로 인해 주인공들의 행적에 대해 전지적 시점에서 서술한다는 것이 논리적으로 불가능해진다. 따라서 이 작품은 표면적으로 3인칭 관찰자적 시점을 표방하고 있다.

그러나 실제의 작가는 여전히 전지적 서술자로서의 충동을 떨쳐버리지 못했다는 점에 문제가 있다. 3인칭 관찰자에 의해 관찰된 후 객관적으로 서술될 수 있는 사건은 극히 제한적일 수밖에 없는데 실제 작가는 여느 고전소설의 작가들처럼 모든 부분을 통괄하며 세세한 내용까지 서술하고자 하는 충동을 계속 지니고 있기 때문이다. 작품을 기록한 것으로 설정된 석도첨이 주인공 주변의 인물이기는 해도 관찰자의 신분에 그친다는 점 때문에 주변부의 세세한 사건이나 주인공들의 은밀한 가정사까지도 기록하려는 서술태도와 충돌을 빚게 되는 것은 당연하다. 가상작가가 주인공의 가까운 친인척으로서 사건 진행 속에 함께 놓여있기 때문에 주인공을 더 잘 이해하고 그와 관련된 사건들을 더 잘 전달할 수 있는 동시에 관찰자로서의 제약은 더 많이 받게 된다. 즉 그와 같은 공간에 머물고 있을 때는 주인공의 외면적 사건들을 기술하는 데 유리한 입장에 놓이게 되지만 공간이 분리되어 버리면 사건의 진행을 알 수 없게 되어 전모를 다 보여주지 못함으로써 작품이 불완전하게 되는 딜레마에 빠지게 되는 것이다.

이 작품에서는 그런 곤란함을 극복하고 서술자의 전지적 서술 충동을 만족시킬 수 있는 또 다른 장치를 설정하고 있다. 가상작가 이외에 제 3의 관찰자들을 설정하고 있는 것이다. 이 소설 속에는 주인공들의 은밀한 이면까지 관찰하고 퍼뜨리는 인물들이 존재한다. 그들은 석도첨 등이 주인공에 관하여 은밀한 부부사나 가정사들을 어찌 저렇게 소상히 알고 기록할 수 있을까 의심이 미치는 곳마다 자신들의 존재로 인해 그러한 사실들이 알려졌다는 것을 증명하기 위해 등장한다. 즉 가상작가의 눈이 미처 미치지 못했을 법한 부분을 해명하고 설명하기 위해 존재하는 것이다. 만약 이 소설의 서술자가 전지적 시점을 가지고 있다면 이러한 인물들의 설정은 불필요한 것일 수도 있다. 그러나 작중에 가상작가를 설정함으로써 이 이야기가 객관적으로 전달되는 것임을 입증하고자 하는 표면적인 장치들이 필요하게 된다.

그런 인물들 중에 가장 대표적인 것이 여주인공 이현영의 유모인 설화이다. 그녀는 늘 현영을 따라다니며 생사를 같이하는 충복이자 현영에 관한 이야기를 전달하는 전달자이다. 그녀의 첫번째 역할은 현영의 뛰어난 행적을 드러내어 세상에 알리는 것이다. 현영이 자결하였다가 구조될 때마다 구조자에게 현영의 내력과 정절을 전달하여 상대방이 그 절개에 탄복하고 다시 세상에 전파하여 현영을 칭송받게 하는 일차적 제공자가 바로 설화인 것이다. 입이 무거운 것이 미덕이고 더군다나 자신의 속마음이나 집안사를 함부로 드러내지 않는 것이 사대부가의 현숙한 아녀자가 지켜야 할 도리로 여겨진 것을 감안하면 현영 스스로 자신의 이야기를 풀어놓는 것이 부적절하고 껄끄러웠을 것이고 그렇게 되면 여주인공의 뛰어난 행적에 대한 미화가 상당 부분 위축되었을 터인데 설화가 적절한 역할을 수행하고 있는 것이다. 설화의 두 번째 역할은 석생 형제들에게 그들이 미처 모르는 세경 부부의 애정사나 가정사 등을 알려 기록하게 하는 것이다. 충직하면서도 나이든 여인네 특유의 호기심과 수다 등이 합쳐져 석생들에게 자기 주인의 기특한 이야기들을 신이 나서 들려주는 설화의 모습은 상당히 생동감이 넘치면서 현실적이다. 설화가 수행하는 역할의 중요성 때문인지 작자는 설화를 위해서도 지면을 할애하여 그녀가 아들을 낳은 내력과 현영의 유모가 되어 생사를 같이하게 된 내력 등에 관해서 제법 자세하게 서술하고 있고, 그녀가 석생들의 아버지인 석공에게 사랑을 받아 아들 석함을 낳은 것으로 그려 석생들과 더욱 밀접한 인물로 설정해 놓고 있다.

다음으로 자녀부부의 금슬을 확인하기 위해 신방 엿보기를 좋아하는 공부인을 들 수 있다. 그녀는 경박하고 교양 없는 인물이지만 자식에 대한 관심은 여느 어머니와 마찬가지이다. 사대부가의 아녀자로서는 적절하지 않은 그녀의 경박한 호기심이 주인공들의 세밀한 부분을 전달하는 데 큰 몫을 한다. 그녀는 이현영과 이현윤의 모친으로서 두 부부의 일에 모두 개입하여 자식들의 부부금슬을 엿보고 설화와 더불어 그 내용을 석생들에게 전달하는 역할을 한다. 한편 유모가 없는 경빙희의 경우 도적을 만난 사연과 이현윤과의 아름다운 설화를 세상에 알리는 인물로 진공을 설정하고 있다. 그는 경소저의 사촌 형부로서 우연히 노중에서 이들을 만나 자초지종을 알고 세상에 전파하는 역할을 한다. 그 외에도 객점이나 노중에서 주인공들의 뛰어난 행적을 목격하게 되는 인물들을 설정하여 그 이야기들이 세상에 알려진 경위를 설명한다. 이처럼 번거로울 정도로 사건들마다 그것이 알려진 경위를 합리적으로 설명하기 위한 장치를 마련하고 있다. 이러한 설정으로 인해 이 작품이 객관적인 시점을 내세우면서도 모든 부분에 대해 상세히 서술해낼 수 있는 길을 열어 놓게 되는데 이 점은 이 소설의 큰 특징으로 제시될 수 있을 것이다. 즉 작품내용의 객관적이고 합리적인 전달이라는 부분에 대해서 고심한 결과 3인칭의 관찰자를 작가로 내세우고 또다시 제 3의 전달자들을 설정함으로써 객관적 관찰에 의한 것이면서도 모든 부분을 다 그려낼 수 있는 가능성을 실현한 것이다.

작품 속의 화자가 이렇게 중층적으로 설정되어 있기에 서술 층위 역시 중층적인 구조를 가지게 된다. 우선 가장 안쪽에 사건을 직접 목격하고 전달하는 전달자들이 존재하고, 그 다음으로 이를 듣고 기록하는 석도첨 형제가 존재하고, 마지막으로 가상작가인 석도첨 형제의 일까지 관찰하고 서술하는 실제 작가가 존재한다.

실제 작가 ← 가상 작가 ← 전달자

설화, 공부인, 진공 등의 전달자들은 관찰자로서 설정된 석도첨이 실제로는 거의 전지적 입장에서 사건을 서술하게 되는 모순을 해명하기 위해 설정된 존재들이다. 즉 관찰자의 눈이 미치지 못하는 곳을 대신 목격하고 설명해주는 것이다. 이러한 장치를 통해 이 작품이 객관적 관찰에 의해 기록된 것이라는 점을 합리화하고 그럼으로써 작품을 사실로 받아들일 개연성을 높이는 것이다.

그러나 사실 실제의 작가는 여전히 전지적 위치에 있다. 가상작가를 내세워 자신의 전지적 능력을 숨기고 관찰자적인 시점을 가장하고자 하는데 그것이 가상작가의 설정이라는 장치와 부합하여 일관성 있게 지속되지 못하고 전지적 시점을 불쑥불쑥 노출함으로써 자신의 존재를 드러내게 된다. 가상작가까지 포함하여 작중인물들에 대해 논평을 가하거나 앞날의 사건들에 대해 미리 예언하는 부분들이 대표적인 예이다. 가상작가를 내세운 3인칭 관찰자적 시점과 전지적 시점이 혼재되어 있다고 할 수 있다.[24] 이전의 소설들이 작품의 말미에 가상작가를 설정하던 것에서 더 나아가 작가 자체를 작품 내에 위치시키고, 객관적인 시점을 유지하는 것처럼 보이기 위해 전달자들을 통해 합리적인 해명을 시도하는 노력을 기울이고 있다는 점은 높이 평가할 만하다.

그런데 작품의 사실성을 강조하기 위해 가상작가를 설정하고 있으면서도 작품의 배경과 인물을 소설이 창작된 당대 조선의 현실 속에 위치시킨 것이 아니라 중국의 송나라와 결부시키고 있어 독자에게 일정한 거리감을 인식하도록 하고 있다. 즉 작품을 사실로 받아들일 것을 유도하면서도 한편으로는 그것이 현재 자신들의 일은 아닌 것처럼

24) 정병설은 이와 같은 관찰자적 시점의 시도가 서술자와 시점을 발견해가는 과정을 보여주는 것으로서 중요하다고 지적한 바 있다.(「〈玉鴛再合奇緣〉: 탈가문소설적 시각 또는 시점의 맹아」, 『한국문화』 24, 서울대 한국문화연구소, 1999, 93~95면.)

위장하고 있기도 한 것이다. 그렇다면 무엇 때문에 이런 이중적인 장치가 마련되었을까 궁금해진다. 우선 소설을 사실인 것처럼 인식시키고자 하는 시도는 이 작품 외의 국문 장편소설들에서도 일반적인 현상이다. 작품 말미에 작가에 대한 기록을 첨가함으로써 마치 사실을 기록한 것인 양 꾸미고 있는 것이다. 이는 사실이 아닌 허구를 폄하하고 역사적 사실에 대한 기록물을 더 높이 평가하는 시대적 분위기 속에서 취해진 방어기제라고 할 수 있다. 그와 동시에 소설의 내용이 꾸며낸 허랑한 이야기가 아니라 사실이라고 강변함으로써 개연성을 높이고 진지하게 받아들이도록 유도하기도 한다. 이 작품의 경우에는 다른 작품의 경우보다 더욱 사실성을 강조하기 위해 가상작가를 아예 작품 내에 설정해놓고 그에 의해 이야기가 전해지는 것처럼 보이기 위해 노력한다. 그럼으로써 독자로 하여금 작품의 내용이 현실 속에 존재하는 것처럼 받아들이고 자신의 체험과 동일시하게 만드는 것이다. 특히 인간관계에 얽힌 현실적 문제들을 다루는 이 소설의 경우 그런 동일시의 효과가 극대화될 수 있다. 비현실적인 남의 이야기가 아니라 주변에서 흔히 겪을 수 있는 인간의 심리적 갈등을 다루면서 그것이 인간사회의 보편적 모습임을 깨닫도록 하는 것이다.

그런데 이와 더불어 그것들을 현실과 완전히 동일시하지 못하도록 시대를 달리 설정하고 있기도 하다. 이런 식의 소설기법이 작가를 숨기고자 의도하는 것임을 대표적으로 보여주는 게 연암의 〈호질(虎叱)〉이다. 이 경우 자신이 전달하는 내용에 대한 책임을 다른 시공간의 가상작가에게 미루고 있는 것이라고 할 수 있다. 책임 추궁의 소지가 될 수 있을 정도의 날카로운 현실비판을 담아내고 있는 경우 이런 기법은 효과적으로 실제 작가를 감추고 보호해준다. 즉 작가가 자신을 드러내고 싶지 않을 때 이런 방법이 사용된다. 〈옥원〉 역시 작가가 스스로를 드러내지 않기 위해 송나라라는 시공간 속에 가상작가를 설정했을 가능성도 있다. 그러나 그 점은 당대의 소설 창작자들이 자신을 작가로 밝히는 경우가 드물었다는 보편적 상황과 연결지을 때만 타당해 보인다. 왜냐하면 이 소설은 연암의 소설처럼 현실에서 문제될 만한 심각한 내용을 다루고 있다고는 생각되지 않기 때문이다.

따라서 다른 시공간 속에 가상작가를 설정하고 그에 의해 객관적으로 관찰된 사실인 것처럼 인식시킴으로써 현실과의 거리를 유지하게 만드는 이유는 다른 측면에서 탐색되어야 할 듯하다. 이 소설의 독자는 현실감 있는 내용을 자기의 처지와 동일시하며 읽어나가다가 문득 가상작가의 존재를 확인하고 그것이 현실은 아님을 깨닫게 된다. 주인공들의 고난과 그들의 심리갈등에 동조하여 작품 속에 몰입하다가 석도첨이나 설화, 공부인 등의 존재가 나타나 사건을 객관화시킴으로써 현실로 돌아와 소설을 하나의 대상으로 재인식하게 된다. 동일시를 통해 공감대를 형성할 수 있었다면 이번에는 작품과의 거리를 유지하게 됨으로써 현실과의 차별성을 인식하고, 이를 통해 현실을 되돌아보고 반성할 수 있는 시각을 확보하게 되는 것이다. 작품에 일방적으로 몰입하게 되면 자신을 망각하게 되고 그럼으로써 오히려 올바른 인식이 방해받기 쉽다.[25] 어느 정도 객관적인 거

---

25) 고전소설의 독자가 작품의 내용에 몰입하여 허구와 현실을 분별하지 못하고 강독자를 찔러 죽였다는 유명한 일화가 이러한 논의를 뒷받침한다.
"옛날에 어떤 남자가 종로의 담배가게에서 어떤 사람이 패사(稗史) 읽는 것을 듣다가 영웅이 가장 실의(失意)하는 대목에 이르러서는 갑자기 눈을 부릅뜨고 입에 거품을 물고서는 담배 써는 칼로 패사(稗史) 읽는 사람을 찔러 죽였다." (李德懋, 「銀愛傳」, 『雅亭遺稿』 三.)

리를 유지하는 상황에서만 작품이 의도하는 바를 제대로 인식할 수 있고, 그러한 바탕 위에서 현실과의 비교도 가능해진다. 작품에 몰입하여 일방적인 동질감 속에 독서하는 상황이 수동적인 것이라면, 객관적인 시선으로 작품의 내용을 재구해보고 그것이 드러내는 의미를 해석해보고자 하는 것은 적극적 독서행위라고 할 수 있겠다.

즉 이 작품은 가상작가의 존재를 통해 소설의 내용이 꾸며진 것이 아니라 실제 있었던 것처럼 보이게 하여 사실성을 강조하는 한편 그 사실이 현재의 인물이 아닌 가상작가에 의해 객관적으로 전달되는 것이라는 점을 인식시켜 독자와 작품 사이에 어느 정도의 거리를 형성함으로써 작품을 더 적극적으로 읽어낼 수 있게 하는 것이다.

한편 이 작품의 서술층위가 중층적인 구조를 가짐으로 인해 의미면에서도 3중의 의미망을 형성하게 된다. 실제 사건을 겪어 나가는 인물들의 입장을 통해 드러나는 의미, 이를 보고 전달하는 인물들에 의해 드러나는 의미, 작가에 의해 드러나는 의미, 이렇게 세 가지 차원의 의미망이 중층적으로 겹구조를 이루고 있는 것이다. 그리고 이로 인해 작품이 드러내는 의미는 단선적인 것이 아니라 다면적인 것으로서 다양한 함의를 가지게 된다.

우선 제일 안쪽에 자리 잡고 있는 것은 등장인물들에 의해 직접적으로 표출되는 의미이다. 사건에 중요한 역할을 담당하고 있는 핵심적인 인물들은 행동과 언사를 통해 각자의 입장을 드러내게 되는데 이 부분은 아직 제 3자의 의식이 영향을 미치지 않은 채로 있는 그대로의 상황과 각자의 처지를 노출시킨다. 각자는 나름대로 자신의 행위를 정당화하고 이해시키기 위한 합리적인 이유를 가지고 있고, 따라서 독자는 다양한 입장들을 객관적으로 경험함으로써 작품의 의미를 파악할 수 있는 밑바탕을 형성하게 된다.

다음으로 전달자들의 시선에 의해 전해지는 의미이다. 전달자들은 각자의 성격이나 주인공과의 관계에 따라 핵심인물들과 사건에 대해 논평을 가하게 되는데 이를 통해 비로소 작중인물들에 대해 가치판단이 개입된 평가가 이루어진다. 그러나 이들의 시각을 객관적이고 타당한 것으로 인정할 수 있는 근거는 없다. 각자 자신의 입장에 따라 인물들을 평하는 태도도 달라지기 때문이다. 예를 들어 공부인은 자기 자식들과 사위, 며느리뿐 아니라 남편에 대해서까지 나름대로 평가를 내리고 있는데 공부인의 위인이 악하지는 않으나 경박하고 허랑한 편이라 그녀의 말을 전부 다 믿음직한 것으로 받아들일 수는 없다.[26] 자신의 입장에서 주관적인 평가를 내리고 있기 때문이다. 하지만 이런 전달자들의 시각에 의해 새로운 의미들이 드러나기도 한다. 이들은 가치판단을 개입시켜 인물들의 선악을 분변하기도 하고, 때로는 공적인 생활에서는 잘 드러나지 않는 인물들의 이면을 폭로하기도 함으로써 주인공들의 면모를 또 다른 차원에서 새롭게 인식할 수 있는 단서를 제공한다. 특히 군자형 인물들의 사적인 생활에 대한 폭로와 희화화를 통해 인간의 평범하고도 보편적인 면모를 다시금 확인케 해주는 역할을 하기도 한다.

마지막으로 작가를 통해 드러나는 의미를 들 수 있다. 이 부분은 가끔 서술자가 작품 내에서 직접적인 논평을 가하는 경우를 제외하고는 표면적으로 잘 드러나지 않는다. 즉 작품 내에 잠재되어 있는

26) 이 경우 공부인은 '믿을 수 있는 화자'라고 할 수 없다. (웨인 부스, 『소설의 수사학』, 최상규 역, 새문사, 1985.)

의미라고 할 수 있다. 작가는 작품의 표면적인 내용뿐 아니라 그가 이야기를 전달하기 위해 동원한 모든 기법을 통해서 포괄적이고 궁극적인 의미를 드러내고자 한다. 작가에 의해 궁극적으로 제시되는 의미가 작품의 주제라고 할 수 있다. 이 작품의 주제는 지금까지 살펴본 것들을 종합해 볼 때 '윤리적 당위의 현실적 적용과 그 과정을 통한 인간의 다면적 이해' 정도로 표현할 수 있을 것 같다. 인간 사회의 가장 보편적인 덕목인 효를 내세워 그것이 당대의 사회제도 속에서 구현되는 양상을 살피고, 그 과정 속에 갈등하는 인간 군상들의 다양한 입장을 제기함으로써 인간에 대한 폭넓은 이해에 도달하게 하는 것이다.

이상에서 살펴본 바와 같이 이 작품은 문제의식의 참신성 뿐 아니라 새로운 서사기법의 모색이라는 측면에서도 소설사에서 중요한 위치를 점한다고 할 수 있다. 집단이 아닌 개인의 고민을 탐색하고자 하는 새로운 문제의식을 구현하는 방식으로서 기법에 대한 고민도 병행한 것으로 보인다. 이 작품에서 관심을 기울이는 것은 인간의 다면적인 모습이고 그것들이 각각 객관적 타당성을 가진다는 사실이다. 이런 문제의식은 소설기법 면에도 반영되어 다면적 입장을 어떻게 객관적으로 전달하고 설득력 있게 그려낼 것인가에 대한 모색이 이루어진 듯하다. 그 결과 대화체의 활용과 가상작가의 설정이 시도되었다. 그뿐 아니라 효율적인 작품구성을 위한 시간적 배치와 구조적 안배 등도 고려한 것으로 보여 소설사의 전개에서 내용면에서만이 아니라 형식면에서의 고민들도 병행되었음을 확인할 수 있었다.

제6장
작자에 대한 추론

지금까지 국문 장편소설의 작자층에 대해서는 상층의 사대부로 추정하는 논의가 대다수였고, 최근에는 상층의 여성작자에 대한 논의도 개진된 바 있다. 기존 논의를 종합해 볼 때 국문 장편소설이 상층의 향유물이었다는 점에는 이견이 없는 듯하다. 〈옥원〉 역시 난해한 문체, 상층 사대부가의 삶을 통해 유가적 의식을 표출하고 있는 점 등을 근거로 상층의 소설이라고 규정지을 수 있다. 그러나 국문 장편소설이 상층의 향유물이라는 범박한 추정 외에는 논의가 더 이상의 진전이 없이 계속 답보상태에 머무는 느낌이다. 국문 장편소설 내부에도 차별성이 존재하고 이와 더불어 작자층도 세분화될 가능성이 높다는 점을 고려할 때 상층사대부라는 범주는 무척이나 포괄적인 것이어서 장편소설군 내부에 존재하는 차별성들을 설명해주기에는 역부족이다. 이제 본고에서 관심을 기울이는 부분은 이 작품이 사대부 계층 내에서도 어떤 층위의 작자에 의해 창작되었을까 하는 점이다.

〈옥원〉의 작자에 대한 그간의 논의는 여성작가설, 이광사설, 중인신세대계층설로 나눌 수 있다. 먼저 심경호가 〈옥원재합기연〉의 21권 말미에 붙은 첨기를 근거로 이 소설이 규방여성의 창작물로 여겨진다는 견해를 제시함으로써 최초로 여성작가의 존재가 논의되기 시작했다.[1] 필사기의 '규듕의 팀몰ᄒᆞ야'라는 구절이 여성이 창작했음을 짐작하게 해주며, 이 여성작가는 〈십봉기연〉, 〈비시명감〉, 〈신옥기린〉, 〈명행록〉 등도 지었다고 하므로 이를 통해 국문 장편소설 가운데 규중여성에 의해 창작된 것이 상당수 있을 듯하다는 논의이다.

그러나 최길용은 필사기를 이와는 달리 해석하여 원교(圓嶠) 이광사(李匡師)를 이 소설의 작자로 추정하고 있다.[2] 그는 '규중에 침몰하여'를 '때를 만나지 못해 방안에 틀어박혀 지내는 불우한 남성'을 의미하는 것이라고 보았다. 이어서 '문식과 총명이 뛰어난' 인물이면서도 세상에 쓰이지 못하고 방안에 틀어박혀 '무용한 잡저'를 저술한 불우한 인물로 이광사를 지목하고, 그의 불우한 생애가 이러한 언급과 비슷하다는 점을 증거로 들고 있다. 또 〈임하필기(林下筆記)〉에 '李圓嶠之子男妹做諺書古談, 爲蘇氏名行錄'이라는 구절에서 '之'자를 '與'와 동일한 뜻의 허사로 볼 수 있다 하여 '이원교의 아들 남매'가 아니라 '이원교와 그 아들 남매가 〈소씨명행록〉을 지었다'고 해석하였다. 그리고 〈옥원재합기연〉의 필사기에 동일 작가의 작품으로 언급된 〈명행록〉이 바로 〈소씨명행록〉이므로 〈옥원〉의 작가는 이광사라고 결론지었다.

정병설은 다시 이를 반박하며 이 소설이 여성작가에 의해 창작되었음을 재확인하였다.[3] 필사자 온양정씨와 이광사의 관계를 살펴

---

1) 심경호, 앞의 논문, 177~187면.

2) 최길용, 「〈옥원재합기연〉 연작의 작자고」, 『조선조연작소설 연구』, 아세아문화사, 1992.

3) 정병설, 「〈옥원재합기연〉 작가 재론-조선후기 여성소설가의 한 사례」, 『관악어문연구』 22, 서울대 국문과, 1997.

온양정씨가 시숙부인 이광사에게 '무용한 잡저를 기술'했다고 말할 수 없다는 점과 '규중'이라는 용어는 여성에게만 사용된다는 점, 〈명행록〉이라는 용어가 반드시 〈소씨명행록〉을 의미한다고 볼 수 없다는 점을 들어 이광사 작가설을 부인한 것이다. 그리고 논의를 더 확대하여 〈완월회맹연〉의 작가로 추정되는 전주이씨가 〈옥원〉도 지었을 가능성을 제기하며, 두 작품 사이에 존재하는 문체적 차이를 들어 전주이씨 개인이 아닌, 전주이씨에 의해 주도된 가족집단에 의해서 집단창작되었을 가능성을 타진하고 있다.

한편 양혜란은 위의 논의들이 상층의 작가인 것을 전제한 뒤 성별을 따지고 있는 데 반해서 중인 신세대계층이라는 전혀 새로운 작가층을 추론하고 있다.[4] 그는 작품의 분석을 통해 옹서갈등과 의술모티프를 특징으로 추출한 후 이를 토대로 '의술에 관계가 깊거나 관심이 있고, 양반에 대해 반발이 있는 중인 신세대계층'이 작품을 창작하였을 것이라고 주장하였다.

이처럼 〈옥원〉의 작가에 대해 다양한 논의가 이루어졌는데 이에 대해 본고의 입장을 간략히 정리한 후 새로운 방향에서 작가에 대한 추론을 전개해보기로 하겠다. 위의 논의들은 크게 작자층이 상층이냐 중인층이냐 하는 계층적 문제와 남성이냐 여성이냐의 성별 문제로 분류할 수 있다. 본고에서는 작품분석을 토대로 이에 대한 견해를 밝히기로 한다. 우선 전자에 대해서는 〈옥원〉의 문체가 상당히 난해

4) 양혜란, 「〈옥원재합기연〉 연구」, 『고전문학연구』 8, 한국고전문학회, 1993, 321~322면 ; 양혜란, 「18세기 후반기 대하장편가문소설의 한 유형적 특징-〈옥원재합기연〉, 〈옥원전해〉를 중심으로」, 『한국학보』 75, 일지사, 1994, 94~97면.

한 한문구로 이루어져 있다는 점, 백성의 교화와 안위에 대한 지배층으로서의 책임감이 강하게 드러난다는 점, 주인공들이 열린 시각을 보이기는 하지만 유교적 질서와 격식을 충실히 따르고 있다는 점 등으로 미루어 상층의 작가에 의해 창작된 것이라고 생각한다.[5] 후자에 대해서는 필사후기로 미루어 '규방'이라는 용어를 무시할 수 없고, 작품 속에 여성적 시각이 두드러지게 표출되기 때문에 남성보다는 여성에 의해 창작되었을 가능성이 더 높은 것으로 파악된다.

그런데 이 논문에서 작가문제에 관심을 기울이는 부분은 이 장의 앞부분에서도 언급했듯이 이 작품의 작가가 상층 내에서도 어떤 집단에 속했을까에 대해 좀 더 구체적으로 추론해보고 이를 통해 국문장편소설 내부의 변별성을 확인하고자 하는 것이다. 그러면 지금까지 작품을 분석한 결과를 종합하면서 작가에 대한 논의를 전개하기로 한다.

국문 장편소설 가운데서도 〈옥원〉은 〈명주보월빙〉 류의 소설과는 차이가 있는 것으로 생각된다. 〈명주보월빙〉 등이 가문 내의 영웅적 주인공에 초점을 두고 가문으로 대표되는 집단의 문제를 다루며 이원적 세계관에 입각해 상층의 벌열의식을 드러내는 작품군의 대표라고 한다면[6], 〈옥원〉은 이와는 또 다른 계보를 형성하는 작품으로

---

5) 이 작품이 여느 국문 장편소설과는 다른 특성들을 보이는 것은 사실이지만 이를 중인의식과 관련짓기 위해서는 중인의식에 대한 검토가 선행되어야 할 것이라고 여겨진다. 현실주의적 사고와 의술모티프, 복자(卜者)에 대한 관심만으로 중인 작자층을 추론하는 것은 무리가 있다고 보이기 때문이다.

6) 이상택, 앞의 논문.

파악된다. 영웅성이 많이 퇴색한 주인공들을 내세워 개별 인간의 입장 차이와 그 심리에 관심을 기울이며, 현실적 사고에 입각하여 일원적 세계관에 근접하고 있다는 점이 그 특성이다.

4장 1절에서 살펴본 것처럼 이 소설의 주인공들은 초월적 세계의 주도적 개입에 의해 현재의 삶을 영위하는 것이 아니라 현세적 질서에 충실한 모습으로 그려지고 있다. 그들의 출생이나 성장 과정, 부부 간의 결합 등에도 천상의 질서에 의한 운명적 성격이 두드러지지 않는다. 이 소설에도 비현실적 요소의 개입이 전혀 없는 것은 아니나 그 영향력은 극히 약화되어 있다. 주인공들은 현실적인 차원에서 벌어지는 문제로 갈등하고 그것들을 현실적인 관계 속에서 해결해나가고 있다.

이 외에도 작품에 드러나는 대표적인 현실적 요소로서 의술모티프를 들 수 있다. 국문 장편소설의 영웅적 주인공은 문무(文武)에서 모두 뛰어난 영웅성을 갖추고 있으며, 도술이나 의술 등에 대해서도 신이한 능력을 가진 것으로 설정된 경우가 많다.[7] 이 작품은 그 중에서도 의술모티프가 더욱 강조되고 있다는 점에서 특징적이다. 작품 속에서 가장 영웅적 면모를 지니고 있는 소세경은 학문에서는 당대의 석학인 사마광이 탄복을 금치 못할 정도로 우수한 재능을 드러내고, 무예에서도 무과에 급제한 수경운을 능가할 정도의 능력을 지니고 있다. 뿐만 아니라 의술에 대해 남다른 조예와 능력을 갖추고 있는데 이는 작품 속에서 매우 중요한 역할을 한다. 그런데 그의 의

7) 예를 들어 〈현씨양웅쌍린기〉의 현경문도 의술에 대해 남다른 능력을 가진 것으로 그려진다.

술이 초월적인 능력에 의한 것이 아니라 현실적 맥락에서 학습에 의해 습득된 것이라는 점에서 주목된다. 즉 선천적인 영웅성보다는 후천적인 노력이 부각되는데 이는 이 작품의 현실적 성격을 드러내는 좋은 예이다.

의술모티프와 함께 작중 현실 중에 특이한 부분이 소세경의 가정형편이다. 그의 집안은 대대로 청빈한 선비가문인 것으로 묘사되는데 상층의 부귀를 그리는 소설들에서는 쉽게 접할 수 없는 핍진한 삶의 모습을 보여주고 있다. 스스로 농사짓고 사냥하고, 심지어는 남의 집 품팔이까지 해야 할 정도의 곤궁한 생활상이 구체적으로 묘사된다. 소씨 일가는 자신들의 삶이 빈한한 만큼 일반백성의 삶을 더 구체적으로 이해하며 백성의 가난과 고충을 해결해주고자 실질적인 노력을 기울이고 있다.

이는 백성들의 실제적인 경제생활에 관심을 가진 작자층의 인식과 생활태도를 반영한 것으로 여겨진다. 작품 속에 드러나는 소씨 가문의 행적은 학문만을 본업으로 생각하고 이외의 생업을 위한 활동은 도외시했던 일반 사대부가의 모습과는 거리가 있다. 도학자로서 정통 성리학만을 고수하는 것이 아니라 의술이나 방술 등에도 적극적 관심을 표명하면서 이를 실생활에 유용하게 이용하고자 하는 의식을 보여준다. 이와 같이 구체적 현실을 중시하는 의식은 백성들의 경제적 여건을 개선시키고자 하는 데까지 나아간다. 즉 이 작품은 소세경 일가의 행적을 통해 유학자의 올바른 역할이란 이론과 실천을 병행시켜 현실생활과 관련을 맺도록 하는 것임을 간접적으로 표명하고 있다고 하겠다. 이런 점에서 〈옥원〉은 현실적이면서도 진보적인 시각을 가지고 있다고 하겠다.

한편 이 작품에 드러나는 정치적 인식을 살펴본 결과 붕당에 의한 배타적 태도에 비판적 인식을 드러내고 있음을 알 수 있었다. 당파의 분변이 뚜렷했던 송대를 배경으로 삼고 있으면서도 당색에 의해 사람을 판단하는 것이 아니라 당파 이전에 그 사람의 인격에 관심을 기울이며, 그런 사고방식으로 상대당의 인물들까지도 포용하는 여유를 보여준다. 특히 신법당의 당수로서 급진적인 개혁정책을 펼쳤던 왕안석에 대해 집권보수층의 태도와는 달리 유연한 자세를 취하고 있어 주목된다. 그의 개혁의도와 민생을 생각하는 마음에 대해서는 긍정적인 평가를 내리되 정책이 시행되는 방식이 잘못되었고, 시행과정 중 인재를 등용하는 부분에서 일을 그르치고 말았다는 비판을 내놓고 있는 것이다. 이런 인식은 왕안석을 부정적 인물로 바라보던 당대의 보수적인 정통유학자들의 견해와는 상당히 다른 것으로서 진보적 성향을 드러내는 것이라고 생각된다. 조선후기 왕안석에 대한 평가는 정치성향에 따라 차이를 보였는데 노론 계열이 그를 간신의 전형이라고 폄하하며 부정적 인식을 강하게 드러낸 반면, 소론 계열의 진보적 성향을 가진 부류에서는 왕안석에 대한 객관적 평가를 통해 부분적으로나마 긍정적 인식을 드러낸 것으로 파악된다. 이런 점을 고려할 때 이 작품의 작가는 노론 계열의 인물이기보다는 소론 계열의 인물일 가능성이 높다.

그런데 왕안석이 군자의 풍모를 지녔다는 것과 그의 문학적 재능, 신법 시행의 동기 등에 대해서는 인정하되 신법 자체를 긍정적으로 평가하고 있지는 않으며 특히 신법의 시행이 너무 성급히 이루어져 부작용을 낳았다는 비판을 하고 있는 점으로 미루어 그들의 개혁적 성향이 급진적이지는 않았으리라는 것도 짐작할 수가 있다. 따라서 이 작품의 작자는 소론 계열의 온건개혁적 성향을 지닌 인물이 아니었을까 하는 추론을 해볼 수 있다.

이러한 점은 당파에 대한 입장을 통해서도 확인된다. 작품 속에서 정치적 견해를 달리하는 사람들도 포용하려는 의식을 보이기는 하지만 그것은 어디까지나 인격적이고 사적인 차원에서의 화합이지 정치적 차원에서의 화합은 아니다. 소송과 소세경 중심의 구법당 인물들과 왕안석 등의 신법당 인물들이 사적인 공간에서 교류하고 있기는 해도 정치권에서는 신법당이 실각한 후 구법당 중심으로 개편이 이루어진다. 작품의 중심인물들이나 군자형 인물들이 모두 구법당 중심으로 설정되어 있고, 작품전반에 걸쳐 구법당이 도덕적 우위에 있음을 드러낸다. 이는 신법당보다 구법당을 정통으로 받아들이는 당대의 지배적 분위기와 무관하지 않다. 구법당의 우위를 인정하는 가운데 신법당의 인물들도 포용하는 것인데, 이는 자기당의 주도적 입장을 고수하면서 상대당을 포용하려는 의식이라고 할 수 있다. 이 때 그들의 정치적 시각이 진보적이라 함은 상대당을 무조건 배척하고 사갈시하는 태도를 극복하고 비정치적인 영역에서나마 공존하고자 하는 의식을 드러낸다는 정도의 상대적인 차원이지 붕당을 뛰어넘어 정권의 화합을 도모하는 식의 급진적 시각은 아니다. 이런 점에서 이 작품의 작가는 탕평론을 제기하며 정치 개혁의 선봉에 섰던 부류는 아닌, 온건개혁파 정도로 판단된다.

또한 작품에 반영된 생활 모습이나 정치인식 등을 볼 때 정치적 권력을 소유한 집권보수층이기보다는 정권에서 소외된 채 붕당의 폐해를 겪은 계층이라고 추측할 수 있다. 보통 장편소설에서는 영웅의 일대기 구조 중 기아가 되어 죽을 고비에 처하는 단락이 탈락되는 경우가 많다. 이는 이러한 소설의 수용계층이 그러한 현실경험과 거리가 있기 때문인 것으로 볼 수 있다.[8] 그런데 이미 살펴본 것처럼 소세경은 부친의 유배로 인해 어린 나이에 의탁할 곳을 잃고 도로에서 방황하다가 도둑의 소굴에까지 흘러들어간다. 가문이 몰락하고 부친과도 헤어지게 됨으로써 호된 시련을 겪는 것이다. 이를 수용층의 현실경험과 관련지을 수 있다면 이 소설의 작가는 직접 이런 상황을 경험했거나 혹은 주변을 통해서라도 이런 상황에 대해 잘 알고 있으면서 공감대를 지닌 존재라고 할 수 있다. 따라서 이 작품은 이런 경험과는 전혀 무관한 최상층 벌열가문의 구성원에 의해 창작된 것으로는 보이지 않는다. 정치적 격변을 경험했거나 그에 대한 위기의식을 가진 집단의 인물에 의해 창작되었을 가능성이 높은 것이다.

분리 모티프뿐 아니라 주인공 가계의 빈한함으로도 위의 논의를 뒷받침할 수 있다. 학문만을 유일한 소임으로 생각하던 사대부의 생활상을 염두에 둘 때 손수 농사를 짓고, 그것도 자신의 땅이 변변히 없어 남의 집 품팔이를 해야 하는 처지는 안정된 기반 위에서 부귀권세를 누리던 계층과는 거리가 먼 것이라고 여겨진다. 주인공을 통해 그려지는 현실의 핍진함은 사대부의 이상적 개념으로서의 안빈낙도

---

8) 김종철은 작가가 알려져 있는 작품인 〈옥수기〉, 〈옥루몽〉, 〈육미당기〉의 분석을 통해 이 같은 점을 밝히고, 그것이 상층사대부의 세계관과 관련된다는 점을 확인하였다.(「19C 중반기 장편 영웅소설의 한 양상-〈옥수기〉, 〈옥루몽〉, 〈육미당기〉를 중심으로」, 『한국가문소설 연구논총』, 경인문화사, 1992, 79~82면) 그런데 〈옥원〉의 경우 상층의 소설로 파악됨에도 불구하고 독특하게 주인공이 기아로 인한 고난에 처하는 것으로 설정되어 있다. 뿐만 아니라 주인공 집안의 가난한 생활상이 구체적으로 묘사되기도 한다. 이로 미루어 장편소설 내에서 이 작품을 위시하여 '분리로 인한 시련'이라는 유형구조 단락을 가진 작품들은 〈옥수기〉 류의 작품군과는 다른 유형으로 세분화될 수 있으며, 그것은 작가층의 차이와도 관련이 있다고 생각된다.

와는 거리가 멀다고 할 수 있다.

이 작품의 주인공들은 가난 속에서도 군자로서의 모습을 지키는 동시에 자신의 처지를 통해 고단한 백성의 삶을 더 깊이 이해한다. 따라서 경세적(經世的) 측면의 중요성을 인식하고 그에 대한 구체적 실천을 행하기도 한다. 권농(勸農)을 통해 농사의 중요성을 다시금 일깨우고, 여성들에게는 방적을 권장한다. 한편 생산품을 팔아 이익금을 나눈다는 구절을 통해 상행위에 대해서도 간략하게나마 언급하고 있다. 이런 행위는 상층사대부로서는 파격적인 것이라고 할 수 있다. 따라서 보수적인 사대부 계층의 의식을 반영한 것은 아니리라는 점을 짐작할 수 있는 것이다.

이와 더불어 이 작품은 당대의 지배층에 대해 비판적 시각을 지니고 있으며, 소송과 소세경이라는 인물을 통해 사대부의 이상적 모습을 제시하고 있는 것으로 보인다. 소송과 소세경은 현실적 경세책의 중요성을 인식하고 이를 실현하고자 애쓰는 인물인 동시에 인간의 평등성과 존엄성에 관심을 가진 도덕적 인물이다. 열린 자세로 인간을 대하는 태도는 주인공 주변의 상층인물들에게만 적용되는 것이 아니라 가부장제 이념에 의해 남성에게 종속된 존재로서의 여성, 비정상적으로 양성(兩性)을 구유한 염복양, 그리고 하층의 일반백성들에게까지 두루 적용된다. 이는 작가가 인간이해라는 측면에서 진보적 인식을 지니고 있음을 드러내는 것인 동시에, 백성들의 안위를 걱정해야 하는 사대부로서의 임무도 자각하고 있음을 보여주는 것이다.

이상의 논의를 종합해 볼 때 이 작품의 작자는 상층의 인물이기는 하되, 당대 집권층의 인물은 아니었던 것으로 보인다. 최상층으로서 기득권을 가진 계층에 속했다면 자신들의 권력기반을 유지하기 위한 보수화 경향을 강하게 드러냈을 것이다. 그러나 이 작품은 당대의 보수적 경향들에 강하게 문제를 제기하고 있다. 사회적으로는 가부장제로 대표되는 지배질서가 개인의 개성을 억압하는 현실에 대해 반성하고, 정치적으로는 당색을 넘어서 인간적 교류를 이루고자 하는 개혁적 성향을 드러낸다. 생활면에 있어서도 경제적으로 한미한 가문의 모습을 그리고 있어서 작자가 집권층의 인물은 아니었으리라는 추측을 뒷받침한다. 따라서 정치권력에서 소외되어 경제적 어려움을 겪는 대신에 당대의 지배이념이었던 성리학의 교조적인 틀을 깨고 새롭게 인식지평을 넓혀가면서 좀 더 현실적이고 실질적인 영역들에 관심을 기울인 존재라고 볼 수 있겠다. 이 작품의 작자는 정치적으로 진보적이고 개혁적인 성향을 가지기는 했으나 급진적인 개혁보다는 도덕론에 바탕을 둔 점진적 개혁을 실행하고자 하는 온건개혁파에 속한다고 추론해 볼 수 있겠다.

이제부터는 지금까지 살핀 것들을 토대로 좀 더 구체적인 작자층을 추론해 보겠다.[9] 상층 벌열가문의 부귀영화를 그리는 여타의 장편소설과는 달리 이 작품은 실세(失勢)한 가문의 가난한 모습을 사실적으로 그려내고 있다는 점이 특이하다. 뿐만 아니라 가난한 민생에 큰 관심을 가지고 구체적인 구활(求活)행위를 그리고 있기도 하다. 또

9) 현재의 자료만으로는 구체적 작가 일인을 한정하는 것은 불가능하다. 그러므로 그가 속한 집단을 추정하여 그 집단의 특성과 작가의 특성을 관련지어 설명할 수밖에 없음을 밝혀둔다.

한 이러한 현실적 여건을 바탕으로 강한 현실주의적 세계관을 드러낸다는 점에서도 주목된다. 정치적으로는 당색을 초월하여 인간적 교류를 이루고자 하는 진보적 성향을 보이면서도 급진적 개혁에는 반대하는 온건개혁파의 성격을 드러낸다. 인간의 감정에 관심을 가지고 개인의 입장을 중시하는 문제의식을 보여준다는 점에서도 주목된다. 특히 여성적 시각이 강하게 드러난다. 이러한 점들을 종합해 볼 때 이 작품의 작자는 세상과 인간에 대해 열린 시각을 가진 계층의 일원이었으리라고 짐작된다. 개인보다는 집단을 중시하는 당대의 이념을 따르기보다는 주체적 존재로서의 개인에 관심을 기울이며, 사대부 남성중심의 가부장제 하에서 소외당하는 계층에게까지 애정 어린 시각을 표하는 것은 작가의 의식이 상당히 유연하고도 진보적이라는 것을 알게 해준다. 따라서 이 작품의 작가는 점차 이념적으로 교조화하던 당대 주류 성리학의 보수적 분위기를 벗어나 있으면서, 정치적 권력을 장악하고 경제적으로도 부를 누리는 집단과 거리가 있는 인물이라고 할 수 있겠다.

그런데 필사기를 살펴본 바에 의하면 이 작품의 필사자가 작자에 대해서 잘 알고 있는 것같이 보인다.[10] 이로 미루어 필사자가 작자와 관련이 있는 인물이었으리라는 추정이 가능하기 때문에 이 작품의 필사자를 통해 좀 더 구체적인 작자층을 추론하는 단서를 마련해 보고자 한다. 이 작품의 주필사자인 온양정씨와 그를 도운 자부 박

---

10) 〈옥원재합기연〉 권지이십일 끝에 붙어있는 필사기에 이 작품의 작가가 재주는 많으나 세상에 쓰이지 못하고 규방에 침몰한 자라는 언급과 〈명행록〉, 〈비시명감〉, 〈신옥기린〉이 모두 다 그가 창작한 것이라는 대목이 있는 것으로 미루어 필사자가 작가에 대해 알고 있었다고 짐작할 수 있다.

씨, 손자부 해평윤씨, 기계유씨 등은 전주이씨 덕천군파의 일원이다. 전주이씨 덕천군파는 우리나라의 대표적인 양명학파 집안이다. 정제두가 조선 양명학의 사상적 체계를 수립한 이래 전주이씨 덕천군파 일문이 주류가 되어 양명학을 가학(家學)으로 계승시켜 왔다.[11] 이들을 특별히 강화학파(江華學派)라고 지칭하는데 이광사, 이광신, 이광명, 이충익, 이건창 등이 대표적 인물들이다. 이 중 이광사는 최길용에 의해 〈옥원〉의 작가로까지 지목된 바 있다.[12] 그의 논의를 받아들이기에는 곤란한 부분들이 존재한다고 해도 이 작품과 이광사를 비롯한 전주이씨 가문과의 관계를 무시할 수는 없을 듯하다. 이광사의 집안은 이 작품 외에 이미 〈소씨명행록〉의 창작과 관련하여 소설과 밀접한 관련이 있음이 논의되어 왔다.[13] 이를 통해 전주이씨 가문이 직간접적으로 소설과 관련이 깊었다는 점도 짐작할 수 있다. 필사자가 필사후기를 통해 〈옥원〉의 작자에 대해 잘 알고 있다는 점을 드러낸 것으로 미루어 작자가 그 주변인물임을 추정할 수 있는데 그 인물이 온양정씨의 시집인 전주이씨 가문의 일원이었을

---

11) 최영성, 『한국유학사상사-조선후기편』 上, 아세아문화사, 1995.

12) 최길용, 앞의 논문.

13) 〈임하필기(林下筆記)〉 卷29 '諺書古談'에 이원교의 아들남매가 〈소씨명행록〉이라는 언서고담을 지었다는 것에 얽힌 일화가 존재한다.
"이원교의 자녀 남매가 諺書古談을 지어 소씨명행록이라 하였는데 家故를 만나 한쪽에 치워두었다. 원교의 꿈에 한 여자가 나타나서 소씨라 자칭하며 책망하여 말하기를 어찌하여 사람을 불측한 곳에 빠뜨려놓고 伸雪해주지 않는가라고 하였다. 깨어나서 크게 놀라 계속해서 아직 덜 지은 곳을 마저 짓는데 兄弟叔侄이 함께 앉아 도왔다. 제삿날인데도 밤이 깊은 줄을 몰라 제사가 늦어만 갔다. 문자의 妙가 신의 경지에 듦이 이와 같았다." (李圓嶠之子男妹 做諺書古談 爲蘇氏名行錄 遭家故 閣置一邊矣 圓嶠夢有一女子 責曰 何爲陷人於不測之地 不爲伸雪乎 覺而大驚 繼做未編 兄弟叔侄 同坐贊助 祭日不知夜深 齋稍晩 抑文字之妙入神如是耶)

가능성이 있는 것이다.

그런데 위에서도 언급한 바처럼 전주이씨 일문은 조선 양명학의 대명사인 강화학파를 주도하고 있었다. 이 작품의 작자가 이 가문의 일원이라면 작품 내에 강화학파의 특성들이 어떤 식으로든 반영되어 있을 가능성이 높다. 작품 속에 작가의 현실적, 사상적 특성들이 반영된다는 점을 고려할 때 그의 성향을 좌우하는 주변적 요소들을 무시할 수 없다. 더군다나 강화학파는 독특한 가풍과 학풍을 계승해 온 집단이기에 작가가 그 일원이었다면 당연히 강화학파의 영향을 받았을 것이라고 생각된다. 그러므로 조선의 양명학파, 그 중에서도 대표적인 강화학파의 특성을 살펴보고 이를 지금까지 고찰한 작품의 성격과 비교해 보기로 하자.[14]

첫째, 조선시대에 양명학자들은 정주학(程朱學)을 국시로 삼은 국내의 경직된 분위기 속에서 이단 취급을 받으며 심하게 배척당했다. 따라서 조선의 양명학파는 대체로 정계에서 소외당한 인사들이 주축을 이루어 왔다. 노론이 집권한 후 실각한 소론 가운데 정제두의 연일정씨(延日鄭氏)와 전주이씨 덕천군파, 동래정씨(東萊鄭氏) 등이 주축이 되어 양명학을 가학으로 계승해왔다. 이 중에서도 가장 주류에 해당하는 전주이씨 가문은 이충익 이래 가학에 충실할 뿐 벼슬에 나가지 않는 것을 가풍으로 삼고 있었고, 이로 인해 가난한 생활을 영

14) 양명학에 대한 부분은 다음의 글들을 참고하였다.
정인보, 『양명학연론』, 삼성문화재단, 1972 ; 윤남한, 『조선시대의 양명학 연구』, 집문당, 1982 ; 유명종, 『한국의 양명학』, 동화출판공사, 1983 ; 유명종, 『성리학과 양명학』, 연세대학교 출판부, 1994 ; 최영성, 『한국유학사상사-조선후기편』 上, 아세아문화사, 1995.

위할 수밖에 없었다.[15] 이러한 사정은 작품 속에 드러나는 소씨 가문의 한미한 모습과 상통한다. 상층 벌열가문의 부귀영화를 그리는 여타의 장편소설과 〈옥원〉의 차이는 작자층의 상이함에서 연유할 수도 있다고 할 때 이러한 작중 현실이 작자층의 현실을 반영하는 것일 가능성은 매우 크다고 하겠다. 특히 강화학파가 속해 있던 소론 준론(峻論) 정파가 1755년(영조31)의 을해옥사(乙亥獄事)에 연루되어 거의 몰살당하는 치명적 타격을 입는 바람에 강화학파 역시 정치적 몰락을 겪게 되는데 이러한 상황 속에서 작중현실이나 그로 인해 야기되는 문제의식과 비슷한 공감대를 지녔을 가능성이 있으리라고 생각된다.

둘째, 강화학파의 정치적 계보를 따지자면 영조년간 탕평정국에서 배제된 소론 준론 계열에 속한다고 할 수 있다. 강화학파를 출발시킨 하곡 정제두가 '큰 도리인 의리를 앞세워 당론을 타파해야 한다'는 원칙론을 바탕으로 탕평에 대해 의견을 제시한 바 있지만 소론 강경파인 준론의 공식적 입장은 탕평에 반대하는 것이었다.[16] 이는 앞서 살펴보았던 이 작품의 정치인식과 매우 유사하다. 도리를 내세워 당파 간의 반목을 타파하는 데는 동의하지만 그것이 정치적 차원에서까지 낭만적인 해결을 이루는 것은 아니었다. 정치적 차이는 인정하되 인간적 차원에서 서로를 이해하고 교류하려는 자세를 보이는 것이다. 이런 점은 극단적 보수주의 경향을 드러내는 노론과도 차별화되면서 탕평책에 동조하는 소론 완론 계열과도 차별화되는

15) 최영성, 앞의 책, 309면.
16) 박광용, 앞의 글, 252~258면.

것이다. 노론에 비해 정치적 유연성을 가지지만 개혁성향에 있어서 온건파에 속한다고 하겠다. 이런 점들을 고려할 때 소론 준론 계열에 속하는 강화학파의 정치적 입장과 작품의 정치인식이 관련을 가질 개연성이 있다고 보인다. 조선의 양명학파는 명나라의 경우와는 달리 극단적인 좌파적 경향은 보이지 않고 온건한 우파적 경향만을 보이는 게 특징인데 이러한 경향으로 인해 온건한 개혁론을 펼쳤다. 이와 관련하여 작품 속에서 왕안석의 개혁에 대해서 긍정적인 측면을 인정하면서도 너무 급격한 시행과 잘못된 인재등용을 문제로 지적하는 점을 참고할 만하다.

셋째, 조선 양명학의 특징으로 실(實)을 중시하는 현실주의적 사고를 들 수 있는데, 이러한 성격은 실학의 발전에도 영향을 미친 것으로 파악된다. 현실과 괴리된 관념성을 지양하고 이론과 실제를 일치시키고자 노력하였다. 이런 성격은 도학적 측면뿐만 아니라 경세적 측면 역시 중시하게 하였다. 이 작품의 대표적 특징으로 꼽을 수 있는 강한 현실주의적 세계관을 이와 관련지어 생각해볼 수 있다. 이 작품은 천상계의 운명적 질서에 관심을 가지는 것이 아니라 현실의 구체적 삶을 모색하는 주체적 인간에 관심을 가진다. 그로 인해 작중 현실을 귀족적이고 낭만적인 모습으로서가 아니라 사실적인 모습으로 핍진하게 묘사하고 있다. 이처럼 현실의 실상에 주목함으로써 의술 등 실생활에 요긴한 기술을 적극적으로 습득하려는 자세를 보이며, 백성들의 곤궁한 삶에 대해서도 구체적인 관심을 가지고 구휼하려는 자세를 보인다. 즉 도학자로서만 자처하며 생업이나 기술 등을 도외시하던 성리학자들의 의식과는 달리 실제적이고 진보적인 의식을 드러낸다고 할 수 있다.

넷째, 인간의 감정을 존중하고 인간정신의 자율성을 추구하는 것이 양명학의 기본 정신인데 이러한 주관적 정감주의는 개인의 사상과 감정 표현의 자유를 중시한다. 특히 강화학파의 경우 그들의 사상적 성향으로 미루어 인간을 이해하는 태도 역시 진보적이었으리라고 추측할 수 있다. 강화학파의 일원인 이광사는 인간 감정의 솔직한 발로를 통한 개성의 해방을 주장한 바 있다. 정동유(鄭東愈)는 인도주의를 더 구체화하여 신분 제도를 비판하며 공사노비법의 개혁을 주장하기까지 했다.[17] 이런 의식은 작품의 대 민중적 자세 뿐 아니라 인간 개개인의 입장을 존중하고 이해하려는 주제의식과 관련해서도 주목할 만한 것이다. 기성의 권위적이고 교조적인 경향들에 반대하며 개인의 개성과 자율성을 중시하는 점은 이 작품의 주제의식과 연관된다. 인간을 이해하는 데 있어서 강화학파의 진보적 관점은 집단 속의 개인에 관심을 가지며 그들의 내적 심리를 통해 인간의 다양한 측면을 이해하고자 모색하는 〈옥원〉의 특성과 비슷하다고 하겠다.

다섯째, 강화학파는 여러 학문에 대해 열린 태도로 수용하려는 자세를 취하며 완만한 개혁론을 지지하였다. 조선후기 성리학이 다른 학문을 이단시하며 배척하는 독선적 태도를 강화하는 가운데 양명학을 중심으로 학문의 자율성을 외치게 되었다. 이를 통해 주자학의 편협성과 배타성을 비판하고 학문 간의 교류에 대해 열린 자세를 취하였다. 이런 자세로 인해 불교나 도교뿐만 아니라 서학 사상에 대해서도 유연한 자세를 취하였다. 〈옥원〉에서도 유학뿐만 아니라 도교나 불교에까지 우호적인 관심을 보이는데 이를 강화학파의 학문적

---

17) 유명종, 앞의 책, 187~188면.

태도와 관련지어볼 수 있다.[18)]

여섯째, 문예학적 관심을 들 수 있다. 조선의 도학자들이 표면적으로 문장에 힘쓰는 것을 배격하는 입장을 취한 것과는 달리 양명학자들은 작가의 개성을 중시하고 그것들을 자유롭게 표현해내는 데 적극적이었다. 특히 강화학파 안에서는 이충익, 이영익, 이건창 등의 뛰어난 문장가가 많이 배출되었다. 강화학파는 주체적 사관과 관련하여 역사서를 편찬했을 뿐 아니라 우리말 연구에도 남다른 열정을 보였다.[19)] 문학에 대해 열린 태도를 취하고 있었다면 다양한 문학장르에 대해서도 관심을 가지고 수용하려고 했을 것임을 추측할 수 있다. 또 우리말에 대해서도 큰 관심을 기울이고 있었다면 국문소설에 대해서도 긍정적 인식을 가지고 있었으리라 보인다. 실제 이광사 집안에서 국문소설을 창작했다는 논의가 남아있어 이러한 가능성을 뒷받침해준다.

이상으로 작가로까지 지목된 바 있는 원교 이광사와 필사자 온양정씨가 속한 강화학파를 이 작품의 특성과 비교하여 살펴보았다. 그 결과 많은 유사점이 발견되었다. 특히 작품의 현실지향적 의식이나 정치인식, 인간에 대한 태도 등은 강화학파의 그것과 상당 부분 일치하는 것으로 파악된다. 이를 통해 이 작품의 작자층을 사대부 계층 내에서도 온건개혁적인 정치성향과 현실주의적이고 경세학적 사고

---

18) 〈옥원재합〉의 구권에는 소세경이 여공의 집에 갔다가 불교 서적을 읽으며 도학하는 여공과 만나 불교에서도 배울 바가 있음을 논하는 대목이 나온다. 또 소공과 세경은 방서지사라 하여 도교에도 관심을 보이고 있다.

19) 유명종, 앞의 책, 166~167면.

를 가진 집단으로 한정지을 수 있으며, 특히 강화학파와 같은 집단과 밀접한 관련을 가지는 것으로 추정해볼 수 있다. 또 작가가 '규방'의 존재임을 언급하는 필사기의 기록뿐 아니라 작품 속에 여성의 입장을 옹호하고, 여성의 특성을 드러내는 여성적 시각이 두드러진 점으로 미루어 이 작품의 작가가 강화학파 내의 여성일 가능성도 크다고 하겠다.

그런데 강화학파는 상층 내에서도 보수적인 벌열층과는 구별되는 집단이다. 이들은 집권 노론과는 정치적 입장을 달리하는 소론계에 속하며 소론 내에서도 영조년간 탕평 정국에서 배제된 소론 청류당 계열에 속한다. 이후 이들은 1755년(영조 31) 을해옥사(乙亥獄事)에 연루되어 처벌받은 후 정계에 진출하지 못한 채 유배생활을 하거나 가난 속에 학문에 주력하는 것으로 가풍을 이어나갔다. 성리학이 더욱 교조화하는 분위기 속에서 현실적용에 밝은 실리적 태도로 여러 학문에 대해 절충적인 자세를 가지고 수용하려는 모습을 보였다. 이로 인해 학문과 사상면에서 뿐 아니라 현실과 인간을 이해하는 면에서도 유연한 자세를 가지게 되었다. 강화학파의 형성에 절대적 영향력을 미친 정제두는 지행합일(知行合一)을 강조하는 동시에 사민(士農工商) 평등론을 수용하고, 양반제도의 폐지와 노비제도의 단계적 폐지를 주장할 정도로 진보적 성향을 드러내었다. 이후 정제두의 학풍을 계승한 이광사, 이영익, 이충익, 정동유 등도 진보적인 입장을 유지하였다.[20)]

이들이 정치적 노선과 그로 인한 현실여건의 곤핍, 진보적인 사상

20) 박광용, 『영조와 정조의 나라』, 푸른역사, 1988, 258~260면.

성향 등으로 인해 기득권을 가진 최상층과는 여러 모로 다른 입장을 가졌으리라는 점을 쉽게 짐작할 수 있다. 따라서 이들과 노론 벌열가문의 인물들은 같은 사대부 계층에 속하면서도 현실을 바라보는 태도에 있어서는 큰 차이를 지녔을 것이라고 생각된다. 국문 장편소설이 상층에 의해 창작되고 향유된 장르라는 공통점을 가지면서도, 절대적 운명론에 입각해 현실의 차별성을 정당화하고 보수적 이념의 재확인을 통해 지배 이데올로기를 강화하고자 하는 소설군과 이 작품처럼 현실지향적 세계관 속에 인간의 개성을 담아내려고 하는 소설군으로 나뉘는 현상을 작자층의 상이함에서 연유하는 것으로 파악할 수 있다.

그동안 상층 사대부 계층이라고만 인식해 온 국문 장편소설의 작자층을 세분화할 수 있음으로 해서 장편소설의 유형적 세분화 역시 가능하리라고 여겨진다. 상층 내부에서도 강한 현실적 지향을 가진 진보적 성향의 작자층을 상정할 수 있고 이로 인해 고전 장편소설의 작자층이 일원화되어있던 것이 아니라 다원화되어있었다는 것을 확인할 수 있다. 그리고 상이한 작자층의 의식에 따라 다양한 작품군이 형성되었으리라고 짐작할 수 있다. 이러한 추론은 성격이 다른 다양한 작품 유형이 존재하는 장편소설의 실상과도 부합하는 것으로서 소설사를 입체적으로 이해하는 데 도움을 줄 수 있을 것으로 생각된다.

이상에서 살펴본 〈옥원〉은 작품 자체의 독창적 면모와 필사본에 수록된 고전소설 목록으로 인해 우리 소설사에서 작품 내외적으로 주목할 만한 작품이다. 이 작품에 대한 초기연구는 주로 후자에 초점이 두어졌다. 〈옥원재합기연〉의 14, 15권 표지 안쪽에 필사된 소설목록으로 인해 장편소설의 출현시기가 그간 홍희복의 〈제일기언〉(1835년~1848년 번역) 서문에 기록된 소설목록을 토대로 추정했던 것보다 무려 50년가량 앞당겨지게 되었다. 이로써 장편소설사의 전개가 적어도 18세기 중반 정도에 활발히 이루어졌으리라는 추측이 가능해진다.

그런데 이와 같은 작품 외적 측면에서뿐만 아니라 작품 자체의 미학적 측면 때문에도 〈옥원〉은 소설사에서 매우 중요한 작품이라고 생각된다. 상층의 보수적 이념을 대표하는 것으로 일반화되어온 장편소설 중에서도 상대적으로 진보적이고 근대적인 의식을 드러내고 있기 때문이다. 이 때 상대적인 진보성이라는 표현을 쓰는 이유는 이 작품이 보수적 지향성을 강하게 드러내는 장편소설 내부에서는 진보적 성향을 드러내지만 연암의 한문단편소설이나 판소리계 소설이 가지는 진보적 성격과는 차이를 보이기 때문이다. 그런데 국문장편소설 중에는 〈옥원〉과 비슷한 문제의식을 드러내는 작품이 적지 않게 존재하는 것으로 보인다.

이를 통해 상층에서 향유한 국문 장편소설이라는 소설유형이 상층이념의 수호물로서만 기능했던 것이 아니라 동일 유형 안에도 다양한 움직임이 존재했다는 사실을 확인할 수 있게 되었다. 현실에 대한 새로운 인식을 바탕으로 비판적 문제의식을 드러내는데 이 작품의 주된 관심은 집단이념과 제도의 억압 속에서 인간의 개성을 발견하고 긍정하려는 것이다. 그 점에서 실학사상을 받아들인 사대부로서 주로 제도적 모순을 비판하는 연암의 소설들과 구분되며, 하층민의 입장에서 지배체제에 대한 비판의식을 담고 있는 판소리계 소설과도 구분된다. 즉 우리 소설사의 전개에 있어서 근대적 지향을 보이는 계보의 새로운 한 획을 형성하면서도 상층의 향유물인 국문 장편소설의 장르적 특성상 중도적인 위치에서 독특한 면모를 보이고 있다고 하겠다.

한편 이 작품은 강한 여성적 시각으로 인해 조선후기 소설사의 전개에서 여성들이 차지했던 역할을 재확인하고 좀 더 적극적인 차원에서 여성의 능동적 참여를 추측할 수 있게 해준다는 점에서도 의의가 있다. 이 작품의 필사기를 통해 우리 소설사에서 가능성으로만 존재하던 여성작가에 대한 논의가 본격적으로 전개되기 시작했다. 그동안 국문 장편소설의 주독자층이 여성이리라는 점에 대해서는 큰 공감대가 형성되었으나 여성작가에 대한 논의는 유보적이었는데 최근 들어 〈옥원〉과 〈완월회맹연〉을 중심으로 여성작가설이 주요문제로 제기되었다. 〈옥원〉의 경우 필사기에만 의존하여 논의를 전개하는 과정에서 '규방'이라는 단어의 용법과 필사기의 신빙성 문제로 여성작가설을 회의하며 부정하는 입장들도 존재하였는데 본고에서 작품을 분석한 결과 내용과 기법 면에서 여성적 시각을 반영한 것으로 보이는 특성들이 많이 드러나는 것으로 미루어 여성작가의 가능성이 더욱 많이 확보되었다고 할 수 있다. 이러한 점을 통해 조선후기 고전소설의 향유에 있어서 여성들의 참여가 소극적 수용의 측면만이 아니라 적극적 창작의 차원까지 나아갔음을 인정하고 소설사의 전개를 더욱 다면적으로 파악할 수 있게 되었다.

이 외에도 이 소설은 효를 매개로 하는 인간윤리에 대해 진지하게 고민하고 이를 둘러싼 다양한 입장을 제시하며 윤리적 논쟁을 전개하고 있어 사건 중심으로 전개되는 소설들과는 색다른 면모를 보인다. 이로 인해 우리 소설사에서 보기 드문 윤리소설적 면모를 확인할 수 있으며, 윤리적 논쟁을 통해 전체주의적 사고를 극복하고 인간의 다양성에 대해 문제를 제기한다는 점에서도 주목할 만하다. 또 기법 면에서도 3인칭 관찰자 시점의 시도를 위시하여 새로운 모색을 하고 있다는 점에서 소설사에 있어서 여러 가지 실험적 문제의식을 노정하는 중요한 작품이라고 할 수 있다.

제7장
결론

〈옥원재합기연〉과 〈옥원전해〉는 적어도 18세기 중반 정도에 창작되었으리라고 추정되는 연작소설이다. 그런데 이 두 작품의 경우 내용의 지속성과 문제의식 등에서 다른 연작보다 더 밀접한 관련성을 지니고 있어 본 논문에서는 함께 하나의 대상으로 파악하며 논의를 전개하였다. 이 경우 〈옥원〉이라 지칭하기로 하고 개별작을 논할 때에는 각각의 작품명을 사용하였다.

〈옥원〉은 내용이나 구성방식, 문제의식 등에서 여러 모로 주목되는 작품이다. 분량상 장편소설로 분류되고, 상층의 부녀자들에 의해 필사되고 향유되었다는 점에서는 대하소설 일반과 같은 범주로 파악되나 작품의 내적 특질을 분석해본 결과 많은 부분에서 독자성을 드러내는 문제작으로 밝혀졌다. 본고에서 고찰한 〈옥원〉의 특성을 요약하면 아래와 같다.

이 작품은 송대 신구법당이 대립하던 시기를 시대적 배경으로 삼고, 송대의 실존인물인 소송(蘇頌)을 주인공의 아버지로 설정한 것을 비롯하여 그 당시의 유명인사들을 작품 속에 대거 등장시키고 있다. 그러나 역사적 사실을 작품을 통해 구체적으로 형상화하려는 역사소설적 성격은 보이지 않으며, 오히려 작품의 의도에 맞추어 새롭게 재창조하고 있다. 당쟁이 격심했던 시대적 배경을 통해 작품이 창작된 당대의 현실을 반영하면서도, 소송이라는 인물을 이상적 인간형으로 형상화함으로써 그러한 시대적 한계를 극복하려는 의식을 보여주고 있다. 이러한 태도는 작품의 인물형상화 방식과 깊은 관련을 가진다.

이 소설은 사건에 대한 탐색뿐 아니라 인물에 대한 탐색을 매우 중시하는데, 그로 인해 인물의 내면심리를 포착하고 각 인물 간의 입장차에 주목한다. 작중인물들, 특히 남녀주인공들은 전형적이고 평면적인 인물이 아니라 개성적이고 입체적인 인물로 형상화되고 있다. 남성주인공들의 경우 효와 애정 문제로 인한 내면갈등을 통해 시간이 흐를수록 정신적 성숙을 이루어나가는 것으로 그려지고 있다. 영웅적 주인공으로서 이상화, 고정화된 모습이 아니라 삶의 과정을 통해 미숙한 점을 극복해나가면서 점차 완성된 인격을 이루어가는 발전적 인간형으로서의 면모를 지니고 있는 것이다. 더군다나 그들이 직면하는 현실적 문제 역시 집단의 가치를 수호하기 위한 차원의 것이 아니라 개인적인 것이라는 점에서 이 작품이 추구하는 가치가 집단적이고 외부적인 세계를 향해 있는 것이 아니라 인간의 내부를 향하고 있는 것임을 짐작할 수 있다. 여성주인공들의 경우 가부장제 사회에서 요구하는 순종적 여인상과는 거리가 있는 모습으로 형상화된다. 그들은 자신의 능력과 주체성을 자각하고 이를 억압하는 대상들에게 강하게 저항한다. 억압자는 주로 가부장권을 행사하는 부친이나 남편으로 설정되는데 여성주인공들이 부당한 횡포에 맞서 자신의 주체적 의지를 실현하려는 성향을 강하게 보임으로써 갈등을 빚게 된다. 이처럼 인물들 간의 입장 차이에 관심을 가지고 내면심리를 포착함으로써 이 작품은 심리적 서사물의 성격을 드러내게 된다.

한편 상층의 부귀영화를 이상적으로 그리는 것이 아니라 인물들이 처한 현실의 모습을 사실적으로 묘사함으로써 강한 리얼리티를 확보하고 있다. 강한 현실성으로 인해 작품의 세계관 역시 초월계가 현실계를 지배하는 이원적 질서와는 거리가 있다. 이로 인해 작품의 갈등구조 또한 선악의 이원적 대립구도로 설정되어 있지 않다. 인간 세상에서 벌어지는 여러 가지 상대적인 선악을 그리고, 선악의 대결에 의해서라기보다는 개인적 입장 차이에 의해 갈등이 빚어지는 상황을 문제 삼고 있는 것이다. 이를 통해 개개인에 따라 다르게 표출되는 욕망과 도리의 추구에 대해 진지하게 고민하는 자세를 보이고 있다.

작품의 갈등구조는 옹서갈등과 부부갈등, 부자갈등이 중첩되는 모습을 보인다. 이 갈등들을 야기시키는 주된 원인은 옹서갈등이지만 작품 내에서 가장 심각하게 다루어지는 것은 부부갈등이다. 이러한 갈등의 진행과 해결과정을 통해 효의 문제와 여성의 문제가 강하게 제기된다. 우선 효가 인간의 보편적 속성임을 재확인하고 이를 통해 인격적 측면에서 인간의 보편성과 평등성을 긍정하는 인식을 드러낸다. 한편 가부장제 하에서의 제약을 극복하고 자신의 주체적 의지를 구현하고자 하는 여주인공들의 모습을 통해 여성의 문제를 제기하고, 남녀의 구별을 떠나 서로가 마찬가지로 인간적 고민을 공유하는 존재임을 인정한다. 이러한 인식은 지배이념에 의해 교조화한 보편적 덕목들이 개인의 특수성을 억압하는 상황을 반성하고, 인간 개개인에 대해 새롭게 이해하는 계기를 마련한다.

작품을 분석한 결과를 토대로 작가의 현실인식과 정치인식, 여성인식 등을 살펴보았다. 현실인식의 측면에서는 작품의 지향점이 초월적 세계에 놓여 있는 것이 아니라 현실세계에 있기 때문에 현실의 구체적 모습들에 관심을 기울이고 있음을 알 수 있다. 이 작품의 작가는 중세의 절대적 보편주의가 아니라 근대적인 상대적 보편주의에 입각해 현실을 인식하고 있는 것으로 파악된다. 정치적인 면에서는 당파 간의 대립이 극심했던 당대 현실을 반영하고 이를 극복하고자 하는 의식을 드러내지만 그것을 정치적인 차원에서 해결하려는 것이 아니라 개인적인 차원에서의 화합으로 그리는 것으로 보아 진보적이기는 하되 급진적이기보다는 온건한 성향을 가진 것으로 보인다. 여성인식에 있어서는 여성의 주체성을 긍정하고 여성도 남성 못지않은 능력을 소유하고 있다는 점을 보여줌으로써 강한 여성적 시각을 표출함과 동시에 남녀의 대결적 의식을 초월하여 인간의 보편성을 강조하는 차원에까지 이르고 있다.

기법 면에서는 참신한 문제의식에 걸맞은 새로운 시도들이 이루어진 것으로 보이는데 그 중 가장 특징적인 것으로 대화체의 극대화, 시간 전이의 적극적 활용, 삽화의 확대, 가상작가를 내세운 관찰자 시점 등 네 가지 측면을 고찰하였다. 이러한 기법상의 특징들은 이 소설의 작가가 창작방법에 대해서도 새로운 모색을 하였음을 알게 해주는 동시에 작품의 주제의식과도 관련을 지니는 것으로 파악된다.

마지막으로 위의 논의들을 종합하여 작가에 대한 추론을 전개하였는데 작품 분석의 결과를 토대로 작가가 상층 내에서도 어떤 성향의 집단에 속한 인물일지에 관심을 가지고 구체적 집단을 상정해 보았다. 이 작품은 인간에 대한 열린 의식, 현실적 세계관, 온건개혁적 정치성향 등으로 인해 상층의 장편소설 중에서도 〈명주보월빙〉 류의 작품과는 다른 부류로 파악되는데 그것이 작가의 차별성에서 비롯되었을 가능성이 있다. 사대부 계층 내에서도 진보적인 비판의식을 지닌 집단에 의해 창작되었을 가능성이 제기되는 것이다. 그 구체적 대상으로 강화학파를 살펴보았다. 정제두 이래 조선의 양명학을 계승한 강화학파는 전주이씨 덕천군파를 중심으로 독특한 학풍을 가학으로 전승하였다. 이 작품의 필사자들이 전주이씨 가문의 며느리들임과 필사자가 작가와 밀접하다는 것을 보여주는 필사기 내용을 토대로 작가가 강화학파의 일원이었을 가능성을 제기하였다. 그리고 작품 속에 드러나는 특성들이 강화학파의 성격과 닮아있는 점이 많다는 사실이 이러한 가능성을 뒷받침해주었다.

이 논문은 〈옥원〉에 대한 작품의 면밀한 분석을 통하여 그 미적 특질을 살펴보고자 하였으며 이와 더불어 작품 분석의 결과들을 토대로 새로운 작자층을 추론해 봄으로써 소설 외적인 사항들에 바탕을 두고 진행되어온 작가론의 한계를 보완하고 작품의 실상과 부합하는 논의를 펼치고자 노력하였다. 그러한 과정을 통해 그동안 상층 사대부 계층이라고만 논의되어온 국문 장편소설의 작가층을 좀 더 세분화하여 살피는 계기를 마련하였고, 이를 통해 소설사의 전개를 다면적으로 이해할 수 있는 단초를 마련하였다. 이러한 결과는 소설들을 유형적 차원에서 분류하는 시각에서 벗어나 개개 작품의 변별성에 주목하는 연구방법으로 인해 가능했다고 할 수 있다.

이상에서 살핀 바와 같이 〈옥원〉은 장편소설사에 중요한 시사점을 제공하는 작품이다. 이 소설을 통해 보수적 이념을 대표하는 것으로 인식되던 국문 장편소설 내에도 서로 변별되는 작품군들이 존재했으리라는 점을 짐작할 수 있다. 보수적 세계관을 강하게 드러내는 작품들뿐 아니라 〈옥원〉처럼 진보적이고 비판적인 성향의 작품들도 존재했다는 것을 확인할 수 있다. 그런데 이러한 작품들은 상층의 여성들에 의해 향유되었다는 특성 때문에 연암의 소설이나 판소리계 소설과는 또 다른 독특한 위치를 점한다. 지배이념을 일방적으로 추수하거나 비판하는 극단성을 지양하고, 지배이념을 통해 강제되고 왜곡되는 윤리적 문제들에 대해 깊이 성찰하는 자세를 보임으로써 보수적 성향과 진보적 성향이 공존하는 가운데 새로운 의식지향을 보이기 때문이다.

한편 이 작품은 여성적 시각을 강하게 표출하고 여성작가의 가능성을 내포함으로써 고전소설사에 있어서 여성의 역할에 대한 논의가 수동적인 수용의 차원을 넘어서 적극적이고 능동적인 창조의 차원으로까지 확대될 수 있음을 시사하기도 한다.

이처럼 〈옥원〉은 여러 면에서 소설사에 중요한 문제를 제기하는 작품임에도 불구하고 본격적인 연구는 이제 시작이라고 해야 할 만큼 연구 성과가 많이 축적되지 못한 상태이다. 따라서 앞으로 남겨진 과제도 적지 않다. 우선 이 작품은 낙선재본의 앞부분의 결락으로 인해 서울대본에 의존할 수밖에 없는데 서울대본의 경우에도 작품의 서두 부분은 판독하기 어려울 정도로 상태가 좋지 않다. 게다가 어려운 한문구로 인해 내용의 이해가 쉽지 않다는 점이 그동안 연구의 큰 걸림돌이 되었을 것으로 짐작된다. 이러한 문제는 최근 서울대 한국문화연구소 주관으로 주석작업이 수행되어 어느 정도는 해소되었다고 할 수 있으나 아직도 보완할 점이 많다고 여겨진다. 이 작품에 대한 보다 활발한 연구가 진행되기 위해서는 이 부분의 작업이 지속적으로 이루어질 필요가 있다.

다음으로 작품의 의미나 기법에 대해 좀 더 다양한 논의들이 마련되어야 할 것이다. 본고에서 나름대로 새롭게 문제를 제기하고 종합적으로 살펴보기는 했지만 한정된 지면 안에서 너무 많은 내용을 다루려다 보니 소략하게 다루어졌거나 미처 다루지 못한 부분들도 많으리라 짐작된다. 새로운 연구방법으로 다양한 측면에서 〈옥원〉에 대한 연구가 심화되기를 기대한다.

마지막으로 무엇보다 이 작품이 소설사에서 차지하는 위치를 해명하는 작업이 지속되어야 함을 강조하고 싶다. 이 작품이 국문 장편소설 내에서 어떤 위치를 점하는지, 그리고 이에서 더 나아가 전체 소설사에서 차지하는 위치와 의미가 무엇인지를 연구하는 과정에서 〈옥원〉의 가치가 더욱 빛을 발하리라 생각된다. 그런데 소설사적 위상을 조망하기 위해서는 다른 작품들과의 비교연구가 필수적이라고 할 수 있다. 특히 비슷한 모티프를 가진 작품들과의 비교연구가 우선적으로 필요하다. 그러나 비교대상이 되는 작품들에 대한 면밀한 검토가 이루어지지 않은 상태에서 논의를 진행하면 범박한 유형론을 되풀이하거나 자칫 실상과는 다른 논의를 펼치게 될 위험성이 있다. 이 때문에 본고에서는 이 부분에 대한 논의는 다루지 못하고 후속과제로 남겨두게 되었다. 특히 옹서갈등 모티프의 유사성으로 인해 일찍부터 〈옥원〉과의 관계가 언급되어 온 〈창란호연록〉이나 〈완월회맹연〉과의 비교연구가 이 논문의 다음 작업으로 마련될 것이다.

참고문헌

【자료】

〈玉鴛再合奇緣〉 21권 21책, 서울대 규장각 소장본.

〈玉鴛重會緣〉 21권 21책(1~5권 낙질), 한국정신문화연구원 소장 낙선재본.

〈玉鴛再合〉 10권 10책, 연세대 소장본.

〈玉鴛箋解〉 5권 5책, 서울대 규장각 소장본.

〈玄氏兩雄雙麟記〉 10권 10책, 한국정신문화연구원 소장 낙선재본.

〈明珠奇逢〉 24권 24책, 한국정신문화연구원 소장 낙선재본.

〈柳孝公善行錄〉 12권 12책, 필사본고전소설전집 15, 아세아문화사.

〈全州李氏德泉君派譜〉, 1983.

〈宋史列傳〉 第九十九卷.

〈朝鮮王朝實錄〉, 씨디롬, 서울시스템, 1995.

昭惠王后 韓氏, 〈內訓〉, 열화당, 1984.

〈儒敎大辭典〉, 박영사, 1990.

【국내 논저】

권택영, 『소설을 어떻게 볼 것인가』, 문예출판사, 1995.

김기동, 『한국고전소설연구』, 교학연구사, 1983.

김두헌, 『한국가족제도연구』, 서울대출판부, 1969.

김병국, 「구운몽」, 『한국고전소설작품론』, 집문당, 1990.

______, 「국문소설의 문체와 구성」, 『한국문학연구입문』, 지식산업사, 1982.

김성윤, 『조선후기 탕평정치 연구』, 지식산업사, 1997.

김열규, 「한국문학과 인간상」, 『한국사상대계』 1, 성균관대 대동문화연구소, 1973.
김일렬, 「조선조 소설에 나타난 효와 애정의 대립-숙영낭자전을 중심으로」, 『조선조 소설의 구조와 의미』, 형설출판사, 1991.
김종철, 「〈옥수기〉 연구」, 서울대 석사학위논문, 1985.
______, 「19C 중반기 장편영웅소설의 한 양상-〈옥수기〉, 〈옥루몽〉, 〈육미당기〉를 중심으로」, 『한국가문소설연구논총』, 경인문화사, 1992.
______, 「장편소설의 독자층과 그 성격」, 『고소설의 저작과 전파』, 아세아문화사, 1993.
김진세, 「낙선재본 소설의 국적문제」, 『한국문학사의 쟁점』, 집문당, 1986.
______, 「낙선재본 소설의 특성」, 『정신문화연구』 44, 한국정신문화연구원, 1991.
김천혜, 『소설 구조의 이론』, 문학과 지성사, 1994.
김태준, 『조선소설사(증보)』, 박희병 교주, 한길사, 1990.
김혜숙, 「조선시대의 권력과 성」, 『한국여성철학』, 한울아카데미, 1995.
김홍균, 「복수주인공 고전장편소설의 창작방법연구」, 한국정신문화연구원 박사학위논문, 1990.
______, 「낙선재본 장편소설에 나타난 선악관의 심성론적 검토」, 『정신문화연구』 44, 한국정신문화연구원, 1991.
민 찬, 「여성영웅소설의 출현과 후대적 변모」, 서울대 석사학위논문, 1986.
박광용, 『영조와 정조의 나라』, 푸른역사, 1998.
박명희, 「고소설의 여성중심적 시각 연구」, 이화여대 박사학위논문, 1989.
박영희, 「〈소현성록〉 연작 연구」, 이화여대 박사학위논문, 1993.
______, 「장편가문소설의 향유집단 연구」, 『문학과 사회집단』, 집문당, 1995.
박일용, 「조선후기 소설론의 전개」, 『국어국문학』 94, 국어국문학회, 1985.
______, 「인물형상을 통해서 본 〈구운몽〉의 사회적 성격과 소설사적 위상」, 『정신문화 연구』 44, 한국정신문화연구원, 1991.
______, 「〈柳孝公善行錄〉의 형상화 방식과 작가의식 재론」, 『관악어문연구』 20, 서울대 국문과, 1995.

박재연, 「조선후기 중국통속소설의 전래와 번역문학적 수용-낙선재본을 중심으로」, 『한국서사문학사의 연구』 V, 중앙문화사, 1995.

박찬아, 「〈玉鴛再合奇緣〉 연작 연구」, 전남대 석사학위논문, 1999.

박희병, 「한국고전소설 발생 및 발전단계를 둘러싼 몇몇 문제에 대하여」, 『관악어문연구』 17, 서울대 국문과, 1992.

______, 『한국전기소설의 미학』, 돌베개, 1997.

서대석, 「〈옥루몽〉 연구」, 『군담소설의 구조와 배경』, 이화여대출판부, 1985.

______, 「하진양문록」, 『한국고전소설작품론』, 집문당, 1990.

송성욱, 「혼사장애형 대하소설의 서사문법 연구」, 서울대 박사학위논문, 1997.

신채식, 『송대관료제 연구-宋史열전 분석을 통하여』, 삼영사, 1981.

심경호, 「낙선재본 소설의 선행본에 관한 일고찰-온양정씨 필사본 〈옥원재합기연〉과 낙선재본 〈옥원중회연〉의 관계를 중심으로」, 『정신문화연구』 38, 한국정신문화연구원, 1990.

양혜란, 「〈玉鴛再合奇緣〉 연구」, 『고전문학연구』 8, 한국고전문학회, 1993.

______, 「18세기 후반 대하장편가문소설의 한 유형적 특징-〈옥원재합기연〉, 〈玉鴛전해〉를 중심으로」, 『한국학보』 75, 일지사, 1994.

유명종, 『한국의 양명학』, 동화출판공사, 1983.

______, 『성리학과 양명학』, 연세대 출판부, 1994.

윤남한, 『조선시대의 양명학 연구』, 집문당, 1982.

이광규, 『한국가족의 구조 분석』, 일지사, 1975.

이덕일, 『당쟁으로 보는 조선역사』, 석필, 1997.

이상택, 『한국고전소설의 탐구』, 중앙출판, 1981.

______, 「〈보월빙〉 연작의 구조적 반복원리」, 『한국고전문학연구』, 신구문화사, 1982.

______, 「조선조 대하소설의 작자층에 대한 연구」, 『고전문학연구』 3, 한국고전문학회, 1986.

______, 「낙선재본 소설의 문학사적 의의」, 『고소설사의 제문제』, 집문당,

1993.
이상택, 「〈창난호연〉 연구-연경도서관본을 중심으로」, 『고소설연구논총』, 경인문화사, 1994.
______, 「문헌학적 기초연구의 필요성과 현황·전망」, 『관악어문연구』 20, 서울대 국문과, 1995.
이성무·정만조 외, 『조선후기 당쟁의 종합적 검토』, 한국정신문화연구원, 1992.
이수봉, 『한국가문소설연구』, 경인문화사, 1992.
이옥경, 「조선시대 정절이데올로기의 형성기반과 정착방식에 관한 연구」, 이화여대 석사학위논문, 1985.
이은순, 『조선후기 당쟁사 연구』, 일조각, 1988.
이인경, 「구비 열설화 연구」, 서울대 박사학위논문, 2000.
이지하, 「〈현씨양웅쌍린기〉 연작 연구」, 서울대 석사학위논문, 1992.
이춘식, 『중국사서설』, 교보문고, 1991.
임치균, 「조선후기 소설의 전개와 여성의 역할」, 『한국서사문학사의 연구』, 중앙문화사, 1995.
임형택, 「17세기 규방소설의 성립과 〈창선감의록〉」, 『동방학지』 57, 연세대 동방학연구소, 1988.
장병인, 『조선전기 혼인제와 성차별』, 일지사, 1997.
장효현, 「장편가문소설의 성립과 존재 양태」, 『정신문화연구』 44, 한국정신문화연구원, 1991.
정병설, 「고전소설의 윤리적 기반에 대한 연구」, 서울대 석사학위논문, 1993.
______, 「정도(正道)와 권도(權道)-고전소설의 윤리논쟁적 성격과 서사적 의미」, 『관악어문연구』 20, 서울대 국문과, 1995.
______, 「〈옥원재합기연〉 해제」, 『고전작품 역주 연구』, 서울대 한국문화연구소, 1997.
______, 「〈옥원재합기연〉 작가 재론-조선후기 여성소설가의 한 사례」, 『관악어문연구』 22, 서울대 국문과, 1997.

정병설, 「〈옥원재합기연〉의 여성소설적 성격」, 『한국문화』 21, 서울대 한국문화연구소, 1998.
______, 「조선시대 부부싸움과 부부의 역학:〈옥원재합기연〉」, 『문헌과 해석』 5, 태학사, 1998.
______, 『〈완월회맹연〉 연구』, 태학사, 1998.
______, 「〈옥원재합기연〉: 탈가문소설적 시각 또는 시점의 맹아」, 『한국문화』 22, 서울대 한국문화연구소, 1999.
______, 「조선후기 정치현실과 장편소설에 나타난 소인의 형상-〈완월회맹연〉과 〈옥원재합기연〉을 중심으로」, 『국문학연구』 4, 서울대 국문학연구회, 2000.
정옥자, 『조선후기 역사의 이해』, 일지사, 1993.
정인보, 『양명학연론』, 삼성문화재단, 1972.
정창권, 「장편 여성소설의 글쓰기 방식」, 『여성문학연구』 2, 한국여성문학학회, 1999.
조동일, 『한국문학통사 3(제3판)』, 지식산업사, 1994.
지두환, 『조선시대 사상사의 재조명』, 역사문화, 1998.
차장섭, 『조선후기 벌열연구』, 일조각, 1997.
최길용, 「〈옥원재합기연〉 연작소설 연구-〈옥원재합기연〉과 〈옥원전해〉의 작품적 연계성을 중심으로」, 『한글문화』 6, 한글학회 전라북도지회, 1992.
______, 「〈옥원재합기연〉의 작자고」, 『전주교육대 논문집』 28, 전주교육대, 1992.
최영성, 『한국유학사상사 Ⅲ-조선후기편』 上, 아세아문화사, 1995.
최재석, 『한국가족제도사 연구』, 일지사, 1983.
최현무, 「소설의 구조분석」, 『구조주의』, 고려원, 1992.
한명숙, 「조선시대 유교적 여성관의 원리론적 고찰」, 이화여대 석사학위논문, 1986.
한영국, 『한국사대계』 6, 삼진사, 1973.

【국외 논저】

제임스 류, 『王安石과 개혁 정책』, 지식산업사, 1991.
리몬 케넌, 『소설의 시학』, 최상규 역, 문학과 지성사, 1985.
제라르 쥬네뜨, 『서사담론』, 권택영 역, 교보문고, 1992.
S. 채트먼, 『영화와 소설의 서사구조-이야기와 담화』, 김경수 역, 민음사, 1990.
보리스 우스펜스키, 『소설구성의 시학』, 김경수 역, 현대소설사, 1992.
미하일 바흐찐, 『장편소설과 민중언어』, 전승희 외 역, 창작과 비평사, 1988.
롤랑 부르뇌프·레알 월레, 『현대소설론』, 김화영 역, 문학사상사, 1986.
웨인 부스, 『소설의 수사학』, 최상규 역, 새문사, 1985.
마이클 J. 툴란, 『서사론-비평언어학적 서설』, 김병욱·오연희 역, 형설출판사, 1995.
스티븐 코헨·린다 샤이어스, 『이야기하기의 이론-소설과 영화의 문화기호학』, 임병권·이호 역, 한나래, 1997.
제랄드 프랭스, 『서사학이란 무엇인가』, 최상규 역, 예림, 1999.
팸 모리스, 『문학과 페미니즘』, 강희원 옮김, 문예출판사, 1997.
쥬디스 키건 가디너 외, 『페미니즘과 문학』, 김열규 외 공역, 문예출판사, 1988.
죠셉 플레쳐, 『상황윤리』, 이희숙 역, 종로서적, 1989.
벵쌍 데꽁브, 『동일자와 타자』, 박성창 역, 인간사랑, 1990.

부록

권별 줄거리

〈옥원재합기연〉

1권 송나라 희령년 간에 소송(蘇頌)이 아들 세경을 낳아 친구 이원의의 딸 현영과 정혼하고 집안의 가보인 옥원앙을 빙물로 나누어 가진다. 소송의 부인 경씨가 일찍 별세하고 구법당이 정치적으로 수세에 몰리자 이원의가 배혼할 의사를 품고 간신 여혜경에게 빌붙는다. 충간을 아뢰던 소송이 유배를 가고 세경은 몸을 보존하기 위해 여장을 하였다가 이원의 집의 비자로 끌려가 현영과 지내게 된다. 돌아갈 기회를 노리던 세경은 이원의의 겁탈을 피하여 밤에 도주한다. 현영은 자신을 권세가에 시집보내려는 아버지에게 극구 반대하다가 가출을 한다. 객점에서 우연히 현영을 만난 세경이 현영을 맞아들일 마음을 먹고 잠시 희롱을 하자 이를 외간 남자의 짓으로 오해한 현영이 물에 뛰어들어 자결을 하고 이에 세경은 제를 지내며 슬퍼한다. 한편 소송은 유배지에서 여혜경의 모해로 죽을 위기에 처했다가 용정진인의 도움으로 화를 피하고 화산 행운동에서 머물게 된다. 5년 후 그동안 유리걸식하다가 도적소굴에까지 갔던 세경이 부친과 해후한다. 현영은 왕안석에 의해 구조된다.

2권 이현영이 왕안석의 양녀가 되어 왕공의 집에 의탁하나 그가 자신을 첩으로 삼으려던 왕방의 부친 왕안석임은 모른다. 왕안석의 상소로 소송이 사면된다. 소송이 현영의 외숙부인 공급사를 만나 혼사를 의논하는데 현영이 연못에 투신했다는 비보가 날아든다.

3권 현영이 왕공의 존재를 깨닫고 목을 맨 것을 범부에서 구하여 공공에게 데려다준다. 이원의 부부가 여전히 회과하지 못한 상태라 그들에게는 딸의 생환을 비밀로 하는데 왕방의 첩 채씨의 음모로 이원의 부부가 이 사실을 알게 된다. 그들은 왕방, 채씨와 짜고 현영을 왕방에게 시집보내려 계획하는데 이를 알게 된 현영이 연못에 몸을 던진 것이다. 이는 모두 채씨가 계획한 일이다.

4권 소공이 운수를 점쳐 현영이 죽지 않을 것임을 알고 배를 띄워 현영을 구해낸다. 이원의 부부에게는 비밀로 하고 석부에 현영을 맡겨놓은 후 혼사를 추진하나 현영이 부친의 일을 핑계로 혼인을 거절한다. 이에 사마광과 소송 등이 개유하여 겨우 혼인날을 잡는다.

5권 소세경과 이현영의 혼인날 이원의 부부는 조카딸의 혼인인 줄 알고 초대되어 부러워한다. 현영의 모친 공부인만은 현영이 시댁인 윤주로 떠나기 직전에 사실을 알고 모녀가 눈물로 상봉한다. 소세경 부부가 고향으로 돌아와 가난한 살림을 꾸려나가느라 근로하면서도 부친을 효심으로 모신다. 단 세경과 이원의의 불화로 인해 현영이 마음 고생을 하며 남편과도 불화하게 된다.

6권 경태사 형제가 유배에서 풀려 소공의 집 근처로 이사를 오는데 경내한이 이원의를 원수로 여기며 업신여기자 소공이 두 집 간에 사돈을 맺을지도 모른다는 말을 남긴다. 현영이 아들을 낳자 소씨 일가가 다 기뻐하며 이름을 봉희라고 지어준다. 현영과 세경이 서로의 심정을 밝히고 서로의 입장에 대해 긴 이야기를 나눈다.

7권 소공이 재취를 구하자 경공 등이 소공을 시험하기 위해 머리카락을 얻어다가 소공에게 주고 위인됨을 알아맞히라 한다. 이에 소공이 각각 분별해내고 그 중 어진 향씨를 택하는 한편 남녀 양성을 함께 가진 사람을 용정진인에게서 얻은 약으로 남자로 고쳐준다. 세경은 수학하기 위해 고향을 떠나 사마공의 문하로 들어간 후 학문이 일취월장하여 삼장 장원의 영예를 얻는다. 뒤늦게 그가 자신의 사위가 되었음을 알게 된 이원의가 화해하기 위해 온갖 추태를 일삼으나 세경은 아직 마음을 돌이키지 못한 상태이다.

8권 세경이 간신들의 모함에 분노하여 상소를 올려 그간의 사정을 아뢰고 이로 인해 여혜경 일파가 찬출된다. 그러나 소공은 정치적 보복을 원하지 않으며 전에 여혜경의 명을 받아 자신을 해하려던 조맹을 용서하고 의형제를 맺어 목숨을 구해준다.

9권 나라에서 이현영의 열절을 알고 순절부인 칭호를 내리고 사마공이 전을 지어 세상에 널리 알린다. 소세경이 부친의 뜻을 받들어 이원의와 화해하고자 하나 이원의가 계속 해괴한 짓을 일삼아 일이 어긋나던 중 음식에 독을 타고 자객을 보내 세경을 해하려고까지 한다. 이는 여혜경이 사주한 것인데 세경도 이를 알고 덮어둔다. 이원의가 꿈에 지옥에 끌려가 벌을 받은 후 병에 걸려 위급한 지경에 이르자 구양수의 문하에서 수학하던 아들 이현윤이 돌아온다.

10권 숨이 끊긴 이원의를 소세경이 침을 놓아 살려내고 이현윤과 친분을 맺는다. 이원의가 깨어난 후 개과천선하여 과거의 죄과를 뉘우친다. 현윤은 세경에게 자신의 부친을 진심으로 용서하지 않았다고 원망한다. 세경이 어사가 되어 민생을 구하러 길을 떠난다.

11권 소세경이 어사 순행 중 오소이 형제에 관한 일을 처결하고 미궁에 빠졌던 개봉부의 양유보 사건을 해결한다. 한편 이원의는 수련을 통하여 점차 군자가 되어가고 아들의 뜻대로 가산을 흩어 민생을 구제한다. 세경이 돌아와 비로소 이원의와 진정한 화해를 이룬다.

12권 구양수가 죽기 전에 이현윤과 경빙희의 혼인을 주선한 바 있는데 경공이 뒤늦게 현윤이 이원의의 아들임을 알고 대로하여 거절하자 현윤도 자신의 부친을 모욕한다 하여 분노한다. 경소저가 상경하던 중 도적떼에게 붙잡혀가다가 탈신하여 현윤을 만나 도움을 받고 남매의 의를 맺는다.

13권 소세경의 환송연에서 이현윤의 뛰어남을 알아본 경공이 혼인을 서두르기 시작하나 현윤은 완강히 거절한다. 소세경이 이주통판이 되어 부임하던 중 이정의 딸이 채씨의 꼬임에 빠져 자신을 유혹하자 엄중히 훈계하여 새사람이 되게 한다.

14권 소공과 이현영의 그간 일들을 소개. 소공과 현영이 백성들을 보살피며 검소한 생활을 하던 중 세경의 장원 소식을 듣고 기뻐하나 현영은 여전히 남편이 자기 부친과 화해하지 않았음을 이유로 몸을 상할 정도로 슬퍼하며 자식들마저 돌보지 않아 소공의 근심을 산다. 드디어 이원의의 개과천선한 일과 세경과 화해를 이룬 일이 알려지자 일가가 다행스러워 한다.

15권 세경이 이주에 부임하여 역병을 다스리고 해수를 물리치고 유공과 주공 가문의 원억을 해결해준다. 한편 도적을 교화하여 그들의 전곡을 풀어 도탄에 빠진 백성을 구제한다.

16권 이주가 소공이 계신 미주와 가까운 관계로 세경이 드디어 가족과 재회한다. 세경이 딸 난주를 처음 보고 총명함에 즐거워하고 현영과도 그간의 회포를 풀며 부부의 정을 나눈다.

17권 소공 일가가 큰 잔치를 열어 즐긴다. 세경이 꿈에 네 자녀를 얻을 암시를 받는다. 다시 이주로 떠나는 날을 맞아 눈물로 이별을 하는데 봉희가 며칠 말미를 얻어 따라와 부친과 함께 기거하며 옛일을 전해 듣는다.

18권 소공이 서증으로 위급해지자 이주에서 홀연 불안한 기운을 느낀 세경이 맨발로 밤길을 달려와 지극한 효성에 모두를 놀라게 한다. 세경의 효심이 간절하여 이별을 할 수 없음을 안 소공이 가족을 이끌고 세경을 따라 이주로 옮겨간다. 나라에서 세경의 벼슬을 높여 경사로 부르자 온 가족이 함께 상경한다. 도중에 왕공 부부를 만나 현영과 눈물로 해후하고 세경도 부친의 권유로 왕공의 병을 고쳐주며 정을 나눈다. 경사에 도착한 세경 일가가 친지들과 만나 큰 잔치를 열고 현영도 부모와 해후한다.

19권 경공이 딸과 현윤의 혼사로 애태우는 중에 현윤과 경빙희 둘다 완강히 혼인을 거절하는데 나라에서까지 이들의 일을 알고 혼인을 권하게 된다. 현윤은 차츰 마음을 돌이키나 경빙희는 마음고생이 심해 혼절한다.

20권 경빙희가 깨어나나 사지를 못 쓰는 병인이 된다. 뒤늦게 경빙희와의 혼인을 결심했던 현윤이 그녀가 나을 때까지 기다려 부인으로 맞을 것을 다짐하고 차츰 그리움을 키워간다. 수년 후 세경이 경빙희를 타이르고 침을 놓아 병을 고쳐준 후 혼인날을 잡게 한다.

21권 드디어 이현윤과 경빙희가 혼인을 한다. 혼인날 이원의의 집에 모인 일가친척이 옛일을 이야기하며 시를 지어 즐긴다. 다음해 정월 현영이 매송각에서 아들을 낳으나 훗날 잃어버린다. 이 작품의 제작 경위와 속편에 대한 언급.

〈옥원전해〉

1권 옥원앙의 제작 경위와 〈옥원재합기연〉이 지어진 경위 설명. 이현윤과 경빙희가 혼인 후 화합하지 못한다. 이는 이현윤이 경빙희를 흡족해하기는 하나 장인에 대한 감정이 안 좋은 탓이다. 한편 경공은 현윤이 따로 마음 둔 곳이 있어 부부사이가 불화하는가 의심을 한다.

2권 경공의 장난으로 이원의가 〈옥원재합기연〉을 얻어보고 참괴하여 두문불출하자 이 소유를 알게 된 이현윤이 경공에게 대로한다. 이공이 드디어 고향에 돌아가 은거할 뜻을 비치고 길을 떠나는데 소공 부자가 설득하여 다시 돌아오게 한다. 한편 부친이 집을 비운 사이 현윤은 장인의 일로 부인을 출거시키고 장인에게도 무례히 군다.

3권 이원의가 돌아와 아들의 처사를 나무라며 며느리를 다시 불러오고 자신은 석실에 들어가 아들에게 시위를 한다. 이에 현윤이 어쩔 줄 모르다가 결국은 부친의 뜻대로 경공에게 가서 사죄를 한다.

4권 이원의의 군자다운 풍모에 〈옥원재합기연〉을 지었던 석도첨 형제가 감격하여 〈옥원전해〉를 다시 지어 그 덕을 기린다. 이공이 현윤 부부를 경공의 집으로 보내어 기거하게 한다. 이에 현윤은 경공의 집에서 생활하며 경공에 대한 오해를 풀고 그를 군자로 존경하게 된다. 경소저는 임신한 상태에서 맥이 끊기게 되는데 세경 부부가 의술로 팔삭동이와 산모를 모두 구제한다. 이 과정에서 현윤은 아내의 소중함을 새삼 깨닫게 된다.

5권 경소저가 꿈에 명부에 가서 개봉부의 옥사를 처결하고 재주를 인정받아 남자로 환생하는 경험을 한다. 그 과정에서 남성의 입장도 이해하게 되고 이로 인해 남편을 용납하게 된다. 경소저가 삼일 만에 깨어나 그간의 잘못을 빌고 남편과 화합하며 부모에게 효도한다. 일가친척이 다 모여 환담을 나눈다.

전주이씨 덕천군파(全州李氏 德泉君派) 주요인물 가계도

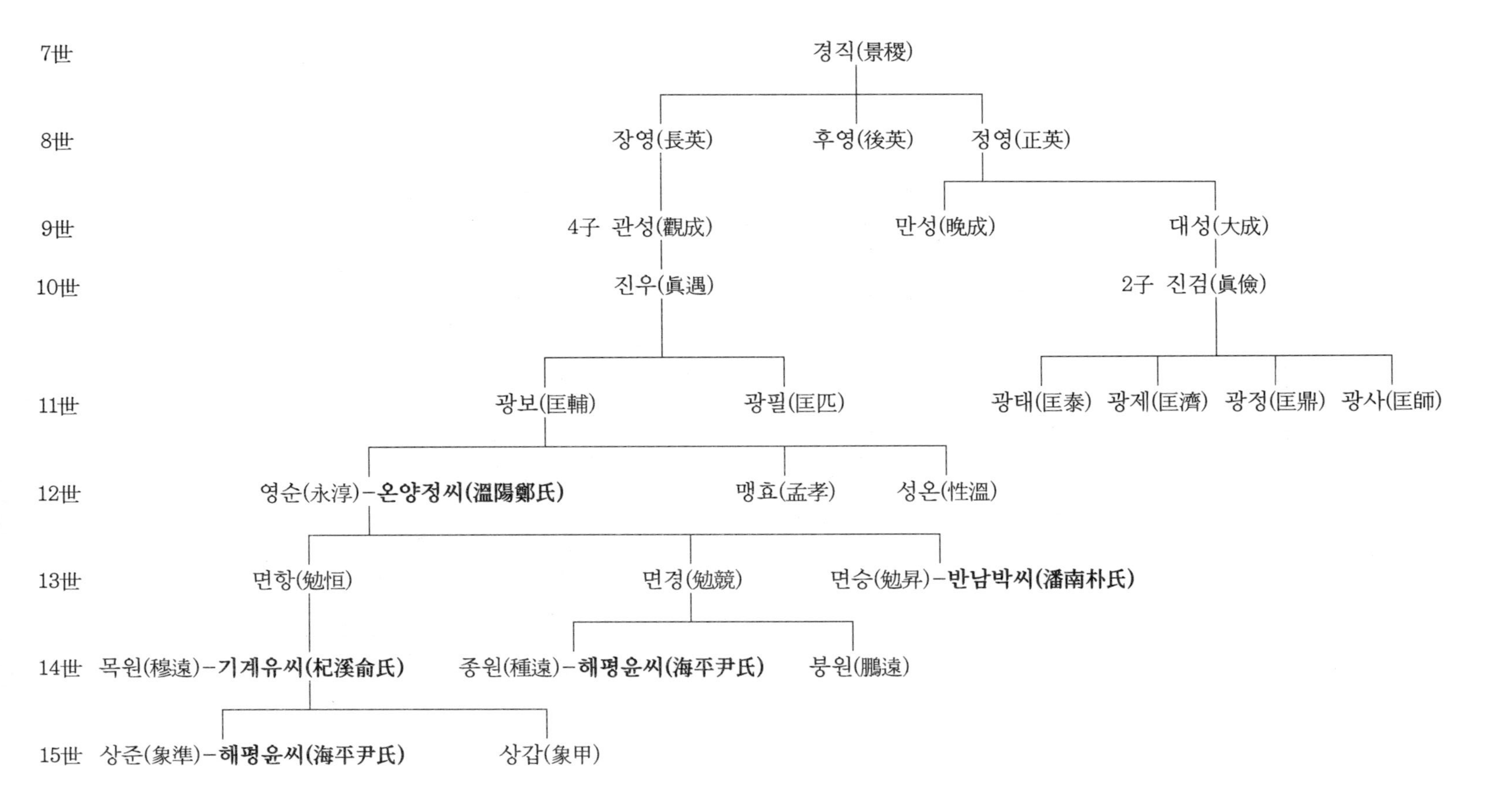

찾아보기

▌이지하
서울대학교 국어국문학과를 졸업하고 동대학원에서 문학박사 학위를 받았다.
경북대학교 국어국문학과를 거쳐 현재 성균관대학교 국어국문학과에 재직 중이다.

저서
『홍계월전』(역서), 『장화홍련전』(역서), 『금오신화』(역서), 『다시 보는 고소설사』(공저), 『고전소설의 소통과 교섭』(공저), 「현씨양웅쌍린기 연작 연구」, 「여성주체적 소설과 모성이데올로기의 파기」, 「고전소설 속 가부장적 권위의 붕괴와 가치관의 변모」 등

옥원재합기연 연작 연구

2015년 12월 30일 초판 1쇄 펴냄

지은이 이지하
펴낸이 김흥국
펴낸곳 보고사

책임편집 권송이
표지디자인 윤인희

등록 1990년 12월 13일 제6-0429호
주소 경기도 파주시 회동길 337-15 보고사 2층
전화 031-955-9797(대표)
02-922-5120~1(편집), 02-922-2246(영업)
팩스 02-922-6990
메일 kanapub3@naver.com / bogosabooks@naver.com
http://www.bogosabooks.co.kr

ISBN 979-11-5516-486-0 93810

정가 16,000원

이 도서의 국립중앙도서관 출판시도서목록(CIP)은 서지정보유통지원시스템 홈페이지(http://seoji.nl.go.kr)와 국가자료공동목록시스템(http://www.nl.go.kr/kolisnet)에서 이용하실 수 있습니다. (CIP제어번호: CIP2015035055)